Zürcher Sumpf

Michael Moritz, 1968 in Freiburg geboren und am Kaiserstuhl aufgewachsen, schreibt und produziert seit fünfundzwanzig Jahren Theaterstücke, Kurzfilme und Erzählungen. Im Emons Verlag erschienen «Tod in der Rheinaue», «Roter Regen», «Weinselig», «Lost Place Vienna», «Zürcher Verschwörung», «Tod im Theaterhaus», «Um die Wurst», «Die Tote im Dolder» und «Badisch Blues».

Dieses Buch ist ein Roman. Handlungen und Personen sind frei erfunden. Ähnlichkeiten mit lebenden oder toten Personen sind rein zufällig.

MICHAEL MORITZ

Zürcher Sumpf

KRIMINALROMAN

emons:

Bibliografische Information der Deutschen Nationalbibliothek
Die Deutsche Nationalbibliothek verzeichnet diese Publikation in der Deutschen Nationalbibliografie; detaillierte bibliografische Daten sind im Internet über http://dnb.d-nb.de abrufbar.

FSC www.fsc.org
MIX
Papier aus verantwortungsvollen Quellen
FSC® C083411

Umschlagmotiv: photocase.com/mathias the dread
Umschlaggestaltung: Tobias Doetsch
Gestaltung Innenteil: César Satz & Grafik GmbH, Köln
Lektorat: Irène Kost, Biel/Bienne (CH)
Druck und Bindung: CPI – Clausen & Bosse, Leck
Printed in Germany 2015
ISBN 978-3-95451-556-1
Originalausgabe

Die Maske ist das einzig richtige Mittel,
den seelischen Ausdruck im Gesicht
Gestalt werden zu lassen.
Edward Gordon Craig

EINS

Das Taxi holperte über den gerissenen Asphalt. Der Sturzregen hatte Erde und Geröll aus dem Berg gelöst. So sonnig der April gewesen war, so verregnet kam der Mai daher.

«Vorsicht!», rief Franca und zeigte auf einen eimergrossen Stein, der dem Taxi entgegenrollte. Der Fahrer riss das Steuer nach links und wich dem Brocken aus. Der Wagen rutschte von der Strasse. Die Hinterreifen verfingen sich im Schlamm und drehten durch.

«Cazzo!» Der Fahrer hämmerte mit den Handballen aufs Lenkrad. «Ich wusste, dass es Blödsinn ist, hier hinaufzufahren.»

«Ich habe Sie nicht dazu gezwungen», sagte Franca. Ihr Ton verrutschte. Der plötzliche Anruf ihres Vaters stresste sie schon genug. Da konnte sie einen meckernden Taxifahrer gar nicht gebrauchen.

«Ach, lassen Sie mich in Ruhe. Was bleibt mir denn übrig? Ich kann es mir nicht leisten, Kunden abzulehnen.» Er stellte den Motor ab, stieg aus dem Wagen und schlug die Tür zu.

Franca beobachtete ihn durch die Scheibe. Er war kaum zu sehen, so sehr schüttete es. Keine fünf Sekunden später sass er wieder im Wagen. «So eine verfluchte Scheisse. Ich muss mich abschleppen lassen.»

«Wollen Sie es nicht noch einmal versuchen? Vielleicht erst rückwärts? Oder Sie legen eine Fussmatte unter die Räder? Oder ein Brett?»

Der Taxifahrer drehte sich zu Franca um. «Wir haben etwa einen halben Meter bis zum Abgrund. Und es geht dort gute zwanzig Meter in die Tiefe. Ich bin aus dem Alter raus, dass ich mein Leben dafür riskiere, eine hübsche junge Frau rechtzeitig nach Hause zu bringen.» Er hatte es leise gesagt, dafür sehr deutlich.

«Ich bin dort nicht zu Hause.»

«Das ist mir egal.»

«Aber es ist mir wichtig, dass ich dort schnell ankomme.»

«Vergessen Sie's. Oder laufen Sie.»

Franca sah auf ihr Handy. Siebzehn Uhr dreizehn. Um halb

sechs hatte sie sich mit ihrem Vater im Rustico verabredet. Und Giorgio war Pünktlichkeit gewohnt. Schweizergardist. Alte Schule. Da konnten fünf Sekunden Verzug einen ganzen Abend verderben. Warum wollte er sie dort oben treffen? Unten in Locarno wäre es doch viel gemütlicher gewesen, zumal er wusste, dass sie für ihn einen Umweg machte. Er hatte sich bedeckt gehalten. Wichtig. Wie immer. Nur noch schlimmer. Kein Wort am Telefon. Und niemand durfte ihr folgen. Wie sie es hasste. Seit dem frühen Tod ihrer Mutter war Franca zur Vertrauten ihres Vaters geworden. Alle Geheimnisse, die ihm zu schwer auf dem Herzen lagen, teilte er Franca mit. Und im Vatikan braute man Geheimnisse wie Bier in München.

«Haben Sie einen Regenschirm?», fragte sie.

«Nein.» Er wählte eine Nummer auf seinem Handy und bestellte einen Abschleppwagen.

«Holen Sie mir wenigstens mein Gepäck aus dem Kofferraum?» Franca lächelte ihn gekünstelt an.

«Er ist offen. Schauen Sie mich nicht so an. Ich habe keine Lust, mir ein nasses Fell zu holen. Ich war gerade draussen. Das Hemd kann ich auswringen. Ich habe den Winter über einen Husten mit mir rumgeschleppt, dass ich dachte, ich hätte Tuberkulose. Wenn ich da noch einmal rausgehe, bin ich tot.»

«Gut zu wissen.» Sie stieg aus dem Wagen und knallte die Tür zu.

«He. Ich krieg noch vierzig Franken von Ihnen.»

Franca dachte nicht daran, ihn zu bezahlen. Sie öffnete den Kofferraum, holte ihren Rollkoffer heraus, schlug den Deckel zu und stapfte durch den Regen davon. Sie wollte wissen, ob dem Idioten sein Leben vierzig Franken wert war. Nein. Zwar hupte er wild, blieb aber im Wagen sitzen. Das hätte sie besser auch getan. Kaum zwanzig Meter zu Fuss, war sie nass bis auf die Knochen. Die Räder des Rollkoffers knarzten auf dem Schotter und blockierten. Franca trug den Koffer und schwor sich, bei der nächsten Reise weniger Bücher mitzunehmen.

***

«Deckung hoch! Verdammt, Lilly. So kriegst du nur auf die Fresse.»

Lilly hörte nicht. Sie boxte ohne Deckung. Dafür wild und fest entschlossen, ihren Trainer zu verdreschen. Stahl gab ihr zwei leichte Nasenstüber und einen Haken in den Bauch. Lilly stolperte nach hinten und fiel zu Boden.

«Das reicht. Wer ist der nächste. Hakan?» Stahl drehte sich zu Hakan um, der in den Ring gestiegen kam, leichtfüssig tänzelte und mit einigen Luftschlägen prahlte.

«Weniger Show, Hakan. Denk ans Ziel, nicht ans Publikum.»

Stahl sah mit einem Auge noch auf Lilly. Er ging davon aus, dass sie den Ring verliess, stattdessen stürmte sie auf ihn los und prügelte auf ihn ein. Sie hämmerte ihm die Faust direkt unters Auge. Kraft hatte sie. Aber ungebündelt. Sie verschoss ihr gesamtes Pulver ins Nirgendwo. Stahl hielt sie auf Distanz, bis sie endgültig erschöpft war und zu Boden sank.

«Geh duschen. Und nachher kommst du zu mir ins Büro. Wir müssen reden.»

Lilly kroch unter den Seilen hindurch und verschwand zwischen den Boxsäcken, an denen andere Jugendliche sich abkämpften.

Stahl drehte sich zu Hakan. «Bereit?»

Hakan nickte, rückte sich den Kopfschutz zurecht und tänzelte auf Stahl zu. Verdammt schnell auf den Beinen. Erst sechzehn. Ein Riesentalent. Aber unglaublich eitel. Stahl war genauso gewesen. Nur dass er mit sechzehn schon fast eins neunzig gemessen und breitere Schultern gehabt hatte. Die Eitelkeit hatten sie ihm erst bei der Garde ausgetrieben. Wenigstens den grössten Teil.

Hakan versuchte eine schnelle Serie an Jabs, an die er zwei harte Gerade anschloss. Stahl verteidigte gut und konterte mit leichten Gegenschlägen. Hakan tänzelte weiter, mied die Konter geschickt und duckte sich, um dann von unten diagonal Stahls Reichweite zu unterlaufen. Clever. Und trotzdem leicht auszurechnen. Wenigstens für einen alten Hasen wie Stahl. Hakan boxte schön. Und wer schön boxte, zeichnete gerne dieselben

Linien. Da brauchte man nur abzuwarten, bis er wieder seine Schlaufe nahm, und dann entgegentreten. Stahl tat es. Hakan lief ihm satt in eine Gerade. Das tat weh. Hakan schüttelte sich. Jetzt kam es darauf an. Wie würde er reagieren? Hakan reagierte mit Bravour. Keine Wut. Kühler Kopf. Kalkuliert griff er an, viel wachsamer als zuvor und weniger eitel.

«Sehr gut, Hakan. Jetzt zieh das Tempo an.»

Hakan gehorchte und schoss eine Serie. Stahl parierte und kam ins Schwitzen.

«Weiter. Noch schneller!»

Hakan gab, was er konnte.

Plötzlicher Lärm aus der Halle raubte Stahl die Aufmerksamkeit. Er sah zu den Boxsäcken. Lilly prügelte sich mit einem Jungen und schrie dabei. Stahl kassierte zwei Gerade von Hakan. Im Reflex schlug er einen Leberhaken, der Hakan aus den Schuhen haute. Er sackte keuchend zu Boden.

«Entschuldige. War keine Absicht.»

Stahl kletterte aus dem Ring und rannte zu den Boxsäcken. Lilly drosch auf Patty ein, einen Siebzehnjährigen, der zwei Köpfe grösser war als sie, aber nicht ein Zehntel ihrer Courage besass. Die anderen Jugendlichen hatten mit dem Training aufgehört und feuerten Patty an. Niemand nahm Partei für Lilly. Stahl ging dazwischen.

«Das Training ist beendet. Für alle. Lilly, ich erwarte dich gleich in meinem Büro.» Kaum hatte er sie losgelassen, stürmte sie wieder auf Patty zu und sprang ihn von hinten an. Stahl riss sie los und drehte ihr den Arm auf den Rücken. «Ist jetzt Schluss?»

«Verpiss dich, du Arsch! Lass mich los. Du brichst mir den Arm.»

«Nein. Ich kugle dir die Schulter aus. Das tut mehr weh.» Und zu den anderen: «Geht duschen und euch umziehen.» Sie gehorchten. Stahl löste den Griff und liess Lilly los. Sie massierte sich die Schulter und sah reumütig zu Boden.

«Wieder gut?», fragte Stahl.

Lilly nickte, wagte es aber noch immer nicht, Stahl anzugucken.

«Geh duschen.»

Lilly trottete davon. Stahl sah ihr nach.

***

Giorgio würde keinen Ton sagen. Er würde nur auf die Wanduhr sehen. So lange, bis auch Franca drauf sah. Das wäre Rüge genug. Ja, sie kam zu spät. Eine ganze halbe Stunde. Für ihren Vater hatte sie damit ihr und sein halbes Leben verplempert. Aber es war nicht ihre Schuld. Sie stellte den Rollkoffer ab und wischte sich mit dem durchtränkten Ärmel ihrer Jacke den Regen-Schweiss-Cocktail von der Stirn. Nur noch durchs Dorf, dann die kleine Serpentine und sie war da. Sie mochte Verscio. Verscio bekam durch die «Scuola Teatro Dimitri» eine heitere Note. Ansonsten hing es ebenso verschlafen unter seinen Schieferdächern wie die restlichen Dörfer im Tessin. Manchmal huschten hier Clowns in ihren Kostümen durch die Gassen, um von ihren Proberäumen ins kleine Teatro zu gelangen. Jetzt wagten sie sich nicht hervor. Nur ein Idiot stapfte ohne Schirm und Regenkleidung mit einem Rollkoffer durch den Dauerregen.

Ein Auto kam ihr entgegen. Mit Abblendlicht. Es raste auf sie zu. Franca sprang zur Seite. Es half nichts. Die Pfütze, durch die der Wagen heizte, traf Franca mit voller Breitseite.

«Vaffanculo!», schrie sie der Limousine hinterher. Es kribbelte in ihrer Nase. Sie nieste dreimal kräftig und marschierte weiter. Am Ende des Dorfes hielt sie inne. Die Serpentine glich einem kleinen Bach. Es half nichts. Sie musste da durch. Wenn sie weiter die Strasse entlangging, würde sie sich noch mehr verspäten.

Franca versuchte, die grossen Steine zu erwischen. Das Spiel hatte sie früher immer mit Giorgio gemacht, wenn sie bei einem solchen Sauwetter gemeinsam ins Dorf gegangen waren, um frisches Brot beim Bäcker zu kaufen. Das Brot hatte sie jetzt vergessen. Giorgio würde sich darum gekümmert haben. Er kümmerte sich um alles. Vergass nichts. Die Ruhe selbst. Ausser man kam zu spät. Dann tickte in ihm eine Bombe. Franca erinnerte sich an das Telefonat. Ihr Vater hatte geklungen, als ob ihn jemand bereits zehn Jahre warten liess. So nervös hatte sie ihn noch nie erlebt. Es sei dringend, sehr dringend. Sie müsse unbedingt kommen. Ihre Termine in Rom absagen. Und es waren wichtige Termine, die sie abgesagt hatte. Statt wie eine vertriebene Katze durch die Sintflut zu stapfen, könnte sie jetzt mit Professor Bianchi beim Aperitif auf ihre Zukunft als Psychologin an seinem Institut anstossen.

Bianchi hatte zum Glück Verständnis gezeigt. Familie ging vor.

Nur noch drei Steine, dann war sie angekommen. *«Uno, due, tre»*, zählte sie und stand vor dem Rustico. Sie streifte die Hortensienköpfe des vergangenen Jahres, die durch den Regen zu Boden gedrückt troffen. Normalerweise hätte Giorgio sie schon geschnitten. Er tat es immer nach Ostern. Diesmal hatte er es versäumt. Franca konnte sich nicht daran erinnern, dass ihr Vater jemals die Hortensien nicht geschnitten hatte. Ein Grund zur Sorge?

«Giorgio!», rief sie und klopfte an die Holztür des Rustico. «Ich bin da!» Sie versuchte, einen betont freudigen und kindlichen Ton anzuschlagen, um Giorgios Groll über ihre Verspätung die Luft zu nehmen. Giorgio antwortete nicht. Franca drückte die gusseiserne Klinke und trat ein.

«Giorgio? Sono arrivata. Dove sei?» Sie stellte den Koffer ab und ging durch den kleinen Flur in das Wohn- und Esszimmer, aus dem man auf den Lago Maggiore blicken konnte. Heute war er nicht zu sehen. Die graue Regenwand versperrte das Panorama. Aber Franca starrte auf etwas anderes. Giorgio lag reglos vor dem knisternden Kamin auf dem Teppich. An der Stelle, wo das menschliche Herz sass, klaffte ein grosses, blutiges Loch. Auf Giorgios Gesicht klebte eine Maske. Franca kannte sie. Sie war Expertin in Sachen Archetypen und Commmedia dell'Arte.

«Pantalone.» Sie tastete apathisch nach ihrem Handy.

***

«Also, was ist los?», fragte Stahl und stellte Lilly ein Glas Wasser auf den alten Schreibtisch, der noch aus Buffys Zeiten stammte. Bis auf den Schreibtisch gab es nur noch ein paar speckige Boxsäcke, die an früher erinnerten. Ansonsten hatte Stahl alles erneuern lassen. Ein Vermögen hatte es ihn gekostet, den verkommenen Boxclub in der Ankerstrasse aufzupolieren. Und er würde den Kredit noch lange abstottern müssen. Die Banken hatten ihm nichts gegeben. Er besass nichts, was man hätte pfänden können. Hätte Giorgio ihm nicht unter die Arme gegriffen, Stahl hätte das Projekt versenken können. Eine Viertelmillion hatte ihm Giorgio gepumpt. Per Handschlag. Ohne Vertrag. Gardistenehre. Der Zürcher Kreis. Er würde jeden Rappen zurückbekommen.

Lilly nahm das Glas und trank. Sie stellte es zurück und sah Stahl an.

«Ja? Ich höre», sagte er und wartete.

Sie liess den Kopf sinken und murmelte ein «'tschuldigung».

«Das reicht mir nicht. Ich will wissen, was mit dir los ist.»

Sie sah langsam auf und fixierte Stahl mit ihren blauen Augen. «Was geht dich das an? Ich bin hier zum Boxen und nicht zum Labern.»

«Gehst du regelmässig zu deiner Psychologin?»

«Keine Zeit.»

«Lilly, es ist nicht deine Aufgabe, dich um die Familie zu kümmern.»

«Und wovon sollen sie leben? Meine Geschwister kommen nicht ins Heim. Das schwöre ich.»

«Ist deine Mutter wieder rückfällig geworden?»

«Die war noch nie clean. Wer Methadon nimmt, ist nicht clean.»

«Hat sie wieder Heroin gespritzt?»

«Ja. Fick dich! Ja. Hat sie.»

«Warum? Hast du eine Ahnung?»

«Warum fixt ein Junkie? Weil er ein Junkie ist.»

«War Matthi wieder da?»

«Dieser Arsch. Wenn ich den zwischen die Finger kriege, bring ich ihn um.»

«Also er war da. Warum hast du mich nicht angerufen?»

«Weil ich nicht wollte, dass du meine Mutter mit der Nadel in der Ecke liegen siehst. Ich wollte, dass sie es schafft. So wie ich es auch schaffen will, mich in den Griff zu kriegen. Und wenn du meine Mutter siehst, wie sie wieder versagt, dann glaubst du, auch ich würde versagen.» Sie kämpfte gegen die Tränen an. «Aber ich versage nicht. Ich werde kämpfen. Und ich werde siegen.» Die letzten Worte hatte sie mit letzter Kraft herausgepresst. Jetzt ergab sie sich und fing an zu schluchzen. Stahl nahm sie in den Arm. Ihr Körper bebte, ihre Finger krallten sich in Stahls Schultern.

«Du schaffst das, Lilly. Ich bin mir ganz sicher, dass du es schaffen wirst.»

Lilly stiess sich von Stahl weg. Sie keuchte und schluckte den Rotz runter. Sie sah ihn entschlossen an.

«Wo ist Matthi jetzt?», fragte Stahl.

«Keine Ahnung.»

Stahl wusste, dass sie log.

«Ruf mich sofort an, wenn er sich wieder blicken lässt.»

Lilly nickte, trank das Glas Wasser leer und verliess den Glaskasten, der Stahl als Büro diente.

***

Marco war nicht ans Telefon gegangen. Franca hatte ihm auf die Combox gestottert. Was sollte sie tun? Die ansässige Polizei verständigen? Giorgio war Staatsbürger des Vatikans. Es würde den Verantwortlichen in Rom nicht passen, wenn die Schweizer Polizei sich der Sache annehmen würde. Obendrein ein gefundenes Fressen für die Presse. Nein. Hier durfte niemand etwas von Giorgios Tod erfahren. Warum ging Marco nicht dran? Er wüsste, was zu tun wäre. Er kannte die Gepflogenheiten des Vatikans, und er kannte Giorgio. Giorgio war Marcos Mentor gewesen, hatte ihn in der Garde grossgezogen, ehe er zum Sicherheitsdienst des Vatikans wechselte. Es gab nicht viele, denen dieser Spagat gelang. Marco hatte es geschafft. Mit seinem Charme und seiner politischen Intelligenz. Und mit Giorgios Hilfe.

Sie versuchte es noch einmal. Wieder nur die Combox.

«Marco, bitte, ruf mich sofort zurück. Ich weiss nicht, was ich tun soll. Wenn du dich nicht innerhalb einer Viertelstunde meldest, rufe ich die Polizei.» Sie legte auf, klammerte sich ans Handy und starrte auf den Toten. Sie wusste, dass es dumm war, ihm die Maske vom Kopf zu nehmen. Sie verwischte bestimmt Spuren. Es war ihr egal. Sie wollte nicht Pantalone sehen, sondern ihren Vater, den liebevollen Giorgio, der trotz seiner zahlreichen Pflichten stets Zeit für sie gehabt hatte. Er hatte dafür gesorgt, dass sie ihre tote Mutter nie vermissen musste. Er starrte sie an. Sie wollte, dass seine Augen ihr noch etwas sagten. Aber sie schwiegen. Sagten alles und nichts. Kastanienbraune Augen. Wie die Marroni im Tessin. Sie drückte ihm die Lider zu.

Ein Motorengeräusch klang von draussen. Das Schlagen einer Autotür. Franca rannte ans Fenster und sah in die suppige Dämmerung. Aus der schwarzen Limousine war ein Mann gestiegen. Ein anderer blieb hinter dem Steuer sitzen. Franca erkannte den Wagen. Es war der Mistkerl, der sie nass gespritzt hatte. Der Mann kam auf das Haus zu. Er trug einen dunklen Anzug, den passenden Mantel und hatte einen schwarzen Regenschirm aufgespannt, der sein Gesicht verbarg.

Kamen die Mörder zurück? Warum? Hatten sie etwas vergessen? Franca sah sich um. Es gab keinen zweiten Ausgang. Sie konnte nur ins Obergeschoss flüchten. Sie lief die Granitstufen nach oben. Zeit, den Koffer mitzunehmen, hatte sie nicht. Sie hörte, wie die Tür unten geöffnet wurde. Der Mann würde den Koffer sehen und sich erinnern, dass er vorhin noch nicht dort gestanden hatte. Franca schlug das Herz bis in die Kehle. Sie hörte die harten Absätze auf den Holzdielen. Der Fremde suchte sie. Gleich würde er nach oben kommen. Franca sah sich um. Sie entdeckte das Dachfenster, das Giorgio letzten Sommer hatte einsetzen lassen. Ihre einzige Chance. Erst jetzt bemerkte sie, dass sie die Maske und das Handy noch umklammerte. Das Handy schob sie in die Hosentasche, die Maske setzte sie sich auf. Sie öffnete das Fenster, zog sich hoch und kletterte auf das Schieferdach.

Es goss noch immer in Strömen. Die Ziegel knackten. Sie war zu laut. Spätestens jetzt würde der Fremde wissen, wo sie war. Von hier oben sah sie auf die Limousine. Der Fahrer hatte sie entdeckt und sprang aus dem Wagen.

«È sul tetto», rief er. Sie kroch auf allen vieren bis zum Ende des Dachs. Es neigte sich in den Wald. Von der Dachrinne waren es nur zwei Meter. Sie sprang und landete weich im nassen Laub. Mit einer Hand erwischte sie den Mantel einer verwitterten Kastanie. Ein Dutzend Sprissen jagten ihr in den Ballen. Sie sah auf die zarten Splitter und erinnerte sich, wie Giorgio sie früher immer mit Nadel und Pinzette entfernt hatte. Keine Zeit für Erinnerungen. Sie musste laufen, so schnell sie konnte. Wohin? Nur weg. Weg von den Häschern. Weg von dem Ort des Grauens. Hinein ins Dunkel des Waldes.

***

Stahl sass in seinem Glaskasten und ordnete Papierkram. In der Boxhalle brannte spärlich Licht. Die Jugendlichen waren längst gegangen. Lilly machte ihm Sorgen. Sie war das einzige Mädchen in der Gruppe, die Andy ihm angekarrt hatte. Ein Sozialprojekt, von der Stadt Zürich gefördert. Stahl konnte das Geld gut gebrauchen. «Mut zur Offensive» hiess die Aktion, sollte aber vor allem dem Aggressionsabbau dienen. So stand es jedenfalls im aufgeblasenen Hochglanzprospekt, mit dem die Stadt warb. Mut zur Offensive hatte Lilly genug, aber keine Perspektive. Sie lebte zu Hause mit ihrer drogensüchtigen Mutter, zwei kleineren Halbgeschwistern und einem Dreckskerl namens Matthi, von dem Lillys jüngster Bruder, der noch in die Windeln schiss, gezeugt worden war. Matthi kümmerte sich weder um seinen Sohn noch um den Rest der Familie. Er tauchte nur ab und zu auf, checkte, ob es was zu holen gab, und verschwand wieder. Zweimal hatte er Lilly schon an die Wäsche gewollt. Bislang hatte sie sich erfolgreich gewehrt, aber Matthi liess nicht locker. Es ging um seine Mannesehre. Lilly war fünfzehn, konnte aber leicht als siebzehn durchgehen, wenn sie nachhalf. Sie war ein verletztes Kind, das um sich schlug, weil niemand seinen Schrei nach Wärme hörte.

Stahl kannte das Gefühl. Auch er hatte nur gewusst, sich mit Fäusten zu wehren. Er war ein Schläger gewesen. Der schlimmste im Heim. Bis er bei einer Strassenprügelei an Buffy geraten war.

Der hatte Stahls wilde Kraft mit zwei Geraden ausgekontert und ihn auf den Asphalt gestreckt. Danach hatte er ihn aufgelesen, mit in den Boxclub genommen und verarztet. Das war der erste Wendepunkt in Stahls Leben gewesen. Buffy und Fuzzy hatten Stahl gelehrt, wie er seine Emotionen in die richtigen Bahnen lenken konnte. Als Albin später noch hinzukam und Stahl für die Schweizergarde anwarb, setzte die zweite Wende ein. Und jetzt, nach unzähligen Abenteuern und Niederlagen, war er wieder im Boxclub gelandet. Jetzt war er Buffy, Fuzzy und Albin in einer Person, versuchte sich selbst Sinn zu geben, indem er anderen zu einem verhalf. War das nicht schon wieder Mission? Konnte er den Jesuiten denn gar nicht abschütteln?

Es klopfte an der Fensterscheibe. Stahl erkannte Andy und winkte ihn herein.

«Sali, Stahl. Alles klar?»

«Bis auf die Rechnungen, die mich ersticken, wunderbar. Hast du Lust auf ein kleines Sparring? Wer verliert, zahlt den Strom.»

«Spinnst wohl. Ich lass mir doch nicht die Birne zu Brei boxen und zahl dafür. Schau mich an. Ich komm ja noch nicht einmal durch die Seile.»

Andy war fett geworden. Früher, im Heim, war er drahtig und rank. Einer, der essen konnte, was er wollte, und nicht zunahm. Stahl hatte keine Ahnung, warum das umgeschlagen war. Jetzt ass Andy fast gar nichts mehr, schob eine Diät nach der anderen und wurde immer fetter.

«Ich könnte vielleicht auch ein Training für Fettleibige anbieten. In Kooperation mit den Weight Watchers. Was denkst du? Du bist doch bei denen, oder?»

«Leck mich. Die nerven nur. Komme mir vor wie ein dressiertes Tier. Punkte zählen und so Scheisse. Da konzentriert man sich so sehr auf den Mist, dass der Glukosespiegel im Hirn sinkt und die Willenskraft gleich mit. Paradox. Ich verzichte jetzt einfach auf Kohlenhydrate, wie die Stars in Hollywood. Dann werden wir ja sehen.»

«Die haben auch einen Personal Trainer.»

«Ist das ein Angebot?»

«So viel kannst du gar nicht zahlen.»

«Themawechsel?»

«Einverstanden.»

«Ende der Woche kommen die Knaben vom Amt vorbei, samt Stadtpolitikern und Presse. Wollen was haben für ihr Geld. Du verstehst?»

«Klar. Gratis gibt's nichts.»

«Du musst auch mit aufs Foto. Ich erwarte dein schönstes Lächeln für den Stadtrat. Und du gestattest doch, dass wir mit dem Ex-Schweizergardisten werben?»

«Versteht sich.»

«Und Lilly muss in die erste Reihe. Und daneben Hakan, der ist Türke, sieht aber sehr integriert aus.»

«Ist das alles? Oder sollen sie noch den Rütlischwur im Chor sprechen?»

«Bringt nichts. Hört keiner. Das Fernsehen ist leider nicht dabei.» Andy hatte die Spitze nicht verstanden. «Aber vielleicht das nächste Mal. Ich sehe, was ich tun kann. Gehen wir noch auf ein Bier?»

«Geht leider nicht. Ich habe noch zu tun.» Stahl zeigte auf die Papiere, die vor ihm auf dem Schreibtisch lagen. Er hatte wohl Durst, aber ihm war die Lust auf Andy vergangen. Klar, er musste dankbar sein, dass Andy ihm das Projekt verschafft hatte, aber das mediale Aufblasen kotzte ihn an. Er kannte das Spiel aus seiner Zeit in Rom zu gut. Niemand beherrschte das Handwerk der Selbstbeweihräucherung so gut wie der Vatikan: Tue Gutes und sprich darüber. Das füllt das Opfer-Kässeli. Und Stahls Säckel war leer gekratzt bis auf den letzten Rappen.

«Die Rechnungen laufen dir nicht weg», sagte Andy und fand sich witzig.

Stahl gab auf. Es würde nichts bringen, Andy den Gefallen nicht zu tun. Am Freitag würde Stahl doch den Affen spielen und für die Stadtpolitiker in die Kamera grinsen. «Aber du zahlst.»

ZWEI

Franca rannte durch die Nacht. Ausser der Maske und ihrem Handy besass sie nichts mehr. Neben dem Koffer hatte sie auch die nasse Jacke, in der ihr Portemonnaie mit Geld, Kreditkarten und Pass steckte, zurückgelassen. Wohin? In Verscio kannte sie nur Donato, den Maskenbauer der Dimitri-Schule. Sie hatte im Herbst vor zwei Jahren einen Workshop bei ihm belegt. Daraus war eine kleine Freundschaft gewachsen. Donato hätte gerne mehr gehabt. Franca hatte gespürt, dass er sich in sie verliebt hatte. Aber sie hatte ihm klar zu verstehen gegeben, dass sie bereits vergeben war. An Marco. Nächsten Sommer wollten sie heiraten. Papst Franziskus sollte sie trauen. Giorgio hatte es gedeichselt. Giorgio war tot. Und Marco war nicht ans Telefon gegangen.

In Donatos Werkstatt brannte Licht. Sein Haus hatte keine Klingel. Dafür hing ein rostiger Ring an der Tür. Franca klopfte den Ring gegen das verwitterte Robinienholz.

Donato öffnete. Sein Vollbart war grauer geworden, die buschigen Augenbrauen dafür noch immer pechschwarz. «Was soll das jetzt? Ihr Studenten kriegt wohl nie genug, was? Was ist jetzt wieder kaputt?»

Franca merkte, dass sie die Pantalone-Maske noch auf dem Gesicht trug, und nahm sie ab. Donato brauchte einen Moment, ehe er Franca erkannte. Ein Lächeln zerschnitt seinen Bart und teilte ihn wie einen Vorhang. Blitzsaubere Zähne, wie aufgereihte Perlen, bleckten Franca an. «Das ist aber eine angenehme Überraschung. Warum hast du keine Jacke an bei dem Sauwetter? Komm rein. Du holst dir ja den Tod.»

Franca ging an Donato vorbei durch den engen Flur in die geräumige Werkstatt.

«Setz dich an den Ofen. Ich bringe dir frische Klamotten.» Donato verschwand. Franca drückte sich an einen bollernden Holzofen, auf dem Chai köchelte. Sie roch daran. Kardamom, Ingwer und Gewürznelken.

«Du bist ja noch immer in den nassen Klamotten.» Donato warf ihr eine Cordhose und ein Holzfällerhemd zu. «Zieh das an.»

Franca zögerte.

«Du willst, dass ich rausgehe?», fragte er und kräuselte vorwitzig seine fleischige Nase.

«Wäre mir nicht unangenehm.»

Er lachte in seinen Bart und seufzte. «Und ich dachte, du bist zurückgekommen, weil du dich doch für mich entschieden hast.» Er nahm ihr die Maske aus der Hand, zog sie sich übers Gesicht, krümmte sich, machte einen Buckel und spielte den Pantalone. «Smeraldina, komm, erhöre mich.» Er sprang und kreuzte die Beine in der Luft, landete weich und kicherte dreckig.

«Hör auf damit. Mir ist nicht danach.» Franca glaubte plötzlich Giorgio unter der Maske zu sehen und schwankte.

Donato stellte das Spiel ein, schob die Maske in seine schwarzen Locken und hob entschuldigend seine Pranke. «Das liegt daran, dass hier nichts los ist. Wir leben wie auf dem Mond. Uns fehlt der künstlerische Input von draussen. Verstehst du? Da wird man so.»

Franca nickte. Sie hatte ihm nicht zugehört. Sie dachte an ihren toten Vater und versuchte zu realisieren, was im Rustico geschehen war und was sie zu tun hatte.

«Schritt für Schritt», sagte sie zu sich selbst. Sie wollte sich damit beruhigen. Es bewirkte das Gegenteil. Sie erinnerte sich, dass es Giorgios Motto war. Sie fing an zu schluchzen.

Donato traute sich nicht, sie in den Arm zu nehmen. «Ich mach uns Spaghetti. Du hast sicher Hunger.» Er ging.

Franca zog ihre nassen Kleider aus und schlüpfte in Donatos Klamotten. In die Hosen passte sie dreimal, und über die Ärmel des Hemdes konnte sie stolpern. Sie nahm sich eine Kordel, die auf der Werkbank lag, und bastelte sich daraus einen Gürtel. Die Ärmel krempelte sie so hoch sie konnte. Socken hatte ihr Donato nicht gebracht. Sie setzte sich auf einen geflickten Ledersessel, rieb ihre klammen Zehen gegeneinander und streckte die Füsse an den Bauch des Ofens.

«Darf ich reinkommen?», fragte Donato mit gespielter Zurückhaltung und der näselnden Stimme eines Barons. Er konnte es nicht lassen. Ein Spieler. Sonst stieg Franca gerne auf sein Spiel ein. Jetzt wollte sie nur heulen. Sie beherrschte sich.

«Klar, entschuldige. Sonst bin ich nicht so.»

«Wie bist du sonst?» Er fiel schon wieder ins Spiel. Diesmal versuchte er es mit der naiven Unschuld eines Arlecchinos.

«Weisst du doch.»

Er seufzte. «Ja. Ich weiss. Aber was nutzt es mir? Willst du Chai?»

«Und Socken.»

«Muss ich erst stopfen. Haben alle Löcher. Aber Pantoffeln aus Marokko. Sogar in deiner Grösse.» Er kramte in seinem Kastanienschrank, der einem Requisitenfundus glich, und warf Franca gelbe Lederpantoffeln zu.

Sie fing sie und schlüpfte hinein. «Woher sind die denn?»

Donato kraulte sich verträumt im Bart. «Asifa.»

«Asifa?»

«Heisst: Der Sturm. Und bei Gott, sie war ein Sturm. Ein Sandsturm, der in alle Poren drang.»

«Erzählst du wieder Geschichten?»

«Vielleicht. Jedenfalls war sie letzten Herbst hier, hat mit mir Masken gebaut und den Studenten den Bauchtanz beigebracht.»

«Und ihre Schuhe zurückgelassen.»

«Dafür mein Herz gestohlen.»

«Möchte wissen, wie viele Herzen du hast, wenn du es bei jedem deiner Kurse mindestens einmal gestohlen bekommst.»

«Manchmal verschenke ich es auch. Wie bei dir.»

Franca verdrehte die Augen. «Du wolltest mir Chai geben. Hast du eine Tasse?»

«Kommt sofort.» Er verliess den Raum.

Franca zückte ihr Handy. Nur noch zehn Prozent Akku. Das Ladekabel hatte sie in ihrem Rollkoffer zurückgelassen. Vielleicht konnte sie damit Marco noch erreichen? Sie musste ihn sprechen. Wem sonst könnte sie sich anvertrauen? Sie wählte. Der Empfang war schlecht. Nur ein Balken. Sie lauschte. Es knarzte und tutete. Am anderen Ende der Leitung meldete sich Marco. Donato kam mit einer Tasse zurück.

«Marco. Ich bin's … Franca … Hast du deine Combox abgehört? … Nein? Dann tu's … Ich kann hier nicht reden … Ich bin bei einem Freund in … Hallo? Marco … *Cazzo!*» Die zehn Prozent Akku waren schneller gefressen als erwartet.

«Warum kannst du hier nicht reden?» Donato schenkte ihr ein. «Vor mir brauchst du keine Geheimnisse zu haben.»

Franca nahm die Tasse und schlürfte den Chai. Sie sah auf ihr Handy. Es hatte GPS. Was, wenn die düsteren Verfolger sie orten konnten?

«Ich muss wieder weg von hier. Kannst du mir dein Auto leihen?»

«Ich kann dich auch fahren. Wohin willst du?»

«Nach Locarno. Ich muss den nächsten Zug nach Rom nehmen.»

«Ich fahr dich. Wenn wir uns beeilen, kriegst du den Nachtzug und bist morgen früh um sechs Uhr dort.»

«Kannst du mir Geld borgen?»

«Wie viel?»

«Zweihundert? Fürs Billett und ein Brioche.»

«Klar.» Er sah sie ernst an. «Willst du mir nicht sagen, was los ist?»

«Kann ich nicht.» Sie schluckte. «Ich kann es nicht, weil ich noch nicht einmal sicher bin, ob das, was gerade passiert ist, echt ist.»

«Was ist passiert?»

Sie schüttelte den Kopf.

«Hast du dich mit deinem Vater gestritten?»

«Ich kann es nicht sagen.»

«*Ho capito.* Komm, ich fahre dich.» Er griff in den Schrank und zog eine Strickjacke heraus. «Mehr habe ich nicht.» Er streckte sie ihr hin. «Ich hol schon mal den Wagen. Ich hupe, wenn ich vor der Tür stehe. Zieh dann einfach die Tür zu.» Er ging.

Franca sah ihm nach. Dann stierte sie auf die Maske, die Donato neben den Ofen gelegt hatte. Sie sah wieder das Gesicht ihres Vaters darunter. Sie drehte die Maske um und sah hinein. «Donato 2014» stand darin. Der Maskenbauer hatte sich verewigt. Hatte Giorgio die Maske hier in Auftrag gegeben? Hatte jemand anderes den Pantalone bei Donato in Auftrag gegeben? War

Donato selbst zu Giorgio gegangen, hatte ihn so grausam getötet und ihm die Maske aufgesetzt? Donato hatte einen Schuss, das war klar. Aber würde er so weit gehen? Franca überkam Panik. Würde Donato sie tatsächlich zum Bahnhof bringen? Oder hatte er schon für sie eine andere Maske bereitgestellt?

Sie starrte auf die gelben Pantoffeln. Asifa. Der Sturm. Es hupte. Sie zögerte. Es hupte wieder. Franca fasste ihren Mut zusammen, öffnete die Tür, flitzte durch den Regen und sprang neben Donato in den Wagen.

***

«Komm schon. Noch eine. So jung kommen wir nicht mehr zusammen.» Andy lachte über den abgestandenen Spruch und gab der Kellnerin ein Zeichen, damit sie noch zwei Stangen brachte. «Wohnst eh ums Eck. Einmal Kreis 4, immer Kreis 4.» Er packte Stahl am Unterarm und drückte ihn fest, weil er nicht wusste, wohin mit seiner Geselligkeit. «Das wird richtig gut, sag ich dir. Ex-Gardist gibt Zürcher Jugendlichen Schliff. Oder so etwas. Den Pressefuzzis fällt bestimmt noch was Besseres ein.»

Die Kellnerin stellte die Stangen auf den Tisch. Andy nahm eines der Gläser und schlug es gegen das andere. «Auf Freitag.» Stahl nickte müde, gähnte und rührte das Glas nicht an. «Eine bessere Werbung für deinen Laden gibt es nicht. Du wirst sehen.»

«Und was springt für dich dabei raus?»

«Für mich? Wie meinst du das?»

«Gibt es eine Beförderung? Kommst du in der Partei weiter?»

«Blödsinn. Ich bin nicht in der Partei, um nach oben zu kommen, ich bin drin, weil ich dadurch die richtigen Werte und Ideale umsetzen kann.»

«Aber je weiter oben, umso mehr kannst du doch umsetzen, oder?»

«Ja, schon, aber darum geht's nicht.»

«Und wenn dein Chef aufsteigt, steigst du doch automatisch mit als sein Sekretär.»

Andy klopfte sein Glas energisch auf den Tisch. «Was soll das jetzt? Ist es verkehrt, Karriere zu machen? Hast du in Rom keine

Karriere gemacht? Du warst doch auch ziemlich weit oben, nah dran, im Zentrum der Macht. Oder?»

«Drum weiss ich ja, was in dir vorgeht.» Stahl nahm die Stange und prostete Andy zu. «Aber ich verurteile dich deswegen nicht. Ich will es nur klarstellen, damit wir hier unsere Gutmenschlichkeit nicht zu sehr feiern. Für uns beide springt was raus. Deswegen tun wir es. Und nicht, damit es den Kids besser geht.» Er trank.

«Und wenn es ihnen dadurch besser geht? Dann haben doch alle gewonnen. Darf man das nicht feiern?»

«Wenn man an die Kids auch noch dann denkt, wenn die Scheinwerfer mit den Mächtigen weiterziehen, dann ja.»

«Du meinst, wir nutzen das nur für die Wahl, und dann ist uns alles egal?»

«Soll schon vorgekommen sein.» Stahl leerte das Glas, stellte es auf den Tisch, wischte sich die Lippen mit einem Papiertuch trocken und unterdrückte einen Rülpser.

«Denk, was du willst. Der Freitag ist jedenfalls wichtig. Für uns alle. Zahlen.» Andy winkte die Kellnerin herbei.

In der hinteren Ecke der «Beiz» wurde es unruhig. «Halt! Bleib stehen!», rief eine blonde Frau. Wie ein Wiesel stob eine Gestalt in einem abgewetzten grauen Everlast-Kapuzenpulli durch den Saal und stürmte zum Ausgang.

«Haltet sie! Haltet die Diebin!», schrie die Blondine in einer Tonlage, die Biergläser zum Bersten bringen konnte.

Die Diebin stiess die Tür auf und stolperte auf die Langstrasse. Ein junger Mann, wohl der Begleiter der Bestohlenen, war aufgesprungen und hatte die Verfolgung aufgenommen. Stahl hatte den Kapuzenpulli erkannt. Er war der Diebin viel zu gross. Aber er hatte ihn ihr geschenkt, damit sie überhaupt etwas zum Überziehen nach dem Training hatte. Der junge Mann schien sportlich und gewillt, für seine bestohlene Begleitung den Helden zu spielen. Stahl sprang auf und jagte den beiden hinterher.

Auf der Langstrasse ging es munter zu, trotz des schlechten Wetters. Eine Gruppe besoffener junger Männer in blau-weissen Schals drückte Bierdosen in den Händen und grölte Fussball-Hymnen.

Huren aller Couleur drängten sich auf dem Trottoir, Touristen fotografierten das Soho Zürichs, und manch Banker hatte sich verirrt, um den Stress des Finanzwahnsinns für einen Moment gegen eine entspannende Fellatio einzutauschen. Keine optimalen Voraussetzungen, um ein Wiesel zu jagen. Aber der Häscher gab nicht auf, verkürzte seinen Abstand, und Stahl blieb dran.

Er war wieder gut in Form. Seit der Eröffnung des Boxclubs stand er bis auf Sonntag täglich bis zu acht Stunden in der Halle. Und da er selbst alles vormachte, sich keinen Co-Trainer leisten konnte, war er fit wie in den besten Zeiten bei der Garde. Fast hatte er den Verfolger der Diebin erreicht. Noch zwei Schritte. Auf gleicher Höhe gab er ihm einen Schubser, dass er in die Gemüseauslage eines türkischen Händlers stolperte. Stahl vernahm den Aufschrei und das Gezeter des Türken, lief aber unbeirrt weiter. Die Diebin drehte sich nicht um. Sie rannte um ihr Leben. Zu wenig, um Stahl zu entkommen. Schon viele Leben hatte es gegeben, die vor ihm hatten fliehen wollen. Und er hatte sie alle erwischt. Im Auftrag Gottes und der heiligen Kirche. Er wollte nicht daran denken. Es schwächte die Beine, machte weiche Knie. Ans Ziel musste er denken. Immer nur ans Ziel. Das war seine Strategie. Damit konnte er überleben. Damit vertrieb er die bösen Geister. Das Fegefeuer kam noch früh genug.

Die Diebin bog hinter einem Handyladen links in die Zwinglistrasse. Stahl hinterher. Sie war weg. Wie vom Boden verschluckt. Weit konnte sie nicht sein. Stahl drehte sich um und entdeckte einen Haufen Abfallsäcke neben einem Glascontainer. Er hatte den Eindruck, dass sich der Abfallberg leicht bewegte. Er ging darauf zu und war sich sicher. Die kleine Ratte hatte sich darunter verkrochen.

«Komm raus», sagte er. «Die Runde geht an mich.»

Ein Abfallsack flog ihm entgegen. Er wich gekonnt aus, stiess zwei Schritte nach vorn und packte die Diebin am Kragen. Die Kapuze ihres Pullovers rutschte ihr dabei vom Kopf. Schmutziges, blondes, halblanges Haar kam zum Vorschein. Die blauen Augen blitzten zornig.

«Her mit dem Portemonnaie.» Stahl streckte die Hand aus.

Lillys Augen suchten nach Fluchtchancen.

«Vergiss es. Du entkommst mir nicht.» Er betonte seine leere Handfläche mit einer wiederholten Geste und wartete. Lilly klatschte ihm das Portemonnaie auf die Finger und wollte an Stahl vorbei. Er hielt sie am Ärmel fest. «So schnell geht das nicht. Wir müssen reden.»

«Fick dich. Reden. Alle reden nur. Wir haben heute schon geredet. Schon vergessen? Und immer nur Scheisse. Ich muss nach Hause. Meine Mutter hat einen Turkey, meine Geschwister plärren vor Hunger, und du willst reden?»

Stahl öffnete das Portemonnaie und warf einen Blick hinein. Er zog fünf Hunderter heraus. Lillys Augen gierten, ihre Finger zuckten nervös. Stahl schlug ihr auf die Hand. Er steckte das Portemonnaie ein und zog seins heraus. «Hier.» Er streckte ihr einen Hunderter entgegen. «Und wenn ich dich noch einmal beim Klauen erwische, schlag ich dich im Ring zu Brei.»

Lilly zögerte, nahm dann den Hunderter und stopfte ihn sich in die Hosentasche. «Und was machst du mit dem Portemonnaie?»

«Behalt ich selbst.» Er grinste und zwinkerte frech.

Lilly fiel der Kiefer runter.

«Übrigens. Wir müssen an deiner Beinarbeit feilen. Der Kerl hätte dich gekriegt. Du bist zu langsam.»

Lilly zog ein Gesicht. Stahl drehte sich um und ging davon.

***

Franca sass schweigend auf dem Beifahrersitz und umklammerte die Pantalone-Maske. Donato lenkte seinen Sprinter vorsichtig die Strasse ins Tal hinab und wich immer wieder grösseren Steinen aus, die der Regen vom Hang gespült hatte. Er schielte auf die Maske.

«Willst du mir nicht erzählen, was passiert ist?»

«Giorgio ist tot. Er liegt oben im Rustico.»

Donato trat auf die Bremse. Der Sprinter stoppte. «Was? Und das sagst du erst jetzt? Hast du einen Arzt verständigt? Die Behörde?»

«Nein.»

«Verstehe ich jetzt nicht. Willst du ihn da oben einfach liegen lassen? Ich glaube, er hat Besseres verdient.»

«Er wurde ermordet.» Ihr Mund pappte. «Jemand hat ihm das Herz herausgeschnitten und ihm diese Maske aufgesetzt.» Sie hielt Donato den Pantalone vors Gesicht.

«Die Maske ist von mir», sagte er. «Ich habe sie Giorgio erst vor zwei Wochen gegeben.»

«Weswegen hat er sie bei dir anfertigen lassen?»

«Widmer hatte sie in Auftrag gegeben, bevor er starb. Es sollte sein Erbe an Giorgio sein.»

«Aber Widmer starb doch schon letztes Jahr.»

«Ja. Ich weiss. Aber ich hatte so viel zu tun. Und gute Masken brauchen ihre Zeit, das weisst du.» Donato schüttelte den Kopf. Seine grauschwarzen Locken, die ihm bis auf die Schultern fielen, baumelten wie Girlanden. «Ich kann das nicht glauben. Wer sollte Giorgio umbringen? Wir müssen die Polizei verständigen», sagte er und zückte sein Handy.

Franca nahm es ihm aus der Hand. «Nein. Das ist Angelegenheit des Vatikans. Das geht sonst niemanden etwas an.»

Donato holte sich sein Handy zurück und steckte es ein. «Wie du meinst. Es ist mir sowieso lieber, wenn ich mit der Polizei nichts zu schaffen habe. Und noch lieber wäre es mir, du hättest mir von der Sache gar nichts erzählt.»

«Wollte ich auch nicht, aber du hast gefragt. Fahren wir weiter?»

«Wohin willst du? Und warum so eilig?»

«Die Mörder sind noch da. Sie haben mich im Rustico gesehen und sind hinter mir her. Ich bin übers Dach abgehauen und zu dir gerannt.»

«Du erzählst Geschichten. Und ich dachte, ich sei schon verrückt.»

«Das sind keine Geschichten. Es ist die Wahrheit.»

«Die Wahrheit.» Donato nuschelte es in seinen Bart und sah auf die schwarze Limousine, die sie eben überholt hatte und vor ihnen anhielt.

«Das sind sie.» Franca begann zu zittern. «Das sind die Mörder. Gib Gas!»

«Wollen wir doch mal sehen, wer das ist», sagte Donato und stieg aus dem Wagen.

«Bleib hier.» Franca sah hilflos zu, wie Donato zu der schwarzen Limousine ging. Die Fahrertür öffnete sich. Der Fahrer stieg aus. Franca konnte ihn nicht erkennen, weil Donato ihn verdeckte. Sie sah, wie Donato mit den Armen gestikulierte. Dann zuckte er zusammen. Einmal, zweimal und sank zu Boden. Jetzt war der Fahrer zu sehen. Schlank. In schwarzem Regenmantel mit hochgestelltem Kragen. In der Hand hielt er eine Pistole mit Schalldämpfer. Er stieg über den am Boden liegenden Donato und kam auf Franca zu.

Kannte sie ihn? Sie erinnerte sich nicht. Es war ein Gesicht wie aus einem Noir-Comic. Hart gezeichnet. In Schwarz-Weiss. Er kam näher. Plötzlich blieb er stehen. Worauf wartete er? Er drehte sich zur Limousine um. Die Beifahrertür öffnete sich. Ein schwarzer Schirm stach heraus und öffnete sich. Unter dem Schirm ebenfalls ein schwarzer Regenmantel. Aus demselben Comic. Franca wusste, wenn der Regenschirm das Gesicht des Unbekannten zeigte, war auch sie tot. Darauf wollte sie nicht warten. Sie schnallte sich ab, rutschte auf den Fahrersitz, legte den Gang ein und fuhr auf den Killer zu. Er sprang zur Seite. Der Regenschirm erschrak ebenfalls und zog in den Himmel. Für einen Moment sah Franca das Gesicht des zweiten Schergen. Und sie erschrak. Nein. Das durfte nicht sein. Das hatte sie sich nur eingebildet. Niemals. Sie klammerte sich an das Lenkrad und gab Gas. Immer wieder rumpelte es, ratschte ein Stein den Unterboden. Wenn es wahr war, was sie gerade gesehen hatte, wäre alles dahin. Der Wagen sollte sich überschlagen und die nächste Böschung hinabstürzen. In Flammen aufgehen. Verbrennen. So heiss es ging. Um die Eiseskälte zu vertreiben, die ihr gerade das Herz gefrieren liess.

Sie sah in die Aussenspiegel. Die Limousine war nicht zu sehen. Wenn sie länger auf dieser Strasse blieb, hätte sie der Mercedes bald eingeholt. Sie erinnerte sich an den Feldweg hinter der kleinen Kapelle. Er kam nach der nächsten Kurve. Schon sah sie die Spitze der Kapelle. Noch mal ein Blick in den Aussenspiegel. Noch immer keine Lichter der Verfolger.

Sie bremste scharf, riss das Steuer herum und bretterte an der Kapelle vorbei über den Feldweg in den Wald. Sofort löschte sie das Licht und stellte den Motor ab. Sie sprang aus dem Wagen und suchte einen Ort, von dem sie geschützt auf die Strasse schauen konnte. Der Regen schlug ihr hart ins Gesicht. Jetzt sah sie Scheinwerfer. War es die Limousine? Es war zu dunkel. Sie konnte es nicht erkennen. Der Wagen fuhr an der Kapelle vorbei. Vielleicht. Sie war sich nicht sicher. Besser, sie wartete noch, um sicherzugehen. Sie hatte es sich nicht eingebildet. Der Mann unter dem Schirm, er war es. Marco.

***

Stahl war nach Hause gegangen. Erst hatte er in der «Beiz» nachgesehen, ob die Bestohlene noch dort war. Sie war schon weg. Samt Helden, den Stahl in die Gemüseauslage geschubst hatte. Stahl dachte an Lilly und hoffte, dass sie es schaffte, sich aus dem Sumpf, in den sie hineingeboren worden war, zu befreien. Stahl hatte es schliesslich auch geschafft. Und Lilly war nicht nur eine Kämpferin, sie war auch klug. Die Schule hatte sie geschmissen, aber das war keine Frage der Intelligenz. Vielleicht konnte sie über einen anderen Weg eine Ausbildung machen? Er würde gleich mit einem alten Freund telefonieren. Vielleicht ging da etwas.

Er nahm den blubbernden Kaffee vom Gas, goss sich einen Espresso ein, rührte den Zucker um und trank mit geschlossenen Augen. Die leere Tasse spülte er aus und stellte sie zum Abtropfen ab.

Jetzt fand er Zeit, das Innenleben des Portemonnaies genauer zu betrachten. Neben den fünf Hunderternoten steckten auch unzählige Karten drin. Bankomat, Kredit, Führerausweis, Versicherung und fünf Visitenkarten: Angelika Sommer, Investment Banking, Credit Suisse, Paradeplatz 8 in Zürich. E-Mail-Account und zwei Telefonnummern. Stahl nahm sein Handy und wählte die Mobilnummer. Nach zweimal Klingeln meldete sich Frau Sommer.

«Guten Abend, Frau Sommer. Ich habe auf der Langstrasse ein Portemonnaie gefunden, das wohl Ihnen gehört … Ich habe keine Ahnung, ob etwas fehlt. Sieht aber nicht so aus. Es sei denn, Sie führen mehr als fünfhundert Franken mit sich herum … Wenn Sie wollen, können Sie es abholen. Engelstrasse 88, im Kreis 4. Haltestelle Helvetiaplatz … Gut. Bis dann.»

In einer Stunde wollte sie hier sein. Stahl erinnerte sich nicht mehr, wie sie aussah. Aber ihre Stimme klang sehr angenehm.

Lilly fiel ihm wieder ein. Er hatte noch ein Telefonat zu führen. Ein wichtigeres. Er wählte die Nummer und wartete. *«Ciao. Sono Ruggero Stahl. Vorrei parlare con Monsignore Lorenzo … Grazie, aspetto.»*

***

Franca wühlte im Handschuhfach des Sprinters und wurde fündig. Ein Ladekabel für ihr iPhone, das sie am Zigarettenanzünder einstecken konnte. Sie schob den Stecker in die Buchse und verband das Kabel mit dem Handy. Es brummte und lud.

Sie starrte auf die Kapelle. Wohin sollte sie? Nach Rom konnte sie nicht. Marco hätte sie binnen zweier Tage aufgespürt. Was war geschehen? Hatte Marco ihren Vater ermordet? Donato hatten sie umgelegt, das hatte sie gesehen. Warum? Was sollte verschwiegen werden? Und es musste etwas verschwiegen werden. Es war Marcos Aufgabe, Dinge unter Verschluss zu halten. Dazu hatte man ihn ausgebildet. Nein. Nicht man. Giorgio hatte ihn ausgebildet. Und Giorgio war jetzt tot. Hatte Marco ihm das Herz herausgeschnitten? Warum? Und warum die Maske? Franca musste wissen, was geschehen war. Sollte sie noch mal ins Rustico fahren? Vielleicht fand sie dort Spuren, die ihr weiterhalfen? Nein. Alleine würde sie dort niemand hinbringen.

Ihr Handy klingelte. Sie erschrak. Auf dem Display leuchtete der Name: Marco. Sie ging nicht dran. Sie wollte keine Lügen hören. Marco wusste zu reden, er würde sie davon überzeugen, sich mit ihm zu treffen, und dann wäre sie erledigt. Dann läge sie auch mit einer Maske auf dem Gesicht und herausgeschnittenem Herzen irgendwo im Regen. Welche Maske Marco ihr wohl zuordnete? Und warum ausgerechnet den geizigen, notgeilen venezianischen Kaufmann für ihren Vater? Er war nicht geizig, im Gegenteil. Sie kannte ihn nur als grosszügigen Menschen. Und notgeil war er schon zweimal nicht. Er hatte seine Triebe im Griff. Weder ging er zu den Nutten, noch rannte er töricht jungen Frauen nach.

Es piepste. Marco hatte auf die Combox gesprochen. Franca würde sie jetzt nicht abhören. Erst brauchte sie einen Plan. Das Telefon klingelte erneut. Diesmal war es nicht Marco, sondern Monsignore Lorenzo. Ein treuer Freund. Ein alter Lehrer, der Franca in die Exerzitien des Ignatius von Loyola und die Strategien des Jesuitentums eingeweiht hatte. Er hatte ihr den Kontakt zu Professor Bianchi vermittelt. Einen wie ihn konnte sie nun gebrauchen. Aber anvertrauen durfte sie sich auch ihm nicht. Die jesuitische Hochschule Gregoriana stand dem Vatikan seit der Ernennung des Franziskus näher als je zuvor.

Sie nahm ab. «*Buona sera, Monsignore* ... Danke, es geht mir gut. Und bei Ihnen? ... Oh, das ist ... nein, nein ... doch, doch ... es kommt nur sehr überraschend. Natürlich unterrichte ich sehr gerne in der Gregoriana ... aber ich hatte nicht erwartet, dass Sie an meiner Theorie der Archetypen interessiert sind ... Ich bin gerade im Tessin, besuche meinen Vater ... Nächste Woche bin ich wieder in Rom ... Mittwoch? ... Ja, fünfzehn Uhr ... *Grazie, Monsignore, arrivederla.*» Sie legte auf.

Normalerweise hätte sie Luftsprünge gemacht. Einen Lehrauftrag in Psychologie an der Gregoriana. Obendrein zu ihrem Thema: Die Archetypen Jungs und die Commedia dell'Arte. Trieb und Traum. Das Ganze vermischt mit dem Psychodrama Morenos. Sie hätte nicht gedacht, dass das die jesuitische Hochburg Roms interessierte. Und warum ausgerechnet jetzt? Sie hatte ihr Dossier schon vor einem Jahr an Lorenzo geschickt. Er hatte sich nie bei ihr gemeldet. Vielleicht ein Zufall. Der Monsignore hatte viel zu tun. Sie sollte sich freuen, und sie wollte es auch – aber es ging nicht. Der Tod ihres Vaters steckte zu tief in den Gliedern. Wie konnte sie sich jetzt über das Angebot aus Rom freuen? Und trotzdem. Wenn sie daran dachte, wieder durch die Hallen der Gregoriana zu gehen, wo sie einst zur Schule gegangen war, fühlte sie sich beflügelt. Sie hatte dort eine wunderbare Zeit gehabt. Nicht nur der Monsignore, auch die anderen Lehrer hatten sich ihrer besonders angenommen. Damals dachte sie, dass sie aufgrund ihrer hohen Begabung Einzelunterricht erhalten hatte. Später war ihr klar geworden, dass Giorgio dafür ordentlich gezahlt hatte. In einen ihrer damaligen Lehrer hatte sie sich sogar verliebt. Er war kein gewöhnlicher Dozent, sondern auch Gardist gewesen. Kein Gelehrter wie die anderen. Trotzdem belesen und kundig in vielen Dingen. Gleichzeitig aber ein Querdenker und Praktiker. Eine Mischung aus Gentleman und Strassenköter. Er hatte ihr Schopenhauer und Gracián vermittelt und ihr gezeigt, wie man mit drei Schlägen einen Angreifer ausser Gefecht setzt. Und er hatte sie geküsst wie keiner zuvor. Aber er war fast zehn Jahre älter gewesen und hatte Angst vor festen Beziehungen. Sie wusste, dass auch er sie nur unterrichtet hatte, weil Giorgio ihn darum gebeten hatte.

Plötzlich wusste sie, wohin sie fahren musste. Giorgio hatte es neulich in einem Gespräch mit Marco erwähnt. Es sei schade, dass er ausgetreten war. Gerade jetzt könnte man Männer wie ihn gut gebrauchen. Giorgio war sogar richtig in Rage darüber geraten. Sollte er doch mit seinem Boxclub in Zürich glücklich werden, hatte er gegrollt.

Franca startete den Sprinter und fuhr los. Wenn alles gut lief, war sie in zweieinhalb Stunden in Zürich.

***

Frau Sommer war nicht allein gekommen. Der Typ, den Stahl in die Gurkenauslage verfrachtet hatte, stand neben ihr. Ein dickes Pflaster klebte über seiner rechten Augenbraue. Er erkannte Stahl und sah ihn finster an. Stahl dachte nicht daran, die beiden hereinzubitten. Er streckte Frau Sommer das Portemonnaie entgegen. Sie nahm es und kontrollierte den Inhalt.

«Alles da?», fragte Stahl.

Sie sah ihn an und nickte.

«Dann ist ja gut.»

«Ich erstatte Strafanzeige gegen Sie», sagte der Mann.

Stahl ignorierte ihn und sah nur Frau Sommer an.

«Danke», sagte sie und steckte das Portemonnaie in ihre Handtasche, deren Braun sie passend zu ihren Pumps gewählt hatte.

«Ich hätte mir alle Knochen brechen können», plapperte der Wichtigtuer weiter.

«Sind Sie mit einem Abendessen als Finderlohn einverstanden?»

«Kochen Sie?», fragte Stahl.

Sie lächelte unmerklich.

«Der Türke hat hundert Franken für den Schaden von mir verlangt.»

«Morgen Abend?», fragte Stahl.

«Mittwoch wäre mir lieber.» Sie streckte ihm die Hand entgegen. Stahl nahm sie. Feine Finger, aber kraftvoll.

«Mittwoch wollten wir doch ins Theater?» Der Begleiter sah hilflos zwischen Stahl und Frau Sommer hin und her und begriff erst jetzt, was sich zwischen den beiden abspielte.

«Du kannst mir dann ja erzählen, wie das Stück ausgegangen ist», sagte sie knapp.

«Die Physiker? Das Stück ist Kulturgut. Jeder weiss, wie es ausgeht. Aber darum geht es nicht. Es geht um die Interpretation.»

«Dann weisst du bestimmt auch, wie diese Szene hier ausgeht?» Sie sah ihn mit einem kalten Lächeln an.

Er stammelte, wusste gar nichts damit anzufangen.

Frau Sommer sah zu Stahl. «Abgemacht. Am Mittwoch koche ich. Jetzt kochen Sie.» Sie ging an Stahl vorbei in die Wohnung. «Schliessen Sie die Tür. Ich kann den Affen nicht mehr ertragen.»

Stahl sah den Begleiter an, hob hilflos die Hände und schloss die Tür.

«Ich werde Sie verklagen», brüllte er durch die Tür hindurch. «Und du, Angelika, du wirst schon wieder angekrochen kommen. Ja, das wirst du. Wäre nicht das erste Mal.»

Stahl ging durch den Flur und suchte Frau Sommer. Sie war bereits im Wohnzimmer gelandet und besah sich die Kartons mit den Büchern, die den Raum bevölkerten.

«Werfen Sie die weg? Oder ziehen Sie aus?»

«Ein Erbe. Ich erbe immer wieder Bücher. Kaum habe ich die alten verkauft, kommt ein neuer Schwung.»

Frau Sommer spielte mit dem Deckel eines Kartons und warf einen Blick hinein. «Ziemlich alte Schinken. Lesen Sie die auch?»

«Nein. Ich versuche, Geld daraus zu machen. Ich werde sie ins Antiquariat bringen. Vielleicht springt was dabei raus.»

«Ich lese nie. Höchstens die Wirtschaftsticker und Börsenberichte.»

«Immerhin gehen Sie ins Theater.»

«Tue ich ja nicht.» Sie lachte. Ein lautes, dominantes Lachen. «Zum Glück bin ich den Idioten los. Theater, Konzert, Museum. Wo der mich überall hinschleppen wollte.»

«Kennen Sie sich schon lange?»

«Ein halbes Leben. Ich habe ihn mal geheiratet. Strategische Gründe. Wir stammen beide aus eingesessenem Zürcher Geldadel. Mein Vater hat es von mir erwartet, dass ich Martin heirate.»

«Und Martin?»

«Für ihn war das ein Lottogewinn.» Sie präsentierte sich wie ein Nummerngirl. «Tata-ta-ta! Sehen Sie mich doch an. Oder bin ich etwa hässlich?» Sie kickte ihre Pumps von den Füssen und liess sich in einen der beiden Ledersessel fallen, die Stahl aus Rom mitgenommen hatte. «Sagen Sie nichts. Sie brauchen nicht zu lügen. Ich weiss auch, dass ich in die Jahre komme. Dreiunddreissig. Im Winter habe ich mir eine Krampfader ziehen lassen. Stellen Sie sich vor. Und im Sommer werde ich auf eine Beautyfarm gehen. Man kann dem Alter nicht früh genug Einhalt gebieten.» Sie sah Stahl gespielt erschrocken an. «Oh mein Gott, was für einen Blödsinn ich rede. Sie müssen mich für völlig oberflächlich halten.» Sie beugte sich vor und nahm ein Buch aus dem Karton, der ihr am nächsten stand. «Shakespeare», las sie. «‹Der Kaufmann von Venedig›. Kenne ich nicht. Ich kenne nur ‹Romeo und Julia›. Und ‹Biedermann und die Brandstifter›. Das musste ich in der Schule lesen. Aber von Shakespeare ist es nicht, oder?» Sie lachte. «Ein Scherz. So blöd bin ich auch nicht. Aber ich mach gerne auf blond und dumm, weil das den meisten Männern die Eier schaukelt und sie mich dann unterschätzen, verstehen Sie?» Sie stand auf, noch immer das Buch in den Händen. «Wenn Sie es in der Finanzwelt weit bringen wollen, dann müssen Sie mit dem Testosteron des Mannes spielen. Sobald dem das Blut vom

Kopf in den Schwanz wandert, verkaufe ich ihm jedes Produkt. Und wenn er gekauft hat, blase ich ihm vielleicht sogar einen.» Sie blieb stehen. «Finden Sie das abgeschmackt?»

«Sind Sie mit Penne al pesto zufrieden?»

Sie nickte und lächelte. «Wenn ich aber zu klug daherkomme, dann hat der Kunde Angst. Und Angst ist ein schlechter Freund für Geschäfte.»

Stahl war in die Küche gegangen. Frau Sommer kam hinterhergetrippelt. «Sie können mich doch nicht mit all den Büchern allein zurücklassen. So viel Wissen um mich herum deprimiert mich.» Sie legte von hinten ihre Arme um Stahl und drückte sich an ihn. Stahl liess sich dadurch nicht abhalten, den Topf mit Wasser zu füllen. Frau Sommer begann an Stahls Nacken zu knabbern und arbeitete sich bis zu seinem Ohrläppchen vor. «Eine kleine Vorspeise wäre nicht schlecht», hauchte sie ihm ins Ohr. Stahl stellte den Topf auf den Herd, drehte sich um und schob seine Hände unter ihren Rock. Sie warf ihren Kopf in den Nacken und presste das Becken gegen ihn.

***

Das Navi ihres Handys hatte sie sicher ans Ziel gebracht. Engelstrasse 88. Franca parkierte den Sprinter, stieg aus dem Wagen und ging auf den Hauseingang zu. Es schien ihr, als würde sie von jemandem beobachtet. Sie blieb stehen und sah sich um. Unsinn. Sie sah Gespenster. Wer sollte sie hier erwarten? Sie verdoppelte ihren Schritt und suchte nach der Klingel. Sie läutete und wartete. Es tat sich nichts. Sie drückte noch mal. Und noch mal. Endlich antwortete der Summer, und die Tür sprang auf. Franca tastete nach dem Lichtschalter und fand ihn nicht. Sie sah nach oben. Dort, wo Licht ins Treppenhaus fiel, musste er wohnen. Sie stieg die Stufen hoch. Jemand knipste das Licht an. Oben angekommen, sah sie in das müde Gesicht eines Mannes, den sie jünger in Erinnerung hatte.

«Hallo, Roger», sagte sie.

Er rieb sich die Augen, gähnte und kratzte sich am Brusthaar.

«Stehst du gerade im Ring?», fragte sie und zeigte auf Stahls goldene Boxershorts. Mehr trug er nicht. Er sah an sich runter und grinste. «Könnte man so sagen. Aber nicht auf die lange Distanz.» Er trat einen Schritt zur Seite. «Komm rein.»

Sie ging an ihm vorbei. Er schloss die Tür hinter sich und folgte ihr. «Vorne rechts ist die Küche.»

Sie bog hinein. Stahl hinterher.

«Kaffee? Penne al pesto?», fragte er.

«Kaffee ist gut.»

«Va bene.» Er machte sich daran, Kaffee aufzusetzen.

«Willst du dir nichts anziehen?»

«Stört es dich?»

«Es erinnert mich.»

«Ist doch schon lange her.»

«Genau fünf Jahre. 15. Mai. Die Kalte Sophie. Es war ein kalter und regnerischer Tag, und du hattest mir erklärt, dass man die römische Sophie anbeten müsse, um die Frucht vor Eiseskälte zu schützen. Ich habe gebetet, damit die Frucht unserer Liebe gedeihe.» Sie lachte. «Ganz schön naiv, was?»

«Romantisch.» Er ging aus der Küche.

«Nein, saudumm. Und ich glaube, ich bin seither nicht klüger geworden.»

Stahl kam zurück. Er hatte sich einen Kapuzensweater übergeworfen und mimte einen Mönch im Kreuzgang. «Besser so?»

«Blödmann. Nimm die Kapuze runter.»

Stahl gehorchte. Er goss den Kaffee in zwei Espressotassen, stellte sie auf den Küchentisch und fingerte zwei Löffel aus der Schublade. «Zucker?»

«Hast du's vergessen?»

«Ich habe es nie gewusst.»

«Idiot.»

«Schön, dass du da bist.» Er stellte Zucker auf den Tisch. Franca nahm sich zwei Löffel. Stahl sah ihr dabei zu. Sie zitterte.

«Unterzuckert?», fragte er.

Sie rührte langsam. Ihr wurde wieder bewusst, was geschehen war und in welcher Situation sie sich befand. «Kann schon sein.»

«Willst du vielleicht doch etwas essen? Penne sind schnell

gemacht. Das Wasser wartet schon seit zwei Stunden darauf, gekocht zu werden.»

«Ich habe auch Hunger», sagte eine blonde Frau, die im Türrahmen erschien und noch weniger anhatte als Stahl. Sie musterte Franca. «Süss. Machen wir gleich noch einen Dreier?» Sie neigte ihr Köpfchen und biss sich billig auf die Unterlippe.

Franca sah Stahl fragend an.

«Angelika. Franca. Franca. Angelika.» Es klang wie auf einem Empfang.

«Angenehm.» Angelika streckte ihr Pfötchen hin.

Franca liess es unangetastet, rührte den Zucker in ihrem Kaffee und sagte: «Wirf sie raus. Sofort.» Ihr Ton war scharf und bestimmt, wie sie ihn von Giorgio gelernt hatte. Stahl musste wissen, dass die Stimmung umschlug. Er war darauf trainiert, leiseste Schwingungsänderungen zu bemerken und darauf zu reagieren. Sie sah zu ihm auf. Er hielt ihrem Blick stand und hatte begriffen, dass es ihr ernst war.

«Angelika, pack deine Sachen und geh.»

«Was? Aber warum? Du spinnst wohl.»

Stahl schob sie aus der Küche. «Ich gebe dir zwei Minuten. Wenn du dann nicht angezogen bist, werfe ich dich nackt auf die Strasse.»

Angelika stierte ihn fassungslos an. Seine Strenge machte ihr Angst. So hatte noch niemand mit ihr gesprochen. «Ja, natürlich. Bin schon weg.» Sie verschwand im Schlafzimmer.

Franca und Stahl wechselten Blicke und schwiegen. Angelika kam angezogen aus dem Schlafzimmer, nickte Franca devot zu, drückte Stahl unsicher einen Kuss auf die Wange und stakste in ihren Pumps zur Wohnungstür. Sie sah sich noch mal um und fragte wie ein kleines Kind: «Sehen wir uns wieder?»

Stahl gab keine Antwort. Angelika nickte stumm und voller Selbstmitleid, wie sie es wohl in schlechten Vorabendserien gesehen hatte, und zog die Tür hinter sich zu.

Stahl drehte sich zu Franca.

«Ich höre.»

DREI

Lorenzo war der Einzige gewesen, der gegen die Massnahme gestimmt hatte. Alle anderen waren sich einig. Das Exempel musste statuiert werden. Für Verräter galt keine Gnade. In der Sache hatten sie recht. Aber Lorenzo hatte Giorgio ein halbes Leben gekannt. Er hatte Franca getauft, sie unterrichtet, bald sollte sie eingeweiht werden, obwohl sie eine Frau war. Nun war alles anders gekommen. Nur weil Giorgio plötzlich ein Gewissen gehabt hatte. Ein Glück war er bei Don Alonso zur Beichte gegangen, der schnurstracks zu Lorenzo gekommen war. Und Lorenzo hatte es Holzer gesagt. Vielleicht ein Fehler. Giorgio wäre noch am Leben, hätte Lorenzo geschwiegen. Aber die Sache war wieder einmal grösser als der Einzelne.

Melancholie überkam Lorenzo. Mit Exerzitien würde er die heute nicht vertreiben können. Er brauchte einen Lover. Einen, der unschuldig wie das Opferlamm auf der Wiese blicken konnte, es aber faustdick hinter den Ohren hatte. Lorenzo wählte die gespeicherte Nummer vom Escortservice Pasolini. Er brauchte nichts zu sagen. Seine Nummer würde sich ins Programm einwählen, und binnen zwei Minuten bekäme er eine SMS. Praktisch. Was waren das noch für Zeiten, als er sich heimlich hinterm Kolosseum herumtreiben musste, um seine Lust zu befriedigen. Dafür war er zu alt. Im Dezember würde er sechzig werden. An Heiligabend. Ein Jesuskind. Und was für eins. Ein Zelot. Ein Rebell. Schon immer. Ein Anhänger des Matthäus-Evangeliums. Auch dafür liebte er Pasolini.

Sein Handy summte. Die SMS flatterte herein. In einer halben Stunde wäre Pier Paolo hier. So hiessen sie alle. Sie hatten keine anderen Namen. An meinem Namen sollst du mich erkennen.

Wieder summte das Handy. Noch eine SMS. *«Ci sono problemi.»* Es war Marco. Lorenzo wollte jetzt an keine Probleme denken. Er wollte an nichts denken. Marco war ein Stümper. Giorgio und Holzer hatten auf ihn gesetzt. Er sei ein zweiter Stahl, hatte Giorgio gesagt. Und Holzer hatte mehr darauf gehofft, als daran geglaubt. Ein Witz war er. Stahl mit Marco zu vergleichen war eine Frechheit. Aber nun musste er mit dem Tessiner zurechtkommen. Wie konnte man einen Tessiner in den Zürcher Kreis aufnehmen? Immerhin war er kein Walliser.

Stahl hatte die Brocken hingeworfen und wollte nicht mehr. Wenn er wüsste, wie tief sie mittlerweile in Schweinereien steckten, Stahl würde völlig vom Glauben abfallen.

Wie hatte es so weit kommen können? Eine scheinheilige Frage, mehr als rhetorisch. Eins gab das andere. Und irgendwann tropfte das Blut von den Fingern, und es gab kein Wasser mehr, das die Hände in Unschuld wusch. Aber ihr Unternehmen war schon immer kämpferisch gewesen. Seit Gründerzeiten. Warum sollte sich das ändern? Wer überleben wollte, musste mitspielen. Hätte Ignatius damals den Orden nicht gegründet, niemand würde mehr vom Heiligen Stuhl sprechen. Und dass jetzt ausgerechnet einer von ihnen darauf Platz nahm und umjubelt wurde, war der grösste Triumph. Wie sie nun mit dem vierten Gelübde umgehen sollten, wusste Lorenzo nicht. Forderte es doch von der Gesellschaft Jesu, dem Papst zu dienen, und nicht, ihn zu stellen. Aber es gab ja noch Benedikt. Von daher bewegten sie sich in einer Grauzone, die niemanden störte.

Die SMS von Marco hingegen störte gewaltig. Lorenzo wollte davon jetzt nichts wissen. Er fürchtete, dass es ihm die Lust auf seinen Knaben verderben könnte. Also schob er das Handy unter seine Baskenmütze und ging ins Nebenzimmer, wo er das bezahlte Frischfleisch zu empfangen pflegte. Er zog sich die Kleider aus, schlüpfte in sein Lederkostüm, legte sich auf das Bett und blätterte in «Dr. Fist», einem englischen Hardcore-Gay-Pornoheft aus den Siebzigern.

***

Stahl kratzte den Zucker aus der Espressotasse. Was Franca ihm erzählt hatte, klang nach einer internen Abrechnung. Giorgio musste in eine Sache verwickelt gewesen sein, die er nicht mehr hatte mittragen wollen. Nur so konnte er sich den theatralischen Mord an ihm erklären. Die Mörder wollten, dass ihn jemand so fand. Aber war es tatsächlich Franca, die ihn hatte finden sollen? Oder galt die Nachricht mit der Maske und dem herausgeschnittenen Herzen einem anderen?

Franca löste sich aus Stahls Arm und sah ihn mit verheulten Augen an. «Hast du ein Taschentuch?», fragte sie und zog den Rotz weit nach oben.

Stahl stand auf und ging auf die Toilette, riss einen halben Meter Klopapier ab und brachte Franca den Streifen. Sie schnäuzte hinein.

«Was soll ich jetzt bloss tun? Ich weiss nicht, wohin ich soll. Ich habe Angst.»

«Du kannst hierbleiben. Hier bist du sicher.»

«Und was soll ich hier? Marco weiss, dass ich ihn erkannt habe. Er wird mich suchen, und wenn er mich findet, wird er mich töten. Marco. Ausgerechnet. Ich verstehe das nicht.» Sie begann wieder zu schluchzen.

Stahl zog sie an sich und strich ihr durch das kastanienbraune Haar. «Er wird dich nicht finden. Warum sollte er dich bei mir suchen?»

Stahl erwartete keine Antwort. Gleichzeitig stiess ihm die Frage selbst auf. Natürlich würde Marco auch in Zürich nach ihr suchen. Giorgio war oft in Zürich gewesen und hatte sich im «Wildguet» mit Veteranen der Garde getroffen. Auch bei Stahl war er gewesen. Erst im Dezember. Kurz vor Weihnachten. Er hatte Stahl einen Karton Bücher mitgebracht, die er von dem verstorbenen Widmer für ihn aufbewahrt hatte. Theaterbücher. Widmer war ein grosser Theaterkenner gewesen. Vor allem die Commedia dell'Arte hatte es ihm angetan. Er hatte alte Stücke gesammelt, vergessene Komödien, und sogar selbst einige Texte im Stile der Commedia verfasst. Als Stahl noch in Rom gedient hatte, hatte er oft bei Widmer gesessen.

Stahl hatte den vielbelesenen Alten bewundert. Er unterschied sich von den anderen dadurch, dass er sein Wissen nicht bierernst nahm, sondern mit spitzem Humor hinterfragte. Widmer hatte Stahl gerne aus den Komödien vorgespielt. Und Stahl hatte nicht immer unterscheiden können, ob es nun aus einem alten Folianten oder aus Widmers Feder stammte. Die Ähnlichkeiten zu bekannten Persönlichkeiten innerhalb des Vatikans waren zu verblüffend. Jedenfalls erinnerte sich Stahl daran, dass er Tränen gelacht hatte. Giorgio war hin und wieder auch dabei gewesen. Auch er hatte sich köstlich über Widmers Spiellust amüsiert. Und nun waren beide tot. Widmer war eines Morgens einfach nicht mehr aufgewacht. Herzstillstand. Natürlicher Tod. So hatte es der Arzt diagnostiziert. Und warum hätte man daran zweifeln sollen? Widmer war bereits dreiundachtzig gewesen. Schon längst in Pension. Er hatte aber darum gebeten, für seine Forschungsarbeiten im Vatikan bleiben zu dürfen. Und man hatte es ihm gestattet. Worin diese Forschungsarbeiten genau bestanden hatten, wusste Stahl nicht. Er erinnerte sich nur, dass Widmer viel in der Bibliothek gesessen und alte Stücke gewälzt hatte. Stücke der Commedia dell'Arte, die der Vatikan vor vierhundert Jahren auf den Index gesetzt hatte, weil sie den einen oder anderen mächtigen Popen veralberten. Und jetzt lag Giorgio mit der Maske des Pantalone und herausgeschnittenem Herzen in seinem Rustico in Verscio. Wie hing das zusammen?

«Dieser Donato, der Maskenbauer, von dem du mir erzählt hast. Was weisst du noch über ihn?», fragte Stahl.

Franca schnäuzte sich und zerknüllte das Klopapier zu einem Ball. «Nichts. Nur, dass er an der Dimitri-Schule Maskenbau lehrt.»

«Und warum hatte Widmer für Giorgio eine bauen lassen?»

«Vielleicht war sie ein Geschenk für mich?»

«Für dich? Spielst du Theater?»

«So in etwa. Ich studiere Psychologie. Und für meine Masterarbeit experimentiere ich mit den Archetypen Jungs und kombiniere die Themen mit den Archetypen der Commedia. Kennst du dich aus mit den Figuren?»

«Ja. Widmer hat mir oft darüber erzählt.» Er stand vom Sofa auf und bahnte sich einen Weg durch die Bücherkartons. Er öffnete einen und kramte darin herum. «Militaria», sagte er. «Von wem sind die denn nun wieder?» Er hob den Karton hoch und sah unten auf die Aufschrift. «Mitterer. Ach du meine Güte. Der Schwätzer hat mir gerade noch gefehlt.»

«Woher sind die ganzen Bücher?», fragte Franca. «Und was

hast du mit ihnen vor? Willst du sie in die leeren Regale im Flur stellen?»

«Nein. Bleib mir weg damit. Ich war schon froh, dass ich Albins Bücher alle losgeworden bin. Riechst du das nicht?» Er schnupperte wie ein Drogenhund an den Kartons. «Das müffelt nach Rom. Aber nicht nach Meer und Abendwind, sondern nach alten Männern, die vor Machtgier gichtige Knoten in den Fingern plagen. Das schmeckt nach Vatikan und Cliquenwirtschaft der Schweizergarde.»

«Und warum hast du sie hier?»

«Weil ich Geld brauche.»

Sie sah ihn fragend an.

«Ich verkaufe für die Veteranen ihre alten Buchbestände. Dafür kriege ich eine Provision.»

«Du bist Antiquar geworden? Giorgio hatte mir etwas von einem Boxclub erzählt.»

«Stimmt. Aber ich habe mit dem Boxclub ein paar Schulden gestapelt, die ich so rasch wie möglich abbauen möchte. Giorgio schulde ich übrigens auch einen Batzen. Die Schulden gehen jetzt wohl an dich über.»

«Wie viel?»

«Reden wir über etwas anderes.»

«Wie viel?»

Stahl stellte den Karton mit den Militaria-Büchern zur Seite und entdeckte den Karton von Widmer. «Ah, da ist er ja.» Er öffnete den Karton und zog ein grosses Buch mit der Aufschrift «Commedia dell'Arte» hervor.

Auf dem Cover sass Arlecchino vor einem Teller mit einem knusprigen Poulet, das er gierig und verbotenerweise verspeisen wollte. Hinter ihm stand Pantalone mit empört aufgerissenen Augen, und hinter dem Herrn kiebitzte schelmisch Brighella, der sich heimlich ein Stück Kuchen zwischen die Backen schob. «Eine Bildgeschichte der Kunst des Spektakels», las Stahl laut und reichte es Franca.

«Ich kenne das in- und auswendig. Leider gibt es kaum gute Literatur über die Commedia.» Sie legte es neben sich und hielt Stahl bei der Hand. «Wie viel?»

«Sechsstellig.»

«Finde den Mörder von Giorgio, und ich erlasse dir die Schulden. Obendrein zahle ich noch hunderttausend drauf.»

Stahl zog die Hand zurück. «Ich bin kein Söldner mehr.»

«Würdest du es als Freund für Giorgio tun? Er hat dir doch auch geholfen.» Sie sah ihn mit glänzenden Augen an.

Er wand sich. «Ich habe genug Probleme. Wenn ich den Boxclub jetzt vernachlässige, hätte ich ihn gar nicht erst zu öffnen brauchen.»

«Hast du denn niemanden, der dich für ein paar Tage ersetzen kann?»

«Nein. Der Laden muss erst ins Rollen kommen. Am Freitag habe ich eine Präsentation. Mit dem Stadtrat und anderen Politfuzzis, die meinen Club als Sozialprojekt für ihren Wahlfang nutzen.»

«Und dafür lässt du dich einfangen? Bist du da kein Söldner?»

«Ich tue es für die gute Sache.»

«Und für die paar Kröten, die sie dir geben.»

Stahl trat gegen einen der Kartons. Er fiel auseinander, und die Bücher rutschten heraus. Er schnaubte, drehte seinen Kopf im Nacken wie kurz vor einem Boxkampf und blitzte Franca an. «*Va bene.* Aber ich kann Zürich nicht verlassen. Ich habe hier Verpflichtungen. Was ich von hier aus machen kann, das mache ich. Aber ich werde weder nach Locarno noch nach Rom fahren.»

«In Ordnung. Ich glaube auch, dass die Spur nach hier führt.»

«Warum?»

«Widmer. Giorgio erzählte immer wieder von ihm. Er war im letzten Jahr jeden Monat einmal in Zürich.»

«Was hat das mit Widmer zu tun? Widmer lebte bis zu seinem Tod in Rom.»

«Aber er hatte hier Familie.»

«Widmer? Familie? Davon hat er nie erzählt.»

«Giorgio erwähnte es nur am Rande. Ich hatte den Eindruck, dass es ihm rausgerutscht war. Er war recht ungehalten, nachdem er es mir gesagt hatte. Aber ich hatte ihm eine heimliche Liebschaft in Zürich unterstellt. Warum reist man sonst einmal im Monat von Rom nach Zürich?»

«Widmer und der Mord an Giorgio.» Stahl knetete sein kantiges Kinn. «Ausser der Commedia-Maske sehe ich keine Verbindung.»

«Schweizergarde. Vatikan. Giorgios Reisen nach Widmers Tod. Zensierte Stücke. Theatralischer Mord. Reicht das nicht, um eine Spur darin zu sehen?» Franca sah ihn hoffnungsvoll an.

«Hast du die Adresse der Familie?»

«Nein. Ich weiss nur, dass sie in Zürich lebt.»

Stahl kniete sich auf den Boden und nahm einige Bücher aus Widmers Karton. Er blätterte sie durch und sah auf die Innenseite der Einbände, in der Hoffnung, eine brauchbare Adresse zu finden. Vergeblich.

«Vielleicht sind mit Familie auch die Veteranen gemeint. Morgen treffen sie sich im ‹Wildguet›. Jeden Dienstag. Ich wollte sowieso hin und einigen ihr Geld für die Bücher geben. Vielleicht weiss dort jemand was.»

«Du bist also dabei?»

«Hunderttausend?»

«Ja.»

«Woher hast du so viel Geld?»

«Giorgio hat mir vor einem halben Jahr ein Sparbuch gezeigt, das er für mich seit meiner Geburt angelegt hatte. Er wollte es mir geben, wenn ich meinen Master beende.»

«Und da sind hunderttausend drauf?»

«Etwas mehr.»

«Viel mehr?»

Franca schwieg.

«Woher hat Giorgio das Geld?»

«Woher hattest du dein Geld, bevor du dich verspekuliert hast?»

Stahl schwieg und lächelte verkniffen.

Franca streckte die Hand aus. «Schlag ein, Gardist», sagte sie.

Grimmig drückte er Francas Hand. Sie verzog das Gesicht, ertrug aber den Schmerz.

***

Lorenzo knipste vom Bett aus mit der Fernbedienung die Stereoanlage an. Hot Chocolate mit «You Sexy Thing» erklang. Er mochte den Motown-Sound. Er gab ihm das Gefühl von Leichtigkeit. Vor allem nach dem Sex mit bezahlten Knaben befreite ihn die Musik vom schlechten Gewissen. Er sah Pier Paolo dabei zu, wie er sich anzog. Ein begnadeter Körper. Durchtrainiert, kein Gramm Fett zu viel. Schwarzes öliges Haar. Eine antike Schönheit. Ob er ihm ein Trinkgeld geben sollte? Nein. Das war gegen die Regeln. Pier Paolo bekam sein Geld von der Agentur. Der Schönling drehte sich zu Lorenzo um und lächelte. Dabei blitzten seine weissen Zähne. Perfekt. Wie konnte ein Mensch so perfekt sein?

«*Arrivederla*», sagte der Beau und verschwand aus dem Zimmer.

Lorenzo seufzte, schälte sich aus dem Leder und warf sich einen Morgenmantel über. Er schlurfte ins Bad, besah sich im Spiegel und grunzte sich an. Er sah aus wie ein kleines Schweinchen, war weit entfernt von der Ebenmässigkeit des Jünglings, der ihm gerade vorgelogen hatte, ihn zu begehren. Ein verwachsener Gnom war er dagegen. Er streckte sich die Zunge raus, lachte und entschied sich für ein Lavendelbad. Er liess Wasser in die Wanne laufen und sang mit kläglichem Versuch eines sauberen Falsetts: «You sexy thing.» Er erinnerte sich an Marco. Zeit, sich um die Angelegenheit zu kümmern. Er ging ins Schlafzimmer, wählte am Laptop eine Motown-Playlist auf YouTube und nahm das Handy. Er wählte Marcos Nummer.

«*Buona sera*, Marco. Was gibt's?» Lorenzo lauschte, nickte und brummte. Ansonsten sagte er nichts. Er hörte sich das Lamento und Marcos törichte Fragen an. Stahl hätte nie so dumm gefragt. Selbst wenn er die höheren Zusammenhänge nicht begriffen hätte, er hätte es sich nicht anmerken lassen.

Nachdem Marco alle Fragen gestellt und keine Antworten erhalten hatte, holte Lorenzo tief Luft. «Ich kümmere mich darum. Und du hältst Giorgio frisch … Ich kann nichts dafür, dass sie erst morgen kommen … und ich hatte auch keine Ahnung, dass Franca bei ihm auftauchen würde. Dass sie dich erkannt hat, hast du zu verantworten. Holzer wird das gar nicht gefallen. Und wenn du einen Rat von mir willst: Bereinige die Angelegenheit so schnell wie möglich … du hast keine andere Wahl.» Er legte auf.

Marco war ein Stümper. Er liebte Franca. Und jetzt war er gezwungen, sie zu töten. Dabei war ihr Tod gar nicht vorgesehen. Lorenzo hätte sie gerne als Dozentin gehabt. Sie war klug und eine Querdenkerin. Sie passte sehr gut zur Bruderschaft, auch wenn sie eine Frau war. So eng sah man das heute nicht mehr. Da waren sie sehr modern. Gender. Ihre Gruppe hätte auch nichts gegen eine Päpstin einzuwenden gehabt, wenn es der eigenen Sache diente. Aber nun war sie zu einer Gefahr geworden. Vielleicht kam man darum herum, sie zu töten? Vielleicht konnte man mit ihr reden? Dazu musste man sie aber erst einmal finden.

Lorenzo ging ins Bad zurück und stieg in die Wanne. Er musste nachdenken. Marco hatte Francas Spur verloren. Wohin konnte sie abgetaucht sein? Wenn Marco sie nicht bald fand, konnte sie tatsächlich zu einem Problem werden.

Lorenzo fiel nur einer ein, der Franca schnell aufspüren konnte. Aber der hatte Rom den Rücken gekehrt und war durch nichts zu bewegen, auch nur einen Finger für die Sache zu krümmen. Gleichzeitig hatte er aber vor ein paar Stunden bei Lorenzo angerufen und ihn um einen Gefallen gebeten. Stahl. Ein Sozialromantiker. Den Schwachen helfen, weil er selbst mal zu den Schwachen gezählt hatte. Ab Juni sollte Lorenzo drei Monate lang ein fünfzehnjähriges Mädchen im Internat aufnehmen. Zur Probe. Und wenn sie sich schlau anstellte, wie Stahl es vermutete, sollte sie hier eine Ausbildung erhalten. Stahl würde die Bezahlung übernehmen, dabei war Stahl pleite. Das wusste Lorenzo von Holzer. Günstige Gelegenheit. Vielleicht konnte er Stahl für einen kleinen Gegendienst gewinnen?

Lorenzo stieg aus der Wanne, trocknete sich ab und schlüpfte in blaue Seide. Er watschelte ins Schlafzimmer, nahm sein Handy und rief Stahl an. «Roger, ich habe einen kleinen Handel vorzuschlagen.»

***

«Was für einen Handel?», fragte Stahl und rieb sich verschlafen die Augen. Er lauschte und war plötzlich hellwach. «*Va bene, Monsignore.* Ich schaue, was ich tun kann.» Er legte das Handy auf den Stuhl neben dem Bett und sah zu Franca. Sie schlief tief und fest. Stahl hatte ihr das Sofa herrichten wollen. Sie wollte aber nicht alleine schlafen. Sie fürchtete sich vor dunklen Träumen. Und tatsächlich hatte sie keine Sekunde ruhig gelegen. Immer wieder hatte sie Stahl in den Rücken getreten und unklares Zeugs gemurmelt. Jetzt lag sie ruhig neben ihm. So wie damals in jenem Sommer in Rom, als sie ein Liebespaar waren. Es lagen zehn Jahre Unterschied zwischen ihnen. Und Stahl hatte damals schon viel erlebt und sich dadurch noch älter gefühlt, während sie eine wohlbehütete, verzogene Göre war, die sich zwar unendlich viel Wissen angelesen, aber nichts davon erlebt hatte. Neunmalklug und verdammt kokett.

Sie hatte es auf Stahl abgesehen und sich nicht davon abhalten lassen. Er hatte sich geschmeichelt gefühlt und war die Affäre eingegangen. Immerhin zwei Monate hatte es gehalten. Einen Sommer. Gefüllt mit Bildern. Und sie waren nicht im Streit auseinandergegangen.

Und nun lag sie neben ihm, hatte den brutalen Tod ihres Vaters zu verschmerzen und glaubte den Mörder in ihrem Bräutigam zu wissen. Und ausgerechnet jetzt rief Monsignore Lorenzo hier an und bat Stahl, Franca für ihn zu finden. Als Gegenleistung für Lillys Ausbildung. Ein übliches Geschäft. Aber Stahl hatte Franca auch schon zugesagt, den Mörder ihres Vaters aufzuspüren. Der Monsignore hatte nichts von Giorgios Tod erwähnt.

Er war sich nicht sicher, ob er den Deal wollte. Der Monsignore hatte zwar gesagt, dass er Franca suche, um ihr einen Lehrauftrag zu geben, aber eine innere Vorsicht hatte Stahl davor gewarnt, ihm zu trauen. Lorenzo war schon zu lange in Rom und hatte sich dort wacker gehalten. Das schaffte niemand ohne dunkle Allianzen. Vielleicht war es auch der Handel, der ihm aufstiess. Lorenzo hätte Lilly auch ohne Gegenleistung helfen können. Naiv gedacht. Es gab nichts umsonst. Stahl selbst stieg auf den Deal mit Franca ja auch nur ein, weil ihm am Ende hunderttausend Franken und ein Schuldenerlass über eine Viertelmillion winkten. Und dabei hatte er Giorgio ebenfalls gut gekannt. Kein Vergleich zu Albin, Holzer oder dem ehemaligen Camerlengo. Aber in engerer Bekanntschaft hatten sie schon gestanden. Giorgio hatte demselben Lager angehört, allerdings hatte er sich mehr am Rande aufgehalten. Ein unauffälliger Sicherheitsspieler, kein Platzhirsch wie Holzer und auch kein bunter Vogel wie Widmer. Nur noch Holzer war übrig. Und ihm wollte Stahl nicht begegnen. Zwar hatten sie noch eine Rechnung offen, aber Stahl wollte endlich Ruhe und Alltag in sein Leben bringen. Er wollte sich seiner Aufgabe widmen, die er als kleine Vision empfand: Mit dem Boxclub den sozial schwachen Jugendlichen Selbstvertrauen zu geben, sodass sie dadurch die Disziplin fanden, sich auch im Leben durchzukämpfen. Und Lilly war ein Teil dieser Vision. Aber sie brauchte mehr als nur das Boxen. Und sie hatte das Zeug dazu. Stahl würde Franca für den Monsignore finden. Aber erst, nachdem er den Mörder von Giorgio gefunden hatte. So konnte er beide Seiten bedienen.

Franca hatte sich freigestrampelt. Die Bettdecke lag wie ein Knäuel am Fussende. Stahl nahm das Daunen, entfaltete es und deckte Franca damit zu. Er selbst stand auf, knipste die Leselampe hinter dem zerknitterten Ledersessel an und stellte den Karton mit Widmers Büchern vor sich. Er liess sich in den Sessel fallen und kramte in dem Karton. Goldoni und Gozzi, Molière, Shakespeare, auch drei Bücher über Masken und Maskenbau. Stahl entschied sich für den grossen Bildband über die Commedia dell'Arte. Selbst hatte er sich nie damit auseinandergesetzt. Er wusste nur das, was Widmer ihm erzählt hatte. Er dachte aber, dass er hier ansetzen musste, wenn er verstehen wollte, warum die Mörder Giorgio die Maske des Pantalone aufgesetzt hatten. Vielleicht stiess er darüber auch auf die Brutalität, dem Toten das Herz herauszuschneiden.

Pantalone war ein venezianischer Geschäftsmann: alt, reich, geizig und geil. Passte das auf Giorgio? Reich musste er gewesen sein, sonst hätte er ihm nicht eine Viertelmillion leihen und Franca nicht ein so üppiges Sparbuch hinterlassen können. Geizig? Sparsam vielleicht. Jedenfalls kein Verschwender. Geil? Darüber wusste Stahl nichts zu sagen. Er hatte ihn eher als gemässigt empfunden. Bedacht darauf, seine Triebe zu zügeln. Aber Zügel konnten auch reissen.

Widmer hingegen hatte es gerne laut und offen krachen lassen. Das hatte ihn einige Male Federn gekostet. Aber Widmer war stets schadlos aus den wilden Affären herausgekommen. Er hatte Grenzen überschreiten dürfen. Wohl, weil er gewusst hatte, dass es die anderen auch taten.

Stahl blätterte weiter und las auch über die anderen Figuren. Hin und wieder musste er laut lachen über die Archetypen. Ob Arlecchino, Brighella, Dottore oder Capitano, ja selbst Smeraldina – Stahl kannte sie alle. In Roms Gassen und Instituten wimmelte es davon. Er überlegte, welche Maske ihm selbst wohl am besten stand? Ein Arlecchino war er nicht. Zwar verliebte er sich auch gerne und oft, aber es fehlte ihm die verspielte Naivität. Ein Brighella vielleicht? Nein. Er war zwar auch ein Schurke, daran kam er nicht mehr vorbei. Zu viele Kerben waren schon in seine Seele geritzt. Dennoch: Er war weder dick noch zettelte er Intrigen an noch sang er Lumpenlieder. Nein, ein Brighella war er auch nicht. Da kannte er andere, die besser auf das Profil passten. Berlusconi fiel ihm ein. Ein verurteilter Ganove, dem viele Italiener trotzdem alles verziehen, weil er gleichzeitig auch Schmierenkomödiant war. Und hatte Silvio nicht auf Kreuzfahrten gesungen? Es gab sie auch im Vatikan, die Brighellas. Kleine, charmante Schufte, die mit wenig Aufwand viel erreichen wollten. Aber noch mehr wimmelte es dort von Dottores. Alleswisser, die sich nur auf Latein unterhielten und mit grösster Wichtigkeit behaupteten, dass Galilei sich geirrt haben musste, die Erde eine Scheibe sei und niemals um die Sonne kreisen könne, weil es den Menschen sonst schwindlig werden würde.

Stahl fand sich selbst am ehesten im Capitano wieder. Ein Weiberheld und Prahlhans, der gerne mit seinen Heldentaten hausieren ging, im tiefen Herzen aber ein Angsthase war, der sich ständig in Geldnot befand. Zwar sprang Stahl nicht auf den Tisch, wenn er eine Maus sah, aber die Ratten, die ihm in seinen Alpträumen das Fleisch von den Wangen nagten, hielten ihn oft davon ab, schlafen zu gehen. Vielleicht war das auch jetzt der

Hauptgrund, warum er sich lieber mit der Commedia befasste, als neben Franca einzuschlafen. Ihre unruhigen Träume waren ihm Warnung genug. Und er wollte nicht, dass jemand neben ihm lag, wenn er nass gebadet aus seinem Horror schoss und durchs Zimmer schrie.

Er blätterte weiter und kam zu Pulcinella, dem buckligen, krummnasigen Zanni aus Napoli, mit seinem weissen Gewand und seinem weissen langen Hut. Über dem Foto eines Gemäldes blieb er hängen: «Die Schule der Pulcinelli», von G.B.Tiepolo, aus dem 18. Jahrhundert. Es erinnerte ihn sofort an die Konklave. Die Pulcinelli konnten auch Kardinäle sein. Bissige, hungrige Haken, die um jeden Zentimeter Macht und Geltung zankten.

Das Gemälde verschwamm vor seinen Augen, aus den Pulcinelli wurden Kardinäle. Sie kicherten, schimpften, flüsterten und tuschelten. Mittendrin Stahl selbst. Gekleidet wie im Boxring. Shorts, nackter Oberkörper, Boxstiefel. Aber nur links trug er den Boxhandschuh. Rechts hielt seine Hand verkrampft einen ledernen Aktenkoffer. Sein Gesicht war geschwollen von Treffern, die er hatte einstecken müssen. Über der linken Braue troff geplatztes Gewebe, Blut sickerte aus dem Riss und kroch über den Nasenrücken. Stahl sah auf den Tropfen, der sich an der Nasenspitze sammelte. Durch das Schielen verdoppelten sich Nase und Tropfen. Die Blutkugel löste sich und stürzte in Zeitlupe in die Tiefe. Stahl sah ihr nach. Er fürchtete beim Aufprall des Tropfens eine Explosion und wollte die Kardinäle warnen. Nur stumme Schreie und groteske Fratzen gelangen ihm. Die Kardinäle sahen dennoch zu ihm. Einige schüttelten pikiert den Kopf, andere legten den Zeigefinger gegen ihre Lippen und geboten ihm zu schweigen. Stahl starrte auf den Tropfen, der nur noch wenige Millimeter über dem Boden schwebte. Im Moment des Aufpralls teilte sich der Boden, und der Tropfen verschwand in einem schwarzen Loch der Unendlichkeit. Stahl sah erleichtert auf und erkannte, dass der Raum nun in zwei Hälften geteilt war. Auf der einen Seite standen die Kardinäle, die sich wieder in Pulcinelli verwandelt hatten, auf der anderen Seite Stahl mit dem Koffer. Ein angeschlagener Boxer. Aus der Kuppel erklang eine Stimme. Stahl riss den Kopf in die Höhe. Die Fresken hatten sich in einen animierten Cartoon verwandelt. Und der Mann mit dem langen weissen Bart schimpfte und fluchte herab. Und er begann zu zählen. Stahl wusste, dass er handeln musste, ehe der grosse Ringrichter bis neun gezählt hatte. Es klingelte. Die Runde war zu Ende. Stahl durfte in seine Ecke. Es klingelte wieder. Stahl schlug die Augen auf und starrte auf das Buch, das auf seinen Knien lag. «Die Schule der Pulcinelli». Es hatte geläutet. Der Unterricht war zu Ende. Es läutete noch mal.

Jetzt kapierte Stahl, dass es an der Wohnungstür war. Seine Armbanduhr zeigte zwei Uhr morgens. Wer wollte jetzt noch zu ihm? Er legte das Buch zur Seite, stemmte sich aus dem Sessel und drückte den Summer. Er öffnete die Wohnungstür. Das Treppenlicht sprang an. Jemand kam die Stufen hochgerannt. Lilly. Sie sah aus wie eine streunende Katze, die es gerade mit fünf geilen Katern gleichzeitig aufgenommen hatte. Die Haare zerzaust, der Sweater zerrissen, Kratzspuren im Gesicht. Sie ging an Stahl vorbei, ohne ein Wort zu verlieren. Er sah ihr nach und schloss die Tür.

«Wo ist das Bad?», fragte sie.

«Vor der Küche rechts.»

Lilly verschwand darin. Stahl hörte den Wasserhahn, ging an den Schrank und nahm ein frisches Handtuch heraus. Er reichte es Lilly. Sie trocknete sich damit ab und sah ihn an, als wollte sie sich gleich auf ihn stürzen und weiterkämpfen. Stattdessen fragte sie: «Hast du ein Bier? Ich hab Durst.»

«Du bist fünfzehn, da tut's auch Wasser.»

«Erzähl mir jetzt nicht, was gut für mich ist. Ich komm nicht von der Goldküste.»

«Deal. Erst zwei Gläser Wasser, dann das Bier.»

Sie stellte den Wasserhahn an und hängte sich mit offenem Mund darunter. Nach dreimal Schlucken hob sie den Kopf, stellte das Wasser ab und sah zu Stahl. «Das waren mindestens zwei Gläser.»

Stahl ging in die Küche. Lilly folgte ihm. Er nahm zwei Dosen Bier aus dem Kühlschrank und gab Lilly eine davon. Sie hielt sich die kalte Dose gegen die Stirn.

«Setz dich», sagte Stahl.

Lilly hockte sich auf den Küchentisch und liess die Füsse baumeln. Stahl öffnete seine Dose. Lilly tat es ihm nach und trank schnell. Stahl nippte und wartete, bis Lilly endlich zu reden begann. Aber Lilly redete nicht. Sie trank und schwieg. Die leere Dose drückte sie zusammen und stellte sie neben sich auf den Tisch. «Hast du noch eins?», fragte sie und schickte einen Rülpser hinterher.

«Erst will ich wissen, was los ist.»

«Was soll los sein? Alles lässig.»

«Es ist zwei Uhr morgens, du läutest Sturm und siehst aus wie nach der Schlacht bei Giornico.»

«Schlacht bei was?»

«Giornico. Ennetbirgische Feldzüge. Die einzige Schlacht, in der die Eidgenossen die Mailänder besiegt haben. 15. Jahrhundert.»

«Muss man das wissen?»

«Keine Ahnung. Eigentlich nicht. Oder vielleicht doch? Es zeigt, dass man auch mal gewinnen kann.»

«Und wie ist es den Eidgenossen damit ergangen? Mit dem Sieg?»

«Neun Jahre später haben sie wieder verloren. In der Schlacht bei Crevola.»

«Dann wäre ich vierundzwanzig. Nicht schlecht. Alle neun Jahre nur eine aufs Maul zu kriegen.»

«Sag ich doch.» Er trank. «Und? Hast du gewonnen?»

Sie zuckte mit den Schultern. «Wenn er überlebt, bin ich dran. Und wenn nicht, buchten sie mich ein.»

Sie hatte es mit einem Gleichmut gesagt, als würde sie über praktisches Schuhwerk referieren. Stahl nahm es weniger gelassen.

«Wenn wer überlebt? Lilly, sag mir endlich, was passiert ist.»

«Matthi. Er ist wiedergekommen. Brauchte Geld. Alice konnte ihm keins geben. Wie auch, sie hat sich die letzten Kröten, die ich geklaut habe, direkt in die Venen gejagt.»

«Und Matthi hat sie geschlagen?»

«Erst sie, dann griff er nach allem, was nicht abhauen konnte.»

«Deine Geschwister?»

«Dieses Schwein. Die können sich doch nicht wehren. Er hat den Kleinen hochgehoben und gegen die Wand geworfen. Wäre er mit dem Kopf zuerst dagegengeknallt, er wäre tot. Dann hat er sich Sina gepackt, sie an den Haaren durch die Wohnung gezerrt und ihr Büschel wie Wollknäuel ausgerissen.» Sie holte Atem. «Und dann. Dann wollte er mir an die Wäsche. Zieh dich aus, hat er gesagt. Das Dreckschwein.» Sie stiess einen zynischen Lacher durch die Nase aus und sah zu Stahl. «Das habe ich dann getan. Wie er gegeifert hat, der Wichser. Mir auf die Titten geglotzt. Wie hypnotisiert. Glaubte wirklich, er könnte sie anfassen mit seinen Dreckspfoten.» Sie nahm Stahl das Bier aus der Hand und schluckte kräftig. «Die Kombination hättest du sehen sollen. Du wärst stolz auf mich, Stahl. Zwei Kurze aufs Nasenbein. Die Überraschung genutzt, direkt links, rechts Haken. Einmal Solarplexus, der zweite in die Leber. Kurz auf Distanz, eine Gerade unters Kinn.» Sie lachte, deutete mit den Fäusten ihre Schlagkombination an. Dann hielt sie inne, nahm einen weiteren Schluck und wischte sich mit dem Ärmel die Lippen trocken. «Aber ich habe keinen Rums. Das Arschloch stand noch immer auf den Beinen. Schmeckte sein Blut an den Lippen und brüllte wie eine angestochene Sau. Er griff nach mir, ich wich aus. Bin ja schneller als der Wackelpeter. Trotzdem erwischte er mich irgendwie am Arm. Und weisst du, warum? Weil Alice ihm helfen wollte. Meine eigene Mutter hat mir von hinten den Weg versperrt und mich in seine Richtung gestossen. Verstehst du so was?» Sie leerte die Dose und drückte sie zusammen. «Und dann hab ich irgendwas gegriffen. Ich weiss nicht, was es war. Vielleicht eine Vase oder eine Keramikschale. Es war hart. Ich schlug es ihm auf den Kopf. Er liess aber nicht los. Also schlug ich noch mal und noch mal und noch mal. Bis er endlich losliess. Und während ich schlug und er schrie, begann Alice hysterisch zu lachen. Er fiel zu Boden. Blut floss aus seinem Kopf und färbte den Teppich. Alice lachte noch wilder. Sie lachte einfach nur. Die beiden Kleinen heulten. Und Matthi hat sich nicht bewegt. Da bin ich abgehauen.»

«Direkt hierher?»

«Wohin sollte ich sonst? Ich habe niemanden ausser dir.»

«Andy? Der kennt sich besser aus. Kann dir bestimmt helfen.»

«Andy ist ein Schwätzer. Der kümmert sich nur um seinen eigenen Arsch. Wie der bei den Politikern schleimt, das halte ich nicht aus.»

«Diplomatie gehört dazu, wenn man Gutes schaffen will.»

«Diplomatie? Ich nenne das Arschkriechen. Noch ein Bier?»

«Besser wäre eine Dusche. Ich richte dir das Sofa her. Da kannst du dann schlafen.»

«Danke. Du verpfeifst mich nicht, oder?»

«Kommt drauf an.»

«Worauf?»

«Darüber sprechen wir morgen früh.» Er ging in den Flur und holte ein weiteres frisches Handtuch heraus. «Wenn das so weitergeht, muss ich nachkaufen», sagte er mehr für sich und warf Lilly das Handtuch zu. «Ich weiss, es ist ein blöder Rat. Aber versuch zu schlafen.»

Er ging aus der Küche ins Schlafzimmer und drückte sich neben Franca. Er selbst wusste, dass er bis zum Morgen kein Auge mehr zudrücken würde. Jetzt hatte er zwei Flüchtlinge an der Backe. Und die eine war der Preis für die andere.

***

So aufgebracht hatte Lorenzo Holzer lange nicht mehr gesehen. Der alte Wolf knurrte, fletschte die Zähne und ging in Lorenzos Schlafzimmer auf und ab, als wollte er Löcher in den Boden furchen. Er riss die Vorhänge auf. Die Morgensonne Roms blendete Lorenzos verquollene Augen. Er zog sich die Decke über den Kopf. Er wusste, dass diese Strategie keine fünf Sekunden Luft brachte. Holzer riss die Decke weg und sah ihn grimmig an.

«Was Blöderes ist dir nicht eingefallen?»

«Ich dachte –»

«Was dachtest du? Einen Scheissdreck dachtest du. Stahl in die Sache mit hineinzuziehen. Kannst du dich erinnern, wie knapp das Ganze letztes Mal ausging? Was meinst du, was er macht, wenn er Franca gefunden hat? Sie wird ihm erzählen, was passiert ist, und seine Beschützerinstinkte wecken. Du Vollidiot.»

Lorenzo zog die Decke über sich und setzte sich auf. «Ich weiss nicht. Es schien ihm sehr wichtig mit der Kleinen. Dass er sich hier überhaupt meldet, ist doch Zeichen genug, oder? Das Mädchen muss ihm sehr am Herzen liegen. Er wird schon parieren. Und wenn nicht, legen wir noch eine Prämie obendrauf. Für gewisse Dinge war Stahl immer zu kaufen.» Lorenzo beobachtete scharf, ob seine Worte bei Holzer landeten. Holzer strich über seinen grauen Schnauz, knurrte und schüttelte dabei unentschlossen den Kopf, als hätte er ein Stück vom erlegten Reh abzureissen.

«Immerhin wissen wir, mit wem wir es zu tun haben. Wir kennen ihn in- und auswendig. Dass er sich für die Kleine einsetzt, passt in sein Profil. Er hat einiges gutzumachen. Sie muss ihm sehr ähneln, ihn an sich selbst erinnern. Er will zurückgeben, was er bekommen hat. Aber verkauft er dafür eine alte Liebe?»

«Sie waren nur einen Sommer zusammen.»

«Woher weisst du das so genau?»

«Giorgio hatte es mir erzählt. Er hatte sehr bedauert, dass es auseinanderging. Er hielt grosse Stücke auf Stahl.»

«Und wie ging es auseinander?»

«Ich glaube, Stahl kam eine andere dazwischen.»

«Das heisst, er hat Franca schon einmal verraten.»

«Wenn du es so siehst, ja.»

«Ich sehe es nicht so, ich suche eine Lücke, Idiot.» Er hob die Faust und deutete einen Schlag an. Lorenzo duckte sich wie ein Köter, der darin geübt war, Prügel zu entkommen. Holzer senkte die Faust und ging ans Fenster. Er öffnete es und liess den Strassenlärm herein.

«Wo ist Marco jetzt?»

«Noch im Tessin. Er versucht, alles frischzuhalten.»

«Noch so ein Idiot. Wie kann man ein Datum verwechseln? Wenn das die Runde macht, werden wir zum Gespött und keiner nimmt uns mehr ernst.»

«Ehrlich gesagt, ich hatte auch gedacht, dass der Termin gestern war.»

«Heute.» Holzer zischte wie zehn Schlangen auf einmal. «Heute. Und noch mal heute.»

«Wann genau landen sie?»

«Um zwölf Uhr fünfunddreissig.»

«Willst du Marco das wirklich allein überlassen?»

«Ich habe einen Termin mit den Rebellen von Opus Dei. Marco muss das alleine hinbekommen. Warum sonst haben wir so viel Geld und Zeit in seine Ausbildung gesteckt? Meinst du, die Kirche hätte überlebt, wenn Ignatius alles allein gemacht hätte? Er hatte nur nicht so viele Stümper. Die Zeiten sind mies. Früher hatten wir bessere Leute. Manchmal wünsche ich, wir wären auch sechshundert Jahre zurück wie der Islam. Die gehen aufs Ganze.»

«Du vereinfachst. Die Zeiten sind komplexer. Es wird mehr abverlangt.»

«Verteidigst du etwa den Versager?»

«Machst du keine Fehler?»

«Ich kann mir keine Fehler erlauben.»

«Trotzdem ist Stahl noch am Leben.»

«Dafür habe ich damals die Diamanten gerettet. Es war ein Handel. Ein kluges Abwägen. Kein Fehler.» Die letzten beiden Worte hatte Holzer besonders langsam und mit Nachdruck gesagt. Sie hallten in Lorenzos Ohren nach.

«*Va bene.* Kein Fehler. Also geben wir Marco noch eine Chance.»

«Donato ist ja bei ihm.»

Lorenzo kicherte.

«Was lachst du so blöde?»

«Ein toller Schachzug von Donato, sich scheinbar erschiessen zu lassen.»

«Ein Klassiker. Nichts Neues. Mir wäre lieber gewesen, er wäre für Franca am Leben. So ist er als Mentor verbrannt.»

«Ist sie dir denn lebend so wichtig?»

«Ja. Sie ist klug, denkt quer und ist uns emotional verbunden. Aber nur, wenn wir sie glauben machen, dass es die Rebellen waren, die Giorgio getötet haben.»

«Aber sie hat Marco gesehen.»

«Das weiss ich. Deswegen führen wir ja die ganze Diskussion.» Er zupfte wieder an seinem silbernen Schnauz. «Aber vielleicht können wir das sogar für unsere Sache verwenden.»

«Wie meinst du das?»

«Stahl hat sie verraten. Marco hat sie verraten. Giorgio hat sie verraten. Sie schwört den Männern ab und geht ins Kloster.»

«Sie ist zu weltlich. Oder meinst du das metaphorisch?»

Holzer zog die rechte Braue nach oben. «Metaphorisch? Sind wir hier im Dichterseminar? Ich meine das konkret. Eins zu eins. Wie viele Nonnen haben wir weltweit? Wie viel ungenutzte Power liegt dort brach?»

«Gender in der katholischen Kirche?»

«Man muss mit der Zeit gehen. Franca wäre eine gute Hirtin. Wir müssen sie nur kriegen, weichkochen und programmieren.» Er sah Lorenzo scharf an, schnappte ein Kissen und drückte es fest auf Lorenzos Gesicht.

Lorenzo bekam Panik, zappelte mit den Händen und versuchte, durch das Kissen zu atmen. Vergeblich. Stoff und Daune liessen nichts hindurch. Er wusste, dass er nicht mehr viel Zeit hatte, das Vaterunser zu beten. Der Text fiel ihm nicht ein. Stattdessen Bilder. Apokalyptische Fresken. Gleich war es aus.

Holzer riss das Kissen weg und lachte leise. Lorenzo japste.

«Keine Fehler mehr. Versprochen?»

Lorenzo fehlte die Luft zum Reden. Er nickte und nickte und nickte.

«Wir brauchen Franca lebend. Sie ist Giorgios Erbin. Das heisst, sie hat Zugang zu den Adressen.»

***

Franca schlug die Augen auf und sah neben sich. Dort, wo Stahl gelegen hatte, knitterte Leintuch. Sie gähnte laut und strich sich über den Bauch. Dreimal acht Crunches. Mitte, links, rechts. Kurz entspannen und noch mal ein Set. Dann in Gedanken die sieben Chakren durchwandern und dem Kosmos für den beginnenden Tag danken. Das war ihr Ritual. Sonst ging es ihr locker durch die Glieder. Heute aber stemmte sie gegen unlösbare Widerstände. Ihre Chakren schienen verschlossen. Sie dankte dem Universum trotzdem, obwohl sie spürte, dass sie es nur mechanisch abspulte. Wie konnte sie auch ernsthaft

Freude am Geschenk des Lebens empfinden. Giorgio war tot. Von Marco geschlachtet.

Sie schwang sich aus dem Bett und öffnete das Fenster. Wieder Regen. Als ob er mit ihr ziehen würde. Irgendwo dahinter lag die Sonne. Sie würde schon wieder durch das Grau stechen. Geduld. Franca stellte sich hüftbreit zum Sonnengruss, glitt in die Position des Hundes und brach die Übung ab. Sie hatte keine Kraft. Sie ging ans Fenster und streckte den Kopf hinaus. Regen und Wind peitschten ihr Gesicht. Sie stiess sich vom Fensterbrett ab und drehte sich ins Zimmer.

«Roger?» Keine Antwort. «Roger? Wo bist du?»

Franca verliess das Schlafzimmer und passierte das Wohnzimmer. Sie erschrak, als sie das schnarchende Mädchen auf dem Sofa liegen sah. Sie ging näher an die Schlafende heran, die sich wie ein Embryo gekringelt hatte und ihre Zähne in den Frotteekragen von Stahls Bademantel grub. Die Decke lag neben dem Sofa auf dem Boden. Franca hob sie auf und legte sie über das Mädchen. Sie zog die Decke bis zum Kinn und berührte mit dem Handrücken aus Versehen die Wange der Schlafenden.

Noch ehe Franca reagieren konnte, wurde sie an den Haaren nach unten gezogen und kassierte einen Kinnhaken, der sie rückwärts taumeln liess. Dabei stiess sie an einen der Bücherkartons und stolperte darüber. Sie verlor das Gleichgewicht und landete hart auf dem Boden.

Das Mädchen schoss senkrecht in die Höhe, schleuderte die Decke von sich, sprang auf die Füsse und lauerte in Kampfstellung auf seine Gegnerin.

«Keine Angst. Ich will dir nichts tun», sagte Franca und rappelte sich auf.

«Ich habe keine Angst.» Das Mädchen blieb kampfbereit.

«Dann entspann dich.»

«Ich bin entspannt. Hast mich noch nicht erlebt, wenn ich in Spannung bin. Kannst du aber haben, wenn du mich noch mal anfasst.»

«Ich wollte dich nur zudecken. Ich dachte, du frierst.»

Das Mädchen senkte die Fäuste. «Wer bist du? Stahls Braut? Ich dachte, er steht nur auf Blondinen.»

«So? Tut er das?»

«Hab ich was Falsches gesagt? Scheisse. Ich wollte ihn nicht reinreiten. Hab mir das nur ausgedacht.»

«Ich bin eine alte Freundin. Wir kennen uns aus Rom. Er war mal mein Lehrer.»

«Du boxt auch?»

Franca befühlte ihr Kinn. «Nein. Boxen macht mir Angst. Ich fürchte mich vor körperlicher Gewalt.»

«Ich auch. Deswegen ist es besser, man lernt auszuteilen, bevor man welche fängt.»

«Es geht auch ohne.»

«Glaube ich nicht. Irgendeiner schlägt immer zu. Und wenn du dann nicht vorbereitet bist, gehst du auf die Bretter.»

Klang altklug, die Kleine. Aber auch glaubwürdig. Jedenfalls nicht aufgesetzt, sondern überzeugt. Franca dachte an Giorgio. Sein Tod war ein Punch, der sie voll erwischt hatte. Und da sie nicht gelernt hatte, sich zu wehren, stand sie ohnmächtig im Ring und wartete auf den nächsten Schlag in die Magengrube. Dafür setzte sie auf Stahl. Er war ein Kämpfer. Und er würde sie beschützen. Sie würde hinter ihm in Deckung gehen.

«Was hat er dir beigebracht, wenn nicht das Boxen?», fragte die Kleine.

«Latein.»

«Latein? Ach du meine Fresse. Stahl spricht Latein?»

«Latein ist eine tote Sprache. Sie wird nicht mehr gesprochen.»

«Warum lernst du sie dann?»

«Latein schult das Hirn. Es ist wie Rätsel lösen.»

«Wie Mathe?»

«Kann man vielleicht vergleichen.»

«Und was bringt das im Leben? Mathe bringt doch auch nichts.»

«Das wird sich zeigen. Wie heisst du?»

«Lilly.»

«Ich bin Franca.» Sie streckte die Hand aus. Lilly scheute sich, einzuschlagen. Sie nickte bloss.

«Willst du einen Kaffee? Ich brauche einen. Und eine Zigarette. Sonst kann ich den Tag vergessen.»

«Ich rauche nicht. Und Kaffee schmeckt mir nicht.»

«Lebst gesund. Gut so.»

«Verarsch mich nicht. Schleimen zieht bei mir nicht.»

«Scheinst eine gute Schülerin von Stahl zu sein. Bringt er dir nur das Boxen bei oder auch anderes?»

«Was meinst du? Latein? Nein. Boxen reicht. Mehr brauch ich nicht.»

Franca musterte Lilly. Sie war sich sicher, dass Stahl es nicht beim Boxen belassen würde. Lilly war prädestiniert dafür, eine Soldatin im jesuitischen Sinne zu werden. Einen Rucksack bepackt mit Ängsten auf Schultern, die sich um keinen Preis niederdrücken lassen wollten. Ein unbändiger Lebenswille, bereit, alles zu geben für eine Krume Anerkennung und Wärme.

«Was machst du hier?»

«Brauchte ein Bett für die Nacht, und Stahl war so freundlich.»

«Da haben wir etwas gemeinsam. Und weswegen brauchtest du ein Bett? Hast du kein Zuhause?»

«Geht dich nichts an. Ich frag dich ja auch nicht, warum du ein Bett brauchtest.»

«Kannst du ruhig. Ich würde es dir sogar erzählen.»

«Interessiert mich nicht. Ich haue sowieso gleich wieder ab. Habe kein Interesse, dich kennenzulernen. Warte nur, bis Stahl aufwacht. Dann bin ich weg.»

«Dann musst du warten, bis er wiederkommt.»

«Er ist weg? Fuck. Wie spät ist es?»

Franca sah auf ihre Swatch. «Schon nach zehn.»

«Dann ist er im Boxclub. Mist. Hoffe, er verpfeift mich nicht.»

«An wen?»

«Geht dich nichts an. Wolltest du nicht Kaffee machen und eine rauchen?»

Franca hob abwehrend die Hände. «Schon gut. Ich habe verstanden.» Sie ging in die Küche und suchte die Schränke nach Pulver ab. «Keine Sorge, wenn du eine Schülerin von Stahl bist, ist eins sicher: Verpfeifen wird er dich nicht. Er wird dir andere Dinge antun, die du nicht verstehen und trotzdem akzeptieren wirst, weil du glaubst, dass sie irgendwann für etwas gut sein werden. Aber verpfeifen wird er dich auf keinen Fall.»

Lilly erschien im Türrahmen. Sie war angezogen.

«Was für Dinge wird er mir antun?»

«Latein.» Franca grinste.

Lilly zog sich die Kapuze über den Kopf und verliess grusslos die Wohnung. Franca fand das Kaffeepulver und stopfte damit den Metallfilter der Espressokanne. Sie drehte das Gas auf, fingerte eine Gauloise aus dem Päckchen und zündete sie an der Herdflamme an. Nein. Stahl verpfiff keinen seiner Schüler.

***

«Und du weisst wirklich nicht, wo sie ist?» Andy war unerträglich nah an Stahl herangerückt. Andys Schweiss roch nach Fast Food und stach Stahl scharf in die Nase.

«Wenn ich dreimal Nein gesagt habe, glaubst du mir dann?»

«Nein. Nein. Nein. Ich glaube dir nicht. Du hast einen Narren an Lilly gefressen, weil sie aus demselben Zürcher Sumpf wie du kommt. Aber so läuft das nicht. Sie hat einen Menschen zusammengedroschen, der jetzt auf der Intensivstation liegt. Weisst du, was das bedeutet?»

«Wer sagt, dass sie es war?»

«Ihre Mutter.»

«Ihre Mutter? Die sieht hin und wieder auch weisse Mäuse. Der würde ich gar nichts glauben.»

«Auch die beiden Kleinen bezeugen es.»

«Kinder, die Angst vor ihren Eltern haben, bezeugen alles.»

«Wenn Matthi sterben sollte, kannst du deinen Laden dichtmachen, verstehst du das?»

«Wieso? Was hat das damit zu tun?»

«Sag mal, bist du so blind oder stellst du dich nur dumm?»

«Ich weiss nicht, worauf du hinauswillst.»

«Dein Club wird hauptsächlich von unserem Projekt finanziert. Hier geht es darum, Aggression in positive, gesellschaftlich nutzbare Energien umzuwandeln – und nicht darum, Killer auszubilden. Verstehst du mich jetzt? Das ist kein Bootcamp für Einzelkämpfer, sondern eine pädagogische Arena für ein friedvolles Miteinander.»

Andy war noch näher gekommen. So nah, dass er bei den letzten Sätzen Stahl mit feuchter Aussprache duschte.

Stahl drehte sich ab und verstaute einen Ordner im Regal. «Das Training geht gleich los. Ich muss mich umziehen.»

«Hier geht gar nichts los.» Andy wurde laut. «Bevor ich Lilly nicht habe, bleibt der Laden zu.»

Stahl stellte ganz langsam den Ordner ins Regal zurück. Er sagte nichts, sah Andy nur an. Aber seine Körperspannung verriet, dass es gleich verdammt gefährlich für Andy werden konnte.

Andy wich zwei Schritte zurück. «Mach keinen Quatsch, Stahl. Du weisst, dass das nicht persönlich gemeint ist.»

Stahl rückte nach. Diesmal hielt er den Intimabstand nicht ein und bugsierte Andy Schritt für Schritt an das Fenster, das vom Kabuff in die Boxhalle zeigte.

«Raus», sagte Stahl. Ruhig, aber mit der Schärfe eines Fallbeils. «Du hast genau drei Sekunden. Eins.»

Andy schlüpfte an Stahl vorbei und stolperte zur Tür. Die Klinke in der Hand drehte er sich zu Stahl um. «Du machst einen grossen Fehler. Wir hätten dir helfen können, den Laden und dich gross rauszubringen. Jetzt werden wir alles tun, dass du hier keinen Fuss auf den Boden kriegst. Du sozialromantischer Vollidiot.» Er riss die Tür auf und stapfte durch die Halle.

Stahl zog sich um und sah auf die Wanduhr, die über dem Eingang des Kabuffs hing. Halb elf. Er hatte noch eine halbe Stunde Zeit, ehe die erste Gruppe zum Training kam. Die Zeit würde er für sich nutzen, um einen klaren Kopf zu bekommen.

Er nahm das alte Sprungseil von Buffy und ein Paar Sackhandschuhe und ging in die Halle. Er inhalierte den Geruch von Kampfschweiss und begann das Seil zu schwingen. Seine Füsse tänzelten über das peitschende Leder. Er würde schnelle Füsse brauchen. Er sprang mit Blick auf den Eingang. Andy würde zurückkommen. Vielleicht sogar mit der Polizei. Es ging um Andys Karriere. Er hatte sich viel von dem Projekt versprochen. Seine Vorgesetzten und die Funktionäre der Partei waren voll des Lobes für ihn. Er hatte dem Freitag entgegengefiebert als wäre es der Tag seiner Geburt. Und jetzt machte ihm Lilly einen fetten Strich durch die Rechnung. Das konnte Andy nicht zulassen. Stahl würde es schwer haben. Die Behörden würden seinen Laden auseinandernehmen und ihn mit immer neuen Auflagen bremsen. Er konnte einpacken. Trotzdem, er durfte Lilly nicht ans Messer liefern. Dann konnte er auch gleich sich selbst aufgeben. Den einzigen Wert, der ihm noch geblieben war, durfte er nicht verlieren. Für ihn zählte Freundschaft noch etwas. Und mit Lilly verband ihn eine Freundschaft. Vielleicht sogar eine Verwandtschaft. Jedenfalls ein Band, das durch nichts zu trennen war. Am wenigsten durch politisches Kalkül.

Er liess das Sprungseil fallen und tänzelte hinter einen speckigen Boxsack. Den hatte er auch noch aus der alten Masse gerettet. Der letzte mit Patina. Stahl bearbeitete ihn. Ohne Kraft. Nur mit Technik. Er hatte seine Knöchel nicht bandagiert, wollte die Handgelenke schonen. Die Kombinationen liefen wie am Schnürchen.

Die Eingangstür wurde geöffnet. Er hatte sie erwartet. Es war riskant für sie, hierherzukommen, aber Stahl war klar, dass sie sich nicht schnappen liess. Würde sie bei diesem Test schon scheitern, sie wäre es nicht wert, dass Stahl sie nach Rom schickte.

Lilly kam näher. Stahl boxte weiter. Die Serien sassen tief im Rückenmark. Es war wie Autofahren. Er konnte dabei nicht nur Gedichte aufsagen, sondern auch heisse Dispute führen. Das hatte er gelernt. «Du musst von hier verschwinden», sagte er. «So schnell wie möglich.»

«Ich kann nicht. Ich muss mich um meine Mutter und die Kleinen kümmern.»

«Wenn sie dich erwischen, wird es verdammt ungemütlich für dich werden. Und sie sind ganz scharf auf dich. Du hast ihnen nämlich ihr sauberes Wahlprogramm zerschmettert. Kapierst du das?»

«Die Guten sind sauer, weil sie den Stadtdreck nicht sauber kriegen, und die Bösen fühlen sich bestätigt?»

«Schlaues Mädchen.»

«Ich hau trotzdem nicht ab. Ich lass meine Leute nicht im Stich. Sie haben doch sonst niemanden.»

«Wenn du sitzt, haben sie auch keinen.»

«Aber es war doch Notwehr.»

«Das wissen wir beide. Aber zu wem wird Alice halten? Und sie ist die einzige Zeugin.»

«Die Kleinen haben es auch gesehen.»

«Meinst du, sie sagen etwas anderes als Alice? Würdest du etwas anderes sagen?» Er schlug schneller, kam dabei ins Schnaufen. Seine Fäuste ballerten auf den Sack wie Trommelwirbel. Noch zwei, drei und den finalen Schlag. Er hielt sich am Sack fest und atmete tief durch. Er sah zu Lilly. «Du hast die Runde verloren. Geh in deine Ecke und höre dir an, was dein Trainer zu dir sagt. Wenn du es befolgst, hast du eine Chance, deinen Kampf zu gewinnen. Wenn nicht, hältst du vielleicht die nächste Runde noch durch, weil du gut einstecken kannst. Aber schon bald haben sie dich zermürbt, und du sinkst auf die Bretter.»

Lilly schlug wütend und blind gegen den Sack.

«Mach die Augen auf. Egal, wie du dich fühlst. Hab den Gegner immer im Blick. Blinde Schläge taugen nichts, kosten nur Kraft.» Er stiess sie vom Boxsack weg und gab ihr leicht einen Schlag unters Kinn. Lilly öffnete die Augen und blitzte ihn zornig an. «Na komm, zeig, ob du was draufhast.»

Lilly nahm Boxhaltung an und hob die Fäuste. Sie war eine ungeduldige Kämpferin und wollte sofort an den Gegner ran. Stahl hielt sie mit seinen langen Armen auf Distanz. Immer wieder ärgerte er sie mit kleinen Treffern im Gesicht. Dabei grinste er. Das machte Lilly noch wütender. Es war ihr egal, wie viel sie kassieren würde. Hauptsache, sie kam an Stahl ran. Er liess es zu, dass sie sich durch seine Deckung trommelte. An ihm dran setzte sie harte Leberhaken. Stahl hatte damit gerechnet und fing sie mit seiner Bauchmuskulatur ab. Er wartete, bis sie keinen Schnauf mehr hatte, drückte sie mit der Rechten von sich und setzte eine Serie leichter, aber präziser Schläge auf Lillys Körper.

«Spann an, Lilly. Zeig, was du kannst.»

Lilly schnaufte und krümmte sich wie ein Igel in Deckung. Aber Stahl stach immer wieder irgendwo durch. Er hörte nicht auf. Seine Schläge, so leicht sie waren, zeigten Wirkung. Lilly fiel eingerollt zu Boden und begann zu schluchzen. Stahl hob sie auf, stellte sie vor sich hin.

«Du musst von hier verschwinden, bevor die anderen kommen. Die Sache hat sich bestimmt schon rumgesprochen.»

Lilly zog den Rotz hoch. «Aber wohin? Ich hab doch ausser dir niemanden.»

Er brachte sie ins Büro. «Du verkriechst dich für anderthalb Stunden unter meinem Schreibtisch. Nach dem Training bringe ich dich zu einer Freundin. Dort kannst du für ein paar Tage bleiben.»

«Und dann?»

Stahl sah, dass sich die Tür zur Boxhalle öffnete. Hakan und Tolgar.

«Erzähl ich dir später.» Er drückte Lilly unter den Schreibtisch und reichte ihr zwei Wolldecken. Hakan und Tolgar winkten ihm beim Vorbeigehen durchs Fenster. Stahl grüsste zurück. Er beugte sich zu Lilly und reichte ihr eine Flasche Mineralwasser. «Alles wird gut. Vertrau mir.»

Sie nickte und kämpfte mit aller Macht gegen ihre Tränen an. Stahl wusste, was für einen Vertrauensbeweis Lilly ihm entgegenbrachte, sich bei ihm auszuweinen. Sie hatte nur ihn. So wie er damals nur Albin hatte. Aber Albin hatte ihn betrogen. Stahl würde es besser machen. Er verliess das Kabuff und ging zum Training.

***

Franca legte das Buch über die Commedia dell'Arte zur Seite. Sie kannte es auswendig. Es war der Anstoss zu ihrer Version des Psychodramas gewesen. Die Masken der Archetypen sollten bei den Patienten Triebe freilegen, die diese im Spiel auslebten, anstatt sie durch Kompensation zurückzuhalten und zu Neurosen auswachsen zu lassen. Da es in der Commedia vor allem um Sex, Hunger und Geld ging, schien sie Franca das optimale Vehikel für therapeutische Zwecke. Und sie hatte schon die irrsinnigsten Improvisationen mit den Masken erlebt. Hausmütterchen verwandelten sich unter der Maske Brighellas zu derben Halunken, steife Bankiers begannen durch Arlecchino ihre verlorene kindliche Spielfreude wiederzufinden, und Manager, die sich in der Midlife-Crisis befanden, offenbarten als Pantalone ihren Wunsch, sich noch einmal eine knackige Smeraldina zu angeln.

Giorgio war aber nicht in der Midlife-Crisis gewesen. Die hatte er schon eine Weile hinter sich. Und wie sich Franca erinnerte, hatte er sie ganz gut gemeistert. Jedenfalls hatte sie bei ihm keine Anzeichen einer grösseren Krise bemerkt. Hier kam sie mit dem Pantalone bei ihm nicht weiter.

Sie nahm die Maske in die Hände und sah sie sich genau an. «Erzähl mir, was genau passiert ist.» Sie neigte die Maske und spielte mit ihr, als wäre sie eine Puppe.

Je nachdem, wie das Licht auf das Leder fiel, veränderte die Maske ihren Ausdruck. Mal schien sie spöttisch zu grinsen, mal leise zu drohen. Jetzt sickerte Blut aus den Augenlöchern. Franca schrie und warf die Maske weg. Sie landete in einem der geöffneten Kartons. Franca begann zu schluchzen. Sie wusste, dass es rausmusste. Sie durfte den Schmerz nicht verdrängen, aber sie durfte ihm auch nicht unterliegen. Das richtige Mass finden. In jeder Situation. Gefühle annehmen, sie aber nicht füttern. Das war die Kunst. Nicht in die Brust atmen. Dort sass die Angst. Tief in den Bauch, ins Zentrum, in die Mitte. Dorthin musste sie ihren Atem zwingen. Egal, was er ans Tageslicht beförderte.

Sie beruhigte sich und ging zur Maske. Sie nahm sie in die Hand und atmete weiter tief in den Bauch. Sie wusste nicht, ob es richtig war, aber sie tat es. Sie setzte sich die Maske auf und kroch Schritt für Schritt in den archetypischen Charakter Pantalones. Sie krümmte ihren Rücken zu einem Buckel, krallte die Zehen und verknöcherte die Finger. Die Arme presste sie fest an den Körper. Sie stellte sich vor, dass die Schwerkraft dreifach auf sie wirke, und kämpfte dagegen an. Sie trippelte durch die Wohnung ins Bad und sah sich im Spiegel an. Ein heiseres Lachen keuchte ihr aus dem Spiegelbild entgegen. Eine knarzige Stimme geiferte. «Und? Franca, mein Täubchen? Wie sieht's aus? Was gibt's Neues auf dem Rialto?» Das Spiegelbild lachte boshaft. Franca erschrak und riss sich die Maske vom Gesicht. Sie rang um Atem und wiederholte: «Was gibt's Neues auf dem Rialto?» Woraus war das? Wer hatte das gesagt?

Sie rannte ins Wohnzimmer zurück. Irgendwo hatte sie das

Buch gesehen. Es war ihr nur beiläufig aufgefallen. Ihr Unterbewusstsein hatte sich aber anscheinend intensiver damit beschäftigt, sonst hätte sie nicht unter der Maske daraus zitiert. Sie ging die Kartons ab und fand es bei der Gruppe, auf der mit Filzstift: «Widmer» geschrieben stand. «Der Kaufmann von Venedig». Eine Komödie. Jedenfalls war das Stück von Shakespeare einmal so angelegt. Durch die Tragödie des Holocaust und den psychologischen Monolog im dritten Akt, den der Jude Shylock anklagend gegen den Antisemitismus erhob, war der komödiantische Aspekt des Stückes weit in den Hintergrund gedrängt. Die menschliche Tragödie des Shylock überwog die komödiantische Struktur des Stückes. Tatsächlich gab es am Ende des Stückes drei Hochzeiten, so wie es die Komödie vorschrieb. Und es wimmelte darin sogar von klassischen Commedia-Szenen. Aber Franca hatte noch nie eine Inszenierung gesehen, in der diese Aspekte gewürdigt worden waren. Es hatte den Anschein, als hätten die Theatermacher die anarchische Kraft der Commedia vergessen, so wie es die Zensoren des Vatikans im 16. Jahrhundert gefordert hatten. Spielte die Geschichte nicht in Venedig? War dort nicht Pantalone zu Hause? War am Ende mit dem «Kaufmann von Venedig» gar nicht der grossspurige Antonio gemeint, sondern der jüdische Geldverleiher Shylock? War Shylock nicht ein Pantalone? Natürlich. Er war geizig bis zur Karikatur – aber nicht geil auf junge Weiber. Nein. Er war kein Pantalone. Moment. Forderte Shylock nicht ein Pfund Fleisch aus Antonios Körper, wenn der ihm nicht pünktlich das Darlehen samt Zins zurückzahlte? Lag in dieser Fleischeslust nicht eine andere Art Geilheit?

Franca erschrak. Ihre Phantasie galoppierte. Und hatte man Giorgio nicht das Herz aus dem Leib geschnitten? Sie taumelte. Ihre Knie knickten ein. Nur mit Mühe schaffte sie es auf den Sessel. Hatte Giorgio nicht pünktlich bezahlt? Nein, das hinkte. Er hatte die Maske des Pantalone ja auf dem Gesicht. Also wäre er der Pantalone gewesen, der anderen das Herz aus dem Leib nahm. Hatte Giorgio so etwas getan und jemand hatte sich an ihm gerächt? Auge um Auge, Zahn um Zahn, Herz um Herz?

Franca hielt es nicht mehr aus. Wo war Stahl? Wollte er ihr

nicht helfen, den Mörder ihres Vaters zu finden? Warum war er nicht hier? Konnte sie ihm überhaupt trauen? Sie hatte auch nie gedacht, dass Marco sie verraten würde. Und Stahl brauchte Geld. Er war käuflich. Wenn die anderen ihm mehr boten, würde er für sie arbeiten. Wie naiv war sie eigentlich? Glaubte sie wirklich, der einstige Liebessommer von Rom, der Schuldenerlass und hunderttausend Franken würden reichen, um Stahl sicher auf ihrer Seite zu haben? Und war er es nicht gewesen, der die Beziehung beendet hatte? Er hatte gesagt, er fühlte sich zu alt neben ihr. Sie hatte ihm geglaubt und versucht, es zu verstehen. Zwei Tage später hatte sie ihn mit einer anderen gesehen. Kaum älter als sie selbst. Nein, auf Stahl allein konnte sie nicht setzen, sie brauchte Alternativen. Sie befühlte ihre Jacke, die sie zum Trocknen über die Heizung gelegt hatte. Nur an den Achseln war sie noch feucht. Sie zog sich die Jacke an und verliess die Wohnung.

***

«Gut für heute, Jungs», rief Stahl durch die Halle. Einige klopften noch ihre Serien zu Ende und peitschten eine letzte Runde mit dem Sprungseil, andere hörten mitten in der Übung auf.

Stahl registrierte es und wusste, auf wen er setzen konnte und bei wem die Chancen gering waren, ihn zur Selbstdisziplin zu bewegen. Auf Hakan und Tolgar würde er wetten. Sie schafften es, pünktlich zu sein, pflegten ihre Sportkleidung und feilten täglich an ihren Kombinationen. Sie ächzten nicht, selbst wenn sie kurz vor dem Umfallen waren. Die anderen aus der Gruppe stöhnten und lamentierten bei der leichtesten Anstrengung, fanden Ausreden, warum sie zu spät kamen, oder erschienen nur unregelmässig.

Stahl hätte sie längst rausgeworfen, hätte er das Geld nicht gebraucht, das ihm die Stadt dafür zahlte. Ging es nach ihm, hätte er nur mit Hakan und Tolgar gearbeitet. Und mit Lilly. Sie war die Ehrgeizigste von allen. Und sie boxte mit Herz. Die beiden Jungs taten es aus Machttrieb. Sie wollten stärker sein als der Rest. Das würde ihnen draussen helfen, sich durchzusetzen.

Lilly boxte aus Leidenschaft und gegen ihre inneren Dämonen. Sie kämpfte gegen das Böse, glaubte an das Gute und wollte es erzwingen, auch wenn sie täglich aufs Neue enttäuscht wurde. Stahl wollte ihr dabei helfen, deshalb musste er sie von hier wegbringen. Raus aus dem Zürcher Drogensumpf. Weg von der kaputten Familie, für die sich Lilly so verantwortlich fühlte.

Tolgar bearbeitete noch immer die Birne. Stahl wusste, dass der Junge dafür gelobt werden wollte, und ging zu ihm. Gleichzeitig musste es auch Kritik geben, damit Tolgar nicht glaubte, er sei schon am Ende der Fahnenstange. Stahl verpackte seine Pädagogik in ein Sandwich. So hatte er es von Lorenzo gelernt. Gut-schlecht-gut. Ein rhetorischer Trick, mit dem man beinahe alles verkaufen konnte.

«Sehr gut, Tolgar. Fixier aber das Handgelenk, dann wirst du noch schneller und härter.»

Tolgar korrigierte sich.

«Und zieh das Tempo noch mal an.»

Tolgar gehorchte und schnaufte.

«Noch zehn auf vollem Tempo.»

Tolgar versuchte es, wurde aber nicht schneller.

«Komm schon. Hau dich rein.»

Tolgar trommelte gegen die Birne, was noch drin war.

Stahl legte ihm die Hand auf die Schulter. «Sehr gut, Tolgar. Geh jetzt duschen.»

«Wann kann ich meinen ersten Kampf machen?», fragte er, obwohl er kaum Luft zum Sprechen hatte.

«Noch vier Wochen. Dann lass ich dich in den Ring.»

«Warum darf Hakan schon?»

«Weil er eine bessere Deckung hat.»

«Aber ich schlage schneller und härter.»

«Ohne Deckung kommst du zu keinem einzigen Schlag. Arbeite an deiner Deckung, und du darfst in den Ring.»

Tolgar zog die Brauen zusammen und trottete ab.

Stahl sah sich in der Halle um. Einige waren schon ohne zu duschen und ohne sich abzumelden gegangen. Normalerweise hätte Stahl es zum Thema gemacht. Wer die kleinen Regeln des Respekts nicht kannte, würde die grossen nimmer lernen.

Aber er wusste, dass er den Kurs nicht mehr lange haben würde. Andy hatte es ihm angedroht. Wenn er nicht den Kopf von Lilly servierte, würden sie ihm den Hahn abdrehen. Also kümmerte sich Stahl nicht länger um die Verlierer. Wer nicht gewinnen wollte, sollte weiterhin aufs Maul bekommen und sich in Anschuldigungen an die Welt ergiessen. Hakan und Tolgar würde er mitgeben, was in dieser kurzen Zeit noch drin war – und Lilly würde er zum Champ feilen.

Er ging ins Kabuff und steuerte auf den Schreibtisch zu. «Lilly, kannst rauskommen. Die Luft ist rein.» Lilly antwortete nicht und kroch auch nicht unter dem Schreibtisch hervor. «Lilly?» Stahl sah hinter den Schreibtisch. Lilly war verschwunden.

VIER

Franca stand vor dem Eisentor und zögerte. Sie drückte den Klingelknopf, der in das Messingschild eingelassen war: Dr. Künzli. Rechtsanwalt. Der Knopf gab zu leicht nach. Die Klingel war tot. Franca überprüfte das Schloss. Es war offen. Sie fasste die verrostete Klinke und schob die schweren Gitterstäbe über den Kies. Es knirschte und klemmte. Franca genügte ein Spalt. Sie zwängte sich durch und liess ihn offen. Falls sie schnell von hier verschwinden musste, wollte sie sich nicht mit dem Tor abmühen.

Sie sah zur Villa und erinnerte sich. Als Kind war sie oft hier gewesen. Frau Künzli hatte Most serviert und Apfelkuchen gebacken. Egal zu welcher Jahreszeit. Immer Apfelkuchen. Mit Zimt. Franca hatte ihn selbst über die Äpfel pudern dürfen. Frau Künzli hatte auch mit Franca gespielt, sie auf die Schaukel hinter dem Haus gesetzt und sie angestossen, obwohl Franca gross genug gewesen war, sich selbst Schwung zu geben. Mit dem eigenen Schwung war sie sogar viel höher in den Himmel geflogen. Aber Frau Künzli hatte es sich nicht nehmen lassen, Franca anzustossen. Als Franca ihr hatte zeigen wollen, wie gut sie es selbst konnte, war Frau Künzli wütend geworden und hatte Franca angeschrien. Franca war vor Schreck von der Schaukel gefallen und hatte sich dabei das Knie aufgeschlagen. Frau Künzli war kreidebleich geworden, hatte Franca an sich gedrückt und gebettelt, niemandem etwas von dem Vorfall zu erzählen. Franca hatte dichtgehalten. Die Männer, Herr Künzli und Giorgio, die meist im Salon gesessen hatten und bei Rotwein und Zigarren über Gott und die Welt plauderten, hatten nichts davon mitbekommen.

Kurze Zeit später war Frau Künzli sehr krank geworden. Franca wusste nicht, was sie genau hatte. Es war nur alles sehr schnell gegangen. Plötzlich war sie gestorben. Es war die letzte Reise, die sie mit Giorgio gemeinsam nach Zürich unternommen hatte. Und das einzige Mal, dass sie ihren Vater hatte weinen sehen. Am Grab hatte er sich zusammengerissen. Das konnte er. Aber auf der Zugfahrt hatte er geweint. Zwischen Bellinzona und Zürich. Es war ein seltsames Begräbnis gewesen. Nur Männer. Ausnahmslos Gardisten. Franca war das einzige Kind. Aber wäre sie nicht dabei gewesen, es wäre keinem aufgefallen. Niemand hatte von ihr Notiz genommen. Sie war wie ein Geist zwischen den Männern gewesen, die Herrn Künzli ihr Beileid aussprachen. Viele waren auch zu Giorgio gegangen und hatten ihn tröstend in den Arm genommen, als wäre auch er der Mann von Frau Künzli gewesen. Franca hatte nicht gewagt zu fragen, warum sie so ein Mitgefühl für Giorgio aufbrachten. Sie hatte es auch längst vergessen. Erst jetzt kam es wieder hoch.

Sie ging über den Kiesweg, der mit dicken Grasbüscheln und Inseln von Spitzwegerich durchwachsen war, und zögerte, als sie das Bellen eines Hundes vernahm. Sie erinnerte sich, dass Künzlis zwei Dobermänner besessen hatten, vor denen sich Franca gefürchtet hatte. Frau Künzli hatte es genossen, dass Franca sich vor Angst gegen sie warf und sie mit ihren dünnen Armen fest umschlang. «Aus», hatte sie dann immer gesagt. Ganz leise und zart. Und die Hunde hatten aufgehört zu bellen und sich in den Garten geschlichen.

Das Bellen war verstummt. Franca ging weiter. Sie stand vor den Stufen, die zum Eingang der Villa führten. In den Ecken der Stiegen wuchs Moos. Franca ging nach oben und klopfte gegen die Holztür, von der die Farbe blätterte. Dreimal. Hinter der Tür knurrte ein Hund. Franca glaubte, eine dünne Stimme zu hören, die «Aus!» befahl. Jedenfalls verstummte das Knurren, und die Tür wurde geöffnet.

Franca taumelte beim Anblick der alten Dame zwei Schritte zurück und wäre fast rückwärts die Treppe hinuntergefallen. Vor ihr stand ein Gespenst. Mit schwarz gefärbtem Haar, gekleidet in ein dunkelblaues, langärmliges, eng anliegendes Kleid. Sie war dünn. Sehr dünn. Das war sie immer gewesen. Wenn Franca sie umarmt hatte, hatte sie immer Knochen gespürt. Die hellblauen Augen glänzten so klar, wie Franca sie in Erinnerung hatte.

«Frau Künzli?», fragte sie. Ihr Mund pappte.

Die blasse Dame neigte den Kopf wie eine Elster und hob

fragend die nachgemalten Augenbrauen. «Ist vor langer Zeit gestorben», sagte sie. «Auf sehr tragische Weise.»

Franca schluckte. Sie war sich so sicher, dass es Frau Künzli war, die vor ihr stand. Aber sie wagte nicht, nachzufragen. Der Dobermann neben Frau Künzli flösste Franca Respekt ein. So zahm er jetzt neben der alten Frau stand, so wild würde er sich auf Franca stürzen, wenn er die Erlaubnis dazu bekam.

«Und Herr Künzli?», fragte Franca.

«Ist ebenfalls tot. Vergangenes Jahr. Im Herbst.»

«Und wer sind Sie?»

«Ich bin die Zwillingsschwester von Frau Künzli. Elena Sutter. Ich habe das alles hier geerbt. Kinder gibt es ja keine.»

Franca war erleichtert. Eine Zwillingsschwester. Das machte Sinn. Aber warum hatte Franca nichts davon gewusst? Hätte sie es wissen müssen? So gut hatte sie die Künzlis auch nicht gekannt.

«Und wer sind Sie?», fragte Frau Sutter mit einem dünnlippigen Lächeln.

«Franca Rossi.»

Frau Sutters Lächeln gefror zu einem waagerechten Strich. Nur für einen Moment. Dann hatte sie sich wieder unter Kontrolle. «Und was wollen Sie hier?»

«Mein Vater war ein guter Freund der Künzlis. Als Kind bin ich oft hier gewesen. Und jetzt bin ich zufällig in Zürich und wollte einen Besuch abstatten.»

«Verstehe. Deswegen bist du – sind Sie erschrocken, als Sie mich gesehen haben. Sie dachten, ich wäre Alma.»

«Ja.»

«Ich wünschte, ich wäre statt ihrer gestorben.» Sie streckte die Nase in die Luft und erschrak. «Du meine Güte, der Kuchen.» Frau Sutter drehte sich um und rannte davon. Der Hund blieb bei Franca und knurrte leise. Franca traute sich nicht vom Fleck. Sie fürchtete, der Dobermann würde nach ihr schnappen, egal, wohin sie sich bewegte.

Frau Sutter kam zurück. «Entschuldigen Sie, ich hatte meinen Kuchen vergessen.»

«Apfelkuchen?»

«Ja. Riecht man das?»

«Nein. Aber hier gab es immer Apfelkuchen. Ihre Schwester hatte immer einen gebacken.»

«Ein Familienrezept. Stammt noch von unserer Oma. Tradition. Daraus kann man nicht ausbrechen.»

«Woraus kann man ausbrechen?»

«Wie?» Sie sah Franca verblüfft an, als würde sie ernsthaft nach einer Antwort suchen. Sie schien nichts zu finden. «Wollen Sie ein Stück? Er ist unten etwas angebrannt, aber man kann ihn essen.»

Franca sah auf den Hund. Ob er es ihr übel nehmen würde, wenn sie das Angebot ablehnte?

«Gerne», sagte sie und rang sich ein Lächeln ab.

«Komm, Tuco. Wir haben einen Gast.» Frau Sutter tätschelte Tuco an der Flanke und ging vor. Franca folgte, eskortiert von Tuco.

***

Stahl kannte die Gegend hinter der Langstrasse nur zu gut. Ein Drittel seines Lebens hatte er hier verbracht. Das andere Drittel hatte dem Heim gehört und der Rest der Schweizergarde. Und nun stand er wieder hier. Bis zu den Knien im Milieu. Ein Ringschluss. Würde es ihn nie loslassen? Musste er immer wieder hierherkommen? Warum liess es ihn nicht los? Fühlte er sich noch immer schuldig? Aber wofür? Was konnte er dafür, dass sein Vater so ein Arschloch gewesen war? Er hatte Stahls Mutter in den Tod geritten. Stahl war ein kleiner Junge gewesen. Ein Opfer, das ins Heim gerettet wurde. Aber er hätte auch etwas tun können. So wie Lilly etwas getan hatte. Lilly hatte gehandelt. Sie hatte zugeschlagen. Stahl hatte damals nur dagestanden und zugeschaut. Angewurzelt. Gelähmt. Lilly hatte zugeschlagen. Er war es ihr schuldig, hierher zurückzukommen. Und er war es seiner Mutter schuldig. Vielleicht gab es doch noch die späte Absolution.

Er stieg über zwei hohlwangige Junkies, die sich gerade mit Heroin Wohlbefinden verschafft hatten, und drückte die Haustür auf, deren Schloss längst jemand geknackt hatte. Im Treppenhaus roch es nach Pisse, Nikotin und verschüttetem Bier. Stahl hatte sich die schwarzen Lederhandschuhe über die Finger gezogen. Er ertrug es nicht, mit dem Schmutz in Berührung zu kommen. Zu viel davon steckte noch immer tief in seinen Poren. Wie Sporen, die nur darauf warteten, bei nächster Gelegenheit aktiv werden zu können.

Im ersten Stock öffnete eine dralle Brasilianerin die Tür. Als sie Stahl sah, verwandelte sich ihr trauriges Gesicht in ein geschäftstüchtiges Lächeln. Sie war wohl auf dem Weg, Kunden auf der Langstrasse zu fangen. Wenn sie schon im Treppenhaus erfolgreich wäre, würde sie sich einige Meter und ein Dutzend Abweisungen sparen.

«Willst du zu mir?», fragte sie und klimperte kokett mit den falschen Wimpern. Sie schickte ein kehliges Gurren hinterher, wie eine Taube, die freiwillig den Bass im Chor übernahm.

Stahl ging an ihr vorbei, ohne zu reagieren. Sie jagte ihm einen Fluch auf Portugiesisch in den Rücken und klapperte mit ihren Absätzen hart die Stufen nach unten.

Zweiter Stock. Hier war es. Stahl wusste es auch ohne Namensschild an der Tür. Er war schon einmal hier gewesen. Mit Andy. Als Lillys Mutter wegen Verdacht auf Überdosis ins Spital eingeliefert werden musste. Matthi war damals auch in der Wohnung gewesen. Völlig zugedröhnt. Nicht ansprechbar. Die beiden Kleinen hatten apathisch vor dem Fernseher gesessen. Und Lilly hatte in der Küche gestanden und Brote für die Kleinen geschmiert. Stahl hatte sofort erkannt, dass sie etwas Besonderes war. Vielleicht hatte er auch seine eigenen Wünsche nach Befreiung und Wiedergutmachung auf Lilly projiziert. Jedenfalls war für ihn klar gewesen, dass er für Lilly verantwortlich war. Andy hatte sie in den Arm nehmen und trösten wollen. Sie hatte ihm in die Hand gebissen. Andy hatte gejault und sich im Spital sofort gegen Starrkrampf und Tollwut impfen lassen. Stahl hatte Lillys Temperament imponiert. Und ihr Mut, Grenzen zu setzen.

Er klingelte und glaubte, Kinderstimmen hinter der Tür zu hören, aber es öffnete niemand. Er zog das Etui mit den Schliesswerkzeugen aus der Innentasche seiner Jacke und öffnete mit den Haken das Schloss. Vor ihm standen zwei verlauste Kinder, die ihn mit grossen Augen anstarrten. Noch zwei Seelen, die nach Rettung schrien. Um die würden sich andere kümmern. Ihn interessierte nur Lilly.

«Ist Lilly hier?»

Sie schüttelten die Köpfe und senkten den Blick. Gut einstudiert. Stahl ging an den beiden Kindern vorbei und sah in den einzelnen Räumen nach. Im Bad kauerte eine blasse, magere Frau, deren Schädel mit dünner Haut und blonden Fransen überzogen war. Als sie Stahl sah, lächelte sie ihn selig an.

«Matthi?», sagte sie und streckte ihre knöchrigen Finger nach Stahl aus. In ihrem Nachthemd, das mal weiss gewesen sein musste, sah sie aus wie eine Tote, die für die Stunde nach Mitternacht aus dem Grab gekrochen war, um sich einen kleinen Spass zu erlauben. Nur war es jetzt zwei Uhr am Tag, und das Gespenst müsste längst wieder unter der Erde oder pulverisiert sein. Diese Frau aber lebte. Wenn man es ein Leben nennen konnte. Was wusste Stahl. Vermutlich war es die einzige Form, die ihr das Dasein erträglich machte. Stahl hätte sie gerne verurteilt. Aber er kannte zu viele Geschichten, die Grund gaben, so zu werden wie diese Halbtote. Seine Mutter hatte auch ihre Geschichte gehabt. Und Stahl hatte sie verstanden, aber verschmerzt hatte er sie nie.

«Du bist nicht Matthi.» Sie zog ihre Hand zurück. «Wer bist du?»

«Ich bin ein Freund von Lilly.»

«Ein Freund? Fickst du sie?» Sie lachte. «Das hat sie mir nicht gesagt, das Luder. Ich hoffe, du zahlst gut.»

«Wo ist sie?»

«Lilly? Keine Ahnung. Ich hoffe, sie liegt in der Sihl, das Miststück. Schlägt einfach zu. Dem Matthi auf den Kopf. Und der ist jetzt tot.» Sie sah ihn mit aufgerissenen Augen an. «Der Matthi ist tot. Stimmt's?» Sie wartete auf Antwort. Stahl wusste keine. «Oder doch nicht? Lebt er? Kommt er zurück?» Sie rappelte sich hoch, kam auf die Knie und streckte beide Hände nach Stahl aus. Das aschblonde Haar schimmerte dünn durch die von hinten einfallende Sonne. «Er kommt zurück. Du bist gekommen, um mir die gute Nachricht zu bringen.» Sie kratzte sich heftig am Kopf. «Natürlich. Deswegen bist du ein Freund von Lilly. Wenn Matthi lebt, muss Lilly nicht in den Knast. Du fickst sie nicht, stimmt's? Lilly lässt sich nicht ficken.» Sie kratzte sich noch heftiger, als juckten ihre wirren Gedanken. «Aber was ist besser? Dass Matthi am Leben ist? Oder dass du Lilly fickst?» Sie stellte das Kratzen ein und sah zu Stahl. «Was bringt mehr Geld? Verstehst du? Das ist hier die Frage.»

Stahl verliess das Bad und ging die anderen Räume ab. In der Küche stapelten sich Pizzakartons, Essensreste und schmutzige Pfannen. Stahl kämpfte sich durch überfüllte Abfallsäcke und riss das Fenster auf. Sein Blick fiel auf eine kleine Teflonpfanne, die auf dem Herd stand. Drei Spiegeleier stierten ihn an. Er legte vorsichtig seinen Finger auf das Teflon. Es war noch warm.

Stahl hörte Stimmen aus dem Nebenzimmer. Sie kamen aus dem Fernsehapparat. Die Kinder hatten sich die Kiste angemacht und glotzten einen Animationsfilm, in dem eine Bombe gerade den Schädel eines Katers zerfetzte und dessen Gebiss auf den Teller einer zahnlosen Oma schleuderte. «Hm. Das schmeckt gut», sagte das Gebiss und begann, den gebratenen Fisch zu essen.

«Lilly?» Stahl riss eine Schranktür auf. Achtlos gestopfte Schmutzwäsche kam ihm entgegen. Er drückte den Schrank zu und wollte ins nächste Zimmer. Im Augenwinkel bemerkte er, dass der Vorhang leicht wackelte. Er tat, als hätte er etwas auf dem Boden gesehen, und bückte sich danach. Dabei prüfte er, ob hinter dem grünen Stoff Füsse blitzten. Bingo. Zwei ausgelatschte Sneakers zeigten in seine Richtung. Stahl tat so, als hätte er Lilly nicht entdeckt, und knipste den Fernseher aus. Die beiden Kleinen sahen ihn dumm an.

«Wenn ihr Lilly seht, sagt ihr, dass sie heute Abend um acht Uhr zu mir kommen soll. Es ist ihre einzige Chance, um hier herauszukommen und nicht in den Jugendknast gesperrt zu werden. Sie ist nicht verantwortlich für euch. Und sie ist nicht verantwortlich für eure Mutter. Und sie trägt keine Schuld an dem, was passiert ist. Aber sie trägt Verantwortung für ihre Begabung und dafür, ihrem Leben einen Sinn zu geben. Habt ihr verstanden?»

Nichts hatten sie verstanden. Sie hatten ihm gar nicht zugehört. Der Junge war an ihm vorbeigegangen und hatte den Fernseher wieder angeknipst. Dafür hatte Lilly verstanden. Sie war nicht doof. Sie kam hinter dem Vorhang hervor. «Was soll ich denn tun?» Sie zeigte auf ihre Geschwister. «Ich kann sie doch nicht alleinlassen.»

«Egal, ob Matthi überlebt oder nicht, sie werden dich einsperren.»

«Und was soll ich jetzt tun?»

«Ich bring dich fort von hier.»

«Wohin?»

«In ein anderes Land.»

«Und die Kleinen? Und meine Mutter?»

«Werden dir nicht helfen. Und du ihnen auch nicht, wenn sie dich kriegen.»

«Es war Notwehr. Das werden sie verstehen.»

«Und was ist mit den anderen Gewaltdelikten, die du zuvor begangen hast? Sie haben dich nicht umsonst in das Box-Programm gesteckt. Für den Staat war es die letzte Chance, die er dir gegeben hat. Jetzt werden sie nur an Strafe als Mittel glauben.»

«Du auch. Du glaubst auch nur an Strafe. Sonst würdest du mich nicht abschieben wollen.»

«Ich will dich nicht abschieben. Ich will dir nur eine Chance geben. Eine Chance, die auch mir geholfen hat, nicht auf die schiefe Bahn zu geraten.» Stahl legte vorsichtig seine Hände auf Lillys Schultern. Er wusste, wie explosiv sie auf Berührung reagieren konnte.

«Vertraust du mir?»

Lilly nickte.

Aus dem Fernseher schrie eine Frau mit falschen Tönen: «Verlass mich nicht! Bitte, Pierre, verlass mich nicht! Du kannst mich jetzt nicht verlassen! Du Schwein!»

Es läutete an der Tür. Lilly riss sich los und rannte zur Balkontür.

«Frau Bündner, machen Sie auf. Wir wissen, dass Sie da sind.» Stahl erkannte die Stimme auf der anderen Seite der Wohnungstür. Andy. «Wir wollen nur mit Lilly sprechen. Frau Bündner.» Er klingelte wieder. Stahl sah in den Flur. Dann wieder zu Lilly. Sie war bereits auf dem Balkon und kletterte mit Hilfe der Dachrinne auf das Geländer. Springen war zu riskant.

«Frau Bündner.» Wieder Klingeln.

Lillys Mutter kam aus dem Bad geschlichen. Sie murmelte unverständlich und schlurfte zur Wohnungstür. Stahl rannte zu ihr und hielt sie am Arm, als sie die Klinke drücken wollte. Sie schnellte herum und fauchte ihn an: «He, was soll das? Arschloch.» Mit der anderen Hand holte sie zum Schlag aus. Die Finger zu Krallen geformt. Stahl duckte sich unter der Harke weg. Frau Bündner kratzte mit ihren spitzen Nägeln Tapete von der Wand und jaulte. Stahl kam hinter sie, packte sie am Kopf, drehte ihn langsam nach links und drückte ihr die Aorta ab. Sie sackte bewusstlos zu Boden.

«Wir kommen jetzt rein», sagte Andy.

Stahl hörte, wie ein Experte sich am Schloss versuchte. Gleich würde es aufspringen. Andy hatte bestimmt noch einen Polizisten dabei. Vielleicht sogar zwei. Stahl würde mit ihnen fertig werden. Aber er war hier nicht undercover an der Elfenbeinküste für den Vatikan unterwegs, sondern privat. Er zog es vor, zu fliehen. Doch wohin? Er schob die Ohnmächtige vor die Tür. Sie würde die Beamten einen Moment aufhalten und beschäftigen. Er sprintete ins Wohnzimmer. Die Kinder glotzten unbeirrt weiter. Lilly stand noch immer auf dem Geländer und zögerte. Stahl eilte zu ihr. Der Boden lag etwa sechs Meter unter ihnen. Um zum nächsten Balkon zu gelangen, musste man anderthalb Meter Luft überwinden.

«Ich gehe vor», sagte Stahl und stieg neben Lilly auf das Geländer. Anderthalb Meter Flugrolle. Das würde er schaffen. Er sackte in die Hocke, schnellte hoch und flog knapp über das gegenüberliegende Geländer. Er landete auf der Schulter und rollte sich ab. Blumentöpfe schepperten. Er rappelte sich auf und schaute zu Lilly. Sie starrte ihn an. Ihre Knie zitterten.

«Spring. Ich fang dich.»

Lilly traute sich nicht, Stahl anzusehen. Ihr Blick war in die Tiefe gebannt.

«Nimm den Kopf hoch und schau mich an. Mach schon.»

Langsam hob sie den Kopf.

«Und jetzt: Spring. Eins, zwei –»

Lilly sprang. Ihr Sprung war zu kurz. Sie landete mit den Händen am Geländer. Ihre Beine baumelten in die Tiefe. Stahl packte sie an den Handgelenken. «Alles gut, Lilly. Ich hab dich.»

Andy tauchte auf. Hinter ihm zwei Polizisten.

«Stahl. Lass den Quatsch», sagte er. Die Polizisten entsicherten ihre Pistolen.

Stahl zog Lilly langsam zu sich nach oben auf den Balkon.

«He. Was soll das?» Eine tiefe Stimme schnaubte hinter Stahl. Er drehte sich vorsichtig um. Ein fettleibiges Tier im Unterhemd hatte den Lärm gehört und sorgte sich um seine Zucchetti-Setzlinge. Behaart wie ein Gorilla und Arme wie Keulen.

«Mach dich nicht unglücklich, Stahl. Die Kleine ist es nicht wert. Sie ist eine Mörderin.»

Lilly schrie vor Entsetzen auf.

«Ja, Matthi ist tot. Und du hast ihn auf dem Gewissen. Du hattest deine Chance. Die hast du vertan.» Andys Gesicht war rot vor Wut.

Ein Beamter verliess den Balkon. Stahl wusste, dass der Polizist gleich in der Wohnung des Gorillas auftauchen würde. Sie sassen in der Falle. Aber solange das Spiel lief, konnte man gewinnen. Und es lief noch. Stahl schnellte herum und stiess den Zucchetti-Züchter. Überrascht verlor der sein Gleichgewicht und taumelte nach hinten. Stahl duckte sich und packte einen Blumentopf. Gleichzeitig schrie er: «Lauf, Lilly!»

Lilly lief.

Stahl schleuderte den Blumentopf in Richtung Andy und traf ihn damit an der Schulter. Andy jaulte und fiel gegen den Polizisten. Stahl floh vom Balkon. Er rannte durch die Wohnung, fand den Flur und eilte auf die offene Wohnungstür zu. Lilly war also schon draussen. Stahl schaffte es nicht mehr. Der zweite Polizist versperrte ihm den Weg. Die Sig im Anschlag.

«Nehmen Sie die Hände hoch.»

Stahl gehorchte. Gleich würde der andere Polizist auftauchen. Samt Andy. Und Stahl würde einen guten Anwalt brauchen.

Stattdessen erschien aber der Gorilla hinter Stahl und schnaubte. Er packte Stahl und wirbelte ihn herum.

«Was soll das?», rief der Polizist, der jetzt flankiert von seinem Kollegen und Andy statt Stahl nun den Gorilla im Visier hatte.

Stahl nutzte die Verwirrung, rappelte sich auf und rannte wieder auf den Balkon. Er schwang sich über das Geländer und liess sich baumeln. Er musste es riskieren. Er liess los und schnappte im Flug nach dem Geländer des direkt darunter liegenden Balkons. Der Stunt gelang. Er hing nun im ersten Stock. Von seinen Füssen bis nach unten waren es höchstens drei Meter. Er liess los und landete hart auf Asphalt. Er versuchte dem Aufprall durch eine Rückwärtsrolle die Wucht zu nehmen. Es gelang. Er sah nach oben. Aus dem zweiten Stock fuchtelte Andy wild mit den Armen. Die Polizisten richteten ihre Waffen auf ihn. Sie würden nicht schiessen. Stahl drückte sich eng ans Wohnhaus und bog um die Ecke.

***

Franca sah auf die verwitterte Schaukel, die von der Linde hing. Sie sass auf der Terrasse, mit dem Rücken zur Wand, zwischen Terrakottatöpfen, aus denen Rosmarin, Salbei und Buchs wuchsen. Hier hatte früher immer Giorgio gesessen. Ihm gegenüber, wo Frau Sutter Platz genommen hatte, Herr Künzli. Manchmal ging es sehr heftig zu bei den Debatten. Franca hatte die Hitzköpfe bis zur Schaukel hinüber gehört. Sie hatten Spass an heissen Disputen gehabt. Es war ein Sport für sie gewesen.

Sie hatten ein Thema gewählt, sich in oppositionellen Meinungen festgebissen und bis aufs Messer argumentiert. Dann hatten sie die Standpunkte gewechselt und ein jeder das verteidigt, was er zuvor angegriffen hatte. Manchmal war es so hoch hergegangen, dass Franca gefürchtet hatte, die Freunde würden sich die Köpfe einschlagen. Doch es war immer gut ausgegangen. Am Ende hatten sie gelacht, sich umarmt und Whiskey getrunken.

«Noch ein Stück?», fragte Frau Sutter und schob bereits das Kuchenmesser unter den Apfelkuchen.

«Danke. Nein. Zwei Stücke genügen.»

«Schmeckt er Ihnen nicht?»

«Doch, doch. Sonst hätte ich doch kein zweites genommen.»

«Vielleicht aus Höflichkeit. Sie haben Manieren, sind wohlerzogen. Das sehe ich sofort. Da nimmt man immer ein zweites Stück, ob es schmeckt oder nicht.» Sie lupfte das Kuchenmesser und balancierte das Stück auf Francas Teller. «Jetzt können Sie mir beweisen, dass er Ihnen wirklich schmeckt.»

Franca seufzte, nahm die Gabel und drückte sich eine Ecke ab. Frau Sutter lachte herzhaft. Ein Lachen, das man ihr nicht zutraute. So ernst, wie sie sonst dreinblickte. Ein Lachen, an das sich Franca erinnerte. Frau Künzli hatte dasselbe Lachen gehabt. Apfelkuchen, Schaukel und das herzhafte Lachen. Zwillinge konnten unheimlich sein.

«Woran ist Ihre Schwester gestorben?»

«Nierenversagen. Es war sehr tragisch.» Sie löffelte sich Rahm aus der Schale und schob ihn sich in den Mund. «Warum nehmen Sie keinen Rahm? Apfelkuchen ohne Rahm geht gar nicht. Die Spannung zwischen süss und sauer auf der Zunge, das ist das Erlebnis.»

«Ich achte auf meine Linie.» Was Blöderes fiel ihr nicht ein.

Wieder das herzhafte Lachen Frau Sutters. «Vergessen Sie den Quatsch.» Sie schob sich einen zweiten Löffel Rahm in den Mund und schmatzte. «Schauen Sie mich an. Bin ich etwa fett?»

«Nein. Sind Sie nicht.»

«Quod erat demonstrandum.» Der dritte Löffel wanderte zwischen ihre Lippen. «Sie sprechen doch Latein?»

«Ein wenig.» Franca log. Sie wusste auch nicht, warum sie nicht gestand, die alte Sprache fliessend zu beherrschen. Aber Frau Sutter war ihr nicht geheuer. Je weniger sie über Franca wusste, umso besser. War Franca doch hierhergekommen, um etwas zu erfahren, und nicht, um sich aushorchen zu lassen.

«Kannten Sie meinen Vater? Giorgio Rossi? Er kam oft hierher. War ein guter Freund von Herrn Künzli.»

Frau Sutter legte den Löffel geräuschlos auf den Teller. «Kennen ist übertrieben. Wir liefen uns ein paarmal über den Weg. Das erste Mal habe ich ihn bei der Beerdigung meiner Schwester gesehen. Dann vielleicht zwei- oder dreimal, wenn ich meinen Schwager besucht habe.»

«Er ist tot.»

«Ach?» Frau Sutter nahm nervös den Löffel in die Hand und starrte auf das verzerrte Spiegelbild, das ihr das gewölbte Silber bot. «Schon lange?»

«Gestern.» Franca schluckte bei dem Gedanken, sah ihn wieder vor sich. Mit der Maske und dem offenen Herzen.

«Woran?»

«Herz.»

«Das tut mir leid. Sind Sie deswegen hier?» Sie legte den Löffel wieder auf den Teller. Diesmal mit einem Klack.

«Ja. Da wir aus Zürich kommen, muss ich alle Formalitäten hier abwickeln. Und da dachte ich, ich sage es den alten Freunden persönlich.»

«Das ist nett. Leider sind die alten Freunde schon vor Ihrem Vater verstorben.» Sie stand auf. Ihr Blick fiel auf Francas Teller. «Sie brauchen nicht aufzuessen.»

«Wäre das nicht unhöflich?»

«Die Geste, ein drittes Stück zu wollen, genügt. Und das wissen Sie. Als Tochter eines Gardisten kennen Sie die Regeln. Und wenn ich mich recht erinnere, waren Sie auch länger in der Gregoriana.» Sie zog Franca den Teller weg und stellte ihn auf ihren. «Ich muss Ihnen gestehen, dass ich Sie tatsächlich besser kenne, als ich durchblicken liess. Meine Schwester hat viel von Ihnen gesprochen. Sie hatte sich immer eine Tochter gewünscht, die so sein sollte wie Sie. Aufgeweckt, frech, ehrgeizig. Ein Mädchen, das in die Welt zieht, um sie zu erobern. Eine Abenteurerin, die unerschrocken den Rätseln der Welt auf den Grund geht. Sind Sie das geworden?» Sie hob ihre gemalten Brauen und warf drei Falten auf ihre Stirn.

«Ich wäre es gerne geworden. Aber ich befürchte, ich bin zu naiv, um die wahren Abgründe und Verstrickungen zu erkennen. Und wenn, dann zu spät.»

«Es ist nie zu spät. Für manche Dinge vielleicht. Aber für Erkenntnis gibt es immer noch Raum und Zeit. Und wenn nicht in diesem Leben, so im Jenseits.» Sie grinste doppelbödig. «Sie sind doch katholisch, oder? Da glaubt man ewig an die Erkenntnis.» Sie nahm die Teller. «Weil die Zeit ewig ist. Amen.» Sie lachte. «Nehmen Sie den Kuchen?» Sie ging ins Haus. Franca folgte ihr. Durch den grosszügigen Salon in eine edle, aber veraltete Küche aus den Siebzigern. Frau Sutter stellte die Teller in die Spüle. «Der Kuchen kann in den Kühlschrank», sagte sie und zeigte auf einen olivfarbenen Smeg, der bestimmt den Strom eines Atomkraftwerkes frass und gefährlich brummte. Franca öffnete ihn und schob ihm die Kuchenplatte ins Maul.

«Schliessen Sie schnell, sonst frisst er Sie auf», sagte Frau Sutter und drückte den Kühlschrank hastig zu. Sie versuchte sich dabei an ihrem erfrischenden Lachen, was ihr aber misslang. Franca hatte die erzwungenen Töne gehört. Frau Sutter schien plötzlich nervös. Ihre Souveränität war verflogen. «Gehen wir wieder raus? Ich mag die Küche nicht. Erinnert mich zu sehr an vergangene Zeiten.»

Franca folgte ihr durch den Salon auf die Terrasse. Frau Sutter steckte ihre beiden kleinen Finger in den Mund und stiess einen schrillen Pfiff aus. Franca kannte diesen Pfiff. Alma Künzli hatte ihn ihr beigebracht. Sie hatte gesagt, wenn man sich gegen die Männer wehren wollte, musste man auf den Fingern pfeifen können. Dann gehorchten sie wie Hunde. Tuco kam angerannt. «Zeit für einen kleinen Spaziergang. Oder wollen Sie schon wieder aufbrechen?» Sie tätschelte Tuco am Hals.

«Ich muss. Ich habe nicht viel Zeit und möchte noch ein paar andere Freunde aufsuchen.»

«Verstehe. Ich hoffe, Sie haben dort mehr Glück als hier. Zu wem wollen Sie denn? Vielleicht kann ich Ihnen Wege ersparen?»

«Es gibt nur noch einen, von dem ich weiss, dass er mal mit meinem Vater befreundet war. Und ich bin mir gar nicht sicher, ob es ihn interessiert, dass Giorgio verstorben ist. Sie sind vor Jahren im Streit auseinandergegangen.»

«Wer ist es?» Frau Sutter fragte betont teilnahmslos.

«Dr. Jasili. Er war lange Psychologe der Garde. Hat Rom dann aber verlassen und hier in Zürich eine Praxis aufgemacht.»

«Kenne ich nicht. Ich kenne nur ein paar von den alten Gardisten, die mit meinem Schwager zu tun hatten. Ein Dr. Jasili war nicht darunter. Kann Ihnen also nicht sagen, ob er noch lebt.»

«Aber vielleicht kennen Sie Widmer? Mit dem war mein Vater öfters hier. Er soll hier Familie haben.»

«Widmer? Ja. Natürlich. Der Komödiant. Den kenne ich natürlich. Aber der hatte keine Familie. Jedenfalls nicht in Zürich. Seine Maskenfamilie, die hatte er. Und mit der war er ständig unterwegs. Manchmal konnte er einem damit auf die Nerven gehen. Immer trug er eine andere Maske und machte Faxen. Nicht immer lustig. Eher anstrengend. Ein Dauerspieler. Und selbst wenn er keine Maske aufhatte, wusste man nicht recht, ob er sein wahres Gesicht zeigte. Aber Widmer ist ja schon vor einem Jahr gestorben. Und wie gesagt, ich hatte ein anderes Leben. Bevor Alma starb, hatte ich so gut wie keinen Kontakt zu Künzli. Und auch nach seinem Tod habe ich dieses überraschende Erbe hier erst sehr spät angetreten. Dementsprechend sieht es hier auch aus.» Sie streckte die Hand aus. Franca fasste sie. «Ich kann verstehen, warum meine Schwester einen Narren an Ihnen gefressen hatte. Sie haben das Besondere. Besuchen Sie mich wieder einmal, wenn Sie Lust auf guten Apfelkuchen haben.» Sie liess Francas Hand los und kraulte Tuco am Nacken. «Komm, Tuco, wir begleiten Franca bis zum Tor.»

***

Stahl war bei der Sihlpost gelandet. Er sprang in das 3er-Tram und fuhr vier Stationen. Nicht weit hinter der Badener Strasse lag das «Il Sitito». Ein mexikanischer Schuppen, in dem es scharfe Chili-Burger gab. Ausserdem war es Conchitas Laden. Und Conchita war Stahl noch etwas schuldig. Lieber wäre er zu Belinda gegangen, aber er traute sich nicht.

Conchita hatte Happy Hour ausgeschrieben. Tequila zum halben Preis. Stahl hätte sich am liebsten damit abgeschossen. Alles war im Eimer. Seinen Traum vom eigenen Boxclub konnte er knicken. Andy und die Stadträte würden ihn rösten. Er konnte Zürich genauso gut verlassen. Was wollte er in dieser Stadt? Sie hatte es noch nie gut mit ihm gemeint. Von Anfang an hatte er hier ums Überleben kämpfen müssen. Wie Lilly. Verdammt. Lilly. Wo war sie? Er hatte bislang nur an sein eigenes Elend gedacht und dabei ganz vergessen, dass es Lilly auch noch gab.

«He, Amigo, lange nicht mehr gesehen. Hab schon gedacht, du magst mich nicht mehr.»

Es war Conchita. Das perfekte Klischee einer Vollblutmexikanerin. Schwarzblaues schulterlanges Haar, grosse dunkle Augen, Lippen wie Nacktschnecken und Rundungen, denen es egal war, ob der Stoff spannte. Allein die platte Nase, die ihr einst ein Zuhälter gebrochen hatte, zerstörte das Bild. Aber das tat Conchitas Schönheit keinen Abbruch. Im Gegenteil. Stahl fand sie gerade durch diesen Bruch sexy. Vielleicht weil er Boxer war? Er hatte darüber noch nie nachgedacht.

«Tequila oder Cerveza?», fragte sie und gab ihm einen Kuss auf die Wange.

«Vergiss die mexikanische Brühe. Ich nehme eine Stange.»

Sie lachte, obwohl es keinen Grund gab. Es war ihr typisches Lachen. Stahl glaubte, dass sie es nur tat, um ihre strahlenden Zähne zu zeigen, die ihre Nase vergessen machen sollten.

«Bin gleich da.» Sie verschwand durch eine Schwingtür in die Küche und kam mit zwei Burgern zurück, die sie einem Pärchen servierte, das sich vor Hunger selbst auffrass. Conchita kehrte an den Tresen zurück und zwinkerte Stahl zu. «Guck dir die beiden an. Da kriege ich auch Appetit.» Sie sah ihn auffordernd an. «Und wie steht's mit dir? Siehst aus, als könntest du etwas Entspannung gebrauchen.»

«Und wer schmeisst in der Zeit den Laden?»

«Wir brauchen ja nicht bis in die Nacht zu vögeln. Siehst mir nicht aus, als hättest du so viel Zeit.»

«Ich habe noch nicht einmal Zeit für einen Quickie.»

«Schade. So kenne ich dich gar nicht. Du wirst alt, Stahl.» Sie stellte ihm die Stange hin. «Na, provoziert?» Sie bleckte ihre Zähne, drehte sich ab und wackelte mit ihrem Latino-Prachtstück nach draussen, wo sich neue Gäste gesellt hatten. Stahl hatte wirklich keine Zeit. Ansonsten hätte er das Angebot von Conchita nie ausgeschlagen. Conchita war ein Tier. In ihr konnte er versinken und die Welt für Momente verlassen. Aber es war nur feiger Aufschub. Irgendwann musste er sich wieder aus dem Laken raffen und der Welt ins Auge sehen. Er nahm noch einen Schluck. Und noch einen. Das Glas war leer. Conchita kam mit der Bestellung zurück, grinste kokett, wackelte kurz mit den Brüsten, lachte laut und verschwand in der Küche. Sie war verrückt. Stahl wusste, was sie alles erlebt hatte, und trotzdem verbreitete sie sorglosen Sonnenschein. Wenn man die richtigen Pillen nahm, war alles möglich.

Conchita kam mit einem Mädchen aus der Küche, das Stahl auf knapp neunzehn schätzte. Halb so alt wie er und Conchita. Trotzdem genauso fern von Unschuld. Conchita redete auf Spanisch auf sie ein. Das Mädchen nickte und lächelte Stahl zurückhaltend an. Conchita nahm zwei Flaschenbiere in die eine Hand, mit der anderen zog sie Stahl mit sich fort in die Küche. Hinter dem Herd briet Pepe Burger. Verschwitzt und unrasiert wie immer. Er fluchte, weil ihm das Fleisch anbrannte. Conchita legte ihren Zeigefinger auf die Lippen und schlich mit Stahl an der Hand hinter Pepe aus der Küche ins Treppenhaus. Eilig zog sie Stahl die Treppe nach oben in den ersten Stock. Sie öffnete die Wohnungstür, drehte sich zu Stahl um und erstickte ihn fast mit ihren Nacktschnecken. Sie packte Stahl am Gürtel und zog ihn daran durch die Wohnung. Stahl hielt die Augen geschlossen. Conchita wusste, was sie tat. Er hatte keine Kraft, sich zu wehren.

***

«Das tut mir leid. Das tut mir aufrichtig leid», sagte Dr. Jasili und faltete seine Fingerkuppen zu einem Dach, das er gegen seinen Mund presste. Er sass aufrecht hinter einem riesigen Schreibtisch aus Ebenholz und hatte die Ellbogen auf die Platte gestützt. Seine Arme, Hände und Finger zeichneten ein grosses Dreieck der Macht, einen Grenzwall, der gegen unbefugtes Betreten strotzte. «Aber er war doch gesund? Hatte er sich nicht regelmässig durchchecken lassen?», fragte Jasili.

«Doch. Es kam wie aus heiterem Himmel.»

«Die falschen Ärzte. Aber er wollte nicht auf mich hören. Ich hatte ihm immer geraten, den Arzt zu wechseln. Aber er schwor auf Renzi.»

«Renzi?»

«Wenn Sie mich fragen, ein Blender. Ein Scharlatan. Meinetwegen ein guter Chirurg, vielleicht sogar ein ausgezeichneter Chirurg. Aber als Arzt im herkömmlichen Sinne ein Stümper.»

«Das verstehe ich nicht ganz.»

«Das ist wie bei Autos. Sie kommen mit einem Auto in die Werkstatt und wissen nicht, warum es nicht richtig fährt. Gute Mechaniker analysieren, finden die Fehlerquelle und reparieren die kaputte Stelle. Renzi wechselt gleich den ganzen Motor aus. Das spart Zeit und bringt Geld. Wenn Sie ihn aber fragen, woran es gelegen hat, wird er es Ihnen nicht sagen können, verstehen Sie?»

«Nicht ganz.»

«Wenn zum Beispiel die Niere schwächelt, einen Infarkt bekommt, wird Renzi Ihnen eine neue Niere verkaufen wollen. Ein anderer Arzt würde überlegen, ob die Niereninsuffizienz nicht vielleicht die Folge eines schwachen Herzens, hervorgerufen durch einen angeborenen Herzklappenfehler, ist. Anstatt gleich eine neue Niere einzusetzen, könnte man das Herz stärken. Vielleicht die Klappe ersetzen. Verstehen Sie jetzt?»

Franca nickte.

«Aber Giorgio war ein Dickschädel. Beratungsresistent. Egal, auf welchem Gebiet.»

«Sind Sie deswegen im Streit auseinandergegangen?»

«Sie wissen davon?»

«Mein Vater hatte keine Geheimnisse vor mir.»

«So?» Er hob die rechte Braue. «Dann sollten Sie sich aber rasch Polizeischutz suchen.» Er löste den Satz mit einem gespielten Lachen auf. Und um es ganz klar zu machen, sagte er: «Ein Scherz. Ein dummer Scherz. Bitte entschuldigen Sie.» Er spielte mit einer Papierschere. «Wo waren wir stehen geblieben?»

«Bei dem Streit, den Sie mit Giorgio hatten.»

«Ach so, ja. Wenn er keine Geheimnisse vor Ihnen hatte, dann wissen Sie ja ohnehin, worum es dabei ging.»

«Giorgio sagte, es wäre eine Lappalie gewesen.»

«Wieso haben Sie überhaupt mit ihm über mich gesprochen?»

«Weil ich Psychologie studiere und einen Mentor gesucht habe. Und da habe ich mich an Sie erinnert.»

«Sieh an. Und Giorgio hat Ihnen abgeraten, mich zu kontaktieren? Sieht ihm ähnlich.»

«Wann haben Sie ihn zuletzt gesehen?»

«Vor drei Wochen, als er den Nachlass von Widmer verteilte. Er hat mir nichts von Ihnen erzählt. Psychologie, soso. Interessant. Und wie weit sind Sie?»

«Ich arbeite gerade an meiner Masterarbeit.»

«Thema?»

«Die Archetypen Jungs in Verbindung mit den Figuren der Commedia dell'Arte. Und das in Verknüpfung mit Moreno.»

«Interessant. Dann wird Sie vielleicht interessieren, was Giorgio mir bei seinem letzten Besuch geschenkt hat. Besser gesagt, Widmer, der Spassvogel.» Jasili stand auf, durchquerte den Raum und öffnete einen Schrank, der direkt neben der Eingangstür stand. Er holte einen roten Samtbeutel hervor. Franca ahnte, was darin war. Jasili schwenkte den Beutel.

«Und? Was glauben Sie, was da drin ist?»

«Eine Maske.»

«Richtig.» Jasili zog sein Erbe aus dem Beutel. Eine schwarze Ledermaske, die lediglich aus einer wulstigen Stirnfront und einer Knollennase bestand. Die Maske des Dottore. Ein Alleswisser aus Bologna, der im Grunde dumm war, weil er sein aufgesogenes Wissen nur wiederkäute, aber nicht verdaute. Jasili setzte sich die Maske auf. «Ausgerechnet mir den Dottore. Eine Frechheit», sagte er und stolzierte vor dem Sofa, das er in alter Freudmanier für Patienten bereithielt, auf und ab. «Wenn er dem dummen Renzi den Dottore geschenkt hätte, das könnte ich ja noch verstehen. Aber mir? Schauen Sie mich an. Bin ich ein Dottore? Ich weiss doch tatsächlich etwas, verstehe meinen Beruf. Gut, ich doziere gerne. Aber soll man sein Wissen verbergen? Man muss Erkenntnisse doch weitergeben. Und es geht dabei nicht darum, sich selbst zu profilieren, sondern der Nachwelt das Feld zu bereiten, damit sie nicht wieder von ganz vorne beginnen muss. Verstehen Sie?»

Jedes Mal, wenn er sein nasales «Verstehen Sie» nölte, kippte er auf die Zehenspitzen und drückte sich nach oben. Die Maske schälte die Karikatur heraus, die Essenz, die von diesem Wichtigtuer übrig blieb. Er schnatterte weiter, schien die Bremse seines Schwalls nicht zu finden und ereiferte sich, als stünde er im Plenum vor tausend Studenten und einem Dutzend anderer Dottores, denen er den Rang abzulaufen gedachte. Er plapperte so schnell, dass die Zunge stolperte. Und wenn er merkte, dass er sich verhaspelt hatte, sprang er wütend zum nächsten Gedanken, der sich unlogisch, aber doch assoziativ aus seinem Unterbewusstsein in die Kehle drängte. Irgendwann begann er zu zittern und sackte erschöpft aufs Sofa. Er riss sich die Maske vom Kopf. Sein Gesicht war schweissgebadet. Jasili keuchte. Er rang aber nicht nur nach Atem, sondern auch um klare Gedanken. Er verdrehte die Augen und fixierte Franca. «Wasser, bitte.»

Franca nahm eine Flasche Mineral vom Tisch und reichte sie Jasili. Er trank, als hätte er gerade die Wüste durchquert. Er drückte die leere Flasche gegen seine Brust und begann zu weinen. Ganz leise. Hätte sein Körper nicht gezuckt, Franca hätte es nicht gemerkt. Die Tränen verwischten sich mit seinem Schweiss. Franca ging hinter die Couch, sodass Jasili sie nicht sehen konnte, wenn sie ihm die Fragen stellte. Sie wusste, dass Jasili Freudianer war. Er würde ihr nur antworten, wenn er sich unbeobachtet fühlte.

«Was hat die Maske mit Ihnen gemacht?», fragte sie.

«Sie hat mir gezeigt, wer ich wirklich bin.»

«Und wer sind Sie?»

«Ein Versager. Ein Schwätzer, der redet, um sich seine Welt aufrechtzuerhalten. Eine Welt, die längst aus den Fugen geraten ist.»

«Warum glauben Sie, dass Sie ein Versager sind?»

«Weil ich nichts zustande bringe. Ich praktiziere seit fast dreissig Jahren. Und ich habe noch keinen einzigen Patienten wirklich von seinen Neurosen befreien können. Im Gegenteil. Viele davon habe ich sogar verstärkt, weil ich meine Ängste auf die Patienten projiziert habe. Ein Teufelskreis. Widmer wusste schon, warum er mir die Maske vererbt hat.»

«Wem hat er noch Masken vererbt?»

«Keine Ahnung. Giorgio hat mir nur die hier vorbeigebracht. Ich habe ihn nicht gefragt, bei wem er noch vorbeimusste. Er schien sowieso gehetzt, da wollte ich ihn nicht aufhalten.»

«Giorgio hatte keinen Herzinfarkt. Er wurde ermordet. Es wurde ihm das Herz herausgeschnitten. Auf seinem Gesicht klebte die Maske des Pantalone.»

Jasili sprang vom Sofa hoch und starrte Franca an. «Was? Ist das jetzt die Schockmethode nach Erickson?»

«Nein. Es ist leider die Wahrheit.»

«Ach du meine Güte.» Er setzte sich aufs Sofa und sah auf die Maske des Dottore, die neben ihm auf dem Polster lag. «Man hat ihm sein Herz herausgeschnitten? Das kann ich nicht glauben. Das ist bestialisch. Hat man ihn davor wenigstens betäubt?»

«Keine Ahnung.»

«Was sagt die Polizei? Die Gerichtsmedizin?»

«Ich habe nicht gewartet, bis sie ihn finden.»

«Wieso nicht? Heisst das, die Polizei weiss gar nichts von seinem Tod?»

«Niemand weiss von seinem Tod. Jedenfalls nicht von mir.»

«Und ich will es nicht wissen. Sie waren nie hier, haben nie mit mir gesprochen.» Er sprang auf und schwang seinen Zeigefinger vor ihrem Gesicht. «Ich will nicht auch mit einer Maske auf dem Kopf und einem herausgeschnittenen Organ gefunden werden. Machen Sie, dass Sie verschwinden.»

«Vor wem fürchten Sie sich? Ich will Namen. Worin waren Widmer und Giorgio verwickelt? Worin sind Sie noch immer verwickelt?»

«Ich bin in gar nichts verwickelt.»

«Und warum hat Ihnen Widmer die Maske vererbt?»

«Weil er mich nicht leiden konnte. Er war ein selbstgefälliger Zyniker, der gerne austeilte, aber nicht gut einstecken konnte. Und das ist seine späte Rache. Mit dem Mord an Giorgio habe ich nichts zu tun. Damit müssen Sie zur Polizei.» Er griff nach der Flasche und setzte zum Trinken an – wissend, dass sie leer war. Er schielte auf den letzten Tropfen, der den Hals hinunterrann.

Franca liess ihn stehen. Sie wusste, dass sie nicht mehr aus Jasili herausbekommen würde.

«Warten Sie», sagte Jasili, als sie schon fast aus der Tür war. «Oberstleutnant Stricker gehörte noch zu unserem Zürcher Kreis in Rom. Widmer hatte in den letzten Jahren viel mit ihm zu tun. Vielleicht weiss er mehr.»

«Wo wohnt er?»

«Keine Ahnung. Aber heute Abend ist Veteranentreffen im ‹Wildguet›. Vielleicht ist er dort?»

«Danke.»

Jasili rieb sich erschöpft die Augen. «Erwähnen Sie mich bitte nicht bei Stricker. Er soll nicht wissen, dass ich von der Sache mit Giorgio weiss. Ich werde es auf meine Art erledigen.»

«Was erledigen?»

Er lächelte entrückt. «Gehen Sie jetzt. Bitte.» Er nahm die Maske in die Hand und sah sie an.

Franca ging.

***

Stahl setzte sich im Bett auf und gähnte. «Habe ich lange geschlafen?»

«Eine Stunde etwa.» Conchita hielt Stahl den Joint hin.

Er winkte ab. «Hast du auch Zigaretten?»

«Unten. In der Bar.» Sie zog am Joint und lächelte ihn an. «Macht einfach immer wieder Spass mit dir.» Sie blies den Rauch langsam aus. «Aber heute warst du nicht ganz bei mir. Stimmt's?»

«Entschuldige.»

«Ist in Ordnung. Ich bin auch nicht immer bei der Sache. Was glaubst du, was mir dabei manchmal alles durch den Kopf geht.»

«Ich will's nicht wissen.» Er kniff sie in die Brustwarze.

Sie jaulte und schlug ihm auf die Finger. «Vorsicht, Gringo. Sonst bist du dran.»

Er rieb sich die Augen. «Ich gehe duschen.»

«Soll ich mitkommen?»

«Besser nicht. Ich dusche kalt.»

«Du liebst mich nicht mehr.»

«Habe ich nie.» Er stand auf.

«Dafür ich dich. Vom ersten Augenblick an. Wären wir irgendwo anders, könnte ich mir vorstellen, dass wir ein Haus, Kinder und ein glückliches Leben hätten.»

«Und wo sollte das sein?»

«Irgendwo am Meer.»

«Klar.»

«Glaubst du nicht, dass das klappen könnte? Sag: Ja. Bitte. Mach der kleinen, süssen Conchita den Gefallen.»

«Ja.»

«Ich liebe dich. Du verstehst was von Romantik.» Sie biss ihn in den Nacken. Jetzt jaulte Stahl. Sie lachte, warf sich auf den Rücken und rauchte.

Stahl stand auf und ging ins Bad. Er entschied sich für ein Duschgel, das Erfrischung versprach, und drehte von lauwarm auf kalt, um wach zu werden. Der Duschvorhang wurde weggezogen. Stahl sah unter den eingeseiften Augen nicht, wer dort stand. «Conchita, ich kann heute keine zweite Runde. Und bitte, nimm's nicht persönlich.»

Ein Schlag ins Gesicht liess ihn gegen die Kacheln taumeln. Er riss die Augen auf. Das Gel brannte in den Augen. Der nächste Hieb rauschte an. Es war nicht Conchita. Dafür ein tätowierter Muskelberg mit blauschwarzem Schnauz, der ansetzte, Stahl den nächsten Schlag zu verpassen. Stahl duckte sich unter der Faust des Wüterichs weg und spritzte ihm mit der Dusche kaltes Wasser ins Gesicht. Er warf sich gegen den Fleischberg. Sie krachten gegen den Badezimmerspiegel. Das Glas knackte und zog Risse.

«Was soll das? Conchita, sag dem Affen, dass er mich in Ruhe lassen soll.»

Conchita stand im Türrahmen, drehte unschuldig den Joint zwischen ihren Fingern und zuckte mit den Schultern. Mittlerweile hatte sie sich angezogen und ihre Nacktschnecken mit frischem Lippenstift bemalt. Sie sah hinreissend aus. «Tut mir leid, Gringo. An einem anderen Ort. Irgendwo am Meer. Hier kann ich nichts für dich tun. Hier gibt es kein Glück für uns. Und: Liebe Grüsse von Andy.» Sie ging.

Stahl rangelte mit dem Mexikaner am Boden. Der Kerl war

wendig wie eine Schlange. Es würde Stahl nicht gelingen, ohne fiese Tricks aus der Sache heil herauszukommen. Er mimte kurz den toten Mann, indem er jegliche Körperspannung losliess. Nur eine Sekunde. Das genügte, um den Mexikaner zu irritieren. Stahl befreite sich mit der Rechten aus der Umklammerung seines Gegners und schmetterte ihm die Faust unter die Kinnspitze. Der Mexikaner fiel nach hinten und schlug mit dem Kopf gegen den Spiegel. Die Risse des Spiegels rasten ihren Weg zu Ende, das Glas splitterte und regnete über den bewusstlosen Mexikaner.

Stahl nahm sich ein Handtuch, trocknete sich ab und verliess das Bad. Er ärgerte sich über den Vorfall. Er hatte gehofft, für ein paar Tage bei Conchita unterzukommen, um vor Andy und der Polizei sicher zu sein. Das konnte er nun vergessen. Andy hatte geahnt, dass Stahl bei Conchita Unterschlupf suchen würde. Und Conchita wusste, dass Andy auf der Seite der Stärkeren sass. Stahl hätte doch gleich zu Belinda gehen sollen. Von ihr wusste Andy nichts. Von ihr wusste niemand. Sie war Stahls Geheimnis. Belinda war etwas Besonderes. Und deswegen wollte er sie auf keinen Fall mit in die Sache hineinziehen. Aber wo sollte er auf die Schnelle sonst unterkommen?

Stahl zog sich an und verliess die Wohnung. Er nahm nicht den Weg durch die Bar. Er wollte Conchita nicht mehr sehen. Ausserdem war zu befürchten, dass der Mexikaner Amigos am Tresen hatte, die auf seine Rückkehr warteten. Und eine Saloon-Schlägerei, bei der am Ende noch die Sheriffs auftauchten, wollte der Gringo sich jetzt nicht leisten.

Auf seiner Armbanduhr war es halb acht. Im «Wildguet» trafen sich gleich die Veteranen. Stahl hoffte, dort Stricker zu treffen. Er schien ihm der wichtigste Mann, was den Mord an Giorgio anging. Da er den Boxclub vorerst abhaken konnte, war Franca die einzige Möglichkeit, um an schnelles Geld zu kommen – und um Lilly eine Zukunft zu geben. Lilly. Er musste sie finden. Aber erst musste er mit Stricker reden.

FÜNF

Die Männer sahen sie befremdet an. Sie waren es nicht gewohnt, eine Frau hier zu sehen. Franca lächelte zurückhaltend und wandte sich an einen kleinen, zähen Kerl mit lustigen Augen, über denen zwei buschige Brauen hüpften, als würden sie an Schnüren gezogen.

«Entschuldigung. Ich suche Herrn Stricker.»

«Oho. Zu Oberstleutnant Stricker wollen Sie. Da kommt man nicht so einfach durch.» Er liess die Brauen hüpfen. «Jedenfalls war das früher so. Wichtiger Mann. Sehr wichtig. Engster Kreis. Sie verstehen?»

Franca verstand nicht.

«Ballhaus. Anton Ballhaus.» Er streckte ihr die Hand entgegen. Sie schlug ein. «Ich war lange für die Grundausbildung zuständig. Harter Hund, aber immer mit einem Scherz auf den Lippen. Ohne Humor geht gar nichts. Meine Meinung.» Die Brauen hüpften wieder. «Und Sie? Wie stehen Sie zu Humor?»

«Ja, ist wichtig.» Sie druckste, wusste nicht, was sie dazu sagen sollte.

«Dann erzählen Sie mir mal Ihren Lieblingswitz. Den besten, den Sie haben.»

«Ich möchte eigentlich nur zu Herrn Stricker.»

«Oberstleutnant Stricker. Da kommt man nicht so einfach durch. Wichtiger Mann. Engster Kreis. Sie verstehen?»

«Sie sagten es bereits.»

«Nur weil ich es wiederhole, hat es nicht weniger Bedeutung. Wiederholung macht den Meister. Meine Devise –»

«Wen haben wir denn da?», unterbrach ein gross gewachsener, grau melierter Gentleman, der einen Tick zu lange unter der Höhensonne gelegen haben musste.

Ballhaus zog die Brauen zusammen, dass die tanzenden Äuglein dahinter verschwanden, drehte sich auf dem Absatz um und verschwand zu einer Gruppe von Männern, die sich gegenseitig alte Militärsäbel zeigten.

«Ich hoffe, Ballhaus hat Sie nicht verschreckt, Signora Rossi.»

Franca sah ihn verdutzt an. Sie erinnerte sich nicht daran, diesem Mann, der sie mit Namen ansprach, je begegnet zu sein.

«Mein Gott, wie die Zeit vergeht», sagte er und legte mit gespielter Erschrockenheit die Finger auf seinen Mund. «Jetzt habe ich es auch gesagt. Das ist der Satz, den man hier am häufigsten hört. Furchtbar. Finden Sie nicht auch? Man sollte die Zeit einfach relativ nehmen. Es ist überhaupt nichts vergangen. Wir leben alle noch im selben Augenblick.» Er sah sie erwartungsvoll an. Franca wusste nichts darauf zu erwidern.

«Trotzdem. Sie waren so klein, damals.» Er deutete mit der Hand Francas Grösse an. «Und wie Sie rennen konnten. Rennen Sie immer noch so schnell? Wenn ich mich richtig erinnere, hatte Giorgio gesagt, dass Sie Hürdenläuferin geworden sind?»

«Das ist schon eine Weile her.»

«Hürdenlauf. Eine tolle Disziplin. Eine Parabel fürs Leben, finden Sie nicht?» Er schmeckte seinen Gedanken ab und nickte zustimmend. «Ja. Wie im Leben. Wenn man schnell ans Ziel will, sollte man die Hürden mit Mut im Flug nehmen. Und wer nicht hoch genug springt, dem tut's weh, er bleibt hängen und gewinnt einen Scheissdreck.» Er sah an Franca vorbei, als überprüfte er im Zeitraffer seinen eigenen Lebenshürdenlauf, und riss sich in die Gegenwart zurück. «Ja. So klein waren Sie.» Er deutete es wieder an. «So gross wie eine Hürde in etwa.» Der letzte Satz klang bedrohlich. Plötzlich war ein Moll-Akkord in die plätschernde Symphonie gerutscht. «Erinnern Sie sich denn gar nicht mehr an mich?», fragte er, wieder in Dur.

«Nein. Tut mir leid.»

«Dr. Bauer. Ein Freund der Künzlis. Und auch Ihres Vaters.»

«Sind Sie Arzt?»

«Geschäftsmann. Import-Export. Den Doktor habe ich in Wirtschaftswissenschaften gemacht. Früher mal Gardist. Aber nur fünf Jahre. Dann empfand ich den Sold als Hungerlohn und wollte das grosse Geld machen.»

«Und? Haben Sie es gemacht?»

«Luft nach oben ist immer. Sie können mich gerne mal in Genf besuchen. Dann können Sie selbst urteilen.» Er konnte sich ein selbstgefälliges Grinsen nicht verkneifen, schien sich aber darüber zu ärgern, dass es ihm entglitten war. «Und was machen Sie in Zürich?»

«Heimatgefühle.»

«Ich glaube Ihnen kein Wort. Ihre Heimat ist Rom. Dort sind Sie aufgewachsen.»

«Aber meine Wurzeln liegen hier.»

«Wurzeln, Heimat. Tradition. Das sind alles nur Hülsen. Konventionen, die Claims abstecken, damit niemand anderes darin wildert. Sehen Sie sich um. Glauben Sie etwa, die Männer kommen hierher, weil sie tatsächlich an die Garde als ewige Familie glauben? Das ist eine Börse. Der eine verschachert alte Säbel, der andere Informationen. Nur ein paar ganz naive Gesellen blöken das Lied vom Fahneneid. Und Sie scheinen mir überhaupt nicht naiv. Also. Was ist Ihr Geschäft, dass Sie hier zu machen gedenken?»

«Ich möchte mit Oberstleutnant Stricker sprechen.»

Bauer pfiff durch die Zähne. «Sieh an. Drunter machen Sie es nicht. Gleich die grösste Hürde.»

«Zwei kleine habe ich ja bereits genommen.»

Bauer sah sie fragend an.

«Ballhaus und Sie.» Sie lächelte, liess ihn stehen und ging an den Tisch, auf dem die alten Säbel lagen.

«Der ist von 1506. Dafür lege ich meine Hand ins Feuer», sagte ein breitschultriger Mann mit weissem Vollbart und borstigem Haar.

«Das glaubt dir kein Mensch.» Der Zweifler, der sich mit einem Zahnstocher die Lücken reinigte, nahm den Säbel in die Hand und wog ihn. «Wenn der wirklich aus dem Gründungsjahr ist, dann würdest du ihn wohl kaum einfach in einem Sack mit den anderen Waffen hierherschleppen.»

«Und warum nicht?»

«Weil er dann unbezahlbar wär.»

«Dir mache ich einen Sonderpreis. Für dich ist er bezahlbar.»

«Ich brauch keinen Säbel. Schon gar keine Fälschung.»

«Pass auf, was du sagst. Ich bin ein ehrlicher Mann. Kein Lump.»

«Dann gib zu, dass er nicht von 1506 ist.»

«Ist er wohl.»

«Ist er nicht.»

«Jawohl.»

«Niemals.»

Die beiden Streithähne standen Kopf an Kopf und spuckten sich beim Keifen an.

«Ruhe!», donnerte es plötzlich aus der hinteren Ecke, wo drei Männer hockten und Karten spielten. Der Disput um den Säbel verstummte. Der Riese packte seine Waffen in den Sack und verliess das «Wildguet» ohne einen Mucks. Die anderen sahen ihm hinterher. Als er draussen war, lachte der Mann, der soeben noch wie ein Löwe gebrüllt hatte, und die anderen lachten mit.

«Das ist Ihre Hürde», sagte Bauer, der an Franca herangetreten war. «Vielleicht haben Sie Glück? Er scheint guter Laune zu sein. Aber täuschen Sie sich nicht. Auf Wiedersehen.» Er drehte sich zu zwei Männern, die Unterlagen in Händen hielten und ihm wichtig unter die Nase rieben.

Franca trat an den Tisch der Kartenspieler.

«Grand Ouvert», sagte Stricker und zeigte den beiden anderen sein Blatt. Vier Bauern, die fünf Grossen von Pik und das Kreuz-Ass. Die Mitspieler warfen die Karten gefrustet auf den Tisch. Stricker grinste breit. «Dabei wollte ich ohne eins spielen. Aber der Kreuz-Bube und das Pik-Ass lagen im Blinden.» Er sah zu Franca. «Noch drei Stangen. Die Runde geht auf mich.» Er schob die Karten zusammen, begann zu mischen und hielt inne, weil Franca sich nicht rührte. «Haben Sie nicht verstanden, Fräulein? Noch drei Stangen.» Er zeigte ihr drei Finger und dann auf die leeren Gläser.

«Oberstleutnant Stricker?»

«A.D. leider. Warum?»

«Ich bin Franca Rossi. Giorgios Tochter.»

Stricker entglitt das Gesicht. Er suchte sich zu fassen und brüllte an ihr vorbei: «Drei Stangen! Aber dalli!»

«Haben Sie einen Moment Zeit?»

Stricker sah auf den Block und runzelte die Stirn. «Ich hab sowieso gewonnen. Oder was meint ihr?» Sein Ton war so bestimmend, dass die anderen beiden sofort wussten, dass sie zu gehen hatten.

«Oberstleutnant. Es war mir ein Vergnügen», sagte der eine, der sich die wenigen Haare quer über die Glatze gelegt hatte, und drückte sich aus der Ecke. Der andere nickte nur zackig und löste sich in Luft auf.

«Setzen Sie sich», sagte Stricker.

Franca nahm ihm gegenüber Platz. Stricker fixierte sie und riffelte dabei die Karten. Franca nervte das Geräusch, aber sie liess es sich nicht anmerken.

«Und? Was liegt an?», fragte er.

«Mein Vater ist tot.»

«Ich weiss.»

«Ermordet.»

«Ich weiss.»

«Von wem?»

«Ich weiss nicht.»

«Wissen Sie nicht, von wem Sie wissen, dass er ermordet wurde? Oder wissen Sie nicht, wer es getan hat?»

Stricker setzte das Kartenpäckchen leise auf den Tisch, hob die oberste Karte ab und schob sie zu Franca. «Umdrehen», sagte er. Franca drehte sie um. Herz-Acht.

«Mit solchen Karten gewinnen Sie nie.» Er drehte die nächste um. «Pik-Neun. Sogar damit schlage ich Sie.»

«Warum wollen Sie mir nichts sagen? Sie kannten ihn, gehörten zum Zürcher Kreis.»

«Zürcher Kreis?»

«Das hat Jasili gesagt.»

«Jasili? Ich kenne keinen Jasili.»

«Er war zehn Jahre Psychologe in Rom.»

«Kein Wunder, dass ich ihn nicht kenne. Ich halte nicht viel von Psychologen.»

«Er kannte jedenfalls Giorgio sehr gut.»

«Und? Hat es ihm geholfen?» Er riffelte wieder.

«Was hat es mit dem engeren Kreis auf sich?»

«Es gibt keinen Zürcher Kreis.»

«Gab es einen?»

«Vielleicht.» Er hob mit einer Hand ab. «Giorgio war ein guter Kartenspieler. Er gewann oft auch mit schlechten Blättern. Das zeichnete ihn aus. Aber wenn man gar nichts auf der Hand hat, noch nicht einmal ein Null spielen kann, sollte man Ramsch spielen oder aussteigen.»

«Woraus aussteigen?»

«Aus Kreisen, die so eng werden, dass sie einem die Kehle abschnüren.»

«Oder das Herz herausschneiden?»

«Das haben Sie gesagt.» Er fächerte die Karten auf den Tisch. «Tippen Sie auf eine.» Franca gehorchte genervt. Sie musste mitspielen, wollte sie von Stricker mehr erfahren. Stricker drehte sie um. «Oho, schon besser. Es wird trotzdem nicht reichen.»

«Wieso? Es ist der Kreuz-König. Den müssen Sie erst einmal schlagen. Und wenn Sie es nicht tun, verraten Sie mir, was Sie wissen. Ich wette, Sie schlagen mich nicht.» In Franca keimte Hoffnung, dass der Spieler darauf einstieg.

«Sie haben keine Chance. Ich kenne die Karten. Ich kann sie auch von hinten lesen. Sie sind gezinkt.» Er glitt mit dem Finger über den Fächer, stoppte bei der vorletzten Karte und drehte sie um. Kreuz-Ass. «Haben Sie verstanden? Vergessen Sie die Sache. Es tut mir leid um Giorgio. Wir waren mal gute Freunde. Aber die Karten werden immer neu gemischt. Und je nachdem, was gespielt wird, kann ein Kreuz-Ass auch mal Ballast auf der Hand bedeuten. Sie entschuldigen mich.» Er steckte die Karten ein und verliess den Tisch.

Franca sah ihm nach. Er verschwand auf die Toilette. Es würde nichts bringen, auf ihn zu warten. Er hatte seine Metaphern abgeschossen, die sie warnen sollten. Mehr war von ihm nicht zu erhoffen. Vermutlich telefonierte er jetzt mit seinen Leuten. Mit den Hintermännern, den Mördern, denen Ass Giorgio plötzlich zum Kreuz geworden war. Franca steckte fest. Und Stahl, den sie um Hilfe gebeten hatte, traute sie nicht mehr. Auch er war ein Gardist, auch er hatte seine Geheimnisse und engeren Kreise. Sollte sie doch zur Polizei?

«Und? Vorgestossen?»

Franca erschrak. Sie hatte nicht gemerkt, wie er sich auf

Strickers Platz gesetzt hatte. Seine Brauen hüpften vor Neugierde.

«Stricker. Engster Kreis», sagte Ballhaus und schob sich zu ihr über den Tisch, als wollte er, dass sie ihm ins Ohr flüsterte.

Franca beugte sich nach hinten. Ballhaus blieb über dem Tisch hängen. «Ich weiss was», sagte er leise. Er holte wichtig Luft, hielt aber inne und setzte sich aufrecht, wie ein Schulbub, der den Rohrstock des Lehrers im Rücken spürte. «Aber nicht hier. Heut Nacht um elf vor dem Eingang des Friedhofs Sihlfeld.» Er lächelte und verbeugte sich devot, sprang auf und ging zur Garderobe.

Dafür war Dr. Bauer an den Tisch getreten. «Nehmen Sie es Ballhaus bitte nicht übel. Er ist ein guter Kerl. Vielleicht etwas durchgeknallt. Haben Sie vielleicht Lust, mit mir noch irgendwo etwas essen zu gehen, wo es weniger rustikal ist? Ich kenne einen sehr guten Japaner.»

Franca zögerte. Wollte Bauer sie anmachen? Oder steckte etwas anderes hinter der Einladung? Er mochte Mitte fünfzig sein. War immer noch in Form und hatte es faustdick hinter den Ohren. So wie er sie ansah, hatte er bestimmt schon Hunderte angesehen. Und sie waren ihm garantiert alle erlegen.

«Ja. Sehr gerne. Warum nicht. Ich mag Japanisch», sagte sie, und ihr Herz klopfte stark. Nicht wissend, ob es an dem Flirt lag, den sie gerade mit Bauer einging, oder der Hoffnung, dass Bauer ihr mehr über den engeren Kreis erzählen wollte.

«Danke. Sie wissen gar nicht, wie sehr Sie mir den Abend versüssen.» Diese Floskel, geraspelt wie Bitterschokolade auf Vanilleglacé.

***

Stahl hatte ihn erkannt und winkte. Aber Ballhaus sah zur Seite und stieg eilig in das Taxi. Der Veteran konnte sich gerade mal die Miete leisten, für ein Taxi bis nach Affoltern würde er eine Woche aufs Essen verzichten müssen. Stahl sah dem Wagen nach und ging ins «Wildguet». Er hielt Ausschau nach Stricker und wunderte sich, dass er nicht am Kartentisch sass. Er entdeckte Kross, einen der beiden, die jeden Dienstag mit Stricker Skat klopften, ging auf ihn zu und begrüsste ihn. Kross nickte kurz angebunden und wollte an Stahl vorbei. Stahl hielt ihn am Ärmel fest. «Ich suche Stricker.»

«Keine Ahnung. Bin nicht sein Kindermädchen.»

«Warum so unfreundlich? Habe ich dir was getan?»

«Wo du bist, gibt's Stunk. Darauf habe ich keine Lust mehr.»

Stahl sah ihn fragend an.

«Brauchst gar nicht so doof zu glotzen. Das Unschuldslamm nehme ich dir nicht ab. Und du weisst genau, warum.»

«Ich weiss gar nichts.»

«Die Sache in Kapstadt damals, hast du die vergessen?»

«Mit Johannes Paul? Da war ich noch jung und hitzig. Und ich habe mich dafür entschuldigt.»

«Bei mir nicht.»

«Wusste nicht, dass du involviert warst.»

«Blödsinn. Ich gehörte zu Stricker. Also war ich involviert. Er hat dir die Sache übrigens auch nie vergessen. Aber er ist ein Politiker. Er kann den Leuten vorne herum ins Gesicht lächeln und ihnen dann von hinten das Messer in den Rücken rammen. Ich nicht. Ich sag's dir direkt: Ich kann dich nicht leiden.» Er liess Stahl stehen.

Stahl sah sich weiter nach Stricker um. Er entdeckte ihn in einer Nische. Allein, mit einer Flasche Schnaps, aus der er sich zittrig in ein Glas eingoss. Stahl setzte sich ihm gegenüber. Stricker kippte das Glas und schenkte Stahl keine Aufmerksamkeit. Er goss sich erneut ein und trank wieder. Er wollte ein drittes Mal einschenken, doch die Flasche war leer. Wütend klopfte er sie auf den Tisch.

«Bedienung.» Sein sonstiger Donner war nur brüchiges Lallen. Er sah zu Stahl, packte ihn am Kragen und zog ihn zu sich über den Tisch. «Stahl, du alter Hundsfott, sei so lieb und bestell mir noch eine Flasche.» Er tätschelte Stahl die Wange und liess sich auf die Holzbank zurückfallen. Ein gewaltiges Gähnen zeigte goldene Inlays. «Was willst du hier? Wieder Ärger machen? Vielen Dank. Davon habe ich genug. Ich brauche dich nicht. Auf Wiedersehen.» Er versuchte aufzustehen, fand aber kein Gleichgewicht und sackte auf die Bank zurück. «Hueresiech.

Ich vertrag nichts mehr.» Er hielt einen Rülpser zurück und schluckte ihn. «Weisst du noch, wie wir damals gesoffen haben? In der Osteria bei Maria? Albin war noch dabei und ein paar andere. Auch Giorgio. Erinnerst du dich? Mann, Giorgio konnte bechern. Darum habe ich ihn immer am meisten beneidet. Um vieles andere auch. Er war hochbegabt. Eigentlich viel zu schade, um nur Gardist zu sein. Giorgio war zu Höherem geboren. Das haben die Popen sofort gemerkt, und deswegen haben sie ihn auch in den engeren Kreis berufen.» Er schüttelte den Kopf, sabberte und wischte sich den Speichel mit dem Ärmel weg. «Engerer Kreis. So was Blödes. Das bedeutete nur, dass du noch mehr aufpassen musstest, mit wem du über was geredet hast. Am besten war, du hast mit gar keinem gesprochen. Dann hast du keine Fehler gemacht. Aber ich war ja sowieso nur ein kleiner Fisch. Giorgio aber, der ist die Treppe raufgefallen. Der konnte gar nicht so schnell gucken, wie er Karriere gemacht hat. Und dann hat er mich nicht mehr gekannt. Obwohl ich auch im engeren Kreis war. Aber ich war nur der Schuhputzer in dem Verein. Die kleinen schmutzigen Geschäfte, die durfte ich erledigen. Vom Gesamten hatte ich gar keinen Überblick. Ich wusste nur, dass es um Millionen ging. Und natürlich um die Macht im Haus. Aber darum geht es ja ständig.» Er sah Stahl an. «Albin war eine Drecksau. Aber das weisst du ja. Trotzdem ein Gentleman. Das muss man ihm lassen. Aber Giorgio war tausendmal schlimmer. Tausendmal.» Er sah in den Raum. «Bedienung!»

Diesmal war es kräftiger, und er konnte hoffen, dass er gehört wurde. «Die pennen hier. Bei Maria waren die Gläser immer voll. Die war auf Zack. Giorgio war es auch. Mehr als ich. Und mehr als alle anderen und trotzdem hat es ihn gekostet. Sie haben ihm das Herz herausgeschnitten.» Er schüttelte den Kopf und hustete ein Lachen heraus. «Das Herz. Wusste gar nicht, dass er eines hat. Und eine Maske haben sie ihm aufgesetzt. Pantalone. Hübsches Zeichen. Das passt.»

«Wer hat dir das erzählt?»

Stricker riss die Augen auf. «Der Wind. Wie immer. Der Wind. Preisfrage: Wo ist der Wind, wenn er nicht weht?» Er lachte lautlos. «Weisst du, dass Widmer mir auch eine Maske vermacht hat? Dem Jasili auch. Der hat den Dottore gekriegt. Und ich den Capitano. Und Giorgio hat man mit dem Pantalone auf dem Gesicht gefunden. Mit rausgeschnittenem Herzen. Und jetzt denk mal scharf nach.»

Die Bedienung kam an den Tisch. Ein junges Mädchen, das Stahl gerade mal auf knappe achtzehn schätzte. Sie lächelte unsicher.

«Noch eine Flasche», sagte Stricker und stierte sie an. «Mein Gott, bist du jung. Und wie unschuldig du aussiehst. Mach, dass du wegkommst. Hier sitzen nur Leute, die mit dem Teufel im Bund sind. Bewahre dir deine Unschuld. Das rate ich dir. Wenn sie einmal weg ist, geht es bergab. Und glotz nicht so doof, bring mir eine neue Flasche.» Sie nahm die leere Flasche vom Tisch und verschwand.

«Meinst du nicht, dass du genug hast?», fragte Stahl.

«Genug? Wovon? Ich hatte immer genug. Viel zu viel sogar. Im Überfluss. Mir hat es immer gereicht. Aber Leute wie Giorgio und einige Kardinäle, die konnten ihre Hälse nicht voll genug kriegen. Ich dachte: Stopp. Das reicht. Aber wo ein Markt ist, muss er gemolken werden. Und der Markt scheint riesig zu sein.»

«Von welchem Markt sprichst du? Drogen? Waffen? Öl? Diamanten?»

Die Bedienung brachte eine Flasche Schnaps. Stricker nahm sie ihr aus der Hand und trank direkt daraus. Ein Drittel der Flasche kroch ihm in den Hals. Er setzte ab, verdrehte die Augen und wiederholte heiser: «Drogen? Waffen? Öl? Diamanten? Du bist altmodisch, Stahl. Menschen, Stahl. Menschen. Menschen sind so grausam. Von mir erfährst du nichts, du Arschloch.» Er krachte besoffen auf den Tisch. Die Flasche fiel ihm aus der Hand, kullerte über den Tisch und splitterte zu Boden. Die Bedienung kam herbeigelaufen, um die Sauerei aufzuwischen.

«Rufen Sie auch einen Krankenwagen. Ich glaube, man muss ihm den Magen auspumpen.»

Kross war herangetreten. «Blödsinn. Stricker braucht keinen Krankenwagen», sagte er. «Der kotzt einmal und fängt wieder von vorn an.»

«Wenn du meinst. Du kennst ihn besser.» Stahl hatte keine Lust, sich um Stricker zu streiten. «Seit wann fährt Ballhaus Taxi?», fragte er.

«Frag ihn selber. Eine Frau hat ihn nervös gemacht. Vermutlich hat sie ihn so aufgegeilt, dass er gleich ins Puff gefahren ist.» Kross lachte dreckig und zeigte Zahnlücken. «Sah auch nicht übel aus, die Kleine. Aber wie es halt so ist. Abgezogen ist sie dann mit Bauer. Die Weiber riechen, wo das Geld steckt.»

«Bauer war hier? Was wollte der denn?»

«Keine Ahnung. Er hat drei Runden geschmissen. Das genügt mir. Mehr will ich gar nicht wissen. Wenn Stricker nüchtern ist, kannst du ihn ja fragen. Die beiden haben länger miteinander gequatscht. Die Kleine übrigens auch. Die wollte auch was von Stricker. Und dann auch noch du. Klar, dass er sich volllaufen lässt.» Er beugte sich zu Stricker runter, packte ihn an den Schultern und schleppte ihn aufs Klo.

Stahl sah sich im Saal um. Sonst war niemand hier, mit dem er noch hätte ins Gespräch kommen können. Zwar kannte er sie alle, aber nur oberflächlich.

Franca war also auf eigene Faust losgezogen. Das machte Stahl nervös.

Wenn Bauer wusste, dass sie hier war, wusste es auch Lorenzo bald. Und dann war der Deal mit Lilly hinfällig. Bauer lebte davon, Informationen in und um den Vatikan zu sammeln und zu verkaufen. Dadurch, dass er anscheinend genügend über alle Gruppierungen wusste, war er auf der sicheren Seite. Bauer war ein Typ von der Sorte *«I know someone who knows someone»*. Einer, der alles besorgen konnte, was man brauchte, wenn man das nötige Kleingeld hatte oder im Gegenzug teure Informationen liefern konnte. Stahl hatte einige Male für ihn gearbeitet. Und gut verdient.

Er verliess das «Wildguet» und wählte Lorenzos Nummer. Er hoffte, dass er nicht zu spät war und Lorenzo es bereits wusste.

«Monsignore, ich weiss, wo Franca Rossi ist …»

***

«Und? Wie gefällt es Ihnen hier?», fragte Bauer, der von dem japanischen Geschäftsführer des Restaurants per Handschlag begrüsst worden war und Floskeln auf Japanisch mit ihm gewechselt hatte.

«Ganz nett», sagte Franca und nahm sich die Speisekarte.

«Ganz nett. Sie sind ulkig. Das ist der beste Laden im ganzen Land. Die besten Japaner Europas kochen allerdings in Wien. Falls Sie mal dort sein sollten, sagen Sie mir Bescheid. Ich werde Sie anmelden.»

Franca sah auf Bauers Rolex. Viertel nach neun. Um elf war sie mit Ballhaus vor dem Friedhof in Sihlfeld verabredet. Sie klappte die Speisekarte zu und legte sie auf den Tisch. «Bestellen Sie für mich.»

«Überfordert?» Bauer lächelte. «Ist eine andere Welt. Eine fremde Sprache. Sie sollten es belassen.»

«Was belassen?»

«Herauszufinden, was hinter den fremden Worten und Zeichen steckt.»

«Keine Sorge. Auch wenn das Essen bestimmt gleich umwerfend sein sollte, ich bleibe der italienischen Küche treu.»

Die Kellnerin kam an den Tisch. Bauer bestellte auf Japanisch. Sie trippelte lächelnd davon.

«Noch einmal. Belassen Sie es. Versuchen Sie nicht, herauszukriegen, warum Ihr Vater sterben musste.»

«Woher wissen Sie, dass er tot ist? Haben Sie etwas damit zu tun?»

«Mit seinem Tod? Nein. Es tut mir leid, dass es so gekommen ist. Aber im Nachhinein gesehen hätte er es wissen müssen. Es gibt Regeln, die man besser nicht bricht.»

«Welche Regeln hat er gebrochen? In welchem Spiel?»

«Die einfachste.»

«Und die wäre?»

«Er hat die Hierarchie vergessen. Egal, wo wir sind, es gibt Hierarchien. Und wenn Sie sich diesen nicht unterordnen, verlieren Sie. Früher oder später. Das war mit Ödipus so, mit Macbeth und mit Giorgio auch. Hybris oder falsch gedeutete Zeichen. Man könnte auch sagen, das Orakel hat es so gewollt. Die Tragödie des Menschen.»

«Ich verstehe Sie nicht.»

«Er hat sich Freunde zu Feinden gemacht. Und in manchen Kreisen ist das tödlich.»

«In welchen Kreisen? Im engeren Kreis?»

Bauer lehnte sich zurück. Die Kellnerin brachte die Vorspeisen und goss Weisswein in die Gläser. Sie verschwand. Bauer hob sein Glas und hielt es Franca entgegen. Sie reagierte nicht.

«War es der engere Kreis, der ihn liquidierte?»

Bauer stiess gegen ihr Glas und nippte am Wein. «Sehr gut. Zu japanischem Essen passt ein Chardonnay perfekt. Da können Sie die Italiener vergessen. Vielleicht noch ein Sarde. Aber ansonsten? Nein, die Franzosen passen am besten.»

«Wer sind die Leute, die im engeren Kreis sitzen? Und was sind ihre Ziele?»

Bauer stellte das Glas ab, legte sich die Serviette über den Schoss und begann zu essen. «Warum geniessen Sie nicht einfach, was Sie vor sich haben? Was wollen Sie? Vergeltung?»

«Den Mörder meines Vaters.»

«Und dann? Vergeltung? Auge um Auge?»

«Gerechtigkeit.»

«Köstlich.» Bauer kaute genüsslich. «Der Tintenfisch ist köstlich. Probieren Sie.»

Franca rührte die Gabel nicht an.

«Gerechtigkeit. Verzeihen Sie, aber dass Ihr Vater tot ist, ist eine Art Gerechtigkeit.»

Franca sprang auf. «Was erlauben Sie sich?» Sie wurde laut. «Mein Vater wurde brutal ermordet, und Sie sagen, dass das gerecht ist? Was sind Sie für ein Mensch?»

Die anderen Gäste sahen irritiert zu Franca. Bauer blieb gelassen. «Setzen Sie sich, bitte. Wir sind hier nicht in einer Pizzeria. Hier herrschen andere Sitten. Hier hat man seine Emotionen im Griff. Hat man Ihnen das in der Gregoriana nicht beigebracht?»

Franca nahm das Weinglas, schüttete es Bauer ins Gesicht und stürmte aus dem Lokal.

***

Lorenzo hatte es noch nicht gewusst. Der Deal mit Lilly stand. Jetzt musste Stahl den Wildfang nur noch finden. Sie war nicht an ihr Handy gegangen. Vielleicht war der Akku leer. Jedenfalls hoffte Stahl, dass sie nicht von Andy gefasst worden war. Er wusste, dass sie manchmal auf der Fritschiwiese abhing, wenn sie es zu Hause gar nicht mehr aushielt. Er stieg in den 3er und fuhr bis zur Zypressenstrasse.

Auf der Fritschiwiese tummelten sich ein paar Jugendliche. Es roch nach Gras und Bier. Stahl passierte sie und versuchte zu erkennen, ob Lilly unter ihnen war.

«Was geht?», fragte einer aggressiv, dem Stahl zu lange ins Gesicht geguckt hatte. Stahl hatte keine Lust auf Zoff und ging weiter, ohne zu reagieren. Das passte dem Halbstarken nicht. Er rannte Stahl hinterher und hielt ihn an der Schulter zurück. «He, ich rede mit dir.»

Stahl packte die Hand und drehte sie dem Angriffslustigen auf den Rücken. Der jaulte.

«Geh, rauch deinen Joint und gib Frieden», zischte Stahl und lockerte den Griff. Er stiess den Rüpel in die Gruppe zurück und ging weiter über die Wiese zum kleinen Hügel, der dicht mit grossen Bäumen bewachsen war. Hier fuhren die Kinder tagsüber mit dem Velo eine Cross-Strecke. Ausserdem gab es eine kleine Seilbahn und eine lange Rutschbahn. Er stieg den Hügel hoch und stolperte über einen Schlafsack, in dem ein Penner quartierte.

«Mach die Augen auf. Idiot.» Er maulte noch etwas auf Portugiesisch, drehte sich im Schlafsack um und schlief weiter.

Stahl ging weiter und hoffte, im Dickicht der Sträucher Lilly zu finden. Nichts. Vielleicht auf der anderen Seite? Er stieg hinab und steuerte auf drei Kanalrohre zu, die den Kindern zum Höhlenspiel dienten. Er sah in die erste. Leer. Die zweite. Ebenfalls leer. Bei der dritten hatte er Glück. Hier lag sie. Gebettet und zugedeckt mit Kartons. Sie schlief fest, atmete tief und friedlich. Ein Gesicht voll Unschuld und Zufriedenheit. Nur manchmal zuckte es und verzerrte sich für Sekunden schmerzvoll. Stahl wollte nicht wissen, wie er selbst im Schlaf aussah. Als sie wieder zuckte, strich er ihr beruhigend mit dem Handrücken über die

Wange. Sie entspannte sich sofort, schlug aber im nächsten Moment die Augen auf und klatschte Stahl ihre Kralle ins Gesicht. Er hatte sich gerade noch zur Seite wenden können, sonst hätte sie seine Augen erwischt.

Lilly hatte sich ans andere Ende der Röhre gestossen und schnellte nach draussen. Sie rannte davon. Stahl hinterher.

Sie war flink. Stahl schneller. Er war nah genug dran, um sie zu fassen. Sie schlug einen Haken. Er fasste ins Leere. Lilly stolperte über eine Wurzel und stürzte. Sie rappelte sich auf, wollte weiter, aber Stahl hatte sie gepackt. Lilly schlug um sich, trat nach Stahls Schienbeinen und versuchte zu beissen. Stahl parierte alle Angriffe und presste Lilly an sich. «Lilly, ganz ruhig. Ich bin's, Stahl.»

Sie beruhigte sich. Stahl löste den Griff. Sie sah ihn unsicher an.

«Sollst du mich holen?», fragte sie. «Hat Andy dich geschickt?»

«Nein. Aber ich bring dich fort von hier.»

«Wohin? In ein Heim?»

«In ein Internat.»

«Das ist ein Heim.»

«Es ist eine besondere Schule.»

«Ich hasse Schule.»

«Ich weiss. Aber du liebst das Boxen, oder?»

«Ich liebe das Boxen nur, wenn ich gewinne.»

«Diese Schule wird wie boxen sein. Du wirst sie verdammen, wenn du verlierst, aber du wirst sie lieben, wenn du gewinnst.»

«Kann man dort gewinnen?»

«Ja. Jedenfalls mehr als in dem Ring, in dem du gerade um dich schlägst. Hier bist du mehr als angezählt, und alle warten nur noch, bis du das Handtuch wirfst.»

«Ich werfe nie das Handtuch.»

«Also kommst du mit?»

«Bleibst du auch dort?»

«Am Anfang, ein paar Wochen, bis du dich eingewöhnt hast.»

«Und meine Mutter? Und die Kleinen?»

«Kannst du jetzt nicht mehr helfen. Du musst jetzt an dich denken. Wenn du k. o. gehst, hat niemand mehr etwas von dir.»

«Ich lasse sie im Stich, wenn ich gehe.»

«Du lässt dich im Stich, wenn du nicht gehst.»

«Ist das nicht feige?»

«Nein. Du gehst in Deckung und kommst wieder heraus, wenn du die Lücke siehst und deine gewonnene Stärke einsetzen kannst. In Deckung gehen ist nicht feige, sondern klug.»

«Lernt man an der Schule so zu reden wie du?»

Stahl musste leise lachen. «Ja. Das lernt man dort. Und noch ein bisschen mehr. Boxen mit Worten.»

Sie sah an ihm vorbei auf die Seilbahn. «Ich möchte dorthin. Ich möchte mit Worten boxen können und nicht mehr prügeln müssen.» Sie lief den Hügel hinunter. Stahl glaubte schon, dass sie wieder abhauen wollte, und lief hinterher. Aber Lilly steuerte auf den Pendelsitz der Seilbahn zu. Sie fasste die Schnur und zog den Sitz den Hügel hinauf. «Fährst du mit?»

«Ich bin zu schwer dafür.»

«Quatsch. Komm. Das ist meine letzte Fahrt.»

«Ich warte hier unten.»

Lilly sprang auf den Sitz und zuckelte am Drahtseil hinab. Neben Stahl angekommen, stieg sie ab und ging mit ihm durch den Park.

«Was passiert mit dir?», fragte Lilly. «Musst du nicht auch weg? Andy und die Polizei werden dich bestimmt suchen.»

«Ich weiss. Ja, ich muss auch weg.»

«Und die Jungs im Boxclub? Das Projekt? Hakan und die anderen? Was ist mit denen?»

«Das Projekt stirbt.»

«Wegen mir.»

«Nein, nicht wegen dir.»

«Doch. Wenn du mich ausliefern würdest, könntest du das Projekt weitermachen.»

«Nein. Das Projekt ist gelaufen. Die Politiker haben Angst, dass man ihnen vorwirft, sie würden Killer ausbilden.»

«Weil ich Matthi eins übergezogen habe, stimmt's?»

«Es war sowieso nur eine Propaganda-Veranstaltung für die nächste Wahl. Sie wollten damit zeigen, dass sie etwas für die Jugend tun und euch nicht mit euren Aggressionen allein lassen.

Das Projekt wäre nur so lange interessant, bis sie ihre Fotos für die Zeitungen gemacht hätten.»

«Und für dich? Wäre es damit auch gegessen?»

«Nein. Ich habe Spass daran. Aber die Stadt wollte mich auch dafür bezahlen.»

«Bekommst du jetzt kein Geld?»

«Ich glaube, das kann ich vergessen.»

Sie blieb stehen und sah Stahl an. «Und alles wegen mir. Und du willst mir trotzdem helfen?»

«Mir wurde auch einmal geholfen. Ohne diese Hilfe hätte ich es nie geschafft. Und ich hing mindestens genauso tief drin wie du.»

«Auch an dieser Schule?»

«Ja.»

«Die kostet bestimmt viel Geld, oder?»

Stahl schwieg.

«Ich zahle es dir zurück. Wenn ich das Boxen mit Worten gelernt habe, werde ich es dir zurückzahlen.»

Stahl gab ihr einen spielerischen Kinnhaken. Sie akzeptierte ihn und rang sich ein Lächeln ab. «Wohin gehen wir jetzt? Zu dir? Dort werden sie dich am ehesten vermuten.»

«Schlaues Kind. Wir gehen zu einer Freundin.»

«Die uns nicht verpfeift?»

«Das haben Freunde so an sich.»

«Und dann? Wohin dann? Wo ist die Schule?»

«In Rom.»

«Beim Papst?» Lilly lachte über ihren Witz.

Stahl lachte mit. «Ja. Beim Papst.»

***

Vielleicht stand sie am falschen Tor? Franca sah auf ihr Handy. Schon zehn nach elf. Ballhaus war nirgendwo zu sehen. Franca ging die Aemtlerstrasse hinunter in Richtung Krematorium. Hinter sich vernahm sie Schritte, die näher kamen. Sie beschleunigte ihren Gang. Die Schritte hinter ihr erhöhten ebenfalls das Tempo. Sie wagte nicht, sich umzudrehen. Schneller konnte sie nicht gehen, sie müsste laufen. Der Mensch hinter ihr hatte sie eingeholt, ging aber nicht an ihr vorbei. Er hielt den Abstand. Franca wurde es unerträglich. Sie begann zu rennen. Er rannte hinterher. Franca zog das Tempo an. Der Verfolger hielt mit. Sie musste nach rechts zum Albisriederplatz kommen. Dort hoffte sie auf Bars und mehr Leute. Der Friedhof lag zu abgeschieden. Nur vereinzelt kamen Autos entgegen. Sie schnaufte. Ihre Kondition hielt kaum für dreihundert Meter. Und im Sprint waren schon fünfzig Meter die Obergrenze. Die Form des Hürdenlaufs lag weit hinter ihr.

Von vorne kam ein Bus. Der 72er. Er fuhr zum Milchbuck. Der Bus hielt. Franca überquerte die Strasse. Ein Auto, das von hinten angeschossen kam, quietschte eine Vollbremsung und hupte. Franca sprang in den Bus und warf sich keuchend auf einen der Sitze. Die Tür schloss. Der Bus fuhr an. Schnaufend drückte sie ihr Gesicht gegen die Scheibe und sah nach ihrem Verfolger. Eine Gestalt in einem Trenchcoat, deren Gesicht im Schatten der Friedhofsmauer verborgen lag, schälte sich aus dem Dunkel.

«Gefährlich. Zürich ist so gefährlich geworden. Das kommt von den Afrikanern. Nirgendwo ist man mehr sicher. Mir wollte doch tatsächlich so ein Bimbo letzte Woche die Handtasche klauen. Da hab ich ihm eins mit dem Stock über seinen Negerkopf gezogen. Der hat vielleicht gejault.» Die Alte klopfte energisch ihren Gehstock auf den Boden und kicherte über ihren Triumph. «Sogar geblutet hat er.»

«War sein Blut rot?», fragte Franca.

«Ja, natürlich. Wie sonst?»

«So fremd kann er uns ja dann nicht gewesen sein. Oder ist Ihres blau?» Franca stand auf, drückte den Stopp-Knopf und sprang an der nächsten Haltestelle aus dem Bus. Sie hielt Ausschau nach ihrem Verfolger. Den hatte sie abgeschüttelt. Dafür hatte sie Ballhaus wohl verpasst. Sie ging den Weg, den sie mit dem Bus gefahren war, zurück und hielt sich dabei dicht im Schatten der Häuserwände. Jetzt stand sie im Eingang eines Hauses und sah auf das gegenüberliegende Friedhofstor. Dort wartete niemand. Hatte Ballhaus sie zum Narren gehalten? Wollte er sich nur wichtigmachen? Ganz dicht schien er ihr nicht. Oder war es eine Falle?

«Habe ich Sie erschreckt?», fragte eine Stimme, die plötzlich neben ihr aus dem Boden gewachsen war.

Franca gefror und starrte in die kalten Augen des Mannes, der neben ihr stand. Das schwarz-graue Haar ölig nach hinten gekämmt, die Lippen dünn wie Bindfäden. Eingefallene Wangen und spitz zulaufende Koteletten, die das scharfe Kinn betonten. Diabolisch. Aber ein Teufel, der die Schwindsucht zu haben schien. Einer, der aus dem letzten Loch pfiff.

«Früher bin ich die fünftausend Meter unter sechzehn Minuten gelaufen. Sagt Ihnen das etwas? Der aktuelle Weltrekord liegt bei 12:37,35. Kenenisa Bekele hält ihn. Ein Äthiopier. Seit zehn Jahren dominieren die Äthiopier die Disziplin. Manchmal mischt sich einer aus Kenia noch drunter. Seltsam, oder? Von 1912 bis 1939 waren es die Finnen, jetzt sind es die Äthiopier. Macht das Sinn? Trainieren wir Europäer weniger, oder dopen die Afrikaner besser?»

«Was wollen Sie von mir? Wer sind Sie?»

«Ich bin begeisterter Leichtathlet, und ich will mit Ihnen um die Wette laufen.»

«Lassen Sie mich in Ruhe.»

«Das werde ich gerne tun. Wenn Sie uns in Ruhe lassen und brav nach Rom fahren und mit einigen unserer Leute reden.»

«Mit wem soll ich reden? Und worüber?»

«Das werden Sie in Rom erfahren. Wissen Sie, wer bei den Olympischen Spielen 1960 in Rom die fünftausend Meter gewonnen hat? Ein Neuseeländer, Murray Halberg. Und Silber ging an Hans Grodotzki, DDR. Die gab es damals noch. Das waren Zeiten. Goldene Zeiten. Auch für uns.»

«Wo ist Ballhaus?»

«Heisst er so? Der Kleine mit dem Tick? Sehr nervös schien er mir. Aber jetzt ist er ruhig.» Der Leichtathlet zog seine Fäden zu einem breiten Grinsen. «Sehr praktisch. Sich am Friedhof zu treffen. Da ist der Weg kurz.»

«Haben Sie ihn etwa –?»

«Ja, ich habe mit ihm gesprochen, und er hat verstanden.

So wie ich auch mit Ihnen spreche und wie auch Sie bereits verstanden haben. Oder irre ich?»

«Ich habe gar nichts verstanden. Und ich werde auch nicht mit Ihnen im Dauerlauf nach Rom rennen. Ich will endlich wissen, wer meinen Vater getötet hat. Und warum. Hier und jetzt.»

«Ich habe keine Ahnung. Wirklich nicht. Ich habe nur den Auftrag, Sie heil nach Rom zu bringen. Das sind die Spielregeln. Jeder weiss immer nur das, was er muss, um zu funktionieren. Alles andere wäre nur Ballast.»

«Wer schickt Sie?»

«Der Zürcher Kreis.»

Franca nickte. «Gut. Ich komme mit.»

SECHS

Dreimal lang, zweimal kurz. Stahl klopfte den Rhythmus zum dritten Mal gegen die Metalltür. Sie sollte wissen, dass er es war. Belinda öffnete und sah ihn an. Kein Lächeln, kein Gruss. Sie gab ihm nur eine saftige Ohrfeige, die über die laute Musik, die von innen kam, hinwegschallte. Stahl nahm sie ohne Gegenwehr und wartete auf die zweite. Sie kam wie erwartet. Belinda holte zur dritten aus. Stahl fing ihr Handgelenk, kurz bevor ihre zarten Finger erneut seine Wange straften, und lächelte so charmant er es vermochte.

«Belinda. Schön, dich zu sehen.»

«Was willst du? Meldest dich drei Monate nicht und tauchst hier plötzlich mitten in der Nacht auf? Ich habe dich satt. Verschwinde.» Sie wand ihr Handgelenk aus Stahls Griff und wollte ihm die Tür vor der Nase zuschlagen. Stahl drückte seinen Fuss dazwischen. «Belinda. Ich kann dir alles erklären.»

«So? Gestern hätte es mich vielleicht noch interessiert. Gestern war nämlich mein Geburtstag. Wenn du dich wenigstens an den erinnert hättest, hätte ich dir vielleicht noch einmal verziehen. Aber du hast ihn vergessen. So wie du mich vergessen hast. Von einem Tag auf den anderen. Ohne ein einziges Wort. Ohne dass ich etwas falsch gemacht hätte. Oder habe ich etwas falsch gemacht? Sag es mir.»

Stahl spielte Verblüffung. «Was? Gestern war dein Geburtstag? Mist. Ich dachte, er wäre heute. Nicht der 16. Mai?»

«Der 15. Mai. Die Kalte Sophie. So leicht zu merken.»

«Wie könnte ich bei dir an Kälte denken? Bei deiner Hitze? Kannst du mir noch mal verzeihen?»

«Du bist so ein schlechter Schauspieler. Ich glaube dir kein Wort. Verschwinde, oder es gibt richtig Ärger.»

«Nur für eine Nacht. Bitte.»

Sie schloss die Augen und schüttelte den Kopf. «Ich muss verrückt sein. Warum tu ich mir das an?» Ihre Lider flatterten unruhig. Stahl bewunderte die langen Wimpern. Wie die Fühler eines Schmetterlings. Sie riss die Augen auf und blitzte Stahl an. «Gut. Aber nur für eine Nacht. Und du schläfst nicht in meinem Bett.»

«Danke, Belinda. Ich weiss das sehr zu schätzen.»

«Spar dir den Honig. Ich falle nicht mehr darauf rein.»

Stahl winkte Lilly herbei. Sie war für Belinda bislang nicht zu sehen gewesen, da Stahl ihr gesagt hatte, sie solle sich versteckt halten.

«Ich bin nicht allein», sagte er.

«Das sehe ich.» Sie musterte Lilly. «Du bist doch jetzt nicht etwa unter die Pädophilen gegangen?»

Stahl verdrehte die Augen.

«Ist die Sache heiss? Setze ich mich damit in die Nesseln?»

«Nein. Völlig harmlos.»

«Ich setze mich damit in die Nesseln.» Sie drehte sich weg, wie es die Frauen gerne in amerikanischen Filmen taten, und strich sich mit der Hand durchs schwarze Haar. Dann sah sie wieder zu Stahl und Lilly. «Ganz bestimmt ist hier etwas faul. Na gut. Eine Nacht, und ihr seid wieder verschwunden.» Belinda trat einen Schritt zur Seite und liess die beiden rein.

Ihr Atelier war noch immer so chaotisch, wie es Stahl in Erinnerung hatte. Überall lagen Comics und Graphic Novels, stapelten sich Zeichnungen und ausgeschnittene Schnipsel aus Zeitschriften. Farben in Tuben, Stifte, Eimer. Und alles durchtränkt von warmem Arbeitslicht, das indirekt gerichtete Stehlampen warfen. Aus den Boxen schwang Bossa Nova. Belinda schien ihre Hüften dazu zu bewegen. Es war ihre natürliche Art zu gehen. Sie hatte diesen Rhythmus im Blut. Rio de Janeiro. Dort hatte er sie kennengelernt. Vor fünf Jahren. Bei einem Einsatz, den er für Palm erledigt hatte. Belinda war seine Kontaktfrau gewesen. Sie hatte deutsche Wurzeln und wollte nach Europa. Für den kleinen Gefallen, den sie Palm erwiesen hatte, hatte der sich im Gegenzug um die Aufenthaltsbewilligung gekümmert. Palm war mittlerweile tot. Belinda lebte und überlebte mit ihrer Arbeit, so gut es ging. Sie war Zeichnerin. Comics und Illustrationen. Stahl mochte ihre Sachen. Belinda hatte einen bissigen Humor. Vor allem die Storys, die sie über die Favelas zeichnete, gefielen Stahl.

«Hast du eine neue Geschichte über Edson gezeichnet?», fragte er, um Belinda in eine andere Bahn zu lenken.

«Nein. Mein bester Leser war plötzlich verschwunden. Da fehlte mir auch gleich die Inspiration.» Sie nahm eine Rotweinflasche vom Zeichentisch und schenkte sich ein. «Auch ein Glas?» Unter einigen Zeichnungen zog sie ein anderes Glas hervor, in dem angetrocknete Weinreste klebten, und füllte es mit frischen Tropfen. Sie reichte es Stahl und stiess mit ihm an. «Du Vollidiot. Weisst du, dass ich schwanger war?»

«Was? Nein. Warum hast du mir nichts gesagt?»

«Weil du plötzlich weg warst und nicht mehr an dein Handy gingst.»

«Und jetzt? Ich meine, bist du nicht mehr …?» Er druckste herum, unfähig, den Gedanken auszusprechen. Völlig überfordert.

«Sieh mich an.» Sie strich über ihren flachen Bauch. «Das würde jetzt bereits anders aussehen. Fünfter Monat.»

«Und … und … wie geht es dir damit?» Das Drucksen nahm kein Ende.

«Beschissen. Es geht mir beschissen damit. Aber das Leben rast weiter. Wenigstens für die, die nicht abgetrieben wurden.» Sie trank einen kräftigen Schluck.

«Aber es war bestimmt besser so.»

«So? Vielleicht. Keine Ahnung. Es fühlt sich jedenfalls nicht gut an.»

«Tut mir leid.»

«Klar. Mir auch.» Sie sagte es trockener als der Wein war. «Und wer ist sie? Eine Tochter aus wilden Zeiten? Jedenfalls sieht sie so verwahrlost aus, wie ein Kind von dir aussehen könnte, um das du dich nicht gekümmert hast.»

Lilly hatte sich ausgeklinkt. Sie hatte sich eines der Bücher genommen, die auf Belindas Zeichentisch lagen, und starrte auf das Cover. Ein weisshaariger Mann in schwarzer Weste. In der Rechten hielt er ein blutverschmiertes Messer. Das Blut lief von der Klinge über die Hände und tränkte den weissen Ärmel des Hemds.

«From Hell», sagte Belinda. «Das ist die Geschichte von Jack the Ripper.»

Lilly blätterte darin. «Hast du das gezeichnet?»

«Leider nein.»

«Und was zeichnest du?» Lilly sah zu Belinda auf.

«Alles Mögliche.»

«Und du wirst bezahlt dafür?»

«Schlecht. Und deswegen muss ich morgen früh aufstehen, um mir als Kellnerin die Miete zu verdienen.»

Lilly hatte das Buch weggelegt und sah sich die Zeichnungen an, die halb fertig auf dem Tisch lagen. «Das ist lustig», sagte sie und verzog ihren Mund zu einem Grinsen. «Den kenne ich. Das ist Berkin, der Gemüsehändler in der Langstrasse. Und die kenne ich auch. Das ist die verrückte Alte, die immer von den Ausserirdischen erzählt und eigentlich ein Mann ist.» Sie nahm die nächste Zeichnung und erstarrte. «Das sind ja Tamara und Lenny. Und die hier, die mit der Nadel im Hauseingang liegt, sieht aus wie –» Sie stockte, liess das Blatt auf den Boden fallen und starrte auf das Cover von «From Hell». «Und irgendwo bin bestimmt auch ich und Matthi. Irgendwo hast du auch mich gezeichnet, stimmt's?» Sie ging auf Belinda zu. «Zeig mir die Zeichnung, auf der ich bin. Mit Blut an den Händen, weil ich Matthi den Schädel eingeschlagen habe.»

Belinda sah irritiert zu Stahl und wich zurück.

«Und Matthi? Hast du den auch gezeichnet? Im Sarg? Dort gehört er nämlich hin. Und mindestens zehn Meter unter die Erde, damit er es schwer hat, sich nach oben zu graben, falls er nur scheintot ist. Komm schon. Gib mir die Zeichnung.»

«Ich kenne keinen Matthi. Ich weiss nicht, wovon du redest. Stahl?» Sie sah hilfesuchend zu ihm. «Was ist mit ihr? Spinnt sie?»

«Sie hat ein Trauma. Das ist alles.»

«Ich habe Angst vor ihr. Verschwindet. Alle beide.»

«Nur die eine Nacht. Dann sind wir weg.»

Lilly war einen weiteren Schritt auf Belinda zugegangen. Wie in Trance. «Bitte. Gib mir die Zeichnung.»

Belinda liess sich auf einen Drehstuhl fallen, dessen Polster nur noch aus gerupftem gelben Schaumstoff bestand, und stiess sich mit den Füssen vom Boden ab. So gewann sie Abstand zu Lilly.

«Stahl, mach irgendetwas, damit sie aufhört.»

«Lilly. Belinda hat die Zeichnung noch nicht fertig. Sie ist aber dran.»

Lilly sah zu Stahl. «Wann ist sie fertig? Morgen früh?»

«Ja. Morgen früh.»

Lilly drehte sich zu Belinda. «Stimmt das?»

Stahl nickte hinter Lillys Rücken.

«Ja. Morgen früh ist sie fertig», sagte Belinda. «Ich setze mich gleich noch dran.»

«Darf ich zusehen, wie du es zeichnest?»

Wieder nickte Stahl. Belinda wand sich. Stahl faltete flehend die Hände.

«Na gut.» Sie drückte sich mit den Füssen vom Boden ab, rollte an Lilly vorbei hinter den Zeichentisch, nahm ein frisches Blatt Papier, suchte sich unter den Stiften einen mit dünner Mine aus und begann zu zeichnen. Lilly stellte sich hinter sie und sah zu.

«Kannst du dich dorthin stellen? Ich mag es nicht, wenn man mir über die Schulter guckt.»

Lilly gehorchte und rückte ab.

«Und du könntest Kaffee machen. Kennst dich ja hoffentlich noch aus.»

Stahl ging in die Küche.

***

Lorenzo war ausser sich. Wie konnte das so schnell durchsickern? Stricker, dieser Säufer. Und Ballhaus, der Idiot. Auf solche Narren war kein Verlass. Sie hatten ihren Zenit überschritten. Holzer hatte sie längst ausmustern wollen, aber Lorenzo hatte Mitleid mit ihnen gehabt. Mitleid. Lorenzos grosse Schwäche. Ein schlechter Berater. Er musste härter werden. Sonst wäre er der Nächste, der dran glauben musste. Holzer würde toben. Franca in den Klauen von Bauer. Ausgerechnet den Schwindsüchtigen hatte er ihr an die Fersen geheftet. Dieser Psychopath, den Holzer schon vor Jahren ausgemustert hatte. Manchmal lief alles schief.

«Die siebte Posaune». Wer sich diesen dramatischen Namen wieder ausgedacht hatte. Bestimmt Bauer. Der Gimpel. Er würde noch über seine Eitelkeit stolpern. «Der engere Kreis». Das ging ja noch an. Aber «Die siebte Posaune»? Am Anfang hatten sie die Gruppe belächelt und gedacht, sie wäre eine Eintagsfliege. Es hatte schon viele Gruppen gegeben, die versucht hatten, in den Markt zu drängen. Der engere Kreis war mit allen fertiggeworden. Aber mit Bauer war nicht zu scherzen. Er war gerissen, rücksichtslos und hatte genug Geld und Kontakte, um ein ernst zu nehmender Gegner zu sein. Holzer hatte ihn damals für zu leicht befunden. Lorenzo hatte davor gewarnt, Bauer vor den Kopf zu stossen. Und wenn, hätte man ihn gleich ausschalten müssen. Sie hatten ihn unterschätzt. Er blies in die Posaune, und ihr Hall schepperte bis ins Mark des engeren Kreises.

Stricker und Ballhaus, alles abgehalfterte Greise. Drittklassiges Personal. Weit entfernt von der Schlagkraft, die der Kreis einst mit Albin und Stahl besass. Und Marco? Ein aufgeblasener Popanz, der sich gerne mit Sonnenbrille im Spiegel anglotzte und Stunden damit verbrachte, sich den Bart zu stutzen. Hätte er nicht gepatzt, alles wäre im Lot. So blies «Die siebte Posaune» harsch Gegenwind, und Lorenzo musste es richten, von Rom aus.

Wenn gar nichts mehr ging, müsste eben Holzer wieder nach Zürich. Aber so weit war es noch nicht. Noch hatte er Stahl in der Hinterhand, der einer Göre aus dem Elend helfen wollte. Lorenzo sollte es recht sein. Dadurch konnte er ihn noch ein wenig benutzen. Franca war in Bauers Hand. Er würde ihr Halbwahrheiten über Giorgio erzählen und versuchen, sie in seinen Club zu ziehen. Holzer hatte dasselbe vor.

Lorenzo begriff nicht, was an ihr so wertvoll sein sollte. Sie war durchaus begabt, aber keinesfalls überdurchschnittlich. Doch Holzer gab vor, und Lorenzo befolgte. Damit es auch so lief, wie es sich der Oberstleutnant vorstellte, musste Lorenzo zum Telefon greifen. Stahl würde auf jedes Wort achten. Lorenzos Strategie war klar. Er würde nicht lange um den heissen Brei reden, Stahl sofort sagen, was von ihm erwartet wurde, wenn er die Kleine in der Gregoriana unterbringen wollte. Das war der Gegenstand. Aber es gab auch Worte zwischen den Zeilen. Und die mussten Stahl erreichen, damit er nach und nach begriff, wo sein Zuhause war. Holzer hatte ihn längst noch nicht abgeschrieben. Und wenn es Lorenzo gelänge, Stahl nach Hause zurückzuholen, hätte er die Fehler, die ihm in letzter Zeit unterlaufen waren, wettgemacht.

***

Stahl brachte den Kaffee und stellte ihn auf den Zeichentisch. Belinda beendete ihre rasch geworfene Skizze und schob sie Lilly hin.

«Sie sehen nicht ganz so aus, aber sie erinnern mich.» Lilly faltete das Blatt und steckte es ein. «Du musst es nicht fertig zeichnen. Das genügt als Erinnerung. Vielleicht ist es sogar besser, wenn sie nicht genauso aussehen. Sie sind dann eine Geschichte. So wie ein Comic eben nur eine Geschichte ist.»

Belinda nippte am Kaffee und lehnte sich in ihrem Bürostuhl zurück. «Wieso Erinnerung? Siehst du sie denn nicht mehr?», fragte sie.

«Nein. Stahl bringt mich morgen nach Rom. Ich soll dort in ein Internat.»

Belinda sah zu Stahl. «Tatsächlich? Du entwickelst ja richtig Vatergefühle. Wenn ich das gewusst hätte.»

«Du hättest es mir sagen müssen», sagte er.

«Du warst deutlich genug, als wir davon sprachen.»

«Aber da dachte ich doch nicht, dass du bereits schwanger bist.»

Belinda setzte die Tasse hart auf den Tisch, stand auf und rannte aus dem Zimmer. Stahl sah ihr hinterher.

«Ich glaube, sie will, dass du ihr folgst», sagte Lilly.

Stahl sah zu ihr und verzog das Gesicht. «Schlaues Kind.» Er setzte an, um Belinda ins Schlafzimmer zu folgen, da brummte sein Handy. Er zögerte. Belinda war jetzt wichtiger. Trotzdem warf er einen Blick aufs Display. Lorenzo. Verdammt. Er musste dran.

«Ja? … Was? … Aber warum? … Unser Handel lautete anders … Das ist nicht mehr meine Sache … Monsignore, das ist nicht fair … Ja … Ich habe verstanden … *Buona sera.*» Stahl liess theatralisch den Kopf fallen.

«Was gibt's?», fragte Lilly.

«Wir müssen noch ein paar Tage hierbleiben.»

«Wieso?»

«Es ist etwas dazwischengekommen.»

«Bin ich schuld?»

«Du? Nein. Du kannst überhaupt nichts dafür.» Er setzte sich auf den Drehstuhl. «Vielleicht ist es auch gar nicht der richtige Ort für dich. Aber es ist der einzige, den ich mir in dieser Kategorie leisten kann.»

«Stahl», sagte Lilly und legte ihre Hand auf seinen Arm. «Ich will nicht, dass du wegen mir Stress hast.»

«Zu spät.» Er grinste. «Mit dir hat man Stress. Das ist so. Und du glaubst gar nicht, wie sehr ich mich darüber freue.»

Er rang ihr ein Lächeln ab. «Na dann. Bleiben wir noch ein paar Tage hier. Aber ich glaube, du solltest Belinda darüber informieren.»

Stahl nickte, stand auf und ging ins Schlafzimmer.

Lilly setzte sich auf den Drehstuhl, suchte ein paar Farbstifte zusammen und begann zu zeichnen.

***

«Überrascht?», fragte Frau Sutter.

«Ein wenig», sagte Franca und trat ein. Gefolgt von dem schwindsüchtigen Teufel, der sie keinen Moment aus den Augen gelassen hatte.

«Salvatore, wenn du magst, kannst du das Cheminée einfeuern. Mir fröstelt. Einen so klammen Mai hatten wir lange nicht mehr.»

Salvatore verschwand im Salon.

«Komm. Ich zeige dir dein Zimmer.» Frau Sutter stieg die Stufen empor. Franca folgte. Der Flur war spärlich beleuchtet. Einige Lampen flackerten und kündigten ihr baldiges Sterben an. Ein löchriger, ausgebleichter Teppich zierte die Treppe. Auf den goldenen Rahmen der alten Ölgemälde lag fingerdicker Staub.

Franca war es am Nachmittag nicht aufgefallen. Jetzt begriff sie, dass die Villa nicht immer bewohnt war.

«Hier vorne, gleich rechts. Das ist dein Zimmer. Ich hoffe, es ist dir nicht zu muffig. Ich wusste nicht, dass du kommen würdest. Sonst hätte ich es gemütlicher hergerichtet.»

«Was haben Sie mit der Sache zu tun?», fragte Franca.

«Bauer wird gleich hier sein. Er ist für die Antworten zuständig.»

«Es geht von Bauer aus?»

«Es ging von Giorgio aus.»

«Meinem Vater? Ich verstehe nicht. Er ist tot. Was soll von ihm ausgehen?»

Frau Sutter öffnete die Tür. «Hier. Dein Zimmer.» Sie knipste das Licht an, entnahm einem Schrank aus Fichte weisse Bettwäsche und drückte sie Franca gegen den Bauch. «Als ich das erste Mal darin geschlafen habe, verlor ich meine Unschuld. Man sieht nichts mehr davon, blütenweiss.» Sie liess Franca damit stehen und verliess das Zimmer.

Franca legte das Bettzeug auf die Matratze, trat ans Fenster und öffnete es. Sie brauchte frische Luft. Der Mief des abgestandenen Zimmers erdrückte sie. Sie atmete die feuchte Nacht ein und konnte nicht begreifen, was da gerade vor sich ging. Gerne hätte sie jetzt Stahl angerufen, aber Salvatore hatte ihr das Handy abgenommen. Sie könnte sich ohrfeigen. Warum hatte sie Stahl nicht während des Tages angerufen, ihn auf dem Laufenden gehalten und sich erkundigt, wie er mit seinen Ermittlungen vorankam? Weil sie ihm misstraut hatte. Weil sie dachte, er würde sie ebenso verkaufen, wie er sie damals verlassen hatte. Von einem Tag auf den anderen. Ohne grosse Erklärung. Sie hatte es geschluckt, weil sie so jung gewesen war. Aber würde sie heute nachfragen? Ja. Das würde sie. Sie würde nachfragen. In der Gregoriana hatte man sie das Fragen gelehrt. Jetzt fragte sie sich, was sie hier sollte. Warum hielt man sie fest? Was wollte Bauer von ihr? Welche Rolle spielte Elena Sutter?

Zwei Scheinwerfer erhellten die Auffahrt. Ein Auto parkierte direkt vor der Treppe. Ein Mann stieg aus. Bauer. Er sah zu Franca hinauf und entdeckte sie am Fenster. «Ich bin gleich bei

Ihnen, haben Sie noch einen Augenblick Geduld», rief er und pfiff ein Lied, während er die Treppe zum Hauseingang hochlief.

Franca schloss das Fenster und setzte sich in einen Ohrensessel, mit Blick auf die Zimmertür. Sie wartete und lauschte. Von unten drangen Stimmen an ihr Ohr: Sutter und Bauer. Sie stritten. Franca konnte nicht hören, worum es ging. Sie stand auf, wollte die Tür öffnen, um besser hören zu können. Die Tür war abgeschlossen. Sie drückte ihr Ohr gegen das Holz und lauschte.

«So glaube mir doch, ich habe nichts genommen», sagte Bauer und platzierte einen aufgesetzten Lacher hinterher.

«Ich sehe es an deinen Augen, dass du etwas genommen hast. Du hast gesagt, du hörst auf damit.»

«Tu ich doch. Morgen.» Er lachte wieder.

«Lange kann ich dich nicht mehr schützen.»

«Willst du mich etwa verpfeifen? An wen? Giorgio ist tot. Schon vergessen?» Seine Stimme bekam etwas Bedrohliches.

«Du verpfeifst uns und die Sache, wenn du kokst. Du setzt damit alles aufs Spiel. Das kann ich nicht länger dulden.»

«Soso. Nicht länger dulden. Wer macht denn die Drecksarbeit und organisiert den Nachschub? Warst du schon einmal in Lampedusa? Du kaufst doch Fleisch nur sauber abgepackt beim Metzger, aber vom Schlachthof willst du nichts wissen.»

«Ich bin Vegetarierin.» Es klang sehr schnippisch.

«Verarsch mich nicht. Du weisst genau, was ich damit meine.»

«Und? Soll ich dich jetzt bedauern, weil du deinen Job machst und ich meinen?»

«Wir können ja gerne mal tauschen. Vielleicht begreifst du dann, was ich meine, und gönnst mir dann mal ein wenig Zauberpulver.»

«Ich glaube nicht, dass du meinen Job übernehmen könntest.»

«Richtig. Ich würde nicht mit allen vögeln, die mir die Strickleiter halten.»

Es klatschte. Frau Sutter hatte Bauer wohl geohrfeigt. Stille.

«Sie ist oben», sagte Frau Sutter endlich.

«Ich weiss. Ich habe sie gesehen.»

«Willst du es alleine machen? Oder soll Salvatore dir dabei helfen?»

«Das schaffe ich schon alleine. Und wenn nicht, zieh ich mir einfach noch eine kleine Line. Ich hoffe, du bist dann für deinen Teil bereit, wenn ich sie so weit habe.»

«Ich bin immer bereit.»

Franca hörte, wie jemand die Treppe hochstieg. Sie sah sich nach etwas um, womit sie sich wehren konnte. Sie riss den Schrank auf. Drei Kleiderbügel. Damit würde sie nicht weit kommen. Sie sah zum Fenster. Sollte sie fliehen? Hoch war es nicht. Wenn sie Glück hatte, würde sie sich nichts brechen. Aber Salvatore und Dobermann Tuco hätten sie sofort eingefangen. Sie setzte sich in den Ohrensessel und wartete.

Die Tür wurde geöffnet. Bauer trat ein. Er lächelte ölig und schloss die Tür.

«Sie haben ein gutes Menü verpasst. Ich hoffe, Sie haben jetzt keinen Hunger? Elena ist nämlich keine gute Köchin. Bis auf Apfelkuchen kann sie nichts. Darf ich mich setzen?» Er tat es. «Neue Polster wären angebracht», sagte er und hüpfte mit dem Hintern wie auf einem Gymnastikball. «Überhaupt bräuchte das Ganze hier einen neuen Anstrich. Sehr morbid. Aber in der Substanz noch gut erhalten. Ich denke, man würde es für drei Millionen gut loskriegen. Wenn man die grossen Tannen, die den Seeblick versperren, abholzen würde, könnte man sogar noch etwas mehr rausschlagen.» Er rückte den Sessel zurecht, dass er Franca direkt gegenübersass. «Interessiert Sie nicht, hab ich recht? Und wollen Sie wissen, warum es Sie nicht interessiert? Weil Sie nicht wissen, dass es Ihnen gehört. Ja. Dieses Haus gehört Ihnen.»

«Wie meinen Sie das?»

«So, wie ich es sage: Es gehört Ihnen.»

«Und was muss ich dafür tun?»

«Nichts. Es gehört Ihnen. Sie haben es geerbt. Von Ihrem Vater.»

«Dieses Haus gehörte Giorgio? Woher hatte er so viel Geld?»

«Eine alte Geschichte der Freundschaft. Wollen Sie, dass ich sie Ihnen erzähle?»

«Kann ich es verhindern?»

«Ach, kommen Sie. Ich bin ein guter Erzähler. Sagen Sie

nicht, ich würde Sie langweilen. Ich verstehe mein Geschäft. Ich lebe davon.»

«Ich dachte, Sie sind Händler.»

«Händler von Geschichten. Wie einst Leo Kirch. Nur dass ich Geschichten verkaufe, die am besten nirgendwo gesendet werden.» Er gefiel sich sehr in der Hybris des Koksers. «Und? Was ist? Wollen Sie die Geschichte hören oder nicht?»

Wie gerne hätte sie jetzt Nein gesagt und ihn mit seiner Wichtigkeit hängen lassen. Aber was würde es bringen? Sie sass hier fest. War seine Gefangene. Bislang hatte ihr niemand Gewalt angetan, aber sie schwelte in der Luft. Franca spürte, dass die gestemmte gute Laune Bauers jederzeit in Brutalität umschlagen konnte.

«Ich höre», sagte sie.

Er rieb sich die Hände. «Also gut. Es war einmal, vor langer, langer Zeit.» Gott, was für ein Einfaltspinsel. «Da waren zwei Freunde, die dieselbe Frau liebten.» Er machte eine Pause und hob vorwitzig die Brauen. «Na? Neugierig? Klingt doch schon mal nach Melodram, finden Sie nicht? Hollywood könnte einen sehr rührseligen Schinken daraus schneiden.»

«Sie verzetteln sich.»

«Nein. Ich baue Spannung auf.» Er klimperte mit den Fingern in der Luft wie ein Pianist, der gleich in die Tasten griff. «Nun zum Cast. Künzli auf der einen Seite, Ihr Vater Giorgio auf der anderen. Und mittendrin: Alma. Elenas Schwester.»

«Mein Vater liebte Frau Künzli?» Jetzt wurde es tatsächlich interessant.

«Ja. Eigentlich wollten sie heiraten. Sie waren sogar schon verlobt.»

«Und warum haben Sie es nicht getan?»

«Weil Ihr Vater in einer rauschenden Nacht Ihre Mutter geschwängert hat. Und da er ein Ehrenmann war, liess er sie nicht hängen. Daraufhin warf sich Alma aus Trotz und Frust Künzli an den Hals, der schon lange auf sie scharf war. Die Liebe zwischen Giorgio und Alma blieb aber bestehen. Und sie haben sich heimlich getroffen, um diese Liebe wenigstens im Ansatz auszuleben.»

«Wussten Künzli und meine Mutter davon?»

«Künzli störte es nicht, er war zufrieden mit dem, was er hatte. Eine Frau, die er in der Öffentlichkeit präsentieren konnte. Und Alma beherrschte das Spiel. Glauben Sie mir, eine Frau, die auf Eröffnungen, Galas, Partys und Empfängen Flacons von Charme versprüht, ist der genialste Türöffner für Geschäfte aller Art. Und Alma spielte unnachahmlich. Ein Naturtalent. Was andere sich in unzähligen Kursen qualvoll antrainieren – Alma hatte es der liebe Gott kübelweise in die Wiege geschüttet. Sie wickelte jeden um den Finger. Für Künzli war sie dadurch ein Lottogewinn. Dass sie dafür mit ihrem Herzen nicht ganz bei ihm war, konnte er verkraften. Ausserdem schätzte er Giorgio, auch wegen der Nähe zum Vatikan und den möglichen Geschäften, die sich dort anbahnten.»

«Und meine Mutter?»

«Tragische Gestalt. Entschuldigen Sie. Aber anders kann ich es nicht formulieren. Sie kannte Giorgio überhaupt nicht, als sie sich mit ihm einliess. Wie Feuer und Wasser. Sie gutbürgerlich, er ein Abenteurer, der nach aussen hin die Fackel der Bourgeoisie trug und im Innern ein verkommener, zynischer Gauner war.» Er tat, als merkte er erst jetzt, was er gesagt hatte. «Oh, entschuldigen Sie. Ich hoffe, Sie nehmen es mir nicht übel, dass ich so über Ihre Eltern spreche. Aber es ist Fakt. Das Einzige, was die beiden miteinander verband, war eine heisse römische Nacht und ihr Produkt.» Er zeigte auf Franca. «Ein sehr schönes Produkt, wenn ich das anmerken darf.» Er sah sie lange an, musterte sie, als würde er sie gleich kaufen wollen.

«Hat sich meine Mutter deswegen das Leben genommen?»

«Das weiss kein Mensch. Hat sie denn keinen Abschiedsbrief hinterlassen?»

«Giorgio sagte, nein.»

Bauer lachte laut. Wie ein Schmierenkomödiant, der den Franz Moor besonders schurkenhaft darstellen wollte. «Na, wenn Giorgio das sagte, muss es so sein. Aber im Ernst. Ich habe wirklich keine Ahnung, ob die Liebesbeziehung zu Alma oder andere Gründe zum Freitod Ihrer Mutter führten. Vielleicht war es die Erkenntnis, mit einem Monster verheiratet zu sein?»

«Mein Vater war kein Monster.» Franca war aufgesprungen. «Das reden Sie mir nicht ein.»

«Habe ich Monster gesagt? Tut mir leid. Das habe ich nicht so gemeint. Ich habe nur versucht, ihn aus der Perspektive Ihrer Mutter zu betrachten. Aber das ist ein anderes Thema. Eine andere Geschichte, die jetzt nicht zum Verkauf steht.» Er trommelte mit den Fingern auf die Lehne des Sessels.

«Was wollen Sie von mir?»

«Einen Teil des Erbes, das Sie antreten werden.»

«Was für ein Erbe?»

«Geschätzte fünfzig Millionen Franken.»

«Was? Woher? Ich verstehe gar nichts.»

«Auf einer Privatbank in Liechtenstein.»

«Von Giorgio?»

«Das Geld interessiert uns nur zum Teil. Davon können Sie die Hälfte gerne behalten und damit tun, was Sie wollen.»

«Was wollen Sie noch?»

«Einen Stick, auf dem Namen sind. Sie können damit nichts anfangen, für uns ist er sehr wertvoll.»

«Was für Namen?»

«Kunden. Kontakte. Das Übliche. Mit dem Stick können wir Giorgios Markt übernehmen.»

«Was für einen Markt? Ich wusste nicht, dass Giorgio einen Markt hatte.»

«Das denke ich mir. Über manche Dinge spricht man nicht gerne. Vor allem nicht mit einer katholisch erzogenen Tochter. Es scheint so, als ob man sich die Kinder umso sauberer wünscht, je schmutziger die eigene Seele ist.» Er krallte beide Hände in die Armlehnen, als wollte er sie damit zermalmen. Es gelang ihm nicht. Er entspannte die Hände und lächelte dafür verkrampft. «Entschuldigen Sie. Ich habe selbst zwei Kinder. Ich weiss, wovon ich rede. Man denkt immer, sie sollen es besser haben. Ein Blödsinn, aber es ist so.»

«Was für ein Markt? Womit hat Giorgio gehandelt? Was wirft so viel ab? Drogen?»

«Geben Sie uns den Stick?»

«Waffen?»

«Sie können damit nichts anfangen. Es sei denn, Sie treten Giorgios Erbe auch auf dem Sektor an. Aber ich glaube nicht, dass Sie das könnten.»

«Diamanten?»

«Schmutziger. Viel schmutziger.»

«Söldner?»

Bauer schien es zu geniessen, sie zappeln zu lassen. «Überlegen Sie doch mal. Wie wurde Giorgio ermordet?»

«Jemand hat ihm das Herz herausgeschnitten.»

«Und was hatte er auf dem Gesicht?»

«Die Maske des Pantalone.»

«Könnte man daraus keinen Reim dichten?»

«Haben Sie ihn getötet?»

«Nein. Ich behaupte, es waren Giorgios Leute, denen er zu gierig und gleichzeitig zu schwach geworden war.»

«Der geizige Kaufmann, der mit Herzen handelt? Prostitution?»

Bauer lachte. «Stimmt. Darauf könnte man auch kommen. Sie denken zu lyrisch.»

«Was war es dann? Sagen Sie es mir endlich.» Franca hatte keine Lust mehr aufs Rätselraten.

Bauer lehnte sich genüsslich zurück, setzte eine noch wichtigere Miene auf, als er ohnehin schon an den Tag legte, und setzte zum Sprechen an.

Die Tür flog auf. Marco stand im Zimmer, in der Hand eine Sig Sauer Mosquito mit Schalldämpfer. Franca kannte das Modell. Giorgio hatte auch eine davon in seiner Sammlung.

Die Mosquito stach zweimal. Einmal in die Brust. Und zur Sicherheit ins linke Auge Bauers.

Marco steckte die Pistole ein und rannte zu Franca. Er packte sie am Handgelenk und zog sie aus dem Sessel. Sie widersetzte sich.

«Komm, Franca. Wir haben wenig Zeit.»

«Was ist los? Was machst du?»

«Erklär ich dir alles im Wagen. Mach schon.»

Franca zögerte. Die Gedanken überrollten sich. Marco hatte doch Giorgio getötet. Und Donato. Oder nicht? Jedenfalls Bauer.

Das hatte sie mit eigenen Augen gesehen. Sie liess sich von Marco fortziehen. Wie eine Geiss am Seil trottete sie hinterher. Unfähig, einen klaren Gedanken zu fassen.

Sie gingen die Treppe hinunter. Im Flur lag Salvatore. Das Blut, das aus seiner Stirn tropfte, wollte überzeugen, dass auch er von einer Mosquito gestochen worden war.

«Was ist mit Frau Sutter? Hast du sie auch getötet?»

Marco antwortete nichts, zog Franca nur energischer am Arm. Vor dem Haus, auf der untersten Treppenstufe, lag Tuco. Auch ihn hatte Marco erledigt. Aber von Frau Sutter war nichts zu sehen. Er begann zu rennen. Franca rannte mit. Es knirschte. Sie wusste nicht, ob es der Kies unter ihren Füssen oder das Chaos in ihrem Kopf war. Sie spürte nur, dass ihr Tränen die Wangen hinabliefen und sie immer schneller keuchte. Marco zwängte sich durch das Tor und verlor Francas Hand für einen Moment. So standen sie beide auf verschiedenen Seiten, getrennt durch die Gitterstäbe. Sie sahen sich an. Fremde, die bald heiraten wollten.

«Komm schon. Gleich hast du's geschafft. Der Wagen steht um die Ecke.»

Franca klammerte sich an den Gitterstäben fest. Sie wollte keinen Zentimeter mehr abrücken. Nicht ehe sie wusste, was gespielt wurde. Marco kam auf ihre Seite und versuchte, sie zu sich zu ziehen. Sie setzte alle Kraft ein, damit es ihm nicht gelang.

«Zwing mich nicht, dir wehtun zu müssen», sagte er. Fast liebevoll. Er mochte sie wohl wirklich. Aber es würde ihm nichts nützen. Sie würde an dem Tor bleiben, bis sie die Wahrheit über Giorgio und all die anderen Toten wusste.

Marco schlug ihr die Fingerspitzen in die Achseln. Franca jaulte und liess die Stäbe los. Marco zog sie mit sich. Am Ende der Mauer wartete eine schwarze Limousine. Franca erkannte sie wieder. Sie hatte sie schon einmal gesehen. In Verscio. Marco öffnete die Hintertür des Wagens, drückte Franca auf den Rücksitz und zwängte sich daneben. Der Fahrer startete den Motor und fuhr los.

SIEBEN

Stahl strampelte die Decke von sich. Nass geschwitzt lag er im Leintuch. Er blinzelte und sah aus dem Fenster. Blauer Himmel. Die Sonne fiel auf Belindas Schulter. Stahl gab ihr vorsichtig einen Kuss darauf. Sie drehte sich zu ihm und warf ein Bein über seine Hüfte. Sie hatten nicht miteinander geschlafen. Sie hatten einfach nur dagelegen und einander im Arm gehalten. Jeder Trost im anderen suchend. Stahl war froh darüber. Belinda wäre eine gute Frau. Witzig, giftig, selbstständig. Aber sie wollte Kinder, und Stahl war nicht bereit dafür. Er dachte an Lilly. Irgendwie war sie jetzt seine Tochter. Ein Patenkind. Aber anstatt sich selbst um sie zu kümmern, kam ihm nur der Gedanke in den Sinn, sie in ein Internat zu stecken. Wenn er wenigstens mit nach Rom ginge. Aber das wollte er nicht. In Zürich holte ihn seine Vergangenheit schon ständig ein. In Rom wäre er täglich damit konfrontiert.

Fünf Mal hatte er gestern Nacht versucht, Franca zu erreichen. Kein einziges Mal war sie an ihr Handy gegangen. Vielleicht hatte Lorenzo schon gehandelt und sie nach Rom bringen lassen. Wie er ihn kannte, setzte er auf mehrere Pferde. Dann wäre es mit dem Deal, Giorgios Mörder zu finden, vorbei. Und dann wäre auch die Möglichkeit, schnell an Cash zu kommen, verflogen. Wo sollte er ansetzen? War es richtig gewesen, Lorenzo über Francas Aufenthalt in Zürich zu informieren? Lorenzo hatte zwar gesagt, dass sie nur in Rom sicher wäre – aber der Monsignore war ein durchtriebener Stratege. Wer wusste, wozu er Franca gebrauchen konnte? Lorenzo tat nie etwas aus reiner Nächstenliebe. Es musste immer auch ihm nutzen. Hatte Stahl Franca in Gefahr gebracht? Ihr Vater war ermordet worden. Sie hatte ihn gefunden. Holzers Leute hatten sie verfolgt. Gehörte der Monsignore auch zu Holzer? Stahl hatte es nie einschätzen können, inwieweit Lorenzo mit dem engeren Kreis verbandelt war. Kontakte hatte er sicher. Das Institut lebte auch von Spenden. Und wie Stahl Holzer kannte, zahlte er kräftig an die Gregoriana, um von dort gebildete Talente anzuwerben. Wer am besten zahlte, hatte Vorkaufsrecht. Stahl war sich sicher. Er hatte einen Fehler gemacht. Er hatte Franca verkauft, um Lilly zu retten.

Vorsichtig schob er Belindas Bein von sich und stieg aus dem Bett. Belinda tastete im Halbschlaf nach ihm. Eine schöne Hand. Zarte Finger. Die Finger einer Zeichnerin.

«Machst du Kaffee?», murmelte sie ins Laken, und Stahl kostete es Überwindung, sich jetzt nicht wieder an sie zu drücken.

«Ja. Mach ich.»

«Und ein Gipfeli will ich auch.»

«Dann muss ich erst runter. Ins Bistro.»

«Nein. Bleib hier. Wenn du einmal aus der Wohnung bist, sehe ich dich wieder für ein halbes Jahr nicht. Stimmt's?»

«Spinnst du? Ich komme gleich zurück.»

«Ich trau dir zu, dass du verduftest und Lilly bei mir lässt. Aber ich will keine grosse Tochter, ich will eine kleine. Und eine, die nur mir gehört. Am besten mit dir. Verstehst du das?» Sie hatte alles ins Laken gesprochen. Erst jetzt öffnete sie ein Auge und sah zu Stahl. Er atmete tief ein und nickte.

«Im Gefrierfach gibt's Gipfeli. Du brauchst sie nur kurz in den Backofen zu stecken. Bei hundert Grad.» Sie schloss ihr Auge und drehte den Kopf zur anderen Seite. Stahl sollte es nicht sehen, aber er wusste, dass sie weinte.

Er ging aus dem Zimmer, durchquerte das Atelier und sah auf das Sofa, auf dem Lilly die Nacht geschlafen hatte. Es war leer.

«Lilly?», rief Stahl durch die Wohnung. Keine Antwort. «Lilly? Wo bist du?»

«Hier oben.»

Stahl folgte der Stimme und entdeckte die Leiter, die aufs Dach führte. Er kletterte nach oben.

Lilly sass an das Kamin gelehnt und blinzelte in die Sonne. «Weisst du, dass ich Zürich noch nie von oben gesehen habe?»

«Und? Gefällt's dir?»

«Ja. Völlig anders.» Sie senkte den Kopf.

«Was ist? Ist etwas passiert?»

«Ich will nicht fort von hier», sagte sie. Sie sah zu Stahl. «Das ist doch mein Zuhause. Schau dir den See an. Die Berge. Und in Rom sprechen sie Italienisch. Ich kann kein Italienisch.»

«Hattet ihr das nicht in der Schule?»

«Nein, nur ein bisschen Franz und Englisch.»

«Du wirst es schnell lernen. Du konntest auch nicht boxen und hast es verdammt schnell gelernt.»

«Ich boxe nicht, ich prügle. Das hast du jedenfalls gesagt.»

«Um dich zu ärgern und zu verbessern. Es geht ums Verbessern. Der Mensch ist geboren, um sich täglich zu verbessern.»

«Ist er das?»

«Ich glaube schon.»

«Und worin verbesserst du dich gerade?»

Diese Frage sass. Stahl wusste keine Antwort. «K. o.», sagte er, spielte, als hätte Lilly ihn hart am Kinn getroffen, taumelte und rutschte neben ihr am Kamin herunter.

«Vielleicht reicht es ja auch völlig, wenn du dein Niveau erst einmal hältst.» Sie lachte.

Stahl gefiel es. Sie war auf Zack. Der Monsignore würde seine Freude an ihr haben.

«He. Was ist mit dem Kaffee?» Belinda war aufs Dach gekommen. «Stahl, es ist kein Verlass auf dich. Noch nicht einmal beim Kaffeemachen.» Sie hielt den Vorwurf in gespielter Balance, darunter schwelte dennoch ein Hauch von Eifersucht.

Stahl sprang auf. «Pardon, ich eile.»

«Bleib sitzen. Hab schon aufgesetzt.» Sie ging an den Rand des Daches, den ein meterhoher Zaun abgrenzte, und zupfte Unkraut aus den Blumentöpfen.

«Was hast du gepflanzt?», fragte Stahl und ging ihr hinterher.

«Gesät. Ich habe nichts gepflanzt. Nur gesät.»

«Und was?»

«Sonnenblumen, Kapuzinerkresse und Zucchetti.»

«Keine Tomaten?»

«Die pflanze ich noch. Ich wollte aber erst warten bis nach den Eisheiligen. Morgen werde ich sie säen.»

Stahl bewegte sich auf dünnem Eis. Er hatte keine Ahnung von der Gärtnerei. Aber er musste den Small Talk führen, um Belinda vom eigentlichen Thema abzulenken.

«Und wann kannst du die ersten Tomaten ernten?»
«August.»
«Ganz schön lange.»
Sie drehte sich zu ihm um. «Du fehlst mir.»
Stahl sah auf die Keimlinge.
«Und nach der Abtreibung noch mehr. Kannst du das verstehen?»
Er nickte. Er verstand, aber er konnte nichts darauf antworten.
«Ist das Unkraut?» Er zog daran und hatte das Pflänzchen zwischen den Fingern.
«Das ist eine Sonnenblume. Eine mehrköpfige. Du erkennst es daran, dass das Keimblatt einen schwarzen Rand hat.»
«Oh. Entschuldige.» Er bohrte mit dem Zeigefinger ein Loch in die Erde und drückte die zarte Wurzel hinein.
«Jetzt wird sie es schwer haben. Sonnenblumen schmollen, wenn man sie verpflanzt. Sie brauchen dann viel Zuneigung und Wasser.»
«Zum Glück regnet es gerade sehr viel.»
Belinda kam näher an Stahl heran. «Küss mich. Jetzt.»
«Vor Lilly?»
«Ja. Vor Lilly. Sie soll sehen, dass du mir gehörst.»
«Belinda. Ich dachte, wir hätten –»
«Küss mich.» Ihre Augen blitzten. Er kannte ihr Temperament. Sie bestand darauf. Es musste sein. Stahl küsste sie. Belinda grub ihre Fingernägel in seinen Rücken und saugte, dass Stahl die Luft ausging. Er drückte sich von ihr ab und schnaufte durch.
«Ich nehme mal den Kaffee vom Herd. Der duftet schon bis hier hoch», rief Lilly und verschwand in der Wohnung.
«Wer ist sie? Und was geht hier vor?», fragte Belinda.
«Sie boxt bei mir im Club und steckt tief im Sumpf.»
«Heisst?»
«Sie hat den Lover ihrer Mutter im Affekt niedergeschlagen. Er liegt auf der Intensivstation. Wenn er stirbt, ist sie dran.»
«Und was interessiert dich das? Ist sie mit dir verwandt?»
«Nein. Oder doch. Irgendwie schon. Seelenverwandt.»
«Ach. Du hast doch nicht etwa Vatergefühle?»
«Was?»

Sie lächelte zynisch verletzt.

«Blödsinn. Aber Lilly hat keine Chance, wenn ihr jetzt keiner hilft.»

«Und wie willst du ihr helfen?»

«Kann ich nicht sagen. Je weniger du weisst, umso besser.»

«Ah, kommt wieder dein alter Job durch? Geheime Mission im Namen Gottes? Die weltlichen Gesetze sind dadurch aufgehoben? Wenn eine Göre einen totschlägt, hat nicht das Gesetz zu entscheiden, sondern die göttliche Seelenverwandtschaft? Ziemlich selbstgerecht, findest du nicht? Es geht hier gar nicht um Lilly. Es geht um dich. Du missbrauchst sie für deinen eigenen Seelenfrieden. Mach, dass du verschwindest. Und nimm sie mit. Sofort.»

«Belinda. Warst du damals nicht froh, dass du aus Rio abhauen konntest?»

Sie fasste den Blumentopf mit den Sonnenblumenkeimlingen und schleuderte ihn nach Stahl. Er duckte sich. Der Topf zerschellte an der Wand. Belinda hielt schon den nächsten Topf in der Hand.

«Hau ab! Sofort. Ich kann auch die Polizei rufen. Und das werde ich auch tun. Das verspreche ich dir. Verschwinde jetzt!» Tränen füllten ihre Augen. Sie drehte sich von Stahl weg, zupfte eine Sonnenblume nach der anderen aus der Erde und stapelte die Leichen auf der schwarzen Krume.

Stahl wollte Belinda berühren, zog die Hand aber zurück. Es war vorbei. Er musste gehen und durfte nicht wiederkommen.

***

Franca hatte tief geschlafen. Sie konnte sich nur noch erinnern, wie ihr Marco ein Glas Wasser gegeben hatte. Sie hatte es getrunken, und Marco hatte sie angelächelt. Oder hatte er gar nicht gelächelt? Sie konnte es nicht mehr sagen. Filmriss. Er musste ihr etwas ins Wasser getan haben. Bestimmt. Sonst wäre sie niemals sofort eingeschlafen. Sie hätte überhaupt nicht geschlafen, sondern Fragen gestellt. Vielleicht hatte sie sogar Fragen gestellt? Hatte sie darauf Antworten bekommen? Sie wusste nichts. Und Frau Sutter war nicht da. Sie war allein in dem Zimmer. Sie setzte sich im Bett auf und sah aus dem Fenster. Die Sonne schien. Wie spät war es? Mindestens schon Mittag. Nirgendwo stand eine Uhr. Ihr Handy hatte Salvatore, und der war tot. Franca erinnerte sich. Auch Bauer war tot. Und Tuco. Und Frau Sutter? Hatte Marco auch sie getötet? Er war ein Killer. Ihr Bräutigam war ein Killer. Sie hätte es wissen können. Schliesslich wurde er zum Gebrauch an der Waffe ausgebildet. Da war es nur konsequent, wenn er damit auch Menschen erschoss. Wo war er? Wo war sie?

Sie stand auf, ging ans Fenster und schob die Vorhänge zur Seite. Eine saftige Wiese, die an einen Wald grenzte. Jedenfalls nicht in Rom. Marco hatte sie nicht nach Rom gebracht. Vielleicht an den Stadtrand Zürichs?

Die Tür ging auf. Franca erschrak und drehte sich um. Es war Marco. Er hatte ein Tablett in der Hand und lächelte. «Guten Morgen, Langschläferin», sagte er. Es wirkte einstudiert. Seltsam. Alles, was sie zuvor an ihm gemocht hatte, wirkte nun aufgesetzt. Wie eine schlecht geprobte Rolle. Unfertig und hölzern.

«Kaffee, Gipfeli, Ei, Butter, Konfitüre und Honig. So wie du es gerne magst.» Er stellte das Tablett auf einem kleinen Tisch ab und schob den einzigen Stuhl so, dass sich Franca aufgefordert fühlte, darauf Platz zu nehmen. Sie setzte sich hin und sah auf das Tablett. Unentschlossen, etwas davon anzufassen. Zu sehr fürchtete sie sich, dass Marco ihr wieder etwas ins Essen getan hatte, damit sie Biss um Biss alles vergass.

Ein Handy klingelte. Franca kannte die Melodie. Eine sizilianische Tarantella, die sie besonders gerne mochte. Es war ihr Handy. Marco zog es aus seiner Jackentasche und sah aufs Display. «Oh. Der Mythos persönlich. Schon das sechste Mal, dass er versucht, dich zu erreichen. Wird Zeit, dass du seinen Anruf entgegennimmst.» Er reichte ihr das Handy. Franca zögerte.

«Nimm ab», sagte Marco scharf. Die Rolle klang echter als die des säuselnden Bräutigams.

Franca gehorchte. «Hallo? … Ja … Nein, ich hatte mein Handy ausgeschaltet … Was? … Moment, ich kann dich schlecht hören, der Empfang ist nicht gut. Augenblick ...» Sie deckte das Handy mit der Hand ab und flüsterte zu Marco: «Er will wissen, wo ich bin.»

«Einkaufen. Im Kreis 4. Ganz in der Nähe seiner Wohnung. Du bist in einer halben Stunde dort.»

Sie nahm die Hand weg und sprach ins Handy. «Hallo, hörst du mich? ... Gut. Hier ist der Empfang besser ... Ich bin einkaufen. In deinem Kühlschrank ist ja nichts bis auf Bier ... In einer halben Stunde kann ich bei dir zu Hause sein ... Gut. Bis gleich.» Sie legte auf und sah Marco an.

«Gut gemacht.» Er steckte das Handy wieder ein. «Zu deiner eigenen Sicherheit.»

«Marco, was wird hier gespielt? Warum hast du Bauer getötet?»

«Weil er sonst dich getötet hätte.»

«Das glaube ich nicht.»

«Du hast doch Giorgio gesehen. Das waren Bauer und sein Killer Salvatore. Wir haben zu spät erfahren, dass Bauer hinter Giorgio her war. Nur ein paar Minuten früher, und ich hätte es verhindern können.»

Er schüttelte den Kopf und wischte sich eine Träne aus dem Auge. Spielte er so schlecht? Oder wollte Franca ihm einfach nicht glauben? Was war es, was sie so zweifeln liess?

«Und Donato? Warum hast du den erschossen?»

«Donato?»

«Den Maskenbauer aus Verscio.»

«Ach der. Hast du nicht gesehen, wie er auf mich gezielt hat? Es war Notwehr. Er arbeitete wohl auch für Bauer.»

«Was ist das für eine Liste, die Bauer von mir haben wollte? Hat er deswegen Giorgio ermordet? Wegen dieser Liste?»

«Liste? Ich weiss nichts von einer Liste. Ich weiss nur, dass ich Giorgio schützen sollte und es vermasselt habe.» Er nahm ihre Hand. Seine war feucht und fischig. Franca ekelte sich vor ihr. Und diese Hand hatte sie angefasst. Eine eiskalte Killerhand hatte ihren Körper gestreichelt. Sie bekam Gänsehaut. Ihr schauderte. Sie zuckte und zog ihre Hand zurück.

«Ich kann verstehen, dass du böse auf mich bist. Ich habe es nicht anders verdient. Ich habe versagt.»

Franca konnte das schlecht gemimte Selbstmitleid nicht mehr ertragen. Sie stand auf und ging ans Fenster. Am Waldrand traute sich ein Reh auf die Lichtung. «Warum willst du, dass ich Stahl treffe?»

«Du sollst ihn nicht treffen. Ich werde ihn treffen.»

«Warum telefonierst du dann nicht selbst mit ihm?»

«Weil er sich mit mir nicht treffen würde.»

«Mag er dich nicht?»

«Ich schätze, du wirst ihm erzählt haben, dass ich Giorgio getötet habe.»

«Hast du nicht?»

«Habe ich das nicht schon mal gesagt? Nein. Ich war es nicht. Es war Bauer. Giorgio war mein Freund. Der Vater meiner grossen Liebe.»

Franca drehte sich bei Marcos falschen Tönen der Magen um. «Und was willst du von Stahl?»

«Die Sache klären. Ihn davon überzeugen, dass alles ganz anders ist, als du ihm erzählt hast.»

«Warum ist es dir so wichtig, dass Stahl die Wahrheit kennt?»

«Weil er sonst womöglich Unruhe stiftet. Und das kann keiner gebrauchen.»

Das Reh spitzte die Ohren und verschwand in den Wald.

«Wenn wir Stahl treffen wollen, müssen wir los, oder?», fragte sie und hoffte, dass das Reh sich in Sicherheit brachte.

Marco war von hinten an sie herangetreten und umarmte sie. Ihr war, als würde er sie würgen. Sie bekam Atemnot und wand sich aus der Umarmung.

«Aber auf dich passe ich auf. Das schwöre ich», sagte Marco. «Deine Kleider habe ich in den Schrank gehängt. Beim Waschbecken findest du eine Zahnbürste und Seife. Ich warte unten auf dich.» Er probierte sich noch an einem Dackelblick, dann verliess er das Zimmer. Franca ging ans Waschbecken, besah sich in dem halb blinden Spiegel und warf sich kaltes Wasser ins Gesicht.

***

«Es ist aus, hab ich recht?», fragte Lilly, die sich Mühe gab, Stahls schnellem Schritt zu folgen.

«Was ist aus?»

«Mit Belinda.»

«Kann gut sein.»

«Schade. Ich finde, sie passt zu dir.»

«Ja? Das fand ich auch.»

«Und warum kämpfst du dann nicht um sie?»

«Weil ich andere Sorgen habe.»

«Mich? Bin ich eine andere Sorge, die dich davon abhält, dich um Belinda zu kümmern?»

«Zum Beispiel.»

Lilly blieb abrupt stehen. Stahl drehte sich nach ihr um.

«Komm. Wir haben keine Zeit.»

«Geh allein weiter. Dann bist du schneller. Ich glaube, du willst alleine deinen Weg gehen. Menschen wie Belinda und ich bremsen dich nur. Irgendwie glaubst du, dass du für uns Verantwortung übernehmen musst. Aber eigentlich interessieren wir dich nicht.»

«Was soll das jetzt, Lilly? Ich riskiere meinen Arsch für dich.»

«Genau das ist es. Du riskierst. Es ist das Risiko. Dafür tust du es. Nicht für mich.»

«Blödsinn. Komm mit.» Er wollte sie an der Hand ziehen. Sie riss sich los. «Dann geh halt zurück in dein Loch. Zu deiner Junkie-Mutter und warte darauf, bis die Polizei dich einbuchtet.» Stahl war laut geworden. Eine Unbeherrschtheit, die er lange nicht mehr an sich gespürt hatte. Er atmete durch, zwang seine Emotionen in die Tiefe, aus der sie gerade ausgebrochen waren, und hockte sich auf die Treppe eines geschlossenen Nachtclubs. «Tut mir leid, Lilly. Aber ich stehe unter Druck. Von allen Seiten wird an mir gezogen. Jedenfalls habe ich das Gefühl. Alle wollen etwas von mir. Und ich will nur meine Ruhe.»

«Dann ist es doch besser, ich gehe. Dann hast du eine weniger, die an dir zieht.»

«So einfach geht das nicht. Wenn ich dich jetzt lasse, habe ich keine Ruhe. Weil ich es nicht zu Ende gebracht habe, verstehst du? Alles, was man nicht zu Ende bringt, nagt. Offene Kapitel zapfen Energie. Und irgendwann ist man so schlapp, dass man morgens nicht mehr aufstehen mag.»

«Und ich bin ein Kapitel für dich?»

«Ja.»

«Nicht mehr? Nur ein Kapitel?»

«Bisher ja. Vielleicht kann eine Geschichte daraus werden. Dafür muss aber erst das erste Kapitel geschrieben werden.»

«Und mit Belinda?»

«Ist das Buch zu.»

Sie setzte sich neben ihn. «Ist es nicht gefährlich, zu dir nach Hause zu gehen? Dort werden Andy und die Polizei am ehesten auf dich warten.»

«Andy wird keine Zeit haben. Die Polizei könnte dort schon lauern. Aber sie werden keinen rund um die Uhr abstellen. Die Kapazitäten haben sie gar nicht. Vielleicht gibt es eine Fahndung.»

«Könntest du Franca nicht irgendwo anders treffen?»

«Ich muss sowieso nach Hause. Ich habe dort noch etwas, was mir weiterhelfen könnte, den Mörder von Giorgio zu finden.»

«Mörder von Giorgio? Wer ist Giorgio?»

Stahl sah Lilly irritiert an. «Entschuldige. Ich habe mit mir gesprochen. Ein anderes Kapitel, das geschlossen werden will.»

«Darf es mich interessieren?»

«Besser nicht.»

«Okay. Gehen wir? Schreiben wir unsere Geschichte.» Sie stand auf.

Stahl erhob sich ebenfalls und ging voran.

***

Franca missfiel, dass Marco und dessen Kollege mit dabei waren. Sie wollte lieber allein mit Stahl sprechen. Aber Marco war nicht abzuschütteln. Er klebte wie Honig an ihr.

«Ist das nicht Albins alte Wohnung?», fragte Marco und sah sich die Fotos der Girls an, die den Schaukasten der Mephisto-Bar schmückten.

«Stahl hat sie geerbt.»

«Glückspilz. Ich erbe nichts. Von wem auch? Dafür heirate ich reich ein.» Er grinste, versuchte, schelmisch zu sein, traf bei Franca aber ins Leere.

«Der war kalt», sagte sie und drehte sich zu dem Kollegen, der sich hinter seiner grünglasigen Ray-Ban versteckte. «Haben Sie vielleicht eine Zigarette für mich?»

Der Kollege sah zu Marco hinüber. Marco nickte. Franca bekam ihre Zigarette samt Feuer.

Marco sah auf seine Rolex. «Schon fünf Minuten drüber. Stahl kommt zu spät. Das hätte er sich früher nicht erlaubt.»

«Kennst du ihn überhaupt?», fragte Franca spitz.

«Nein. Aber genügend Geschichten. Giorgio, der Monsignore und du. Ihr seid ja nie müde geworden, von ihm und seinen Heldentaten zu erzählen. Superman Stahl. Bin gespannt, welche Titanen ihn verhindern, dass er nicht pünktlich kommen kann.»

«Vielleicht kommt er nicht, weil er dich und deinen Freund mit mir gesehen hat. Er möchte mich bestimmt alleine treffen.»

«Das geht leider nicht.»

«Warum nicht? Bin ich deine Gefangene?»

«Ich bin dein Beschützer. Das ist mein Auftrag.»

«Von wem?»

«Freunde deines Vaters.»

«Stahl ist ein Freund meines Vaters.»

«Da bin ich mir nicht so sicher.»

«Was erzählst du?»

«Wir haben Informationen, dass Stahl für andere arbeitet.»

«Ach. Für andere. Jetzt arbeitet er für mich. Deswegen möchte er mich treffen.»

«Ich arbeite für dich. Du brauchst ihn nicht.»

«Dann sage mir, wer meinen Vater ermordet hat. Und warum.»

«Wie oft soll ich es noch sagen?»

«Bis ich es dir glaube.»

«Es war Bauer mit seinen Leuten. Sie wollten Giorgio auf ihre Seite ziehen. Aber er blieb loyal, obwohl ihm viel Geld geboten wurde.»

«War es wirklich so? Marco, schau mir in die Augen und sage mir, dass es wirklich so war. Schwöre es.»

Marco sah sie zwar an, aber Franca glaubte, dass er durch sie hindurchstarrte. «Ich schwöre es. Bei Gott und allen Heiligen.»

Sie nickte, zwang sich dazu, Marco zu glauben. «Ich möchte trotzdem dabei sein, wenn du mit Stahl redest.»

«Keine gute Idee.»

«Ich habe ihn angeheuert.»

«Ein Fehler. Aber wie solltest du wissen, dass er zu Bauer gehört?»

Franca hatte keine Chance. Und sie war sich nicht sicher. Weder bei Marco noch bei Stahl. Sie waren beide ausgebildete Lügner, Meister der Verstellung. Wenngleich es bei Marco laienhaft wirkte. Aber sie hatte ja selbst schon an Stahl gezweifelt, und warum sollte sie Marco weniger glauben als Stahl? Nur weil Stahl sich besser verstellen konnte? «Es wird Zeit, dass ich mich um die Beerdigung kümmere.»

«Antonio wird dich fahren.»

«Und du?»

«Ich werde mit Stahl reden, damit er seine Ermittlungen einstellt. Nicht, dass er unnötig irgendwo Staub aufwirbelt. Das hat es manchmal schneller, als man denkt. Ausserdem sind einige Leute in Rom daran interesseiert, dass er wieder bei uns anheuert. Da er mit Bauer seinen Arbeitgeber verloren hat, könnte es eine günstige Gelegenheit sein.» Er fasste sie an den Schultern und drückte ihr einen Kuss auf die Lippen. Wie fremd es sich anfühlte. Franca stieg zu Antonio ins Auto und fuhr mit ihm davon.

***

Stahl ärgerte sich, dass er zu spät war. Aber die Diskussionen mit Lilly frassen Zeit. Das kannte er bislang nicht. Vor der Haustür zögerte Lilly. Stahl drehte sich zu ihr und sah sie fragend an.

«Muss ich denn dabei sein? Ich meine, das geht mich alles nichts an. Mir reicht schon die Kiste mit Belinda», sagte sie und kratzte sich am Kinn. «Ich meine, ich kann doch hier unten irgendwo warten, bis ihr eure Angelegenheit geklärt habt?»

«Willst du, dass dich Andy hier sieht?»

«Natürlich nicht. Ich pass schon auf mich auf.»

Stahl kramte in seiner Jackentasche und zog eine Zwanzigernote heraus. «Hier. Setz dich ins ‹Kobal›. Kennst du das?»

«In der Kanzleistrasse? Der Inder?»

«Ja. Ich hol dich dann dort ab.»

Lilly nahm die Note und zog davon. Stahl sah ihr nach, bis sie um die Ecke bog, und ging dann ins Haus. Es wunderte ihn, dass Franca noch nicht da war. Gleichzeitig war er erleichtert; dadurch war er nicht zu spät. Jedenfalls nicht ihr gegenüber. Trotzdem nahm er zwei Stufen auf einmal, als wollte er dadurch seiner Verspätung Zeit abtrotzen. Er öffnete die Wohnungstür und marschierte stracks auf die Kartons mit den Büchern zu. Er schnappte sich den Karton mit den Theaterbüchern von Widmer und stellte ihn auf den Tisch.

«Ja. Genau den brauche ich.»

Stahl fuhr herum. Ein drahtiger Mann um die dreissig stand vor ihm. In einem feinen Anzug, so wie ihn Stahl früher getragen hatte. Stahl ahnte, aus welchem Stall der Mann kam.

«Franca lässt sich entschuldigen», sagte er und blieb auf dem Sprung, jederzeit bereit, Stahls mögliche Aktionen zu unterbinden. Die Sig, die er unter dem Jackett trug, war bestimmt schon entsichert. Und er hatte auch sicher viel geübt, sie rasch zu ziehen und zielsicher zu benutzen. «Es hat sich alles geklärt. Sie hat keine Fragen mehr.»

«Und wenn ich welche habe?»

«Müssen Sie jemanden finden, der sie Ihnen beantwortet.»

«Wie steht es da mit Ihnen?»

«Kommt darauf an.»

«Worauf?»

«Auf die Fragen.»

«Wer sind Sie?»

«Ein Freund von Franca.»

«Für wen arbeiten Sie?»

«Für Freunde von Franca.»

«Und wer zahlt mir meine Auslagen?»

«Wie viel?»

«Fünfzigtausend.»

«Wofür?»

«Damit ich die Füsse still halte.»

«Ist Ihr Leben nicht Lohn genug?» Seine rechte Hand begab sich schon mal in Bereitschaft, gleich die Sig zu ziehen.

«Sie sind Marco. Francas Bräutigam. Habe ich recht? Sie hat mir von Ihnen erzählt. Dass Sie in Verscio waren, als Franca Giorgio tot aufgefunden hat. Was hatten Sie dort zu tun?»

«Dasselbe wie hier. Im Auftrag handeln. Das müssten Sie doch kennen?»

«Ja. Ich kenne das gut. Und einen Auftrag führt man durch. Es sei denn, er wird vom Auftraggeber aufgehoben.»

«Ich sagte doch bereits, Franca braucht Ihre Dienste nicht mehr. Die Fragen sind geklärt, der Auftrag dadurch erledigt.»

«Hunderttausend.»

«Was?»

«Dann können Sie diesen Karton noch mitnehmen.»

«Ich werde ihn auch so mitnehmen.»

«So? Wieso glauben Sie das?»

Marco fuhr blitzschnell mit der Rechten in sein Jackett und zog die Sig hervor. «Deswegen. Noch Fragen?»

«Ja. Wie wollen Sie den Karton tragen, wenn Sie eine Waffe in der Hand halten müssen, um mich damit in Schach zu halten?»

«Indem ich Sie einfach umlege.»

«Hätten Sie schon getan, wenn Sie es dürften.» Stahl grinste breit.

Marco nagte unsicher an seiner Unterlippe. «Ich könnte sagen, es war Notwehr. Sie wären bockig gewesen.»

«Wird man Ihnen nicht glauben. Die Leute, für die Sie arbeiten, wissen, wie ich ticke. Und ich würde niemals unüberlegt mein Leben aufs Spiel setzen.»

«Sie wissen gar nicht, für wen ich arbeite.»

«Für Freunde von Giorgio. Sagten Sie das nicht? Oder sind es ehemalige Freunde, die ihn loswerden wollten, weil er nicht mehr wollte, wie sie wollten?»

«Sie spekulieren.»

«Ich kenne die Regeln des Spiels. Und wer mit einer Maske auf dem Gesicht stirbt und dabei noch das Herz herausgerissen kriegt, muss eine Regel gebrochen haben. Und er wird es nicht allein getan haben, sonst hätte man nicht ein solch drastisches Zeichen gesetzt.»

«Stimmt.» Eine knarzige Stimme mischte sich in den Dialog. Stricker. Und neben ihm Ballhaus. Sie hielten Pistolen in den Händen. Dieselbe Marke, die Marco benutzte. Patriotismus.

«War nicht gestern Veteranentreffen?»

«Ich dachte, du hättest uns eingeladen. Jedenfalls glauben wir, dass sich ein Gegenbesuch gehört.» Zu Marco: «Leg die Pistole weg.»

Marco zögerte. Aber der nervöse Ballhaus fuchtelte so unberechenbar mit der Waffe, dass sie jederzeit knallen konnte.

«Wo sind Widmers Bücher?», fragte Stricker.

Stahl deutete mit dem Finger darauf. Stricker gab Ballhaus ein Zeichen. Der sicherte seine Sig, schob sie sich in den Hosenbund gegen das Kreuzbein und nahm den Karton an sich.

«Du musst ihn mit einer Hand unten halten, sonst reisst er», sagte Stahl.

«Schlaumeier. Immer einen klugen Spruch, was? Wird Zeit, dass endlich mal jemand kommt, der dir das Maul stopft.» Gift und Galle. Ballhaus und Stahl waren nie miteinander warm geworden. Ballhaus hatte sich alles erarbeiten müssen und war dennoch nie übers graue Mittelmass hinausgekommen. Stahl schien alles zuzufliegen. Dass dem nicht so war, dass auch er ohne Fleiss nur ein ewiges Talent gewesen wäre, wusste er. Aber er schwitzte eben dabei nicht wie ein Ackergaul in der Mittagssonne. Ballhaus stand der Schweiss jetzt schon wieder in dicken Perlen auf der Stirn. Nur wegen eines Bücherkartons. Dass er durch Stahls Hinweis nun auch noch fürchtete, der Karton könnte platzen, liess ihn noch mehr schwitzen. Ballhaus war ein panischer Fehlervermeider. Gerade das liess ihn so viele Fehler machen.

Stahl wandte sich zu Stricker, der mit stoischer Miene die Situation dirigierte. «Du musst ziemlich allein sein, dass du dich mit solchen Nieten abgeben musst. Sind die Guten tatsächlich schon alle tot? Oder hast du sie vergrault? Was ist mit Jasili? Ich hatte eher ihn erwartet als diese Null.»

Ballhaus knirschte mit den Zähnen. Stricker blieb gelassen. «Lass dass, Stahl, und nimm's nicht persönlich. Der Karton gehört uns. Widmer war einer von uns. Und wir wollen nur ein kleines Andenken an ihn.»

«Und wie wertvoll ist das Andenken?»

«Ideell unbezahlbar.» Zu Ballhaus: «Los. Wir gehen.»

«Warum legst du ihn nicht um?», fragte Ballhaus.

«Weil es keinen Grund dafür gibt.»

«Ich kann dir Tausende nennen. Frag mal Kross.»

«Mach, dass du rauskommst.» Stricker drückte Ballhaus vorwärts, steckte Marcos Pistole ein und sicherte mit der eigenen Sig den Rückzug. Kaum waren sie aus der Wohnung, zückte Marco sein Handy und wählte hastig eine Nummer. Er schien Stahl in seinem Eifer vergessen zu haben. Nach ein paar Sekunden sagte er: «Es gibt Probleme.» Stahl nahm ihm das Handy aus den Händen und platzierte Marco einen wuchtigen Kinnhaken. Marco kippte zwischen die Bücherkartons und blieb reglos liegen.

Stahl lauschte.

«Was für Probleme?», fragte die männliche Stimme.

Stahl schwieg. Er war kein Stimmenimitator. Und Marcos Stimme war so weit entfernt von seiner, dass er sofort auffliegen würde.

«Marco? Hörst du mich?» Im Hintergrund läutete eine Standuhr zwölf Uhr mittags. Stahl erkannte die Melodie und den Klang. Er wusste auch, wem die Stimme des Gegenübers gehörte, und legte auf.

***

Lorenzo kochte vor Wut. Wieder gab es Probleme. Und dabei war es so einfach gewesen. Warum legte der Idiot einfach auf? Lorenzo wählte Marcos Nummer. Nur die Combox sprang an. Probleme. Was für Probleme? Der letzte Stand war, dass sie Franca hatten und Marco nur noch Widmers Karton aus Stahls Wohnung holen sollte. War Stahl das Problem?

Lorenzo rief Stahl an. Der ging ans Telefon.

«Hier ist Lorenzo. Wie geht es dir? … Ich wollte dir nur bestätigen, dass du deine Schülerin schon Anfang nächster Woche zu uns bringen kannst ...»

Stahl war einsilbig. Aber das wollte nichts heissen. Er war noch nie ein Dampfplauderer gewesen. Trotzdem. Irgendetwas stimmte nicht. War Stahl dahintergekommen, was gespielt wurde? Lorenzo ging unruhig auf und ab. Sollte er Holzer alarmieren? Den engeren Kreis einberufen? Und wenn er nur die Pferde scheu machte? Dann wäre ihm der Hohn der anderen sicher. Sie belächelten ihn als Stubenhocker und Theoretiker. Manche warteten darauf, dass sie ihn loswerden konnten. Nur weil er kein Killer war. Seine Waffen waren scharfe Gedanken und ein siebter Sinn, der Ungereimtheiten aufspürte, bevor sie keimten. Und allen Spöttern zum Trotz, die ihn die Unke scholten, hatte er bislang oft richtiggelegen.

Auch bei Giorgio war er es gewesen, der den Braten gerochen hatte. Holzer hatte es nicht glauben wollen, aber Lorenzo hatte ihm die Beweise geliefert. Giorgio hatte kurz davorgestanden, überzulaufen. Wenn es wenigstens wegen des Geldes gewesen wäre. Aber es war aus Sentimentalität. Aus alter Liebe zu Alma Künzli. Wie dumm wurden Männer, wenn sie ins Alter kamen. Da hatte die Maske des Pantalone gut gepasst. Ein alter Narr, der Unfug trieb, weil er sich frisch verliebt fühlte. Nur dass es sich bei Alma nicht um eine junge Smeraldina handelte, sondern um eine tot geglaubte alte Liebe. Und das war bei Weitem gefährlicher gewesen. Zumal es sich um eine Frau drehte, die die Fäden der Konkurrenz in den Händen hielt. Und Widmer, dieser Zyniker, hatte sich einen Spass daraus gemacht, Masken bei Donato anfertigen zu lassen, die er den Kollegen schickte, damit sie wussten, zu welcher Narrenfamilie sie gehörten. Nun war Widmer selbst tot. Ein schwaches Herz. Er hatte auf ein neues gehofft. Es war auch schnell geliefert worden. Aber der Körper hatte es nicht angenommen. Es gab Komplikationen, und Widmer war tot. Und hier lag der Hund begraben. Lorenzo hatte in Widmers Wohnung nach den medizinischen Unterlagen gesucht. Sie waren nicht zu finden. Die Haushälterin hatte gesagt, dass sie auf Widmers Wunsch einen Karton mit Büchern nach Zürich geschickt hatte, damit sie dort von einem Ex-Gardisten an die jeweiligen Erben verteilt wurden. Was für ein Erbe. Ein paar Theaterbücher. Widmer war ein Kauz gewesen. Und Lorenzo ein Dummkopf. Erst gestern war er darauf gekommen, dass die medizinischen Unterlagen Widmers ebenfalls in dem Karton sein konnten. Ob aus Versehen oder mit Absicht. Jedenfalls konnten sie in den falschen Händen eine Lunte zünden, deren Explosion Lorenzo und der gesamte engere Kreis nicht überleben würden. Lorenzo war sich jetzt sicher: Er musste es Holzer melden. Selbst wenn der ihm den Kopf abreissen sollte.

***

Stahl hatte die Bücher aus Widmers Karton, die er bereits ausgeräumt hatte, bevor Stricker und Ballhaus den Rest klauen konnten, nebeneinander auf den Boden gelegt. Es waren ausser dem Commedia-dell'Arte-Schinken noch fünf andere Titel. Vielleicht sprang ihm davon einer besonders in die Augen? Nein. Nichts sprang. Weder «Der leere Raum» von Peter Brook noch «Der poetische Körper» von Jacques Lecoq. Auch «Biomechanik» von Meyerhold und «Das arme Theater» von Grotowski sagten ihm überhaupt nichts. Er würde warten, bis Marco aufwachte, und ihn dann fragen, warum Lorenzo so scharf auf Widmers Bücher war. Er nahm «Manuale minimo dell'attore» von Dario Fo vom Boden und begann darin zu lesen. «Die Auferstehung des Lazarus» amüsierte ihn. Fo hatte einen wunderbar bissigen Humor. Vor allem, wenn es um die katholische Kirche ging. Stahl erinnerte sich, wie Widmer dieses kleine Stück einmal in Marias Taverne improvisiert hatte. Sie hatten vor Lachen unter den Tischen gelegen und sich die Bäuche gehalten. Vor allem weil Widmer die zahlreichen Figuren, die er spielte, mit verschiedenen Stimmen unterlegte, die allesamt an bekannte Würdenträger Roms erinnerten. Alle hatten sie gelacht, bis auf Lorenzo. Er hatte befürchtet, dass jederzeit einer der parodierten Herren in der Taverne erscheinen konnte, samt Inquisitionsaufgebot.

An der Stelle, an der Judas auftauchte, hielt Stahl inne. Judas, der Inbegriff des Verräters. War Giorgio ein Verräter gewesen?

Und wenn ja – was hatte er verraten? Und was hatte dieser Verrat mit Widmers Büchern zu tun? Und wie tief steckte Lorenzo mit drin? Holzer. Alle Wege führten nach Rom. Und somit zu Holzer. Immer wieder Holzer. Warum hatten sie es nicht erledigt, vor anderthalb Jahren im Schnee? Sie würden wieder aufeinandertreffen. Stahl wusste es. Holzer würde kommen, und er würde Stahl wieder ein Angebot machen. Und Stahl wusste gerade nicht, ob er es ablehnen konnte. Es ging ihm dabei nicht um ihn. Nein. Diesmal nicht. Es ging um Lilly. Unter den jetzigen Umständen konnte er ihre Ausbildung in der Gregoriana vergessen. Und ohne Geld ging auf dieser Welt schon gar nichts. Holzer würde ihm einen Job und Geld anbieten. Viel Geld. Und Lorenzo würde Lilly eine Sonderausbildung angedeihen lassen. Stahl musste dafür nur seine Seele verkaufen. Besass er noch eine? Hatte er sie nicht längst verkauft? Wie viele der Zehn Gebote hatte er schon wiederholt gebrochen, um die Zehn Gebote zu verteidigen? Das Paradoxon der katholischen Mission.

Marco regte sich. Er betastete sein Kinn, schwenkte den Unterkiefer und kam langsam auf die Füsse.

«Kaffee?», fragte Stahl.

Marco sah ihn befremdet an. «Was? Der Karton. Ich muss die beiden Idioten finden, die mit dem Karton abgehauen sind.»

«Sie werden sich melden, wenn sie das gefunden haben, wonach sie suchen.»

«Warum?»

«Weil sie Geld brauchen.»

«Warum sollte der Karton Geld wert sein?»

«Warum taucht ein Gardist der Spezialeinheit hier auf und will mir den Karton abluchsen?»

«Weil es um die Sicherheit geht.»

«Um wessen Sicherheit?»

«Des Vatikans.»

«Der Vatikan ist gross. Welche Zelle?»

«Keine Ahnung.»

«Holzer. Hab ich recht? Der engere Kreis. Stricker und Ballhaus gehören auch dem engeren Kreis an, oder? Warum bestehlen sie sich dann plötzlich gegenseitig?»

«Keine Ahnung.»

«Das ist langweilig. Und was hat Lorenzo damit zu tun?»

«Welcher Lorenzo?»

«Der Monsignore. Er hat dich angerufen, während du geschlafen hast. Da habe ich für dich abgenommen.»

«Ich hätte dich gleich erledigen sollen. Weiss der Teufel, was Holzer für einen Narren an dir gefressen hat. Die anderen hatten recht. Du bringst nur Ärger.»

«Welche anderen?»

«Die anderen Gardisten.»

«Ach. Typen wie Kross?»

«Giorgio.»

«Giorgio? Wann habe ich dem Ärger eingebracht?»

Marco zuckte mit den Schultern.

Stahl trat näher an ihn heran. «Was hat es mit den Büchern auf sich? Stricker und Ballhaus riskieren nicht ihren Arsch, wenn für sie nichts dabei herausspringt.»

«Ich weiss es wirklich nicht. Stahl, du kennst doch das Spiel. Wusstest du immer, worum es ging?»

Nein. Wusste er nicht. Und er hatte es lange genug geschafft, nichts wissen zu wollen. Doch irgendwann hatte er es nicht mehr ausgehalten, waren die dunklen Träume übermächtiger geworden als der Fahneneid. Und deswegen war er ausgestiegen. Die Träume geisselten ihn trotzdem weiter.

«Wo ist Franca?»

«Franca? Sie ist hier?»

Stahl verpasste Marco eine saftige Ohrfeige. «Du spielst so schlecht, Marco. Kein Wunder, dass mich Holzer wieder zurückhaben will, wenn du das Beste sein sollst, was gerade zu haben ist.»

Marco wollte etwas erwidern, fing sich aber die zweite Backpfeife ein. «Dann halte ihm auch die linke hin», sagte Stahl mehr zu sich selbst. Es war drin. Das Neue Testament steckte tief im Rückenmark. Kaum eine Situation, in der ihm kein biblisches Zitat einschoss. Es plapperte sich von allein. Wie wenn jemand auf einen Wiedergabeknopf drückte.

«Franca wollte mich hier treffen. Aber stattdessen bist du hier.»

«Zufall. Ich wünschte, Franca wäre hier. Ich mache mir grosse Sorgen um sie.»

«So?»

«Ja. Schliesslich wollen wir im Sommer heiraten.»

«Sie erzählte so etwas.»

«Also. Warum sollte ich dann lügen?»

«Weil du gar nicht mehr weisst, wie man ehrlich ist. Vielleicht wusstest du es noch nie. Aber jetzt bist du Kontinente davon entfernt.» Stahl packte ihn beim Kragen und drückte ihn gegen die Wand. «Wo ist Franca?» Stahls rechter Unterarm presste sich gegen Marcos Kehle. Der röchelte, rang nach Luft. Seine Gesichtsfarbe wechselte langsam von Dunkelrot zu Blau. Stahl liess im richtigen Moment los. Marco keuchte und schnappte.

«Franca?» Stahl wiederholte es stoisch und drohte, erneut Hand anzulegen.

Marco wehrte mit den Händen ab. «Sie ist unterwegs nach Rom.»

«Allein?»

«Nein. Antonio fährt sie.»

«Was soll sie in Rom?»

«Giorgios Erbe antreten.»

«Was? Franca? Was weiss sie von Giorgios Arbeit?»

«Was weisst du davon?»

«Vermutlich nichts.»

«Das glaube ich allmählich auch.»

Stahl sah Marco scharf an. «Sie fährt nicht nach Rom. Giorgio hätte sein Erbe nicht in Rom hinterlegt. Er war Schweizer.»

Marco wurde blass. Er hatte sich verplappert. Er hätte nichts von Erbe sagen dürfen. Das falsche Wort. Stahl war darauf geeicht, jedem Wort Gewicht zu geben. Ob den Worten, die dem Gegenüber aus dem Maul purzelten, oder den eigenen. Worte lenkten die Gedanken und offenbarten die innere Landkarte. Und sie verrieten in jeder Sekunde, in der sie nicht im Zaum gehalten wurden.

«Aber sein Platz war in Rom.»

«Liechtenstein», sagte Stahl. Es kam aus dem Bauch heraus

und war ein Volltreffer. Marco schluckte und rutschte mit dem Rücken an der Wand nieder.

«Was gibt es dort? Geld? Informationen?» Stahl packte Marco am Revers, zog ihn nach oben und drückte wieder mit dem Unterarm gegen Marcos Kehle.

«Ich weiss wirklich nichts. Ich soll Franca nur dort hinbringen. Und sie dann mit dem Inhalt des Schliessfachs unversehrt nach Rom schaffen.»

«Auf wessen Anweisung? Holzer? Oder Lorenzo?»

«Wo liegt da der Unterschied?»

«In der Ranghöhe. Hast du das noch nicht begriffen?» Stahl liess ihn los. Marco war ein Amateur. Ein billiger Scherge, der sein Hirn beim Schwur an der Fahne abgegeben hatte. Was fand Franca nur an ihm? Verstand einer die Frauen.

Stahl reichte Marco dessen Handy. «Du rufst jetzt deinen Freund an und sagst, dass er hierher umkehren soll.»

Marco wählte widerwillig die gespeicherte Nummer. Antonio nahm nicht ab. Marco sprach auf die Combox. *«Antonio. Sono io … Ritorna subito. È urgente.»* Er legte auf und sah Stahl verstört an. «Er geht nicht dran. Das ist nicht normal.»

***

Nein. Normal war das nicht. Ein Toter war auferstanden und tötete einen Lebenden. Mit einem einfachen Schnitt durch die Kehle. Einige Blutspritzer versauten die Nackenstütze. Donato zerrte Antonio aus dem Wagen und schleppte ihn in den Wald. Er gab sich keine Mühe, ihn zu verscharren. Er nahm Antonio nur die Papiere ab und kehrte zurück. Er wischte mit einem Fenstertuch das Blut vom schwarzen Leder, klemmte sich hinters Steuer, startete den Wagen und fuhr los.

«Überrascht?», fragte er und zwinkerte in den Rückspiegel, den er so gestellt hatte, dass er Franca sehen konnte. Sie starrte ihn an wie einen Geist. «Schussweste. War mit Marco abgesprochen. Habe schön gezittert. Habe dem Kerl zugetraut, dass er aus Versehen meinen hübschen Kopf trifft», sagte er. «Wäre gerne noch ein wenig länger bei den Toten geblieben, aber es ging leider nicht anders. Dein Geliebter ist wirklich zu dumm zum Scheissen. Legt einfach Bauer um.»

«Bauer? Aber der gehörte doch zu den anderen?»

Donato lachte tief aus dem Bauch. Wie ein Opernsänger nach dem dritten Bier. «Falsch. Ich gehöre zu den anderen. Bauer gehörte zu mir.»

«Also wollte dich Marco doch erschiessen?»

«Wenn er gewusst hätte, dass ich doppelt spiele, bestimmt.»

«Und warum spielst du doppelt?»

Donato nahm die Finger vom Schalthebel und rieb Daumen und Zeigefinger gegeneinander. *«La moneta.»*

«Und für wen spielst du?»

«In erster Linie für mich. So wie alle.»

«Und was hast du mit mir vor? Töten ja wohl nicht. Sonst hättest du es schon getan.»

«Schlaues Kind. Richtig. Dann würdest du jetzt neben dem hübschen Antonio liegen. Kann aber gut sein, dass mir das auf dem Rückweg einfällt. Je nachdem.»

«Je nach was?»

«Je nachdem, wie du mitspielst.»

Er setzte den Blinker und bog links ab. Von vorne kam ein Tram, dem er die Vorfahrt liess.

«Wohin bringst du mich?»

«Zu einer anderen Toten, die für dich wieder aufersteht.» Er lachte wieder eine Bass-Arie und bog nach rechts ab.

Jetzt erkannte Franca die Gegend. Künzlis Villa tauchte auf. Das Tor stand weit offen. Donato fuhr hinein. Tuco schlug nicht Alarm. Er war es wohl nicht, der von den Toten auferstanden war.

Donato parkierte die Limousine, stieg aus und öffnete Franca die Tür. Franca stieg aus. Donato begleitete sie die Stufen nach oben und klopfte an.

Frau Sutter öffnete und lächelte dünn. «Komm herein. Ich habe frischen Apfelkuchen gebacken.»

Franca gehorchte und folgte ihr. Donato blieb am Eingang stehen und schloss die Tür von aussen.

Frau Sutter hatte auf der Terrasse angerichtet. Sie gabelte ein Stück Apfelkuchen, platzierte es auf einem Teller mit blauem Blumenmuster und setzte sich Franca gegenüber.

«Iss. Warm schmeckt er am besten. Das weisst du doch.» Sie trennte sich mit der Gabel ein Stück ab und schob es in den Mund. Dabei verdrehte sie die Augen, als würde sie in einem TV-Werbespot auftreten.

«Was wollen Sie von mir?»

«Was ich schon immer wollte. Dich adoptieren.» Sie legte die Gabel auf den Teller und wischte sich die Mundwinkel mit einer Stoffserviette, die zu dem Blumenmuster der Teller passte.

«Adoptieren?»

«Ja. Das habe ich immer zu Giorgio gesagt. Wenn er mich schon nicht heiraten konnte, hätte er dich mir zur Adoption freigeben können.» Sie lachte. «Er hat geglaubt, ich scherze, aber in jedem Scherz liegt immer auch ein Funken Wahrheit, nicht?» Sie faltete die Serviette und legte sie auf den Tisch.

«Kommen Sie zur Sache.»

«Ich bin bei der Sache, Kind.» Ihre Zunge fischte nach einem Kuchenrest zwischen den Zähnen. Sie hielt sich die Hand vor den Mund, damit Franca die Grimasse nicht sah.

«Sie sind nicht Elena Sutter, stimmt's? Sie sind Alma Künzli. Es gibt keine Zwillingsschwester.»

«Richtig.» Sie hatte das Apfelstück aus der oberen Zahnreihe entfernt. «Aber das war nach dem letzten Hinweis auch nicht schwer. Nein, es gibt keine Zwillingsschwester.»

«Und warum haben Sie das gesagt?»

«Weil ich nicht wollte, dass jemand weiss, dass ich noch lebe. Ich bin vor Jahren gestorben. Zu meinem eigenen Schutz. Und seitdem gibt es Elena. Mit Geburtsurkunde und allem, was dazugehört. Giorgio machte es möglich. Er hatte Kontakte, von denen andere nur träumen konnten. Ein wunderbarer Mann. Der Mann meines Lebens.» Sie lachte. «Oh Gott, klingt das kitschig. Aber ich stehe dazu. Ein wenig Kitsch in dieser nüchternen Welt tut manchmal ganz gut.»

«Weswegen mussten Sie abtauchen? Wer war hinter Ihnen her?»

«Dieselben Leute, die Giorgio auf dem Gewissen haben, und ein paar andere.» Sie gefiel sich in der Rolle der Geschichtenerzählerin. «Ich wusste zu viel von dem neuen Geschäft. Und wurde plötzlich für manche Leute eine Last. Sie hatten Angst, ich könnte sie auffliegen lassen.»

«Und? Wollten Sie das?»

Elena nahm die Gabel und kehrte damit ein paar Krumen auf dem Teller zusammen.

«Ich wollte meine Freiheit. Künzli hatte ich nur aus finanziellen und gesellschaftlichen Gründen geheiratet. Geliebt habe ich aber immer nur Giorgio. Ich dachte, wenn ich frei wäre, würden Giorgio und ich ein Paar werden. Naiv. Aber Frauen denken manchmal so schlicht.»

«Sie haben die Leute erpresst?»

«Furchtbares Wort. Macht einen immer sofort zum Täter. Ich wollte ein Geschäft anbieten. Schweigen gegen eine Million Franken und meine Freiheit.» Sie schaufelte die Krumen auf die Gabel und schleuderte sie auf den Rasen. «Aber Künzli war ein Mann von Ehre. Weder wollte er sich von einer Frau diktieren lassen noch in der Gesellschaft ohne Frau dastehen. Zumal ich gesellschaftlich ziemlich gut eingeführt war und mich auf dem Parkett zu bewegen wusste. Ein Mann kann ein guter Geschäftsmann sein. Aber die Kunst des Networking obliegt der Hand der cleveren Frau. Vor allem, wenn sie gut aussieht. Und ich sah gut aus.» Sie sah Franca auffordernd an. «Du enttäuschst mich. Du hättest jetzt sagen müssen: Das tun Sie noch immer, Alma.» Sie lachte. Es strengte sie an, der Mund wurde verkrampfter, die Lippen zitterten. Elena presste sie gegeneinander und wischte sich eine nicht vorhandene Träne aus dem Auge. «Entschuldige. Die Gedanken an alte Zeiten machen sogar mich sentimental.» Ihr Gesicht entspannte sich. «Du hast ja noch gar nichts gegessen?»

«Welche Rolle spielte Giorgio? Und warum musste er sterben? Auf diese Weise?»

«Wollen wir ein wenig spazieren gehen? Im Gehen redet es sich leichter.» Elena wartete keine Antwort ab. Sie stand auf und ging vor. Franca folgte ihr.

«Giorgio und ich, wir haben uns nie aus den Augen verloren. Wir waren immer ein Paar.»

«Und meine Mutter? Wusste sie davon? Hat sie sich deswegen umgebracht?»

«Deine Mutter war schon tot, ehe sie geboren war. Entschuldige bitte. Es klingt schlimmer, als ich es meine. Aber sie war überhaupt nicht fürs Leben geboren. Depressiv von Geburt an. Ich kannte sie schon als Kind. Destruktiv und pessimistisch. Egal, welches Wetter war, es war immer das falsche. Sie war die Tochter einer italienischen Dynastie und daher wichtig für Giorgios Aufstieg. Aber mehr konnte sie ihm nicht helfen. Sie war zu sehr mit sich selbst beschäftigt.» Sie blieb stehen. «Entschuldige, ich hoffe, ich kränke dich nicht damit. Ich wollte deine Mutter nicht schlechtmachen. Nicht, dass du glaubst, ich rede aus nachtragender Eifersucht. Nein, so etwas ist mir fremd.»

Franca war weitergegangen und drehte sich nach Elena um. «Was für Geschäfte? Ich will endlich wissen, in was für Geschäfte Giorgio verwickelt war.»

«Import-Export.» Elena ging weiter.

«Das genügt mir nicht. Konkreter.» Franca stapfte hinterher.

«Das erfährst du in Liechtenstein.»

«Und wenn ich nur mitkomme, wenn ich es hier und jetzt erfahre?»

«Du wirst mitkommen.»

«Wieso sind Sie sich da so sicher?»

«Weil du Angst hast, Donato könnte dich kaltmachen.»

«Welche Rolle spielt Donato in der Geschichte? Hat er Giorgio ermordet?»

«Giorgio hat sich selbst umgebracht. Oder besser gesagt: seine Gier. Er wollte die Hand beissen, die ihn fütterte. So etwas kommt nie gut an. Daran erkennt man den Emporkömmling.»

«Hat er in Ihre Hand gebissen?»

«Nein, meine hat er geküsst.»

Franca hielt Elena am Arm fest. Elena riss sich los, zog mit der rechten Hand blitzschnell eine spitze Klinge aus dem linken Ärmel und drückte sie Franca an die Kehle. «Bisher war ich freundlich. Aus alter Liebe zu Giorgio und wegen gemeinsamer

Schaukelstunden. Wenn du aber glaubst, du hättest hier auch nur den Hauch einer Chance, mir nicht zu gehorchen, belehre ich dich eines Besseren.»

Franca hielt erstarrt den Atem an. Elena drückte die Klinge fester an Francas Hals und ritzte. Sie nahm die Klinge weg und zeigte Franca das Blut, das daran klebte. «Siehst du das? Darum geht es. Das ist das Geschäft: Blut.» Sie wischte das Blut an einem Papiertaschentuch ab und schob die Klinge an ihren Platz im linken Ärmel zurück.

ACHT

«Wer hat Interesse an Franca?» Stahl durchsuchte die Telefonliste auf Marcos Handy.

«Keine Ahnung.»

«Warum bist du hinter ihr her?»

«Sagte ich doch schon. Ich will sie schützen.»

«Vor wem?»

Marco hob hilflos die Arme.

«Wir drehen uns im Kreis. Merkst du das nicht? Dr. Jasili. Woher kenne ich Dr. Jasili?» Stahl wedelte mit dem Handy. «Sag jetzt bitte nicht: Keine Ahnung. Ich weiss, woher ich ihn kenne. Ich erinnere mich. Aber woher kennst du ihn?»

«Aus Rom.»

«Woher?»

«Ein Treffen, das ich zu schützen hatte.»

«Mit Lorenzo?»

«Nein.»

«Sondern?»

Marco wand sich.

Stahl verdrehte gelangweilt die Augen. «Holzer.» Er sah es an Marcos Reaktion, dass er einen Volltreffer gelandet hatte. «Worum ging es dabei?» Stahl grinste. «Tut mir leid. Keine Ahnung. Du kannst gehen. Das Handy behalte ich. Grüsse mir den Monsignore. Und falls du ihn sprechen darfst – auch Holzer. Sag ihm, ich will ihn treffen und mit ihm ins Geschäft kommen.»

Marco stand auf und trottete davon.

Stahl wählte die Nummer von Jasili. Combox. Dann eine Nummer, die er auswendig kannte. Lorenzo nahm sofort ab.

***

«Marco? Wo bist du? … Stahl? … Aber … wieso … verstehe … das lässt sich arrangieren. Gewiss … Tut mir leid, aber ich konnte ja nicht ahnen … nein, nein … ist schon klar … Ich melde mich, sobald ich ihn erreicht habe …»

Lorenzo plusterte die Backen auf und sah in Holzers finsteres Gesicht. Holzer zupfte an seinem schneidigen silbernen Schnauz und zuckte nervös mit dem rechten Auge. Das war neu. Lorenzo war es schon letzte Woche aufgefallen. Aber er würde den Teufel tun, es Holzer gegenüber zu erwähnen. Es genügte schon, was er dem Oberstleutnant jetzt zu beichten hatte.

«Stahl», sagte er. Wo anfangen? Wie? Geschickt die schlechte Nachricht in ein Sandwich verpacken. Aber wo lag das Positive? Es gab nichts Gutes zu verkaufen. Die Lage war beschissen. Beschissener konnte sie gar nicht sein.

«Wir hätten Giorgio nicht töten dürfen», platzte es aus ihm heraus. «Dann hätten wir diese Scheisse jetzt nicht.» Angriff war die beste Verteidigung. Aber nicht bei Holzer. Er kam einen Schritt auf Lorenzo zu, packte ihn am Kragen und schleuderte ihn gegen den Schreibtisch. Der Globus, ein Imitat von Galileos ersten Versuchen, wackelte und drohte zu kippen. Lorenzo hielt ihn fest. Vielleicht konnte er damit auch zuschlagen, falls Holzer wilder wurde. Aber weder ein Globus noch der Rest der Welt konnten ihm helfen, wenn es Holzer ernst meinte. Und Holzer meinte es ernst. Er drückte Lorenzo den Brieföffner an die Kehle. Auge in Auge. Lorenzo schien es eine Ewigkeit. Er hielt sie nicht aus. «Mach schon. Stich zu. Dann habe ich es hinter mir.» Es klang erbärmlich. Lorenzo spürte, wie ihm der Schiss ins Gewand schlich. Holzer würde es riechen. Wie peinlich. Ja, er war ein Schisshase. Und er schiss tatsächlich in die Hosen.

Holzer legte den Brieföffner auf den Schreibtisch und trat zwei Schritte nach hinten.

«Zieh dir was Frisches an. Aber beeil dich. Ich habe nicht ewig Zeit.»

Lorenzo wollte in Tränen ausbrechen. Einfach nur heulen vor Angst und Pein.

«Reiss dich zusammen, sonst mache ich dich wirklich kalt.» Holzer meinte es so. Lorenzo zweifelte nicht daran.

«Stahl will dich treffen. In Zürich», sagte er und schluckte trocken.

Holzer streckte sich. «Hat er was gefunden, oder blufft er?»

«Er braucht Geld. Wie immer. Also wird er uns etwas anbieten wollen, wofür wir zahlen.»

«Ich kann nicht nach Zürich. Ich treffe die Sizilianer. Sie verhandeln mit keinem anderen. Und sie noch einmal zu vertrösten, können wir uns gerade nicht leisten. Du wirst fahren und Stahl treffen. Du hattest schon immer einen besseren Einfluss auf ihn.»

Lorenzo schlich mit eingekniffenen Knien aus dem Zimmer.

***

«Ich dachte schon, du lässt mich hier ewig schmoren.» Lilly sprang auf und wollte gehen. Stahl hielt sie zurück.

«Ashwath, ich nehme ein Curry und einen Chai.»

«Ich muss hier raus. Meine ganzen Klamotten stinken schon nach diesem alten Bratfett.»

«Ich wollte dir gerade vorschlagen, dass du für zwei Tage hier bei Ashwath wohnst.» Er drehte sich zu dem kleinen, dicken Inder mit dem blauschwarzen Schnauz. «Wäre das machbar, Ashwath?»

Ashwath schwenkte frittiertes Gemüse, grinste Stahl an und nickte.

«Der versteht doch kein Wort», sagte Lilly. «Auch wenn man was bestellt, versteht er es nicht. Ich hatte Poulet bestellt und habe frittierten Blumenkohl bekommen. Und trotzdem hat er genickt. So wie jetzt.»

«Er wird kein Huhn haben», sagte Stahl.

«Dann kann er es doch sagen.»

«Dann wärst du vielleicht irgendwo anders hingegangen. So hast du Blumenkohl gegessen und wirst ihn zahlen.»

«Er ist ein Gauner.»

«Ja. Das ganz bestimmt.»

«Und du willst mich bei ihm lassen?»

«Warum nicht?»

«Vielleicht verkauft er mich das nächste Mal, wenn er kein Poulet hat?»

«Traue ich ihm zu.»

Ashwath servierte das Curry und bleckte seine schiefen, spitzen Zähne.

«Dhanyawaad», sagte Stahl.

«Was heisst das?», fragte Lilly.

«Dass er dich frittieren soll, wenn es ihm passt.»

«Sehr witzig. Es heisst danke, stimmt's?»

«Sahi baat hai.»

«Woher kannst du Indisch?»

«Hindi.»

«Woher?»

«War mal länger dort.»

«Ich dachte, du warst immer in Rom?»

«Die Basis war Rom. Aber von dort aus war ich in der ganzen Welt unterwegs.»

«Mit dem Papst?»

«Manchmal.»

«Und jetzt bringst du Losern wie mir das Boxen bei? Ist das nicht langweilig?»

«Gerade ist überhaupt nichts langweilig, weil meine kleine Loserin wegen schwerer Körperverletzung gesucht wird. Mehr Aufregung geht nicht.» Er schob sich Curry auf die Gabel und kaute langsam. Verdammt scharf. Er sog Luft in den Mund, ein kläglicher Versuch, die Hitze vom Gaumen zu nehmen. Ashwath lachte und stellte Joghurt auf den Tisch. Stahl löffelte davon und schluckte. «Und ich vertrage in meinem Alter nicht mehr so viel Aufregung. Meinst du nicht, dass es entspannend sein könnte, wenn du hier zwei Tage untertauchst? Hier bist du sicher.»

«Und dann fahren wir wirklich nach Rom?»

Stahl sah an ihr vorbei. Ein Blick ins Ungewisse. «Ja», sagte er. «Dann fahren wir nach Rom. So oder so.»

***

Franca stand am Fenster des Zimmers, das ihr schon das letzte Mal zugewiesen worden war, und sah hinaus. Was hatte man mit ihr vor? Wer steckte hinter Elena? Oder sollte sie Alma sagen? Nein. Alma war tot. Die Frau, deren Apfelkuchen sie jetzt essen musste, kannte sie nicht. Ihr fehlte die Wärme, die Alma ausgestrahlt hatte. Elena schien kein Herz zu haben. So wie Giorgio. Nur dass Elena noch lebte.

Es klopfte an der Tür. Donato wartete nicht, bis Franca ihn hereinbat. Gross, breitschultrig, wie ein mythisches Fabelwesen, stand er im Raum. Auch er hatte nichts mehr von dem warmherzigen Maskenbauer, den sie einmal kannte. Alle durchlebten Metamorphosen. Und sie selbst? Auch sie war nicht mehr die Franca, die sie noch vor einer Woche glaubte zu sein. Wer war sie?

«Wir fahren gleich los», sagte er. In der Hand hielt er zwei grosse Einkaufstaschen. «Hier sind ein paar Klamotten drin. Wäre ganz gut, wenn du was Frisches anhättest. Dort, wo wir hinfahren, schaut man sehr aufs Äussere.» Er stellte die Taschen aufs Bett.

«Fährst du etwa nicht mit?», fragte Franca.

Donato strich sich durch seinen Hotzenplotzbart und grunzte. «Deinen Humor hast du noch. Das ist gut. Keine Sorge, ich werde mich im Hintergrund halten. Für das Parkett ist Elena zuständig.»

«Und du fürs Killen.»

Donato liess seinen Bart los und trat auf Franca zu. «Das mache ich nur aushilfsweise. Wenn kein anderer zur Hand ist. Ich bin Maskenbauer. Ich kümmere mich darum, dass die Toten genauso aussehen, wie sie gefunden werden sollen.»

«Du hast dich also auch um Giorgio gekümmert?»

«Ja. Ich habe ihm die Maske gebaut und aufgesetzt.»

«Und ihm das Herz herausgeschnitten.»

«Und ihm das Herz herausgeschnitten.»

«Wieso?»

«Weil er keins hatte. So wie du ihn zuletzt gesehen hast, so war er wirklich. Ein herzloser Pantalone.»

«Und wieso sollte ich ihn so finden?»

«Der Anblick war nicht für dich gedacht. Das war ein dummer Zufall.»

«Für wen war er gedacht?»

«Für einige Leute, die denken, sie können in den Markt dringen.»

«Mafia?»
«Mischt auch mit.»
«Marco?»
Donato lachte. «Marco? Weiss der Henker, was du an dem gefunden hast. Marco weiss gar nichts. Er ist ein Handlanger im engeren Kreis.»
«Gehörte Bauer zum engeren Kreis?»
«Nein. Der gehörte zu uns.»
«Und wer wollte das Zeichen setzen?» Franca verstand nichts.
«Der engere Kreis.»
«Wem?»
«Uns.»
Franca setzte sich aufs Bett. «Ich kapier's nicht.»
«Doppelagent. Noch nie davon gehört? Ich war Handlanger von Giorgio, und gleichzeitig habe ich für unsere Sache spioniert. Als von Rom die Ansage kam, Giorgio müsste fallen, konnte ich meine Loyalität zeigen. Das habe ich genutzt.»
«Indem du Giorgio ermordet und geschlachtet hast.» Sie war fassungslos. «Und ich habe dich gemocht, Donato. Ist denn nichts, wie es ist?»
«Alles ist, wie es ist. Nur davor sind Masken. Überall. Wie viele kann ein Mensch tragen? Wie viele muss er sich abreissen, bis er sein wahres Gesicht zeigen darf? Sieben Häute? Ist der Mensch am Ende nur eine Zwiebel, die zu Tränen rührt? Mach mir keine Vorwürfe, Franca. Zähle deine eigenen Masken, ehe du urteilst. Giorgio hat seine passende am Ende bekommen. Du hast sie ihm weggenommen. Er hätte als Pantalone vors Jüngste Gericht treten können, und ein rasches Urteil wäre gefallen. So muss er sich Schicht um Schicht im Fegefeuer schälen und wird dabei Torturen erdulden. Torturen, die er auf Erden anderen bereitet hat. Alles will in Balance.» Donato hatte die Augen weit aufgerissen und die letzten Worte donnernd deklamiert. Jetzt lachte er kräftig und zwinkerte. «Na, wie bin ich als Apokalyptiker? Zieh dich um, in zehn Minuten hole ich dich ab.» Er verliess das Zimmer.

***

«Dr. Jasili?», fragte Stahl den gebeugten grossen Mann, der gerade die Tür der Praxis abschloss und einen Reisekoffer neben sich stehen hatte.

«Ja. Und wer sind Sie?» Er richtete sich auf. Jasili war fast so gross wie Stahl. Aber nur halb so breit.

«Roger Stahl. Ich bin ein alter Freund der Familie Rossi.»

«Stahl?» Jasili trat einen Schritt zurück und musterte Stahl. «Ich kenne Sie. Wir haben uns schon einmal gesehen. In Rom. Bei einem Empfang. Fragen Sie mich aber nicht, bei welchem. Schrecklich, das Alter. Man vergisst. Und ich spreche nicht von Alzheimer. Die einfache Demenz genügt auch schon. Namen. Mir wollen einfach keine Namen mehr einfallen. Ich sehe die Gesichter und habe keine Namen dazu. Dabei weiss ich sie. Sie liegen da. Wie Etiketten in einem Karton. Ich brauche nur in den Karton zu greifen. Aber wenn ich reingreife, fasse ich weisses Papier. Es steht nichts drauf. Kennen Sie das? Und ich spreche nicht von Träumen. Solche Situationen und Bilder kommen mir tagsüber immer häufiger. Aber Stahl, den Namen kann man sich merken. Jedenfalls für die nächsten fünf Minuten. Denn ich glaube kaum, dass wir uns länger kennen werden.»

«Wieso nicht? Ich könnte doch Ihr Patient werden?»

«Nein. Ich habe gerade meine Praxis geschlossen. Haben Sie nicht gesehen? Und zwar für immer. Ich höre auf.»

«Und verreisen?»

Jasili sah auf den Koffer. «Gut kombiniert. Ich verreise. Endlich.»

«Und wohin?»

«Vielleicht Mallorca. Vitamin D tanken.»

«Und Namen vergessen.»

«Manche Namen vergisst man gerne.»

«Giorgio Rossi?»

«Sie nannten den Namen Rossi zu Beginn des Gesprächs. Ich erinnere mich.»

«Wann war Giorgio das letzte Mal bei Ihnen?»

«Kenne ich wirklich nicht.»

«Franca Rossi?»

«Paolo Rossi. Der Name sagt mir noch etwas. Dreifacher Torschütze gegen Brasilien 1982. Die Italiener wurden damals sogar Weltmeister. Gegen Deutschland, wenn ich mich nicht irre. Sehen Sie, mein Gedächtnis funktioniert. Auf Wiedersehen.» Er nahm den Koffer und wollte an Stahl vorbei. Stahl hielt ihn am Arm zurück.

«Sie öffnen jetzt Ihre Praxis, und wir sprechen dort noch mal in Ruhe über Namen.»

Jasili verzog das Gesicht. «Sie tun mir weh.»

Stahl drückte fester zu. Jasili stöhnte und liess den Koffer fallen. «Wenn Sie nicht loslassen, kann ich nicht aufschliessen.»

Stahl liess los. Jasili rieb sich den Oberarm. «Was sind Sie bloss für ein Grobian. *Nomen est omen.*»

«Und was bedeutet Jasili?»

«Kommt von Jasper. Und Jasper kommt von Kasper. Und der war einer der Heiligen Drei Könige.» Er schloss die Praxis auf und wollte seinen Koffer nehmen. Aber Stahl kam ihm zuvor.

«Da ist nichts Besonderes drin. Es sei denn, Sie bevorzugen meine Altherrenmode.» Jasili ging vor, setzte sich in einen Sessel und deutete auf die Analyse-Couch. «Bitte, nehmen Sie Platz.»

Stahl legte den Koffer auf die Couch und öffnete ihn. Er nahm die Wäsche heraus, überprüfte die Innenfächer und betastete das Futter. Ein roter Samtbeutel stach ihm ins Auge. Er nahm ihn heraus und öffnete die Kordel. Eine schwarze Ledermaske kam zum Vorschein.

«Sieh an. Der Dottore. Arbeiten Sie damit?»

«Ein Geschenk eines Witzboldes. Er hat es mir vererbt.»

«Widmer?»

«Den Namen kenne ich. Und ich werde ihn auch nicht mehr vergessen. Ein Vollidiot. Dass er nun tot ist, macht ihn auch nicht besser.»

«Hat er Sie verspottet?»

«Wen nicht? Dieser Freak spürte sich ja nur, wenn er andere aufs Korn nehmen konnte.»

«Trotzdem muss er Sie gemocht haben. Sonst hätte er Ihnen kaum eine so teure Maske vermacht.»

«Hat mich auch gewundert. Vielleicht lag es daran, dass ich

mir nichts von ihm habe gefallen lassen. Im Grunde war er ein einsamer Wicht, der sich durch seine Provokation Aufmerksamkeit erhoffte. Ein ewiges ADHS-Kind.»

«Könnte Widmer mit seinen Provokationen jemanden so ins Mark getroffen haben, dass er Widmer töten würde?»

«Angedroht haben es ihm viele. Aber am Ende ist er durch Herzversagen gestorben. Organischer Natur. Billiger Infarkt.»

«Wo ist er gestorben? In Rom?»

«Im Vatikan. Nach einem internen Theater-Spektakel. Er hatte wieder einmal eine alte Kanevas der Commedia im Giftschrank des Archivs gefunden und wollte sie uns darbieten. Aufbereitet und mit vielen Anspielungen auf heutige Situationen. Es war sehr lustig, aber einige konnten gar nicht lachen.»

«Worum ging es?»

«Es war alles dabei: Sex und Habgier. Intrige und Liebe. Angst und Sehnsucht. Die Triebthemen der Commedia eben. Und alle haben ihr Fett abbekommen. Vor allem einige Kardinäle, die zum engeren Kreis zählen. Ich glaube, das zentrale Thema war Kannibalismus. Ja, ich erinnere mich an eine wunderbare Szene, in der Zanni Brighella erst Arlecchino und Smeraldina die Organe aus dem Leib reisst, um sie zu verschlingen, und am Ende sich selbst auffrisst.»

«Grosse Metapher.»

«Fast unerträglich, wäre sie pathetisch vorgetragen. Aber es war eine deftige Komödie mit hervorragender Pantomime. Commedia im besten anarchischen Sinn. Kein dogmatisches Jesuitentheater. Dafür sehr fleischlich und derb.»

«Wer hat sich darüber am meisten aufgeregt?»

«Sie wollten sich natürlich nichts anmerken lassen, die Herren mit den dünnen Lippen. Aber das Lächeln gefror ihnen von *lazzo* zu *lazzo* im Gesicht. Und Widmer war so geschickt, dass er das eigentliche Thema immer nur anstach und dann wieder ins Allgemeingültige abschweifte.»

«Und das eigentliche Thema war Kannibalismus?»

«Thomas Hobbes. Der Mensch ist dem Menschen ein Wolf. Und vor allem in den Gemäuern des Vatikans. Ja. Jeder frisst jeden, sobald er kann. Davon hält ihn auch kein Ablassbrief ab.»

«Und warum hat Widmer Ihnen die Maske des Dottore vererbt?»

«Weil es ihn erfreut, mich noch über seinen Tod hinaus als albernen Schwätzer zu zeichnen. Es sei ihm vergönnt. Vermutlich liegt er damit gar nicht so falsch.» Jasili lachte leise. «Psychologie. Ein ideales Feld für Dottores, finden Sie nicht? Jede Assoziation kann aufgeblasen und dann wieder auf die Kompensation der Triebe reduziert werden. Ein einfaches Spiel, das viel Raum lässt.»

«Wem hat Widmer noch Masken vererbt?»

«Das weiss ich nicht. Im Grunde hätte er jedem eine schenken können. Auch Ihnen würde er eine vermachen, hätten Sie sich näher gekannt. Da bin ich mir sicher.»

«Giorgio Rossi ist mit der Maske des Pantalone auf dem Gesicht tot aufgefunden worden.»

«Rossi? Müsste ich mich an den Namen erinnern?»

«Ihm hat man das Herz herausgeschnitten.»

«Sehr theatralisch.»

«Wissen Sie, ob Rossi die Maske von Widmer bekommen hat?»

«Fragen Sie Ihren katholischen Gott. Ich bin nicht allwissend.»

«Stricker und Ballhaus kennen Sie aber?»

«Wenn Sie jetzt gleich das ganze Telefonbuch durchgehen, verpasse ich mein Flugzeug.»

«Die beiden waren gerade bei mir und haben einen Karton mit Widmers Büchern von mir gestohlen.»

«Vielleicht bilden sich die beiden gerne weiter. Kann keinem schaden.»

«Was wusste Widmer, dass er dafür sterben musste? Und was glauben Stricker und Ballhaus in den Büchern zu finden?» Stahl war mit jeder Frage näher an Jasili herangetreten. Jasili wollte zurückweichen, steckte aber in dem Ledersessel fest.

«Kasper Jasili, es ist keine Komödie mehr. Und wenn, dann eine sehr makabere. Jedenfalls glaube ich nicht an eine klassische mit drei Hochzeiten am Ende, sondern alle werden tot sein.»

«Dann sind Sie schon nah dran. Eine Tragödie, die als Komödie konzipiert wurde. Ein venezianischer Kaufmann, der als Pfand ein Pfund Fleisch an seinen Gläubiger verpfändet. Na? Klingelt's? Sie sind doch gebildet, Stahl. In der Gregoriana abgerichtet und vom einstigen Camerlengo gedrillt. Die Millionenfrage: Um welche Komödie handelt es sich?»

Stahl dämmerte es. Er hatte das Buch in der Hand gehabt. «Der Kaufmann von Venedig.»

«Sehr gut. Und was sagt uns das? Wer ist der Kaufmann? Und wer ist Shylock? Und was bedeutet das Pfund Fleisch?»

Stahl schlug Jasili ins Gesicht. Der schrie auf und starrte Stahl entsetzt an.

«Genug Quiz», sagte Stahl. «Sie sagen mir jetzt, worum es geht, oder ich zeige Ihnen, was ich in den Hinterzimmern der Gregoriana noch alles gelernt habe.»

Jasili wollte etwas sagen, da bekam er die zweite Ohrfeige.

«Schon gut. Schon gut. Ich rede ja. Aber nur, wenn Sie mir versprechen, mich dann gehen zu lassen.»

«Hier geht gar keiner.» Es war Stricker, der mit einer Sig im Anschlag in der Praxis stand. Hinter ihm Ballhaus. Er wedelte mit einer Klarsichtfolie, in der Dokumente steckten. «Warum hältst du dich nicht einfach aus der Sache raus, Stahl?»

«Weil ihr mir einen Karton gestohlen habt, für den ich die Verantwortung habe.»

«Willst du mich verarschen? Wem gegenüber hast du Verantwortung? Widmer ist tot.»

«Er hat mir aber diesen Karton vor seinem Tod anvertraut, damit ich den Inhalt zu Geld mache. Und einen Auftrag, den man mir gegeben hat, habe ich immer zu Ende geführt. Ich wurde so erzogen.»

«Du kannst den Karton wiederhaben.»

«Mit dem gesamten Inhalt?»

«Ja.»

«Und was ist damit?» Stahl zeigte auf die Klarsichtfolie in Ballhaus' Hand.

«Hat nichts mit dem Karton zu tun.»

«Und womit hat es zu tun?»

«Eine Geschichte, die dich nichts angeht.»

«Darf ich mal sehen?» Er ging einen Schritt auf die beiden zu.

«Nein. Du darfst aber gleich schmecken.» Er zuckte mit der Sig.

Stahl wich zurück.

«Komm, Jasili. Wir gehen.»

Jasili stand auf, nahm seinen Koffer und ging zu Stricker. Stricker drehte sich zu Ballhaus. «Nimm ihn mit. Ich komme gleich nach. Und steck die Folie weg. Sonst kommt tatsächlich noch jemand auf die dumme Idee und glaubt, sie sei wichtig.» Ballhaus stopfte die Folie in die Innentasche seines abgetragenen Jacketts und zog Jasili am Arm fort.

«Eigentlich sollte ich dich abknallen», sagte Stricker.

«Wieso? Ich habe dir doch nichts getan.»

«Präventiv. Du könntest mir was tun.»

«Warum sollte ich?»

«Weil du dummerweise im selben Ring stehst und schon die zweite Runde an mich verloren hast. Und wie ich dich kenne, kannst du rechnen. Einen Punktsieg wirst du nicht mehr schaffen. Nur ein K. o. kann dich in unserem kleinen Fight zum Sieger machen.»

«Ich habe überhaupt kein Interesse, mit dir im Ring zu stehen.»

«Tust du aber. Wirfst du das Handtuch?»

«Meinetwegen. Ich weiss, wann es besser ist, aus dem Ring zu steigen.»

Stricker verzog das Gesicht. «Ich glaube dir kein Wort. Aber ich bin kein Killer. War schon immer meine Schwäche. Giorgio hätte dich jetzt einfach rasiert. Der dachte weiter. Kein Leben war ihm etwas wert. Was ihm im Weg stand, wurde gemäht.»

«Und wem stand er im Weg?»

«Sich selbst.» Stricker gefiel die Antwort. «Sollten wir uns wieder unter solchen Umständen begegnen, wirst du mir auch im Weg stehen. Dann hilft mir auch meine gute Erziehung nicht weiter.»

«Was habt ihr mit Jasili vor?»

«Ihn beruhigen. Er gehört zu uns.»

«Zu wem?»

Stricker grinste. «Kannst es nicht lassen, hm? Glaube mir, du willst es nicht wissen. Du würdest kotzen. Und es reicht, wenn ich mich selbst täglich ankotze.» Er hob die Sig und zielte auf Stahls Kopf. «Ich glaube, ich bin doch nicht so gut erzogen, wie ich mir einreden will.»

Stahl hechtete hinter die Couch. Ein Schuss zertrümmerte den Glasschrank, vor dem er eben noch gestanden hatte. Stahl wusste, dass er nicht viel Zeit hatte, sich etwas auszudenken. Gleich würde Stricker um die Couch treten und ihn wie einen Köter abknallen. Nur ein Stuhl, der greifbar war, konnte ihm vielleicht helfen. Er fasste das Stuhlbein und wartete, bis Stricker sichtbar wurde. Aber Stricker zeigte sich nicht. Stahl lauschte. Stille. Wo war Stricker? Stahl schob seinen Kopf vorsichtig hinter der Couch vor. Jetzt sah er Stricker. Er lag am Boden und stierte Stahl an. Aus seiner Kehle tropfte Blut auf den Teppich. Hinter ihm stand ein grosser, breitschultriger, bärtiger Mann. In der Hand ein Messer, das er in seine Gürtelscheide zurücksteckte. Neben ihm Jasili. Ohne Ballhaus.

Stahl schob sich zurück, drehte sich auf den Bauch und stellte sich tot. Er lauschte, wartete darauf, dass sie ihn entdeckten.

«Ich sagte doch, wenn Stricker schiesst, trifft er.» Es war Jasili.

Stahl spürte, wie jemand näher kam. Er hielt die Luft an. Ein Fuss trat ihm gegen die Rippen. Stahl verbiss den Schmerz und blieb so tot er es vermochte.

«Und das war ein Elite-Gardist? Lässt sich von Stricker einfach abknallen?»

«Irgendwann erwischt es jeden.»

«Stimmt.»

Stahl hörte ein Röcheln aus der Richtung, aus der er Jasilis Stimme vernommen hatte. Dann fiel ein Körper auf den Boden. Jemand beugte sich zu ihm nieder, packte ihn an der Schulter und riss ihn herum. Stahl wusste, dass der Fremde den Fake gleich merken würde. Er riss die Augen auf, schnappte nach Luft und schnellte mit dem Kopf nach oben gegen das Nasenbein des bärtigen Killers. Der jaulte und taumelte nach hinten. Stahl nutzte den Überraschungseffekt, sprang auf die Beine und rannte zu Stricker. Er nahm ihm die Sig aus der Hand und richtete sie auf den Bären, der sich schüttelte und aufrappelte.

«Wer sind Sie?»

«Ein Freund, der dich gerade gerettet hat. Erinnerst du dich? Die Pistole, die du in der Hand hältst, wollte dich gerade töten. Und der sie in der Hand hielt, liegt neben dir, weil ich ihm die Kehle aufgeschlitzt habe.»

«Du wolltest auch mich erledigen.»

«Du warst doch schon tot.» Er lachte. «Meinst du, wenn ich dich hätte töten wollen, wäre ich gegangen, ohne sicher zu sein, dass du auch wirklich tot bist? Du beleidigst mich.»

«Hast du Ballhaus auch erledigt?»

Der Bär setzte sich auf die Couch und brummte, was wohl ein Ja bedeuten sollte.

«Warum auch Jasili?»

«Weil er zu dem Clown-Trio gehört. Töte die Clowns. So war mein Auftrag.»

«Wessen Auftrag? Holzer?»

Der Bär lachte. «Das ist doch der Oberkasper. Dass Widmer für ihn keine Maske übrighatte, wundert mich.»

«Widmer wollte, dass du die drei erledigst?»

«Und Giorgio Rossi.»

«Warum?»

«Manchmal werden Menschen kurz vor ihrem Tod sentimental. Dann wollen sie die ganze Scheisse, die sie in ihrem Leben angerichtet haben, wiedergutmachen. Und Widmer dachte, mit dem Auftrag könnte er sich Luft im Jenseits verschaffen. Katholik. Was willst du machen? Am Ende werden sie wieder so naiv wie die Kinder, die an Weihnachten Wunschzettel schreiben und auf die Fensterbank legen, damit das Christkind vorbeifliegt und sich der Wünsche annimmt.»

«Und Sie sind Widmers Christkind?»

«Eher der Weihnachtsmann.» Er lachte wie ein böser Santa Claus und warf die Beine auf die Couch. «Und du, Stahl, was bist du? Ein Erzengel? Schwingst dein Schwert? Aber gegen wen? Weisst du denn überhaupt, wo deine Gegner sind? Wer sie sind? Und wie sie verflochten sind? Ich glaube, du hast keine Ahnung.»

«Klär mich auf.»

«Du wirst mir nicht glauben.»

«Ist vielleicht einen Versuch wert.»

«Wir sollten von hier verschwinden. An einen ruhigeren Ort. Es kann ungemütlich werden, wenn jemand Ballhaus neben den Abfallsäcken findet. Wäre blöd, wenn wir hier mit zwei weiteren Toten gesehen würden.»

«Einverstanden.»

Der Bär erhob sich. Stahl sicherte die Sig und schob sie sich hinten in den Hosenbund.

«Ich heisse Donato», sagte der Bär und streckte Stahl die Pranke entgegen.

Stahl verweigerte den Handschlag. «Gehen wir.»

«Einen Moment noch. Ich muss nur noch eine Kleinigkeit erledigen.»

Er beugte sich zu Jasilis Koffer und nahm aus dem Samtbeutel die Maske des Dottore. Er drehte sich damit zu Jasili und setzte ihm die Maske auf. Er drehte Jasili auf den Bauch, zog sein Messer und setzte über der Niere an.

«Lass das», sagte Stahl.

Donato sah zu ihm auf. «Nur ein Stich. Ich hole sie nicht raus. Aber es gehört zum Auftrag.» Er stach die Klinge in die Niere und zog sie wieder raus. Dann ging er zu Stricker und sah ihn sich an. «Stahl, kennst du dich aus in der Commedia?»

Stahl antwortete nicht.

«Natürlich kennst du dich aus. Warst ja oft genug mit Widmer zusammen. Hast aber nicht gewusst, was für einen makabren Sinn der liebe Komiker hatte. Was glaubst du, welche Maske hat er sich für Stricker gewünscht?»

«Capitano.»

«Schlaues Kerlchen.» Donato zog aus seiner Jackentasche eine Ledermaske. «Die teuerste Maske ist der Capitano. Und weisst du, warum? Wegen der langen Nase. Die kostet Extrazeit. Damit man den Schnitt im Leder nicht sieht, musst du sehr fein arbeiten. Sieh sie dir an.» Donato zog sie sich selbst über den Kopf, nahm eine Standbein-Spielbein-Haltung aus der Commedia an und deklamierte: «Abseits werf ich meinen Filz, und damit ich Luft mir schaffe, auch den Mantel, denn nun gilt's.»

Er wechselte die Haltung und schielte zu Stahl. «Na? Wer bin ich?»

Stahl wusste keine Antwort.

Donato nahm die Maske ab. «Cyrano de Bergerac. Ein klassischer Capitano. Ein Angeber mit dem Wort und gleichzeitig ein Feigling in der Liebe. Stricker war auch nur ein Maulheld. Jedenfalls nach Widmers Ansicht. Und wer zahlt, hat recht.» Er beugte sich zu Stricker hinab, setzte ihm die Maske aufs Gesicht und zog wieder sein Messer. «Wünsch ich, dass ein Stich dir klaffe. In der Leber oder Milz. Sieh dich vor, geputzter Affe, denn beim letzten Verse – stech ich.» Er tat es. In Leber und Milz. Er wischte die Klinge an Strickers Sakko sauber und versorgte es in der Scheide. «Wir können gehen.»

NEUN

Lorenzo sah auf die Wolken, die unter ihm einen Teppich knüpften, in den er gerne gesprungen wäre. Aber Flugzeugfenster liessen sich nicht öffnen.

«Sandwich mit Käse oder Schinken?», fragte der Steward und lächelte dabei genauso falsch wie all die Pablos, die Lorenzo sich gelegentlich gönnte.

«Nichts. Danke.» Lorenzo konnte nichts essen. Ihm war der Appetit vergangen. Am Flughafen in Rom hatte er mit dem Gedanken gespielt, in einen anderen Flieger zu steigen. New York, Delhi oder Sydney. Nur nicht nach Zürich. Aber Holzer würde ihn finden. Egal, wo. Also besser gehorchen und mit Stahl ins Geschäft kommen. Noch gab es das Mädchen, das Stahl gerne in der Gregoriana versorgt wissen wollte. Lorenzo hoffte, dass er den Trumpf gut ausreizen konnte. Ansonsten fiel ihm keine Lücke ein, in die er bei Stahl hineinstechen konnte.

Der Wolkenteppich riss auf. Die Alpen zeigten sich. Lorenzo nahm es als gutes Zeichen. Alles war in Bewegung. Alles veränderte sich. Kein Grund, die Flinte zu früh ins Korn zu werfen. Das Flugzeug sackte mit einem Ruck ab. Einige Passagiere schrien vor Schreck, andere lachten. Lorenzo bekreuzigte sich und versuchte damit, seinen Magen zu beruhigen.

«Ein Getränk?» Wieder der schöne Steward.

Ein Fick wäre mir lieber, dachte Lorenzo, sagte es aber nicht. Stattdessen schüttelte er verneinend den Kopf.

«In ein paar Minuten erreichen wir unser Flugziel. Das Team der Swiss bedankt sich für Ihr Vertrauen und wünscht einen angenehmen Aufenthalt in Zürich oder gute Weiterreise.» Der Lautsprecher knarzte und verstummte. Das Flugzeug tauchte in die Wolkendecke. Lorenzo schloss die Augen und betete zu dem Gott, den er längst verloren hatte.

***

Franca staunte, als Stahl neben Donato ins Zimmer trat. Sie spürte, dass sie blass wurde, ihr Kreislauf in den Keller fiel. Dann Herzrasen, Blut im Kopf, dass ihr der Schädel platzen wollte, und eine Wut, die sie nicht aus sich herausschreien konnte. Sie biss auf die Zähne. Sie knirschten, wie wenn man durch Kies stapfte.

«Vorzustellen brauche ich euch ja nicht, oder?», sagte Donato. Er schien Francas Ohnmacht zu geniessen.

«Franca. Was machst du hier?», fragte Stahl.

«Das möchte ich gerne von dir wissen, du Verräter.» Jetzt brach es aus Franca raus. «Wie konnte ich nur so naiv sein? Ausgerechnet dir vertrauen. Ich bin eine so dumme Kuh. Hätte es doch wissen müssen. Ist ja nicht das erste Mal, dass du mich verrätst, du Arschloch. War dir die Freundschaft zu Giorgio so wenig wert? Hat er dir nicht Geld geliehen, damit du dir deinen Traum erfüllen kannst? Und jetzt arbeitest du mit diesem Mörder zusammen?» Sie trat an ihn heran und spuckte ihm ins Gesicht. Stahl wischte sich den Speichel mit dem Ärmel seiner Jacke von der Wange. Franca holte zum Schlag aus. Stahl duckte sich, aber Donato war schneller. Er packte Francas Arm.

«Das reicht. Beruhig dich», knurrte er. Mehr konnte er nicht sagen. Stahl nutzte die Ablenkung und schlug Donato mit der Handkante ins Genick. Der Schlag sass. Donato liess Francas Arm los und knickte zu Boden. Ein Tritt mit dem Vollspann gegen Donatos Kinn. Der Bär kippte nach hinten auf den Boden.

«Schnell. Wir müssen weg von hier.»

«Was? Ich verstehe gar nichts. Ist das ein Trick?»

«Nein. Wenn der Kerl wieder aufwacht, wäre es einfach nur besser, wir wären nicht hier. Komm.»

«Nein. Er ist der Mörder von Giorgio. Ich will, dass er dafür bestraft wird.»

«Willst du ihn töten? Das macht Giorgio auch nicht lebendig.»

«Ich will, dass er ins Gefängnis geht.»

«Können wir das irgendwo anders besprechen? Wir haben keine Zeit zu verlieren.»

«Warum fesseln wir ihn nicht?»

«Weil ich auf dem Weg hierher noch andere schwere Jungs gesehen habe, gegen die ich nicht antreten möchte, wenn es nicht unbedingt sein muss. Komm jetzt.» Er öffnete die Tür und prüfte den Gang. Am Ende des Flurs stand ein Gorilla. Stahl wusste, dass vor dem Haus ein zweiter postiert war und am Tor noch weitere zwei. Insgesamt vier. Alle bewaffnet. Nein, Stahl wollte kein Gemetzel. Mit Franca im Schlepptau hätte er ohnehin wenig Chancen.

Er ging ans Fenster und sah hinaus. Erster Stock. Das war machbar. Er öffnete das Fenster und winkte Franca zu sich. «Sieh genau zu, wie ich es mache. Ich fange dich dann unten auf.» Stahl kletterte aus dem Fenster und hängte sich ans Fensterbrett. Er liess los und landete auf dem Kies. Er sprang auf und lief unters Fenster. «Jetzt du.»

«Ich trau mich nicht. Das ist zu hoch.»

«Mach schon.»

Franca schüttelte wild den Kopf.

«Willst du enden wie Giorgio?»

«Ich kann nicht.»

«Wenn Donato aufwacht, wird er dich genauso schlachten.»

«Sie brauchen mich noch. Sonst wäre ich schon tot.»

«Na dann.» Stahl drehte sich ab und tat so, als würde er über die Wiese abhauen wollen.

«Wo willst du hin?»

«Meinen Kopf retten. Mich braucht in dem Spiel nämlich keiner. Jedenfalls nicht mehr lang.»

«Bleib. Ich springe ja.»

Stahl ging unters Fenster und stellte sich so, dass er Franca auffangen konnte.

Franca kletterte auf das Sims. Ihre Knie zitterten.

«Nicht so. Schwing ein Bein rüber, halte dich fest und zieh das andere nach.»

Franca hörte nichts. Sie starrte nur auf Stahl und bewegte tonlos ihre Lippen.

«Runter. Mach dich kleiner. Häng dich ans Sims und lass dich fallen.» Stahl beschwor sie wie einen störrischen Esel. Sie gehorchte. Langsam ging sie in die Hocke, drehte sich und liess sich hängen.

Am Fenster erschien das Gesicht von Donato. Grimmig sah

er auf die baumelnde Franca, dann auf Stahl. «Alarm!», schrie er und packte Franca am linken Handgelenk. Sie biss Donato in den Arm. Er liess los. Franca fiel. Stahl fing sie auf und stürzte mit ihr zu Boden. Sie rappelten sich auf.

«Alarm!» Diesmal schrie Donato lauter. Man würde ihn hören.

Stahl und Franca rannten über die Wiese und fanden ersten Schutz im Wald.

«Wo sind wir hier?», fragte Franca.

«Affoltern. Im Hürstholz. Kein grosser Wald.»

«Sie werden uns folgen.»

«Darauf kannst du wetten.»

«Was wollen sie von dir?»

«Habe wohl zu viel geschnüffelt. Falls du dich erinnerst, hast du mich dafür engagiert.»

«Tut mir leid. Ich wollte nicht, dass du solche Schwierigkeiten kriegst.»

«Zähneputzen und Schwierigkeiten sind bei mir eins. Dreimal täglich.»

«Ich dachte schon, du gehörst zu ihnen.»

«Zu wem?»

«Zu Donato und Elena.»

«Elena?»

«Oder besser gesagt: Alma.»

«Was nun? Elena oder Alma?»

Franca sah Stahl hilflos an. «Ich weiss es nicht. Ich weiss nicht mehr, wer wer ist. Wer auf welcher Seite ist. Was die Seiten überhaupt bedeuten. Und jeder, dem ich begegne, erzählt mir, was für ein schlechter Mensch Giorgio gewesen ist und dass er diesen Tod verdient hätte. Wenn man seine Eltern nicht kennt, wie soll man dann sich selbst erkennen?»

«Wir müssen weiter.» Er ging voran.

Franca wollte ihm nach, trat in ein Loch, das unter dem Gehölz lag, und knickte mit dem Knöchel um. Sie verbiss sich den Schrei und humpelte hinter Stahl drein.

«Kennst du deine Eltern?», fragte sie.

«Sie sind tot.»

«Kanntest du sie?»

«Was ich weiss, genügt mir.»

«Redest nicht gern darüber. Stimmt's?»

«Ich rede generell nicht gerne, wenn ich eine Horde Schiesswütiger an den Hacken habe.»

«Ich muss reden, wenn ich Angst habe. Und ich habe grosse Angst. Reden vertreibt die Angst. Weil sie durch die Sprache erst verbalisiert wird. Dadurch wird die Angst fassbar, und man kann sie vertreiben.»

«Repetierst du eine Vorlesung? Nur weiter. Vielleicht kann ich am Ende unseres Marsches die Bachelorprüfung in Hausfrauen-Psychologie bestehen.»

«Es ist nur die Angst, die uns treibt. Alles Schaffen, alles Wirken. Nur aus Angst. Die Pyramiden Ägyptens, die Kunstwerke der Renaissance oder die digitale Vernetzung. Alles Meisterwerke der Menschen, deren Schaffensmotor die Angst war. Ist das nicht verrückt? Weisst du, wo der Sitz der Angst ist? Die traditionelle chinesische Medizin behauptet, die Angst sässe in den Nieren. Nieren und Blase. Deswegen mache man sich auch vor Angst in die Hosen.»

Stahl blieb stehen, drehte sich zu Franca und packte sie hart an den Schultern. «Ich habe vor anderthalb Stunden gesehen, wie Dr. Jasili von Donato ein Messer in die Nieren gerammt bekam. Als Zeichen.»

«Oh mein Gott. Ist er tot?»

«Mausetot. Und weisst du, was ihm Donato aufs Gesicht gesetzt hat?»

«Die Maske des Dottore.»

«Richtig. Und so könntest du auch enden, wenn du nicht endlich aufhörst, mir Vorlesungen zu halten.» Er liess Franca los und ging weiter. Franca wollte hinterher, aber es ging nicht mehr. Der Knöchel schmerzte zu sehr. «Stahl, warte. Ich kann nicht mehr. Du hast mir das Adrenalin genommen.»

«Was?»

«Mein Angstgeplappere hat meinen Adrenalinausstoss angekurbelt. Dadurch konnte ich den Schmerz in meinem Knöchel vergessen. Jetzt kann ich nicht mehr auftreten.» Sie zeigte auf ihren rechten Fuss.

Stahl kniete sich neben das Plappermaul und nahm den Fuss in die Hand. Er schob die Socke zurück und drückte auf die Schwellung. Franca zischte durch die Zähne.

«Ganz schön dick. Ich tippe auf einen sauberen Bänderriss.»

«Das kann man erst sagen, wenn man geröntgt hat. Es kann auch eine Dehnung sein. Ich hatte so etwas Ähnliches schon einmal am linken Fuss –»

«Still.» Stahl hielt Franca den Mund zu und lauschte. Keine hundert Meter entfernt drängten drei Männer durch den Wald. Sie kamen direkt auf Franca und Stahl zu. Stahl sah sich um. Mit Franca auf dem Rücken war er ein gefundenes Fressen für die Verfolger. Er hoffte darauf, dass die Jäger sie noch nicht gesehen hatten, und drückte Franca auf den Waldboden. Er schaufelte so leise er es vermochte altes Laub und Geäst über sie und flüsterte ihr ins Ohr: «Bleib so liegen. Ich lenke sie ab.»

«Was? Lässt du mich hier allein?»

«Zu zweit haben wir keine Chance. Mit deinem Knöchel haben sie uns sofort.»

«Aber –»

«Zitto!» Er war ihr Geplapper leid.

Franca schwieg.

Stahl richtete sich auf und sprintete los. Er drehte sich nicht nach den Häschern um, hörte aber, dass es hinter ihm im Geäst lauter krachte. Sie hatten ihn gesehen und nahmen die Verfolgung auf.

***

Lorenzo hatte die Taxifahrt in die City genossen. Früher war er öfters in Zürich gewesen. Das war noch, bevor Holzer die Koordination im engeren Kreis übernommen hatte. Albin hatte Lorenzo vertraut. Holzer hatte ihn vom ersten Tag an in die Schreibstube verbannt, nur weil Lorenzo kein Gardist war. Ja, es stimmte, er konnte mit Pistolen nicht umgehen. Er verabscheute Waffengewalt. Seine Macht lag in der Sprache und dem Denken. Was nutzten Pistolen, wenn sie einem abgenommen wurden? Sogar das Handy hatte Stahl dem tumben Marco stibitzt. Und

Lorenzo wettete, dass Stahl keine Pistole gebraucht hatte, um Marco zu besiegen. Stahl war aber eine seltene Ausnahme. Eine Killermaschine, die Körper und Hirn gleichermassen einzusetzen wusste. Sein Fehler war nur, dass er seinen eigenen Kopf besass, den er auch durchzusetzen versuchte. Lorenzo konnte es ihm nicht verübeln. Hätte er Stahls Fähigkeiten, würde er sich auch nicht von Holzer drangsalieren lassen. Mein Gott, zu was er fähig wäre, besässe er Stahls Kompetenzen. Für sein Potenzial hatte es Stahl aber auch wieder nicht weit gebracht. Irgendwo nagte auch an ihm ein Wurm, der ihn an seiner Entfaltung hinderte. Lorenzo wusste auch, wie der Wurm hiess: Romantik. Stahl hatte schon immer diesen Hang. Lorenzo hatte erst geglaubt, es sei der frühere Camerlengo gewesen, der Stahl damit infiziert hatte. Tatsächlich waren es aber die Gleichnisse und Heilsversprechen des Neuen Testaments, denen Stahl auf den Leim ging. Von seiner Herkunft hätte er durchaus einen praktikablen Zyniker abgeben können.

«Noch eine Schale, bitte», sagte Lorenzo und erfreute sich an seinem Deutsch. Seinen toskanischen Akzent würde er nie wegbekommen, aber das störte ihn nicht. Der junge Kellner lächelte und klimperte mit den Augenlidern. War das ein Angebot? Nein. Keine Geschichten. Nicht jetzt. Obwohl der Jüngling ihn dreist anbaggerte. Eine schnelle Nummer auf dem Klo? Blödsinn. Das war früher. Er würde sich zum Affen machen. Wo Marco nur blieb? Hatte er mit dem Handy auch die Pünktlichkeit verloren? Sie hatten drei Uhr verabredet. Lorenzo war pünktlich, und er hatte schliesslich den weiteren Weg gehabt. Wo sollte das alles nur hinführen, wenn man sich auf die Marcos dieser Welt verlassen musste?

«Bitte schön, die Schale.» Der Kellner stellte sie ab und flirtete erneut.

Lorenzo sah durch ihn hindurch. Das konnte er gut. Tausende Meditationen und Exerzitien. Wollust verbannen, den Geist über den Körper herrschen lassen.

«Entschuldigung für die Verspätung. Aber ich bin ins falsche Tram eingestiegen.» Es war Marco, der ausser Atem an Lorenzos

Tisch auftauchte und den Kellner zur Seite schob. Was für ein Grobklotz.

«Hoffe, du bist wenigstens auf dem richtigen Dampfer.»

Marco sah ihn fragend an.

«Vergiss es. Ein Acqua naturale für den Herrn, bitte.»

«Und einen Espresso», rief Marco dem Kellner hinterher und setzte sich Lorenzo gegenüber.

Lorenzo musterte den abgerissenen Gardisten. Nach einer längeren Pause steckte er sich den Zeigefinger ins rechte Ohr und kratzte sich am Gehörgang. Die Situation war ihm unangenehm. Das Jucken hörte auf, der Kellner servierte Wasser und Kaffee. Zeit, das Gespräch zu beginnen.

«Wo ist Stahl jetzt?»

«Er wollte zu Jasili.»

«Heisst?»

«Er ist nicht dort. Ich habe ihn dort gesucht.»

«Und?»

«Jasili ist tot.»

«Was?»

«Stricker und Ballhaus auch. Sie trugen alle Masken, und jemand hat sie in den Körper gestochen.»

«Das darf nicht sein.» Lorenzo nahm zittrig einen Schluck von der Schale. «Lass mich raten. Jasili den Dottore, Stricker den Capitano und Ballhaus einen Zanni. Welchen Arlecchino?»

«Keine Ahnung. Ich kenne mich nicht aus.»

«Hatte er eine Stupsnase oder eher einen knolligen Haken?»

Marco wirkte überfordert.

«Katze oder Affe?»

Marco wollte etwas raten, Lorenzo kam ihm zuvor. «Ich tippe auf Affe. Ballhaus war eher ein Brighella. Ein niedriger Handlanger, zu jeder Intrige bereit. Ja, ich bin mir ziemlich sicher. Wer kann das gewesen sein?»

«Stahl?», fragte Marco.

«Nein. Ich glaube etwas ganz anderes, das mir gar nicht passt.»

«Und das wäre?»

«Donato spielt doppelt. Wir hatten ihn Widmer an die Seite gegeben. Als Bodyguard, falls Widmers Scherze zu anstössig wurden. Er übertrieb es ja manchmal gerne. Ausserdem diente Donato als Kurier für Widmers Herz. Als Maskenbauer war er ideal, um unauffällig in Widmers Nähe zu kommen. Bauer muss ihn umgedreht haben. Aber das dürfte ich dir alles gar nicht erzählen.» Lorenzo atmete schwer und fasste sich mit der linken Hand an die Brust. Mit der anderen kramte er in seiner Jackentasche nach einem Döschen. Er fand es, nahm es heraus und öffnete es. Er warf sich zwei Pillen Digitalis in den Mund und spülte mit Wasser nach. «Ich hatte Holzer gewarnt. Wir hätten uns nie mit Bauer anlegen dürfen. Aber Holzer dachte, mit Giorgio ein Zeichen zu setzen, würde reichen. Dabei war Bauer längst einen Schritt weiter.» Er spülte noch mal nach. «Ich bin mir ganz sicher. Donato ist bei den Rebellen.» Er atmete tief durch. Die Verengung ums Herz löste sich auf. «Hast du den medizinischen Befund von Widmer bei Ballhaus oder Stricker gefunden?»

Marco zog eine zerknitterte Klarsichtfolie, in der ein Dokument steckte, aus der Innentasche seines Jacketts und schob sie triumphierend über den Tisch. Was für ein Gimpel. Wie ihm die Brust schwoll, weil er mal ein Erfolgserlebnis aufzuweisen hatte. Lorenzo nahm die Folie, sah kurz auf das Papier und verstaute den Beweis in seiner Aktentasche.

***

Franca kauerte unter dem Geäst und versuchte, stillzuhalten. Sie sah einen Mann auf sich zukommen. Donato. Er gab den anderen Zeichen. Franca konnte Donatos Helfer nicht sehen. Sie wagte es nicht, den Kopf zu heben. Donato kam näher, ging geradewegs auf sie zu. Kurz vor Francas Versteck blieb er stehen, weil sein Handy klingelte. Er nahm den Anruf entgegen.

«Was gibt's? … Sieh an, der Monsignore ist in der Stadt … Gut. Dann wird es nicht lange dauern, bis Holzer sich ebenfalls auf den Weg macht. Dann haben wir sie alle hier und können ein für alle Mal mit dem Haufen aufräumen … Nein, wir haben sie verloren. Aber weit können sie nicht sein … Ich glaube, dass wir mit Stahl weniger Probleme haben werden, als du glaubst. Er ist Söldner. Wenn die Summe stimmt, schlägt er sich auf unsere Seite … Vertrau mir. Ich kenne Menschen wie ihn.» Donato legte auf und steckte das Handy in seine Jacke. Er sah nach seinen Männern und ging weiter, nur zwei Fuss an Francas Kopf vorbei.

Franca lauschte, wie sich Donatos Schritte entfernten. Sie zwang sich, weiter in ihrem Versteck zu bleiben. Mindestens zehn Minuten. Dann wäre Donato mit seinen Leuten weit weg genug. Mit wem hatte Donato telefoniert? Elena? Und wer war mit Monsignore gemeint? Etwa Lorenzo? Steckte er auch in der Geschichte drin? Hatte er ihr deswegen die Dozentenstelle in Rom angeboten? Und wer war dieser Holzer? Und Stahl? War er wirklich so korrupt, wie Donato sagte? Er hatte ihr doch gerade zur Flucht verholfen. Konnte sie ihm trauen? Er hatte gesagt, er wolle die Häscher ablenken. Hatte er auch gesagt, dass er zurückkommen würde? Franca zweifelte daran. Stahl kam aus demselben Stall wie Giorgio. Und jeder, dem Franca in den letzten Tagen begegnet war, hatte ihr von Giorgio das Bild eines Monsters gemalt. Ausnahmslos alle. Bis auf Stahl. Aber wohl nur, weil Giorgio ihm Geld für den Boxclub gepumpt hatte. Und auf ihr Bitten war er auch nur eingegangen, weil sie ihm eine Belohnung versprochen hatte. Ja, Stahl war käuflich. Aber was konnten ihm die anderen bieten? Sie war es doch, hinter der alle her waren. Sie war Giorgios Erbin. Und sie wollte endlich wissen, worin dieses Erbe bestand. Ihr nächster Schritt war klar. Eigentlich hätte es ihr erster sein müssen.

***

Stahl hatte den Wald verlassen und streifte durch Oerlikon. Zwei der Verfolger hingen ihm an den Fersen. Die beiden anderen und Donato waren nicht dabei. Sie hatten kapiert, dass Franca nicht bei ihm war, und hatten sich getrennt. Stahl hoffte, dass Franca in ihrem Versteck blieb, bis er mit den zwei Gorillas fertig war. Dann würde er Franca holen und mit ihr gemeinsam nach Liechtenstein fahren. Er hatte seinen Auftrag erledigt. Franca wusste nun, wer Giorgio getötet hatte: Donato. Stahl genügte das. Er wollte gar nicht wissen, was alles dahinterstand. Er hatte andere Sorgen. Lilly. Um sie musste er sich kümmern. Was interessierte ihn die Wahrheit? Hatte sie ihn jemals interessiert? Er hatte nie gefragt, was für einen Koffer er von Rom nach Kapstadt, von Liechtenstein nach Brüssel oder von Zürich nach Dubai brachte. Und er war gut damit gefahren. Erst als er begonnen hatte, Fragen zu stellen, hatte sich sein Leben in einen Trümmerhaufen verwandelt. Es hatte mit Albins Tod begonnen. Danach war nichts mehr, wie es war. Giorgios Tod machte nichts besser. Was kümmerte es Stahl, womit Giorgio handelte? Er wollte seinen Lohn, und damit wäre es erledigt.

Marcos Handy klingelte. Stahl zog es aus der Jacke und sah aufs Display. Der Monsignore. Lorenzo wusste, dass er Marcos Handy hatte, also galt der Anruf ihm. Er nahm ihn entgegen. Mit einem Auge immer auf die Verfolger achtend, die näher rückten.

«Was gibt's? … Ach. Das ist eine Überraschung … Dann muss es wichtig sein … Ich versuche, in einer Stunde dort zu sein.» Er legte auf, verstaute das Handy und beschleunigte das Tempo. Erst musste er zu Franca zurück. Dann kam der Monsignore dran.

Eine Frau mit zwei grossen Einkaufstaschen wollte gerade in ein Taxi steigen. Stahl riss sie zurück und schob sich statt ihrer auf die Rückbank. Er knallte die Tür zu und befahl dem Fahrer in einem Ton, der keine Widerrede gelten liess, loszufahren. Der Fahrer gehorchte und sah verstört in den Rückspiegel. «Bin ich jetzt in einem Krimi?», fragte er, und Stahl ahnte, was als Nächstes kam. «Ich bringe Sie, wohin Sie wollen, aber verschonen Sie mich bitte.»

«Sie haben Frau und Kinder.»

«Woher wissen Sie das?» Der Kerl war zu blöd.

«Wir wissen alles über Sie», sagte Stahl. Er unterdrückte ein Lachen. Ihm gefiel das Spiel. «Sie haben mich nie gesehen. Ist das klar?»

«Ja, natürlich. Ich meine, nein, natürlich nicht.»

«Dann glotzen Sie mich nicht so an. Schauen Sie auf die Strasse. Und fahren Sie nicht zu schnell. Ganz normal. Alles wie immer.»

«Alles wie immer. Jawohl.» Er klammerte sich am Lenkrad

fest und murmelte das Mantra: «Alles wie immer. Alles wie immer.»

Stahl sah aus dem Rückfenster. Er hatte die beiden Verfolger abgehängt. Sie würden es Donato melden und gemeinsam nach Franca suchen. Donato war nicht blöd. Er würde die Finte durchschauen und den Wald noch mal genauer durchforsten. Stahl musste früher bei ihr sein.

«Drehen Sie um und fahren Sie an den Waldrand. Hürstholz.»

«Jawohl.» Der Taxifahrer setzte an der Ampel einen U-Turn und fuhr zurück. Stahl sah, wie er gemustert wurde.

«Schauen Sie mich nicht so an, sonst erscheine ich Ihnen noch in Ihren Träumen.»

«Ich kenne Sie», sagte der Taxifahrer und hätte sich wohl am liebsten auf die Zunge gebissen, nachdem er sein Todesurteil gesprochen hatte.

Stahl streckte sich und beugte sich dicht ans Ohr des Fahrers. «Sagen Sie das noch mal.»

«Es tut mir leid. Natürlich kenne ich Sie nicht. Ich habe Sie nie gesehen. Und überhaupt, was ist schon dabei? Jemand schnappt einem anderen das Taxi weg und will schnell von A nach B. Das kommt täglich vor, das ist nichts Besonderes. Eigentlich mache ich diesen Witz am Tag drei Mal. Ich frage immer irgendeinen Banker, der es eilig hat, ob wir jetzt im Krimi sind. Die meisten finden es auch lustig.»

«Ich nicht.»

«Ich weiss. Entschuldigen Sie vielmals. Das war nicht meine Absicht. Ich wollte Sie nicht verstimmen.» Er öffnete das Handschuhfach und fasste hinein.

«Was soll das?»

Der Arm des Fahrers verharrte in seiner Position. «Es ist keine Waffe. Keine Sorge.»

«Um mich sorge ich mich nicht.»

«Ein Taschentuch. Nur ein Taschentuch. Darf ich? Ich sehe sonst nichts. Mir läuft der Schweiss in die Augen.»

«Machen Sie schon.»

Der Fahrer nahm ein Päckchen aus dem Handschuhfach und

zupfte ein Tuch heraus. Er tupfte sich die nasse Stirn und setzte den Blinker.

«Woher kennen Sie mich?», fragte Stahl.

Der Fahrer zupfte das nächste Taschentuch. «Ich? Was?»

«Woher?»

Das dritte Taschentuch. «Vom Boxclub. Hakan. Das ist mein Sohn. Ich habe ihn schon ein paarmal hingefahren. Und da habe ich Sie gesehen. Hakan ist begeistert von Ihnen. Und vom Boxen. Er ist auch ganz anders jetzt. Nicht mehr so aggressiv. Das ist gut.»

Stahl fühlte sich plötzlich schlecht. Was tat er diesem Mann an? Als ob der nicht schon genügend Sorgen hätte, spielte er mit dessen Angst.

«Entschuldigen Sie, Herr Haslaman. Ich habe mir einen Scherz erlaubt. Wir sind natürlich in keinem Krimi. Ich habe nur eine Verabredung mit einer Frau und bin verspätet.»

Haslamans Gesicht entspannte sich. Ein Grinsen breitete sich darauf aus, das in ein herzhaftes Lachen mündete. «Sie haben mich erwischt. Haha. Oh ja, ich habe mir fast in die Hosen gemacht. Das haben Sie gut gemacht. Ich habe es geglaubt. Sie sollten Schauspieler werden.»

«Ich hoffe, Sie nehmen mir den dummen Scherz nicht übel.»

«Überhaupt nicht. Übel wäre es gewesen, wenn Sie wirklich ein Killer wären.» Er lachte wieder. «Nicht auszudenken.» Er winkte ab. «Wenn ich das Hakan heute Abend erzähle, lacht er sich tot. Und meine Frau erst. Die denkt sowieso, dass ich ein Feigling bin. Bin ich aber nicht. Ich bin nur nicht dumm, sondern vorsichtig. Ich kenne ein paar Helden aus Kurdistan, die längst tot sind. Das haben sie davon, dass sie Helden sind.»

«Dort vorne können Sie mich rauslassen.»

Haslaman fuhr an den Bordstein. Stahl griff nach seinem Portemonnaie. Haslaman winkte ab. «Nein, nein. Kommt nicht in Frage. Eigentlich müsste ich zahlen. Für das Kino.» Er lachte.

«Liebe Grüsse an Hakan», sagte Stahl.

«War heute nicht Training?»

«Eigentlich schon, aber ich musste es ausfallen lassen.» Er zwinkerte zweideutig.

Haslaman verstand. «Ja. Für die Frauen begeht man so manche Dummheit. Viel Vergnügen.»

Stahl stieg aus dem Taxi und schlug die Tür zu. Das Taxi fuhr davon.

***

Franca schob das Geäst zur Seite und hob den Kopf. Die Luft war rein. Donato und seine beiden Häscher waren verschwunden. Vorsichtig kroch sie aus der Mulde und stand auf. Ihr rechter Knöchel schmerzte. Sie konnte kaum auftreten. Sie brach sich einen Stock aus dem Gestrüpp und stützte sich darauf. Franca hatte keine Ahnung, in welche Richtung sie marschieren sollte. Nur nicht zurück. So viel wusste sie. Sie entschied sich für die Richtung, in die Stahl verschwunden war, und humpelte durch den Wald.

Franca glaubte an das Leben als grosse Reise. So wie die grossen Mythen erzählt wurden, so hatte sie auch ihr Leben bislang gesehen. Die gewohnte Welt, der Ruf zum Abenteuer, die Weigerung, der Mentor, der sie überzeugte, und schliesslich der Aufbruch. Auf welchem Teil der Reise befand sie sich nun? Irgendwo im undurchsichtigen zweiten Akt? Oder schon kurz vor dem Kampf mit dem Drachen? Blödsinn. Sie schleppte sich durch den Wald. Hier hausten keine Drachen. Allenfalls Rehe. Vielleicht Zwerge, Elfen und Hobbits. Oder der böse Wolf. Ein Zauberer mit weissem Rauschebart könnte an der nächsten Biegung sitzen und ihr das Elixier geben, mit dem sie den Drachen besiegen könnte. Aber wer war der Drache? Donato? Der Monsignore? Elena? Stahl? Franca fürchtete sich vor der Antwort. Sie ahnte, dass es keiner von den Genannten war. Alle, die ihr auf ihrer bisherigen Reise begegnet waren, sollten sie nur zur Höhle führen. Sie waren Schwellenhüter, Mentoren und Trickster. Der Drache selbst war bereits tot und lebte dafür umso grausamer in Franca. Giorgio. Sie wusste, dass sie ihm begegnen musste. Seinem wahren Wesen. Sie musste sein Erbe anerkennen. Die Höhle war die Anwaltskanzlei von Dr. Rizzoli. Franca mochte ihn nicht. Rizzoli war in den Sommerferien jährlich für ein paar Tage nach Verscio gekommen. Stets um Ferragosto herum.

Giorgio hatte sich dann mit ihm im Büro eingeschlossen, und Franca musste mit Simona, dem Kindermädchen, nach Locarno, Glacé essen. Nicht, dass Franca Glacé verabscheute. Aber wenn Rizzoli in Verscio war, löste sie sich vor Giorgio in Luft auf. Es hatte nur noch den Dottore gegeben. Und das in den Sommerferien, wo Giorgio doch nur Augen für Franca haben sollte.

Als Franca älter geworden war, hatte es Rizzoli einmal gewagt, sie zu begrapschen. Sie hatte Zwiebeln für den Sugo geschnitten. Rizzoli war unter dem Vorwand, ihr beim Kochen zu helfen, in die Küche gekommen. Ohne lange zu fackeln hatte er ihr von hinten an die Brüste gefasst und seinen harten Schwanz an ihren Hintern gedrückt. Sie war fünfzehn und frisch verliebt in Danilo, einen Schauspielstudenten der Dimitri-Schule. Und nicht einmal den hatte sie bislang an ihre Brüste gelassen. Giorgio hatte sie damals gesagt, es sei Reflex gewesen. Aber sie wusste, dass es wohlüberlegt war. Sie hatte das Zwiebelmesser genommen und Rizzolis Handrücken damit geschnitten. Er hatte laut geschrien und auf die blutende Hand gestiert. Und Franca hatte gezischt, dass sie ihm die Finger einzeln abschneiden würde, wagte er sich noch einmal auf zwei Schritte an sie heran. Es war grosses Drama gewesen, und sie war stolz darauf, dass sie sich gewehrt hatte. Giorgio war in die Küche gekommen und hatte nichts gesagt. Er sah nur abwechselnd zu ihr und zu Rizzoli. Dann hatte er Rizzoli den Verbandskasten gegeben und war ins Büro verschwunden. Rizzoli war ihm gefolgt, nachdem er sich die Hand verbunden hatte. Seitdem war der schmierige Kerl in den Sommerferien nicht mehr nach Verscio gekommen. Er war der vertraute Anwalt Giorgios geblieben, aber Franca hatte ihn nie mehr zu Gesicht bekommen.

Jetzt war der Zeitpunkt gekommen, da sie sich wieder gegenüberstehen würden. Franca wusste, dass er in Zürich lebte. Sie würde ihn finden.

***

Stahl hatte es befürchtet. Franca war weg. Hatte Donato sie gefunden? Oder war ihr die Flucht gelungen? Warum hatte sie nicht gewartet, wie Stahl es ihr befohlen hatte? Er hob einen morschen Stock vom Boden auf und donnerte ihn gegen einen Ahorn. Der Stock krachte, das abgebrochene Teil flog durch die Luft und landete im Laub. Ein Blick auf seine Armbanduhr verriet ihm, dass es gleich halb sechs war. Wenn er den Monsignore pünktlich treffen wollte, musste er sich sputen. Er warf den Rest des Stockes gegen den Ahorn und setzte sich in Bewegung. Vom schnellen Schritt fiel er ins Laufen. Er nahm nur noch das Laub wahr, sinnierte über die unterschiedlichen Braun- und Gelbtöne der gefallenen Blätter und freute sich über das frische Grün, das sich dazwischen in den neuen Kreislauf drängte. Er hatte lange nicht mehr gemalt. Vielleicht sollte er wieder damit anfangen. Das würde ihn entspannen.

Er dachte an Belinda. Sie hatte ihm Talent attestiert. Und sie musste es wissen. Sie war die Beste. Die Beste nach Michelangelo. Warum joggte er nicht einfach zu ihr, bat sie um Verzeihung und wagte einen Neuanfang? In ihrem Atelier fühlte er sich geborgen. Überall Stifte, die danach schrien, benutzt zu werden. Er könnte von Belinda lernen, sie von ihm. Nur was? Das Einzige, was er gelernt hatte, war, sich durchzuboxen. Und Bildung, die ihm der Camerlengo und Lorenzo eingetrichtert hatten, bis sie ihm aus Hals und Ohren wieder herausgekommen war. Unverdautes Wissen. Auswendig gelernt und hirnlos wiedergekäut. Was fing er damit an? Wie rettete sein Wissen ihn vor Einsamkeit? Warum hatte ihm niemand beigebracht, wie man eine echte Beziehung führte? Mit achtunddreissig lernte man das nicht mehr. Da war der Charakter bereits aus trockenem Holz geschnitzt. Ein wenig schleifen konnte man noch, aber gross verformen? Nein, das ging nicht mehr. Oder doch?

Eine Wurzel liess ihn stolpern. Stahl verlor das Gleichgewicht, fiel nach vorn, versuchte, den Sturz durch schnelleres Laufen zu vermeiden – vergeblich. Er knallte hin. Nicht hart, aber doch so, dass seine Hosen aussahen wie nach einem Fussballspiel als Goalie. Er rappelte sich auf, putzte sich den Matsch der Handflächen an der Rinde einer Buche sauber und lief weiter. Ja. Das hatte er auch gelernt. Aufstehen. Immer wieder aufstehen.

ZEHN

Franca war mit dem Bus und dem Tram schwarzgefahren. Sie hatte Glück. Niemand kontrollierte. Vielleicht ein Zeichen. Wendete sich ihr Blatt? Im Rennweg stieg sie aus und steuerte direkt auf das Internetcafé zu. So würde sie am schnellsten an Rizzolis Adresse gelangen.

Der Mann hinter dem Tresen kassierte gerade eine amerikanische Touristin ab und liess Franca geduldig warten. Er verstaute die Münzen in der Kasse, sah auf seinen Bildschirm und sagte ohne aufzuschauen: «Nummer zehn ist frei.»

Franca sah sich im Raum um und fand den freien Platz. Er war am Fenster. Sie steuerte darauf zu und setzte sich neben einen übergewichtigen Mann, den Franca auf Mitte vierzig schätzte. Er trug ein Headset und gab harsche Anweisungen auf Arabisch. Franca sah kurz auf seinen Bildschirm. Der Mann war über Skype mit einer Frau verbunden, deren Stimme Franca nicht hören konnte. Aber sie schien mindestens ebenso laut zu schreien wie der Dicke. Jedenfalls durchschnitt sie mit ihren Armen wild die Luft und sprang vor Wut wie Rumpelstilzchen. Der Dicke bemerkte, dass Franca kiebitzte, und sah sie scharf an. Franca drehte sich sofort weg und schaute auf ihren Bildschirm.

Ein paar Klicks, und sie hatte gefunden, was sie wollte. «Dr. Luca Rizzoli. Rechtsanwalt. Trittligasse 10.» Ein Klick auf Google Maps, und Franca wusste, dass Rizzoli seine Kanzlei im Niederdorf hatte. Das war nicht weit. Die Zahlen auf dem Bildschirm zeigten achtzehn Uhr siebenundzwanzig. Vermutlich würde sie Rizzoli jetzt nicht mehr in seiner Kanzlei antreffen. Aber vielleicht wohnte er auch dort? Sie hatte kein anderes Ziel. Wenn sie weiterkommen wollte, musste sie Rizzoli treffen.

Franca sah hinter ihrem Bildschirm auf. Der Kerl hinter dem Tresen stand nah an der Tür. Sie konnte nicht einfach an ihm vorbei, ohne zu zahlen. Verdammt. Es waren nur drei Franken. Aber nicht einmal die hatte sie. Alles hatten sie ihr abgenommen.

Der Dicke neben ihr stiess einen lauten Schrei aus, grollte

wie ein Vulkan und beugte sich so dicht an den Bildschirm, als wollte er gleich darin verschwinden. Dabei kam sein Hintern ein Stück vom Stuhl, und Franca sah, wie sein Portemonnaie aus der Gesässtasche stach.

Sie hatte noch nie geklaut. In Rom hatte sie oft Gelegenheit gehabt, Taschendiebe zu beobachten. Wahre Meister ihres Fachs. Stahl hatte sie in ihrer Zeit an der Gregoriana einmal mit auf den Petersplatz genommen und ihr erklärt, wie so eine Choreografie funktionierte. Der eine lenkte ab, der Zweite zog und gab an den Dritten weiter. So waren die ersten beiden, denen man bei raschem Bemerken einen Verdacht unterstellen konnte, sauber. Franca war aber allein. Und sie war ungeübt. Sie versuchte, sich zu erinnern, was Stahl damals noch gesagt hatte. Sie war beeindruckt gewesen, weil er ihr während des Erklärens die Uhr vom Handgelenk gelöst hatte, ohne dass sie es bemerkt hatte. Aber sie war verliebt gewesen. Da waren ihre Sinne ohnehin ganz woanders gewesen, als achtsam auf die Uhr am Gelenk zu starren. Stahl hatte ihr dann noch mal erklärt, wie er es gemacht hatte, und ihr dabei die Uhr wieder angezogen. Als er damit fertig gewesen war, hatte er sie gebeten, in ihre Handtasche zu schauen. Ihr Portemonnaie war weg. Stahl hatte es grinsend von seinen Knien genommen und auf den Tisch gelegt. Danach waren sie sofort miteinander ins Bett gegangen. Und auch dort hatte Franca erst spät begriffen, dass Stahl ihr längst das Herz gestohlen hatte.

Sie hatte zu lange gezögert. Jetzt sass der Dicke wieder zurückgelehnt auf seinem Geld und redete beruhigend auf seine Gesprächspartnerin ein. Franca blieb also nur, langsam nach vorne zu gehen und dann einen überraschenden Sprint hinzulegen. Mit ihrem dicken Knöchel ein Kinderspiel. Der Kerl hinter der Kasse würde sie einfangen, ohne sich wegzubewegen. Eine Armbewegung des Schlaks, und er hätte sie am Schlafittchen. Vielleicht sollte sie einfach gestehen, dass sie kein Geld hatte; es zu Hause vergessen hatte. Oder dass es ihr gestohlen worden war? Das war ja auch die Wahrheit. Vielleicht hatte der Schlaks Erbarmen? Seine dünnen Lippen verrieten, dass er Erbsen zählte. Nein. Er würde ein Theater machen, womöglich wegen drei

Franken die Polizei alarmieren. So abgerissen und verdreckt wie Franca aussah, war es ohnehin ein Wunder, dass er sie überhaupt hereingelassen hatte.

«Allah!», schrie der Dicke. Er schrie noch anderes, aber «Allah» war das einzige Wort, das Franca verstand. Und wieder schob er sich an den Bildschirm. Diesmal klammerte er sich sogar mit beiden Händen daran fest, als hielte er den Kopf der Frau zwischen seinen Fingern. Er wollte sie wohl schütteln. Wenn er es ernst meinte, riss er gleich den Bildschirm vom Tisch. Wieder stach sein Portemonnaie aus der Gesässtasche. Jetzt oder nie. Franca stand auf, nutzte den geschwollenen Knöchel, um zu straucheln, und fiel dabei auf den Dicken. Der sah sich irritiert nach ihr um. Franca stützte sich an seiner Schulter ab und lächelte devot. «Entschuldigung. Ich habe mir den Knöchel verstaucht und habe es beim Aufstehen vergessen.» Sie liess seine Schulter los und zeigte auf ihr geschwollenes Gelenk. Er brummte etwas und setzte sich ordentlich hin. In Francas rechter Hand lag nun seine Brieftasche. Wohin damit? Sie hatte keinen Partner, bei dem sie die heisse Ware rasch abgeben konnte. Das Leder glühte in ihrer Hand. Sie schluckte und nickte zu dem Dicken, der sie mit einer unwirschen Handbewegung zu verscheuchen suchte. Franca nickte wieder. Krampfhaft die Brieftasche hinter ihrem Rücken versteckend, sah sie sich im Raum um. Hoffentlich hatte es niemand gesehen. Der Kerl hinter dem Tresen sah zu ihr herüber. Hatte er etwas bemerkt? Sie spürte, wie die Brieftasche aus ihrer Hand genommen wurde, und wagte es nicht, sich umzudrehen. Hatte der Dicke sie erwischt? Vorsichtig drehte sie den Kopf nach rechts. Er sass noch immer da.

Diesmal schrie er aber die Frau auf dem Bildschirm nicht an, sondern hörte zu. Es passte ihm wohl nicht, was sie sagte. Aber immerhin brüllte er nicht dagegen an. Jetzt sah Franca ein Mädchen, das hinter ihr vorbeiging und auf den Tresen zusteuerte, die Brieftasche in der Hand. Das Mädchen öffnete das Portemonnaie, nahm eine Note heraus, wartete auf das Wechselgeld und verliess das Internetcafé.

Franca hatte sie erkannt. Es war die Kleine, die sie bei Stahl angetroffen hatte. Lilly. Franca warf einen letzten Blick zu dem

Dicken und fühlte Genugtuung, ihn bestohlen zu haben. So widerlich, wie er mit der Frau umging, geschah es ihm nur recht. Wie schnell man doch eine Rechtfertigung für seine Sünden zur Hand hatte. Sie dachte an Giorgio. Welche Sünden hatte er begangen, dass die Leute so schlecht von ihm sprachen? Und welche Rechtfertigung hatte er dafür gehabt? Sie wollte endlich Antworten. Aber zunächst stand die Frage an, wie sie hier ohne zu zahlen rauskam. Sie humpelte an den Tresen und baute auf den Klassiker. Zu mehr Phantasie reichte es nicht.

Augenaufschlag von unten, kokettes Lächeln, die Lippen geschürzt. «Entschuldigen Sie, ich habe leider mein Portemonnaie zu Hause vergessen. Das ist mir sehr unangenehm, aber ich bringe Ihnen das Geld gleich vorbei. Wie viel macht es insgesamt?» Was für eine Nummer für drei Franken. Absurd.

Der Lange sah sie an und hob die schmalen Augenbrauen. «Ihre Schwester hat doch schon gezahlt.»

Franca brauchte zwei Sekunden, ehe sie verstand. «Ach so. Ja. Dann ist ja alles gut. Natürlich.» Sie lachte albern. Wie eine Nonne unter Drogen vor der Madonna in Lourdes. «Ich bin völlig durcheinander heute. Deswegen habe ich mir auch den Knöchel verdreht. Verdreht, verdreht. Verstehen Sie?» Gott, war sie blöd. Sie nickte noch ein paarmal und humpelte aus dem Laden.

Draussen sah sie sich nach Lilly um. Sie stand auf der anderen Strassenseite und leckte an einer Glacé. Franca ging zu ihr.

«Was machst du hier? Hat Stahl dich auf mich angesetzt?»

«Danke.»

«Was?»

«Danke, liebe Lilly, dass du mich vor dem Knast gerettet hast. Oder so ähnlich könnte der erste Satz lauten.»

Franca wurde wieder bewusst, aus welcher Situation Lilly sie gerettet hatte, flatterte mit den Lippen und nickte. «Ja. Du hast recht. Danke. Ich wusste nicht, wohin mit dem Scheissding.»

«Das erste Mal, was?»

«Natürlich. Bei dir nicht, stimmt's?»

«Ich führe nicht Buch. Zu gefährlich. Alles, was dokumentiert ist, kann gegen dich verwendet werden.»

«Es kann dich aber auch schützen.» Franca dachte an Giorgios Liste, hinter der so viele her waren. Geschützt hatte sie Giorgio nicht.

«Kann schon sein. Ist mir zu hoch. Die Glacé schmeckt nicht. Den guten Glacémacher erkennt man daran, ob er Zitrone machen kann.» Sie warf die Glacé in einen Abfalleimer.

«Der Spruch stammt nicht von dir.»

«Sondern?»

«Von Stahl.»

«Und wenn schon. Wo er recht hat, hat er recht.» Sie streckte Franca ein paar Noten entgegen. «Hier. Zweihundertfünfzig. Die andere Hälfte ist für mich. Ist fair, oder?»

Franca sah zum Internetcafé hinüber und drückte Lillys Arm runter. «Bist du verrückt? Nicht hier. Wenn uns jemand sieht.»

Lilly lachte. «In Zürich dealt man an jeder Ecke mit Drogen. Millionen von Franken wechseln stündlich die Taschen. Glaubst du, da wird jemand misstrauisch, wenn eine Frau der anderen Geld gibt?»

«Es geht mir nicht um irgendjemand, sondern um den Dicken, den wir beklaut haben.»

Lilly warf gelassen das Portemonnaie in den Abfalleimer. «Soll er mal beweisen, dass das seine Noten sind.» Sie schob sich ihre Hälfte in die Hosentasche und wollte gehen.

«He, halt. Wo willst du hin?»

«Zurück zu Ashwath.»

«Wer ist Ashwath?»

«Ein Inder, der alles besser kann als Curry kochen. Stahl hat mich bei ihm abgesetzt, damit ich aus der Schusslinie bin.»

«Und warum treibst du dich dann auf der Strasse herum?»

«Weil es mir schwerfällt, das zu tun, was mir andere sagen.»

«Und was wolltest du im Internetcafé?»

«Nichts. Ich hatte gesehen, wie du rein bist, und wollte dir Hallo sagen.»

Franca sah Lilly misstrauisch an. «Seltsamer Zufall.»

«Zürich ist klein. Vor allem im Zentrum läuft man sich immer wieder über den Weg.»

Auf der anderen Strassenseite kam der Dicke aus dem Internetcafé. Jetzt war er richtig wütend. Der Vulkan spie Brocken an Flüchen. Sein Blick fiel auf Franca. Sofort zeigte er auf sie, und Franca glaubte zu hören, wie er schrie: «Das ist sie. Die Diebin. Haltet sie fest!»

Aber er sagte nichts, kam nur über die Strasse gewalzt.

«Ich geh dann mal», sagte Lilly. «Damit Stahl nicht merkt, dass ich kurz ausgebüxt bin.» Sie rannte nicht, ging aber zügig und wurde von einer Gruppe asiatischer Touristen verschluckt.

Der Dicke war inzwischen bei Franca angekommen. Er schnaufte wie ein Wasserkessel, den man auf dem Herd vergessen hatte. Franca schätzte ihn auf hundertdreissig Kilo. Bei einer Grösse von einem Meter sechzig.

«Geben Sie mir meine Brieftasche zurück, und ich vergesse die Sache», sagte er. Sein Deutsch war sehr gut, fast akzentfrei.

«Welches Portemonnaie?»

«Schauen Sie, ich habe keine Zeit für Spielchen. Und auf Polizei habe ich keine Lust. Sogar das Geld ist mir egal. Aber ich brauche die Brieftasche. Verstehen Sie mich?»

Franca sah ihn genauer an. Er war hübsch. Wäre er nicht so fett und etwas grösser, Franca hätte sich einiges mit ihm vorstellen können.

«Wie alt sind Sie?», fragte sie.

«Was?»

«Ich möchte wissen, wie alt Sie sind. Es kommt selten vor, dass ich das Alter eines Menschen nicht einschätzen kann.»

«Ich will meine Brieftasche, und Sie fragen mich, wie alt ich bin? Sind Sie verrückt?»

«Wäre eine Strategie.»

Er schaute mindestens viermal von rechts nach links und suchte nach Worten. Wie in amerikanischen Beziehungsfilmen kurz vor der Trennung. Franca wartete auf ein: «Okay. Ich bin fünfund–»

«Vierzig.»

«Sie sehen älter aus. Warum specken Sie nicht ab?»

Noch so eine Frage, und er würde ihr an die Kehle springen. Er tat es nicht, weil er kein Aufsehen wollte. Franca hatte ihn in der Hand.

Er zischte etwas auf Arabisch. Franca schätzte, dass es etwas mit ihrem Geschlechtsteil zu tun hatte und sie eine verfluchte Hure sei. Nach dem Zischen folgte ein Brodeln, dann noch ein Grollen. Endlich ein Lächeln aus Tausendundeiner Nacht. «An einem anderen Ort, zu einer anderen Zeit, wären Sie jetzt tot.»

«Kann ich mir denken. Deswegen schlage ich Ihnen einen Handel vor.»

«Ich handle nicht. Jedenfalls nicht mit Ihnen.»

«Weil Sie beim Verhandeln mit Frauen den Kürzeren ziehen? Oder warum haben Sie dort drin gerade so herumgebrüllt?»

Die Erinnerung daran liess sein Blut kochen. «Haben Sie etwa etwas davon verstanden, was ich gesagt habe?»

«Ihr Körper und Ihre Stimme sprachen deutlich genug. Da braucht es keinen Text, um zu verstehen.»

Er mimte wieder den amerikanischen Schauspieler, der in der Luft nach Worten suchte, schnalzte dann mit der Zunge, schüttelte mehrmals den Kopf und stemmte die Arme in die Hüften. «Sie heiratet einen anderen. Wissen Sie, was das heisst? Nein, das können Sie nicht. Sie verstehen gar nichts. Wir waren versprochen, von Kind an. Und ich habe mich seither darauf gefreut. Sie hat es immer hinausgeschoben. Erst wollte sie ihr Studium zu Ende machen. Ich habe es respektiert. Wir leben in einer modernen Welt. Aber das Studium hat sie verändert.»

«Wo und was hat sie studiert?»

«Internationale Politik. In Brüssel. Dort kommt die ganze Welt zusammen. Eine gute Stadt, um Kontakte zu knüpfen.»

«Das ist Zürich auch.»

«Auf eine andere Art, ja. Deswegen bin ich ja hier.»

«Wegen der Kontakte?»

«Wegen der anderen Art.» Er hatte sich beruhigt. Jetzt hatte er gar nichts mehr von dem brodelnden Vulkan. Er erinnerte Franca an einen Zen-Meister nach der Meditation. Wie konnte einer so schnell sein Temperament wechseln? Tat er es bewusst? Oder war er sich selbst ausgeliefert? Zwischen Eheversprechen aus dem Mittelalter und heutigem Anspruch auf Metrosex?

Franca ging zu dem Abfalleimer, fischte die Brieftasche raus und reichte sie dem Besitzer. Er nahm sie und sah hinein.

«Es fehlen fünfhundert Franken.»

Franca gab ihm zweihundert. Einen Fünfziger brauchte sie, damit sie nicht ganz blank war. «Den Rest hat die Kleine», sagte sie.

Der Dicke steckte die Noten ins Portemonnaie. «Wer ist sie?»

«Ein Strassenkind. Ich habe sie zufällig gestern kennengelernt.»

Er lachte. «Strassenkinder? In Zürich? Das glaubt Ihnen kein Mensch. Die Schweiz liegt nicht in Afrika.»

«Aber in Europa will sie auch nicht sein.»

«Ich sage schon immer, sie sollte sich für Asien entscheiden. Ist sowieso schon aufgekauft von asiatischen Geldern. Ich habe Hunger. Gehen Sie mit mir essen?»

Franca sah ihn erstaunt an. Er streckte ihr die Hand entgegen.

«Amon», sagte er.

«Franca.» Sie schlug ein.

«Dort vorne an der Ecke gibt es ein gutes Restaurant. Es gehört zu dem Hotel, in dem ich untergekommen bin.» Er ging voran. Franca versuchte, ihm hinterherzuhumpeln, konnte aber den Fuss kaum aufsetzen. Er bemerkte, dass sie verletzt war, und wartete auf sie.

«Das gibt es selten, dass mal jemand langsamer ist als ich. Was ist passiert?»

«Dumm gelaufen.»

Er musterte sie. «Ziemlich herunterkommen. Eigentlich ganz schöne Klamotten, die Sie tragen. Kenne mich aus. Die Kreditkarte fürs Shopping meiner Ex-Braut kennt alle Marken. Sieht aber aus, als hätten Sie die seit einer Woche nicht mehr gewechselt und würden mit dem Strassenkind unter einem Dach leben. Keine Angst, ich stelle keine weiteren Fragen. Geht mich nichts an. Ich esse nur nicht gern allein. Und Sie stehen in meiner Schuld.»

«Was? Wieso?»

«Dreihundert Franken. Schon vergessen? Kommen Sie. Stützen Sie sich bei mir auf.» Er trat näher an Franca ran. Sie legte den Arm um seine Schulter und roch sein Parfüm. Angenehm erfrischend. Sie hingegen musste stinken wie ein Biber. Er liess es sich nicht anmerken und führte sie bis zum Vordach des Restaurants.

«Wollen wir draussen essen?», fragte er. «Oder ist es Ihnen zu kühl?»

«Stinke ich denn so?»

«Nein. Überhaupt nicht. Mir wird nur schnell warm. Das liegt am Gewicht und meinem persischen Temperament.» Er entschied sich für einen Tisch am Rand und schob Franca den Stuhl zurecht, dass sie sich daraufsetzen konnte. Sie nahm Platz. Er setzte sich gegenüber.

«Warum skypen Sie im Internetcafé? Hat das Hotel kein WLAN?»

«Doch, hat es. Aber mein Laptop hat den Geist aufgegeben, und mein Handy musste ich aus Gründen, die ich nicht nennen will, rasch entsorgen.»

Die Kellnerin brachte zwei Speisekarten. Amon schlug sie auf und sondierte das Menü. Franca beobachtete ihn.

«Sie sind auf der Flucht?»

Amon blieb hinter der Speisekarte versteckt. «Sind wir das nicht alle?»

«Sie weichen mir aus.»

«Das haben Flüchtige so an sich.» Er kam hinter der Karte hervor und grinste. «Haben Sie sich entschieden?»

Es klang zweideutig. Oder bildete sich Franca den Unterton nur ein? «Ich habe noch gar nicht reingeguckt.»

«Dann essen Sie am besten dasselbe wie ich. Da fahren Sie gut.»

Wieder dieser Unterton. Die Kellnerin kam und wartete mit gezücktem Block.

«Zweimal den grossen Spargelteller und den Weisswein, den ich gestern hatte.»

«Und Leitungswasser, bitte», setzte Franca nach.

Die Kellnerin verschwand.

«Ich liebe Spargeln. Das Einzige, was nervt, ist, dass die Pisse dann so stinkt. Aber ich bin mit einem Schweizer Unternehmen daran, die Spargeln genetisch zu verändern. Die schmecken dann genauso gut, aber ohne Nebenwirkungen.»

«Ist das erlaubt?»

Er beugte sich zu ihr über den Tisch. «Sie fragen mich, ob das erlaubt ist? Sie haben mir meine Brieftasche geklaut und noch nicht erzählt, warum Sie aussehen, als wären Sie gerade aus einem Bootcamp ausgebrochen.»

«Wenn Sie sich so vorbeugen, kann es gut sein, dass Ihnen wieder jemand die Brieftasche klaut.»

Er setzte sich hin. «Ist ja nichts mehr drin.»

«Irgendwas muss ja wichtiger als Geld sein, dass Sie Ihre zweihundert Kilo zum Sprint bewegten.»

«Sie übertreiben.»

«Mit zweihundert Kilo?»

«Nein. Mit Sprint.» Er hustete ein Lachen, musterte sie und griff sich an die Nase. «Sie gefallen mir. Sind Sie verheiratet?»

«Nein. Wir haben da was gemeinsam. Mir ist auch der Bräutigam abgesprungen. Erst vor Kurzem.»

«Oh. Das tut mir leid. Muss ein Idiot sein.»

«Vergessen Sie es. Bei mir landen Sie nicht mit Ihren Komplimenten.»

«Man landet überall mit Komplimenten. Niemand kann sich dagegen wehren. Selbst eine so kluge Frau wie Sie ist anfällig.» Er kräuselte seinen Mund. Charmanter Schmierlappen.

Die Kellnerin kam mit Wein und Wasser und schenkte ein. Amon hob das Glas. «Auf gute Geschäfte.»

«Was für Geschäfte?»

«Geschäfte eben. Wenn sich zwei Menschen treffen, ist das die beste Voraussetzung für Geschäfte. Wenn sich zwei risikofreudige und intelligente Menschen treffen, stehen die Chancen hoch für gute Geschäfte.» Er zuckte mit dem Glas in Francas Richtung. Franca nahm ihr Glas und stiess mit ihm an. Er nahm einen vollmundigen Schluck, sie nippte.

«Was für ein Glück, dass wir uns getroffen haben. Finden Sie nicht auch?»

«Das kann ich noch nicht beurteilen.»

«Wieso? Vor unserer Begegnung waren Sie um fünfzig Franken ärmer und hatten ein Loch im Bauch. Ich habe es gehört im Internetcafé, wie Ihr Magen geknurrt hat. Ich habe meine Braut kaum verstanden.»

«Sie hatten Kopfhörer auf.»

«Ich höre gut. Ich muss immer auch mitkriegen, was um mich herum passiert.»

«Und trotzdem haben Sie nicht gemerkt, wie ich Sie beklaut habe.»

«Ein unbedachter Moment. Da stimme ich Ihnen zu. Und Sie haben ihn erwischt. Das gelingt nicht vielen. Und deshalb mag ich Sie.»

Die Kellnerin servierte die Spargeln. Amon jauchzte. «Schauen Sie sich den Schinken an.»

«Sind Sie kein Moslem?», fragte Franca.

«Trinke ich Wasser? Nein. Ich bin Atheist. Ich glaube an das Geschäft. An Gott Mammon. Und daran, dass es immer zwei Möglichkeiten gibt. Guten Appetit.»

«Aber Sie haben im Internetcafé immer Allah gerufen.»

«Gewohnheit. Die Italiener fluchen bei jeder Gelegenheit auf ihren lieben Herrgott. Und nicht nur die Katholiken.»

Franca nahm das Besteck und trennte den ersten Spargelkopf.

***

Lorenzo erhob sich und lächelte. Das konnte er. Lächeln. Egal, in welcher Situation. Das hatte er gelernt. Und sein Lächeln wirkte echt. Eine heimtückische Waffe, die viele täuschte. Nicht Stahl. Er kannte Lorenzos Lächeln. Er hatte es von ihm gelernt. Er lächelte zurück.

Lorenzo trat hinter dem Bistrotisch hervor, zeigte die Handflächen und umarmte Stahl. Stahl tat es ihm gleich. Sie drückten ihre Körper aneinander. Drei Sekunden. Keiner würde es wagen, hinter dem Rücken des anderen das Lächeln aufzugeben. Es würde sich im Körper verraten. Sie lösten sich und sahen sich an. Stumm. Wieder drei Sekunden. Dann bot Lorenzo Stahl Platz an, und sie setzten sich. Eine schöne Choreografie. Wie einstudiert. War sie auch. Aber nicht mechanisch, sondern organisch gewachsen, aus den Prinzipien jesuitischer Kommunikation. Schritt für Schritt. Wachsam. Jederzeit bereit, vorzupreschen oder zurückzuweichen. Nichts preisgeben, mit Finten handeln, angemessen reagieren. Wenn es sein musste, auch überzogen. Aber nur als Mittel, nie aus unkontrollierter Emotion.

«Ist es hier immer so kalt?», fragte Lorenzo.

Das Wetter. Natürlich. Der kleinste gemeinsame Nenner. Es würden noch andere Floskeln des Einstiegs folgen. Stahl überlegte, ob er das Gespräch nicht abkürzen wollte.

«Ich glaube, heute Abend muss ich mir eine Bettflasche machen.» Lorenzo winkte dem Kellner. «Ich nehme noch einen Tee. Und für dich?»

«Mineral.»

«Immer noch so sportlich? Seit wann joggst du in Anzügen?»

«Bin ich früher immer. Sogar im Dschungel.»

«War das Eitelkeit?»

«Dresscode.»

«Und heute?»

«Keine Zeit zum Umziehen.»

«War früher doch alles besser?»

«Früher habe ich nicht darüber nachgedacht.»

«Und heute tust du's?» Der Kellner brachte Tee und Wasser. «Nachdenken ist löblich, die richtigen Schlüsse ziehen, das Entscheidende.» Lorenzo gab Zucker in den Tee. «Zu welchem Schluss bist du gekommen?»

«Ich habe noch nicht zu Ende gedacht.»

«Wer das hat, ist entweder selig oder dumm. Und beides besitzt wenig Charme.»

Stahl trank das Mineral in einem Zug. Er winkte dem Kellner. «Noch eins.»

«Was war los?», fragte Lorenzo und zeigte mit knapper Geste auf Stahls verdreckten Anzug.

«Kleiner Wettlauf durch den Wald.»

«Und wer hat gewonnen?»

«Das Rennen ist noch nicht zu Ende.»

«Machst du bei mir Boxenstopp?»

«Glaube ich nicht. Wir beide rennen doch im Sitzen.»

«Das hast du schön gesagt. Du könntest immer noch Romancier werden. Du hast eine poetische Ader. Schon deine Aufsätze über Schopenhauer haben mich damals beeindruckt.

Etwas romantisch, aber doch an den richtigen Stellen humorvoll. Etwa so, wie wenn E.T.A. Hoffmann auf Chandler trifft.» Er rührte den Zucker. «Ich meine es ernst. Schreib etwas. Ich finde garantiert einen Verlag für dich. Und davon lebst du dann an einem Haus am Meer bis an dein Lebensende.»

«Was ist die Gegenleistung für den Gefallen?»

«Donatos Kopf und Francas Erbe.»

«Ich bin kein Auftragskiller.»

«Seit wann?»

«Ich war es nie.»

«Stimmt. Wir nennen es Mission.»

«Schickt dich Holzer?»

«Nein, der Papst persönlich.» Lorenzo nippte am Tee. «Und er wird es morgen auf dem Petersplatz verkünden.» Er kicherte über seinen Scherz. «Stell dir vor, er gibt seinen Segen und wünscht allen Reisenden, allen voran dem geschätzten Monsignore Lorenzo, den er nicht einmal kennt, gutes Gelingen in den dubiosen Machenschaften des Vatikans. Was glaubst du, würde passieren?» Er klopfte mit dem Löffel gegen die Untertasse. «Nichts. Gar nichts. Also ist es egal, wer mich schickt. Ich bin hier und mache dir das Angebot. Ein grosszügiges Angebot.» Er beugte sich über den Tisch. «Donato hat uns verraten. Und du bist ihm gefährlich. Er wird also nicht ruhen, bis er deinen Kopf hat. Also sieh es als Notwehr. Und Franca ist bei uns in Sicherheit. Auf der anderen Seite werden sie sie umlegen, sobald sie haben, was sie wollen. Wir haben einen Kodex.»

Stahl verdrehte die Augen.

«Du brauchst gar nicht so blöd zu gucken. Haben wir dich ausgebildet oder nicht?»

«Aus reiner Selbstlosigkeit.»

«Natürlich nicht. Es war ein Geschäft. Und es besteht noch immer. Du hast auf die Fahne geschworen. Und dieser Schwur gilt bis zum Ende.»

«Und welcher Schwur gilt für dich?»

«Als Jesuit dem Papst zu dienen.»

«Und wie nah bist du dran?»

«Woran?»

«Am Ende?»

Lorenzos Lippen zitterten einen Moment, dann hatte er sich wieder im Griff. «Ich bin jedenfalls jederzeit bereit dafür. Und du?»

«Noch lange nicht.»

«Dann tu was dagegen. Arbeite für uns. Nur noch dieses eine Mal. Denk auch an die Kleine, der du eine Chance geben willst.»

Stahl rief durch den Raum: «Müsst ihr das Wasser erst aus den Bergen holen?»

Lorenzo hatte ihn am Nerv getroffen und lächelte. Stahl ärgerte sich über seine kleine Entgleisung. Gleichzeitig registrierte er in Lorenzos Lächeln den Anflug einer Überheblichkeit. Nur weil er einen Treffer gesetzt hatte. Das konnte ihn noch teuer zu stehen kommen. Stahl wog einen winzigen Moment ab und entschied sich dann, weiter auf den Treffer zu reagieren. «Ist doch unmöglich. Lassen die einen hier zwei Stunden auf ein Glas Wasser warten.» Er schob den Kiefer leicht nach vorne und malmte damit, bis der Kellner kam und devot das Glas Wasser hinstellte.

«Entschuldigen Sie vielmals.»

«Schon gut. Halten Sie jetzt keine langen Reden. Wir sind beschäftigt.»

Der Kellner schob ab. Jetzt musste Stahl wieder die Kurve kriegen, sonst wäre es zu auffällig und Lorenzo würde die Finte wittern. Stahl trank und kühlte sich damit ab. «Ah, das tut gut. Entschuldige, wo waren wir stehen geblieben?»

«Bei unserem Handel.»

«Garantien?»

«Hunderttausend sofort. Vierhunderttausend nach getaner Arbeit.»

«Und das Versprechen, dass ich damit ein für alle Mal draussen bin.»

«Natürlich.»

Stahl wusste, dass das Versprechen nichts wert war. Er wollte es aber eingefordert haben. Zur Beruhigung des eigenen Gewissens. Mit einer guten Tat, so sah er es, würde er freikommen. Bis sie wieder anklopften. Und dann würde er Nein sagen. Dann würde er nicht so in der Klemme sitzen. Nie mehr. Mit einer halben Million konnte er einiges anfangen. Das würde lange reichen. Und Lilly hätte eine Zukunft. Abseits der Gregoriana.

«Einverstanden.»

Lorenzo zückte sein Handy, entsicherte es und tippte. Er zeigte Stahl das Display. Es war nur eine Zahl, aber sie schüttete Dopamin in Stahls Hirn aus. Hunderttausend.

«Wie immer. In Vaduz.» Lorenzo steckte das Handy wieder ein. «Übrigens, dorthin musst du sowieso. Mit Franca. Dort liegt, was wir haben wollen.»

«Ich dachte, ihr wollt Franca haben.»

«Wir wollen über Franca an Giorgios Erbe. Und du wirst es uns bringen. Kellner. Zahlen, bitte.»

***

Die Spargeln schmeckten gut. Der Wein noch besser. Franca merkte, dass sie beschwipst war. Sie trank selten. Und nach dem Lauf durch den Wald schlug der Weisswein sofort ein. Amon hingegen schlürfte das Zeug wie Limonade. Und es schien ihm nichts auszumachen. Er schenkte nach und leerte die Flasche.

«Ich bestell noch einen. Einverstanden?» Er winkte der Kellnerin, zeigte auf die Weinflasche und schob sich die letzte Spargel zwischen die Zähne. Dort rutschte der Leckerbissen, ohne lang gekaut zu werden, den Schlund hinunter. Zwei Tupfer mit der Serviette, ein versteckter Rülpser und ein Seufzer, wie ihn Kleinkinder ausstiessen, nachdem sie sich mit dem dritten Schokoladenpudding überfressen hatten.

«Jetzt geht's mir gut», sagte er und lauerte auf Francas Reaktion. Sie hätte mindestens genauso viel essen müssen wie Amon, um die Wirkung des Alkohols einzudämmen. Aber sie fand in ihrem Magen keinen Platz mehr.

«Was für Geschäfte machen Sie?», fragte Franca.

«Das berühmte Import-Export-Business.»

«Genauer?»

«Fast alles, was mir zwischen die Finger kommt.»

«Auch Menschen?»

«Menschen? Was meinen Sie damit?»

«Ich weiss nicht. Jemand sagte mir, mein Vater, der gerade verstorben ist, habe mit Menschen gehandelt.» Franca merkte, dass sie mit Amon nicht darüber reden sollte, aber ihre Zunge war vom Wein gelöst und galoppierte wild davon.

«Prostitution? Meinen Sie das?»

«Vielleicht.»

«War ich nur kurz dabei. Hart umkämpfter Markt. Ist mir zu schmuddelig.»

«Was gibt es noch?»

«Fussballprofis.»

«Witzig.»

«Sie glauben gar nicht, was da für Hebel drinstecken, wenn Sie aufs richtige Pferd setzen. Ich hatte fünf Stück. Alle aus Ghana. Riesentalente.»

«Und jetzt?»

«Verkauft. Weit unter Wert. Sie haben den Dreh nicht gekriegt. Konnten den Hebel nicht umlegen. Disziplin. Das europäische Leistungsdenken. Das schaffen nicht viele. Jetzt kicken zwei in der dritten Liga in Frankreich. Einer probiert sich bei einem Zweitligisten in Deutschland, und einen versuche ich bei den Grashoppers anzupreisen.»

«Und der fünfte?»

«Ist krank geworden. Malaria. Steckt bei den Jungs fast allen drin. Kriegst du nicht mehr raus. Und der Kerl war wirklich gut. Hat mich am meisten gekostet.»

«Nein. Giorgio interessierte sich nicht für Fussball.»

«Meinen Sie etwa, ich interessiere mich dafür? Fussball ist mir scheissegal. Mir geht's ums Geschäft. Aber ich bin jetzt draussen. Mit einer schwarzen Null. Mehr oder weniger.»

Die Kellnerin schenkte aus der frischen Flasche nach, stellte sie ab und ging wieder.

«Headhunter vielleicht? Oder Söldner? Leiharbeiter? Im Grunde ist jedes Geschäft Menschenhandel. Fragen Sie mal die Linken.» Er lachte und trank. «War er ein böser Mensch?»

«Wer?»

«Ihr Vater.»

«Nein. Zu mir war er immer gut. Sehr gut. Er hat mich verwöhnt. Es mangelte mir an nichts.» Sie trank, obwohl sie wusste, dass es verkehrt war. Aber die Schwelle war längst überschritten. Der Wille zur Disziplin für heute gebrochen. «Aber manche Leute sagen, er war ein Monster.»

«Aha. Wie Assad vielleicht? Ein Schlächter?»

«Keine Ahnung. Was ist das Schlimmste, was man tun kann?»

«Genozid in allen Varianten. Und sich daran bereichern.»

«Stimmt. Aber Giorgio war kein Politiker.»

«Politiker bereichern sich nicht. Sie sind Idioten.»

«Es gibt auch geschäftstüchtige Politiker.»

«Da haben Sie recht. Aber das sind dann keine Politiker mehr.»

«Menschenhandel. Was ist Menschenhandel? Konkret. Nicht philosophisch. Verstehen Sie, Amon?» Sie lallte und sah den Wein in ihrem Glas an.

«Flüchtlinge schleppen. Das ist Menschenhandel. Flüchtlinge über Nordafrika in Nussschalen pferchen und nach Lampedusa schiffen. Damit macht man Geschäfte.»

«Lampedusa.» Franca sah in den goldenen Wein und wiederholte. «Lampedusa. Ja. Lampedusa. Giorgio war oft in Lampedusa. Einen Freund besuchen. Holzer heisst er. Kennen Sie ihn? Auch ein Geschäftsmann. Import-Export. Vielleicht sind Sie sich schon mal begegnet? Und Donato? Das ist ein Maskenbauer und ein Killer. Auch ein Geschäft. Und Stahl. Ein schöner Mann. Verdammt heiss. Und ein Arschloch. Man weiss nie, auf wessen Seite er steht. Käuflich. Macht aber auf Ehre.» Sie riss das Glas hoch. Der Wein schwappte auf die Tischdecke. «Sie, Amon, Sie sind ehrlich. Alle anderen sind Lügner. Wissen Sie, warum Sie ehrlich sind? Weil Sie zugeben, dass Sie ein Lügner sind.» Sie stand auf und streckte das Glas in die Höhe. «Auf Giorgio, meinen Vater, das Monster.» Sie wollte trinken, knickte aber weg und schlug auf den Tisch. Sie rappelte sich auf, setzte erneut zum Toast an, verlor das Gleichgewicht, das sie mit einem Griff an die Tischdecke zu halten suchte, und riss Tuch und Geschirr mit sich auf den Boden. Dunkle Flecken tanzten, Amons hübsches, fettes Gesicht verzerrte sich, dann erloschen die Lampen.

ELF

Stahl mochte das Niederdorf. Die engen Gassen erinnerten ihn an Rom. Längst nicht so aufgeräumt und sauber, aber verspielt. Eine Reisegruppe Italiener unterstützte die Illusion, dass er sich für einen Moment in der alten Wahlheimat wähnte. Zudem das Klingelschild: Rizzoli. Recht bescheiden. Die Dependance in Rom fuhr barocker auf. So bescheiden kannte er den windigen Advokaten nicht. Aber auch er hatte auf der Gregoriana studiert. Auch er wusste, wie man sich wo zu verhalten hatte. Es würde nicht einfach werden.

Stahl läutete. Eine Frauenstimme knarzte durch die Sprechanlage. Stahl nannte seinen Namen und hoffte, dass sich der Sesam öffnete. Der Summer brummte, das Schloss sprang auf. Stahl trat in das Haus. Am Ende des Flurs stand eine Frauengestalt. Sie war nur ein Schattenriss. Das Gegenlicht der Abendsonne, das hinter ihr durch die Fenster stach, zeichnete einen harten Riss und liess das Gesicht im Schatten versteckt.

Stahl ging auf sie zu und wettete mit sich, ob gleich zwei Mafiosi aus den Seitentüren sprangen, um ihn umzulegen. Denkbar war es. Rizzolis Kontakte flossen in alle Richtungen. Nachdem er drei Kapos von lebenslänglich auf fünf Jahre geboxt hatte, galt er als Experte in Sachen Ehrendelikte. Und was Stahl schon lange wusste, und was sich auch jetzt wieder bestätigte: Rizzoli umgab sich gern mit schönen Frauen. Gross war sie, mindestens eins achtzig. Der Rock etwas zu kurz für eine Kanzlei. Der Ausschnitt zu tief für Zürcher Verhältnisse. Zwei polierte Zahnreihen blitzten. Das Licht der Abendsonne war ein abgebrannter, müder Kerzenstummel dagegen. Und die Augen zwei schwarze Löcher, in die man fallen wollte, um nie wieder aufzutauchen.

«Hier entlang», sagte sie und streckte den nackten Arm in die Richtung, in die er gehorsam abbog. Sie überholte ihn, und Stahl durfte riechen, wie gut sich ihr Parfüm mit dem Geruch ihrer Haut vertrug. Sie wackelte nicht mit dem Hintern. Das hatte sie nicht nötig. Dafür öffnete sie ihm die Tür in ein Zimmer, zeigte noch einmal ihre Zahnreihen und verschwand dann irgendwo im Westen des Hauses, dort, wo man mit ihr sein wollte, wenn die Sonne unterging.

Stahl sah sich um. War das nun Rizzolis Wartezimmer? Oder sein Büro? Prächtig war es allemal. Hier drin erinnerte nichts an Rom. Hier drin war Rom. Italienischer hätte man es nicht einrichten können. Schwer, dunkel, zwischen Ledersesseln und Nussbaummöbeln. Manchmal verschnörkelter Kitsch, überwiegend klassizistischer Kram. Und Löwenkrallen durften an keinem Tisch fehlen.

Die grosse Flügeltür öffnete sich, und der kleine Rizzoli trat ein. Ein Zwerg mit dem Selbstbewusstsein eines Bonaparte. Er erinnerte an Edward G. Robinson, einen längt vergessenen Filmstar der frühen Hollywood-Ära. Selbst die Zigarre fehlte nicht. Rizzoli rauchte sie nicht, er kaute daran. Vielmehr nuckelte er. Ein kleines Kind, das den Rachen nicht voll genug bekam und schrie, wenn es nichts im Maul hatte.

Rizzoli ging zu einem Sekretär, öffnete die oberste Schublade und nahm ein Dokument heraus. Er ging damit wieder zur Flügeltür und verschwand. Was sollte das? Hatte er Stahl nicht gesehen? Oder wollte er seine Macht demonstrieren? Wie Stahl diese Spielchen hasste. Er kannte sie zur Genüge. In Rom gehörten solche Macken zum Ritual. Man musste es verstehen, einen warten lassen zu können. Es signalisierte Macht und trieb den Preis in die Höhe. Stahl tippte auf zehn Minuten, die ihn Rizzoli jetzt noch allein lassen würde. Währenddessen würde Rizzoli seine Zigarre vermutlich gegen die Nippel der Gazelle austauschen und hin und wieder einen Blick auf den Monitor werfen, um zu sehen, wie sich Stahl beim Warten anstellte. Jede Wette, dass hier Kameras angebracht waren. Stahl würde warten, wie er es gelernt hatte, als er im Anfangsjahr mit Uniform und Hellebarde bei der Garde Wachdienst geschoben hatte. Im Stehen, jederzeit bereit, sich zu verteidigen. Er neigte sich leicht auf die Zehenspitzen und tänzelte, ohne dabei wirklich die Füsse zu bewegen. Wie eine Welle zog er die Bewegung von unten durch seinen Körper, bis sie in den Schultern angelangt war. Von dort floss es weiter durch die Arme bis in die Fingerspitzen. Im Kopf spielte er einige Boxkombinationen durch. Wie es Schachgrossmeister taten, wenn sie die geeignete Eröffnung für ihre Partie suchten. Stahl setzte gerade eine Serie von Leberhaken, als die Flügeltür aufsprang und Rizzoli wieder auftrat. Diesmal nahm er Stahl zur Kenntnis.

«Stahl», sagte er und kletterte auf den grossen Stuhl hinter dem noch grösseren Schreibtisch. «Bitte, setzen Sie sich.» Er zeigte auf einen kleineren Stuhl vor dem Schreibtisch. «Damit wir uns auf Augenhöhe unterhalten können.»

Stahl setzte sich. Er ahnte, wie oft Rizzoli diesen kleinen Scherz schon abgespult hatte.

«Acqua? Espresso?»

«No, grazie. Ho fretta.»

«Come sempre.»

«Liegt nicht an mir.»

«Man gerät in keine Situation. Jeder sucht sie sich selbst aus.»

«Klingt zynisch. Was haben sich die Syrer ausgesucht?»

«Sie haben versäumt, sich rechtzeitig zu wehren.»

«Und die afrikanischen Flüchtlinge vor Lampedusa?»

«Könnten auch in ihrem Land Ackerbau betreiben. Aber sie wollen es nicht. Sie wollen Reichtum, Ruhm und Ehre. Dafür quetschen sie sich in Boote und geben ihr letztes Hemd. Sie riskieren etwas. So wie Sie und ich. Wir sind nicht zufällig hier. Sie wollen Geld. Sie sind nicht anders als einer aus den Flüchtlingsbooten. Aber Sie haben vor allem eins mit ihnen gemeinsam. Sie flüchten. Wovor?»

«Was?»

«Wovor flüchten Sie, Stahl? Sie könnten das beste Leben haben. Stattdessen päppeln Sie einen abgewrackten Boxclub auf und mimen den Sozialromantiker. Haben Sie ein so schlechtes Gewissen? Und glauben Sie, dass Sie Ihr Gewissen tatsächlich reinwaschen, indem Sie ein paar nutzlosen Kids das Boxen beibringen?»

«Es macht Sinn.»

«Aha.»

«Ja. Für mich macht es Sinn.»

«Und was macht es für Sinn, hierherzukommen? Ich weiss,

dass Holzer Sie schickt. Sie sollen mir Druck machen, dass ich etwas aus Giorgios Erbe rausrücke.»

«Etwas, das nach Holzers Meinung dem engeren Kreis gehört und Giorgio nur verwaltet hat.»

«Sagt das Holzer? Haben Sie mit ihm selbst gesprochen? Ich hörte, das letzte Gespräch mit ihm sei nicht so friedlich verlaufen.»

«Geben Sie es mir?»

«Das kann ich nicht. Ich verwalte das Erbe von Giorgio Rossi. Und die Erbin ist Franca Rossi. Und nicht Holzer oder der engere Kreis.»

Stahl hatte keine Lust, Rizzoli zu drohen. Er hasste es. Vor allem bei Leuten, die gefühlte zwei Meter kleiner waren als er. Aber es gehörte zum Spiel. Informationen erzwingen durch Androhung und Ausüben von Gewalt. Ein lästiges Unterfangen. Stahl kannte Menschen, die hatten diesen Teil des Spiels zu ihrem Steckenpferd erkoren. Ihn widerte es an. Trotzdem stand er auf und streckte sich, um noch grösser zu wirken.

«Sagen Sie jetzt bitte nicht, Sie machen mich einen Kopf kleiner. Denn das ist rein physiologisch kaum möglich.» Rizzoli brauchte den Scherz auf seine eigenen Kosten. Damit ihn kein anderer machte. «Ausserdem haben Zwerge wie ich immer eine Schar Beschützer. Jedenfalls, wenn sie es so weit nach oben bringen wie ich.»

Stahl ahnte, dass Rizzoli längst den Summer unter seinem Tisch gedrückt hatte. Gleich würden ein paar bullige Rausschmeisser einmarschieren. Wie erwartet öffnete sich die Tür. Aber es erschienen keine Schläger, sondern die Gazelle, die Stahl durchs Haus geführt hatte.

«Noemi, Herr Stahl möchte gehen.»

Stahl hielt es für einen Witz. Glaubte Rizzoli tatsächlich, er würde unverrichteter Dinge abziehen?

«Täuschen Sie sich nicht, Stahl. Noemi wird gerne unterschätzt. Ausserdem stehen Sie direkt über einer Falltür. Ich brauche nur einen Knopf zu drücken, und schwupp landen Sie in guter Gesellschaft bei anderen, die mir drohen wollten. Die dürften mittlerweile von den Ratten bis auf die Knochen abgenagt sein.»

Stahl sah Rizzoli ungläubig an, schwenkte auf seine Füsse und suchte die Falltür darunter.

Rizzoli kicherte. «Sie haben es geglaubt. Geben Sie es zu. Sie haben es geglaubt. Keine Sorge, ich habe keine Falltür. Dafür eine Decke, aus der Nägel kommen und die sich auf Sie herabsenken wird, sobald ich das Zimmer verlassen habe.» Er sprang vom Stuhl, rannte aus dem Zimmer und schlug die Tür hinter sich zu. Stahl hörte, wie sich ein Schlüssel im Schloss drehte. Er drehte sich zur Gazelle. Auch sie war verschwunden. Rizzoli machte sich vom Acker. Entweder war Giorgios Erbe so gross, dass es sich lohnte, alles dafür aufzugeben, oder Rizzoli wollte sich einfach für eine Weile aus der Schusslinie ziehen. Er arbeitete bestimmt für beide Seiten. Da konnten in Zeiten der rauchenden Colts Fehler unterlaufen, die einem in Phasen des Waffenstillstands übel nachgetragen wurden.

Stahl hörte, wie die grosse Haustür zugeschlagen wurde. Rizzoli und die Gazelle hatten sich aus dem Staub gemacht. Es würde nichts bringen, Rizzolis Schreibtisch zu durchsuchen. Er würde Wichtiges nicht hier aufbewahren. Dafür gab es andere Orte. Einer davon war die Lions Bank in Vaduz. Stahl hatte dort selbst ein Konto samt Schliessfach. Allerdings war es schon eine Weile abgeräumt. Nur eine Kohlezeichnung, die Stahl vor Jahren vom alten Camerlengo geschenkt bekommen hatte und die nach dessen Behauptung der erste Judas-Entwurf von Da Vincis Abendmahl sein sollte, lag noch dort. Stahls Notnagel. Wenn gar nichts mehr ging, würde er die Zeichnung versilbern. Einen Judas versilbern. Das Wortspiel gefiel ihm. Noch war es nicht so weit.

Stahl rief den Monsignore an. Er nahm nicht ab. Stahl hatte keine Lust, ihm auf die Combox zu sprechen. Er steckte das Handy ein und kontrollierte die verschlossene Tür, durch die er ins Zimmer geführt worden war. Es würde genügen, einmal ordentlich an ihr zu reissen. Er tat es, das Holz knackte, und die Flügeltüren öffneten sich.

Stahl lugte in den Flur. Niemand da. Er ging durch den Flur zur Haustür, öffnete sie und sah auf die Strasse. Am Ende der Ligusterhecke war eine dunkelblaue Mercedes-Limousine parkiert. Die Gazelle sass hinter dem Steuer, Rizzoli auf dem Beifahrersitz. Ein kräftiger Mann riss die Autotür auf und zerrte an Rizzoli.

Plötzlich schrie der Mann auf und hielt sich die Hand. Der Wagen startete und jagte mit Kavalierstart davon.

Stahl erkannte den Mann. Marco.

Stahl ging zu ihm und reichte ihm ein Taschentuch. «Du solltest dich impfen lassen. Zwerge können Tollwut haben.»

Marco nahm das Taschentuch und wickelte es sich um die blutende Hand. «Manchmal hasse ich diesen Job», sagte er.

«Und dann? Was tust du dann?»

«Warten, bis der Hass vergeht.»

«Und was tritt dann an seine Stelle? Liebe zum Beruf?»

«Ich weiss es nicht. Ich bin noch nicht so lange dabei. Deine Desillusion kann ich noch nicht teilen. Ich glaube noch an das Gute.»

«Und dass es sein kann, viel Böses dafür zu tun?»

«Gehört dazu.»

«Wer sagt das?»

«Das Leben selbst.» Er sah Stahl von der Seite an. «Und meine Ausbilder.»

«Holzer? Du glaubst, was Holzer sagt?»

«Einem muss man glauben.»

«Wie wäre es mit Gott?»

«Welche Übersetzung?»

«Gehen wir rein und trinken einen. Ich habe keine Lust, Rizzoli nachzuhetzen. Ich weiss sowieso, wohin er will. Aber ob er dort ankommen wird, das bezweifle ich.» Er ging vor. Marco zögerte. Am Eingang drehte sich Stahl zu ihm um. «Du sollst mich doch beschatten, oder? Aufpassen, ob ich meinen Auftrag erfülle. Habe ich recht?»

«Ich bin nur Back-up. Lorenzo vertraut dir.»

«Dann ruf den Monsignore an und sag ihm, dass du mich gut im Auge hast und dass Rizzoli auf dem Weg nach Vaduz ist. Vielleicht geht er bei dir ans Telefon.»

«Er wird wollen, dass wir Rizzoli folgen.»

«Ich sagte bereits, er wird dort nicht ankommen. Ausserdem

habe ich Hunger und bin müde. Und was haben wir von Rizzoli? Er ist nur der Verwalter. Wir brauchen die Erbin.»

«Franca.»

«Deine Braut, habe ich recht? Wenn du sie heiratest, bist du ein gemachter Mann. Und Franca wird hierherkommen, wenn sie das Erbe antreten will. Sie weiss, dass Rizzoli Giorgios Anwalt war.» Stahl ging ins Haus. Marco folgte ihm und zog die Tür zu.

***

Franca schlug die Augen auf. Im Zimmer war es dunkel. Die Matratze weich, die Bettdecke schwer. Neben sich spürte sie einen warmen Körper. Er atmete schwer, und der Stoff des Pyjamas berührte Franca bei jeder Einatmung. Sie selbst war nackt. Wo war sie? Wer war der Mann neben ihr? Sie erinnerte sich. Das Spargelessen. Amon, der dicke Perser, den sie beklaut hatte. Sie schälte sich vorsichtig aus der Decke und stand auf. Amon schnappte nach Luft und drehte sich. Sein Arm tastete nach ihr. Er fand sie nicht, wachte auf und blinzelte Franca an.

«Alles klar?», fragte er und murmelte etwas auf Persisch hinterher.

«Wo sind meine Kleider? Warum liege ich nackt neben Ihnen?»

Amon gähnte und rieb sich die Augen. «Seien Sie froh, dass ich nicht nackt neben Ihnen liege. Das wäre nämlich kein so schöner Anblick.» Er grunzte und gähnte ein zweites Mal. Dann schmatzte er wie ein Baby, das gerade seinen Brei bekommen hatte, und drehte sich wieder auf die andere Seite. «Es ist spät. Sie sollten schlafen. Morgen wird es anstrengend werden.»

«Ich möchte gehen.»

«Nackt wird das ein Spass werden. Nackt und ohne Geld. Bin gespannt, ob Sie in diesem Aufzug so nahe an einen rankommen, um ihm die Brieftasche zu stibitzen.»

«Ich schreie.»

«Tun Sie das.» Er zog sich die Decke über die Ohren.

Franca riss sie weg. «Was soll das? Was haben Sie mit mir vor?»

«Ich verkaufe Sie an einen Scheich in Dubai. Es steht auf europäische Wildkatzen.»

«Was? Sie scherzen.»

«Oder an meinen Freund Hassan. Er hat es nur zu einem kleinen Puff in Istanbul gebracht.» Er hustete ein Lachen und schluckte es.

«Wo ist das Bad?»

«Vorne rechts. Da würde ich jetzt aber nicht rein. Es stinkt bestialisch nach Spargelpisse.»

Franca ging ins Bad. Es stank. Jedenfalls sprach Amon hier die Wahrheit. Franca stellte sich unter die Dusche und drehte warmes Wasser an. Das tat gut. Für einen Moment dachte sie nicht nach. Weder was war noch sein würde. Sie stand unter dem warmen Regen und genoss jeden Tropfen, der über ihren verschwitzten und verdreckten Körper floss.

«Soll ich Sie einseifen?», fragte Amon, der ungeniert hereinkam und sich auf die Klobrille hockte. «Keine Sorge, ich kacke nicht. Aber die Spargeln treiben wieder.»

Franca stellte die Dusche stärker, sie wollte das Plätschern von Amons Urin nicht hören. Sie griff nach dem Duschgel, das auf dem Waschbeckenrand stand, und seifte sich damit ein. Plötzlich schoss kaltes Wasser über ihren Rücken. Amon lachte. Er hatte den Hebel umgedreht. Franca hatte die Faxen von diesem Idioten satt. Sie nahm die Dusche aus der Verankerung und spritzte Amon damit ins Gesicht. Er schrie, japste und rannte aus dem Bad. Draussen hörte sie ihn lachen. Er streckte seinen Kopf herein. «Es ist drei Uhr morgens. Wir befinden uns im Dolder Grand, und um acht Uhr gibt es Frühstück auf dem Zimmer. Danach setzen wir uns in mein Auto und fahren nach Vaduz. Gute Nacht.» Er zwinkerte und verschwand. Ein Auftritt wie im Kasperle-Theater.

***

Stahl stellte den Alkohol zur Seite und verband die Wunde, die Rizzoli Marco gebissen hatte.

«Danke», sagte Marco und zog die Hand zurück.

«Tetanusgeimpft?»

«Letztes Jahr. Für Indien.»
«War nicht Giorgio letztes Jahr auch dort?»
«Ich habe ihn begleitet.»
«Was hat er dort getan?»
«Reiche Leute getroffen.»
«Wen?»
Marco schüttelte den Kopf.
«Keine Namen? Glaubst du, ich renne zur Polizei?»
«Dawood Ibrahim.»

«Dawood?» Stahl sah Marco ungläubig an. Dawood Ibrahim war die schillerndste Gestalt der indischen Kriminalität in den Neunzigern. Jetzt müsste er knapp sechzig sein. Er war Sohn eines einfachen Polizisten aus Ratnagiri an der Konkan-Küste. Ein Moslem, der sich in Mumbais heruntergekommenen muslimischen Stadtteilen Dongri und Nagpada durchboxte. Ein kompromissloser Hund, der beim Bandenführer Karim Lala in die Lehre ging und bald alle dessen Erfolge in den Schatten stellte. Allein in Mumbai brachten ihm seine illegalen Geschäfte jährlich ein Einkommen von einer Milliarde Dollar ein. Eine Milliarde. Stahl war schon mit einer halben Million überfordert. Dawood erpresste knallhart, und ganz Mumbai zitterte, wenn ein Anruf von «Bhai», was «Bruder» bedeutete, ein Erpressungsopfer erreichte. Seine Bande wurde «D-Company» genannt und kontrollierte auch das Hawala-Geschäft, den internationalen Transfer von Geldern, der ebenso effizient und sogar noch schneller als bei einer Bank funktionierte. Hawala war aber illegal, da damit Gelder vor der Steuer versteckt und reingewaschen werden konnten. Bei jedem Transfer machte Dawood einen Riesengewinn. Kein Wunder, dass er bald Geschäftsfreunde auf der ganzen Welt fand.

Stahl war auch einmal in seiner Nähe gewesen, hatte ihn aber nicht persönlich zu Gesicht bekommen. Das war aber nicht in Mumbai gewesen, sondern in Dubai, wo sich Dawood nach dem Bombenattentat 1993 verschanzte und seine Geschäfte ferngesteuert weiterleitete. Stahl hatte Holzer nach Dubai begleitet. Als Wachhund. Er war noch frisch dabei, durfte nur wenig von der Operation wissen. Es ging nur um einen Koffer, der sicher zu Dawood gebracht werden sollte. Was es dafür im Gegenzug für Holzer und den engeren Kreis gegeben hatte, wusste Stahl nicht. Und er wollte es damals auch nicht wissen. Er witterte, dass es gesünder war, nicht alles zu wissen. Jetzt aber wollte er wissen, was es mit Dawood auf sich hatte. Warum Giorgio ihn getroffen hatte.

«Ich dachte, Dawood lebt mittlerweile in Karatschi und wird vom pakistanischen Geheimdienst beschützt? Ist nicht Arun Gawli der Mann der Stunde?»

«Ist auch nicht mehr der Jüngste. Andere wachsen nach.»

«Und Dawood hat sich nach Mumbai gewagt? Das glaube ich nicht.»

«Giorgio wollte nicht nach Pakistan.»

«Worum ging es? Bombenattentate?»

«Nein.» Marco stockte. «Stahl, ich kann es dir nicht sagen. Wenn, dann musst du es von Holzer erfahren.»

Stahl packte Marcos verarztete Hand und drückte sie fest. Marco schrie auf und wollte die Hand zurückziehen. Stahl hielt sie fest und verstärkte den Druck. Marco biss auf die Zähne und versuchte, den Schmerz zu ertragen. Stahl bohrte seinen Daumen in die Bisswunde.

«Was wollte Giorgio von Dawood?» Er drückte den Daumen tiefer.

«Geld», presste Marco heraus.

«Geld.» Stahl löste den Druck etwas, blieb aber in Kontakt mit der Bissstelle, um den Daumenstachel jederzeit ins Fleisch zu treiben. «Geld. Wofür? Schuldete ihm Dawood etwas?»

Marco nickte.

«Was?»

«Geschäfte.»

«Was für Geschäfte?» Stahl verstärkte den Daumendruck.

Marco verzog das Gesicht. «Organhandel.»

Stahl liess Marcos Hand los. Jetzt war es draussen. Warum war er nicht von selbst draufgekommen? Organhandel. Deswegen die Pantalone-Maske. Deswegen das herausgeschnittene Herz. Stahl liess sich in den Stuhl zurückfallen. «Besorgt Dawood die Organe?»

«Nein. Das läuft anders. Die Wege kenne ich nicht genau.» Marco sah Stahl nicht in die Augen.

«Wie genau kennst du sie?»

«Holzer. Frag Holzer. Er weiss alles. Bitte. Ich darf nichts sagen. Sonst bin ich erledigt.»

«Dawood.» Stahl beugte sich vor. Marco zog rasch die Hand zurück. «Welche Rolle spielt Dawood?»

«Er brauchte eine Niere.»

«Für sich?»

«Für seinen ältesten Enkel.»

«Und Giorgio hat sie ihm gebracht? Nach Mumbai?»

«Ja.»

«Warum hat Dawood sich nicht selbst eine in Indien besorgt?»

«Er hatte schon zwei Versuche, die scheiterten. Und Giorgio hatte in der Szene mittlerweile einen guten Ruf.»

«Ist das nicht Glück, ob das Organ angenommen wird oder nicht?»

«Bei gläubigen Menschen ist es der Wille Gottes. Und Giorgio hatte den Ruf eines Heiligen.»

«Verstehe ich nicht.»

«Natürlich hatte er Glück. Ein paarmal verdammt grosses Glück. Die Tochter eines Mafia-Paten aus Palermo, die Frau eines reichen Kaufmanns aus Moskau und den Vater eines Mullahs aus dem Iran. Das spricht sich herum. Und plötzlich ist der Voodoo-Zauber perfekt. Irgendwann glaubte Giorgio selbst daran, heilige Hände zu besitzen. Er war überzeugt davon, dass er nur die Hände auf den Organbehälter legen und sich dabei an die Auferstehung Jesu erinnern musste, um die Organe zu impfen. So nannte er es.»

«Und das ging jedes Mal gut?»

«Ja. Bis auf das eine Mal.»

«Bei Dawoods Enkel.»

Marco nickte.

«Glaubst du, Dawood hat einen Killer geschickt, um Giorgio zu richten?»

«Keine Ahnung.»

Da war es wieder, das antrainierte «Keine Ahnung». Stahl legte den Kopf schief und musterte Marco. «Ich weiss nicht, was ich dir davon glauben mag. Ich glaube, die Geschichte mit Dawood ist erfunden.»

Marco schluckte.

«Aber ich glaube dir die Sache mit dem Organhandel. Das macht Sinn.» Er sah auf seine Armbanduhr. «Vier Uhr. Wird Zeit, dass wir uns ein paar Stunden hinlegen.»

***

Franca hatte nicht geglaubt, dass sie neben Amon ein Auge zutun konnte. Aber sie hatte geschlafen. Und wild geträumt. Von Masken. Von Giorgio. Von Venedig. Und von Stahl. Ob er sie suchte? Sie hätte im Wald bleiben und auf ihn warten sollen. Aber wäre er zurückgekommen? Hätte er sie geholt? Seit Giorgios Tod, seit Marco, seit Donato – nichts war, wie es war. Alles hatte einen doppelten Boden. Und darunter gähnte ein Abgrund mit tausend Höllenringen. Es war ihr, als wäre sie mit Dante auf der Reise zum Kern der Hölle. Warum? Was trieb sie? Oder wurde sie getrieben? Hatte sie gar keine andere Wahl mehr? Sie hatte die Reise angetreten, wollte die Wahrheit über Giorgios Tod wissen. Den Mörder kannte sie nun. Donato. Aber den Grund wusste sie noch immer nicht. Giorgio sei ein Monster gewesen. Eines jener Monster, die sich nun mit dem Höllenhund um verlorene Seelen stritten? Würde sie Giorgio dort unten finden? Blödsinn. Sie glaubte weder an Himmel noch an Hölle. Sie wusste, dass sie zu Staub zerfallen würde, und dann wäre alles vorbei. Noch war sie aber Fleisch und Blut. Noch pochte der Trieb in ihr, der ihr stets Motor gewesen war. Wissensdrang. Sie wollte wissen. Warum? Wer? Wozu? Konkret. Nicht verwaschen und in Überschriften. Was für ein Monster sollte Giorgio gewesen sein? Das wollte sie wissen. Im Detail. Und sie wollte Beweise dafür.

Amon wälzte sich zu ihr und schlug sein fettes Bein über sie. Er schlief friedlich. Franca fielen seine langen Wimpern auf. Ein Riesenbaby. Er plapperte etwas. Sehr leise und vermutlich Persisch. Welche Rolle spielte er in der ganzen Geschichte?

Ein zufälliger Trickster, der ihr auf dem Weg begegnete? Ja. So könnte sie es sehen. Damit wäre sie gut bedient. Vertrauen durfte sie dem gewieften Geschäftsmann nicht. Aber sie hatte geplappert. Im Suff zu viel von sich verraten. Hoffentlich konnte sich Amon auf ihr Geschwätz keinen Reim machen.

Sie schälte sich unter seinem Bein hervor und setzte sich auf die Bettkante. Ihr Kopf brummte. Sie erinnerte sich. Sie hatte zu viel und zu schnell auf leeren Magen getrunken. Vorsichtig stand sie auf. Der geschwollene Knöchel schmerzte. Sie humpelte ans Fenster. Von hier oben konnte man auf Zürich schauen. Erst einmal war sie im Dolder gewesen. Aber sie hatte hier nicht übernachtet. Sie war zu einer Veranstaltung internationaler Parapsychologen eingeladen gewesen. Der Hauptredner war Rüdiger Dall gewesen, ein kluger und geschäftiger Schwätzer, der den Abend vor allem dazu genutzt hatte, für sich selbst und seine Bücher zu werben. «Glücklich im Sekundentakt», oder «Besieg die Angst und leb im Jetzt». Recht einfältiger Schmarren, der es aber dank Dall auf die Bestsellerlisten schaffte. Neues hatte Franca auf diesem Seminar nicht kennengelernt, dafür aber einen Walliser, der auch bei der Schweizergarde gewesen war, dann aber zur Sicherheitsabteilung eines Pharmakonzerns gewechselt hatte. Ein smarter Typ, mit dem sie einen Quickie auf dem Klo gerockt hatte. Jean hatte er geheissen. Mehr wusste sie nicht mehr. Mehr wollte sie auch nicht wissen. Jean würde ihr jetzt nicht weiterhelfen können. Vermutlich würde er sich gar nicht mehr an sie erinnern. Franca traute ihm zu, dass er alle Toiletten zwischen Genf und Bellinzona schon gerockt hatte. Da würde ihm die Nummer mit ihr im Dolder bestimmt nicht in Erinnerung geblieben sein.

«Aspirin gibt es im Bad.» Amon hatte sich wieder gewälzt und blinzelte aus müden Äuglein. «Ich habe es neben das Zahnputzglas gelegt.»

Franca trottete ins Bad und schloss die Tür hinter sich. Sie füllte Wasser ins Glas, warf die Tablette hinein und setzte sich auf die Klobrille. Ihr Urin roch ebenfalls nach Spargel. Sie musste es ertragen, bis sich die Tablette aufgelöst hatte. Sie spülte beides gleichzeitig runter. Der Blick in den Spiegel schmeichelte wenig.

Sie stieg unter die Dusche. Scheiss drauf. Keine Gewöhnungsphase. Sofort kalt. Sie hatte ein starkes Herz. Das verkraftete sie locker. Das Wasser ergoss sich über ihren Kopf. Sie schnaufte und schrie, zählte rasch auf zehn und drehte das Wasser ab.

Die Badezimmertür öffnete sich. Amon lugte herein. «Alles klar?»

Schnell griff Franca ein Handtuch und hielt es sich vor Scham und Brüste.

Amon kicherte. «Ich habe doch schon alles gesehen. Willst du Ei? Ich lasse das Frühstück aufs Zimmer bringen.»

«Ich habe morgens keinen Hunger. Ein Gipfeli und Kaffee. Viel Kaffee.»

Er nickte und zog die Tür zu.

Franca trocknete sich ab. Neben verschiedenen Seifen und Cremes lag auch eine frisch verpackte Zahnbürste nebst Paste auf dem Marmorwaschbecken. Franca putzte sich die Zähne, gurgelte und cremte sich das Gesicht ein. Das Aspirin begann zu wirken. Der Tag konnte beginnen. Sie verliess das Bad. «Es ist frei, Amon. Du kannst rein.»

Amon reagierte nicht. Franca ging ins Zimmer und sah um die Ecke. Er war nicht da. «Amon?» Vielleicht auf dem Balkon. Der Vorhang flatterte. Die Tür war offen. Franca ging auf den Balkon. Der Mann, der die Aussicht genoss, war nicht Amon. Sondern Donato.

***

Stahls Handywecker klingelte. Sieben Uhr. Drei Stunden Schlaf mussten genügen. Er hatte auf einer Gymnastikmatte geschlafen, die er in der Ecke des Zimmers gefunden hatte. Sie roch noch nach Verpackung. Stahl hatte Marco das Sofa überlassen. Er mochte keine weichen Polster. Er musste spüren, dass er Gewicht abgab. Aus weichen Matratzen kroch die Müdigkeit in die Knochen. Der harte Boden sog sie auf. So hatte es ihn Holzer gelehrt. Und Holzer schien nie zu schlafen. Was er jetzt wohl trieb?

Vor eineinhalb Jahren waren sie sich zum letzten Mal begegnet. Im Schnee. Unterhalb des Dolder Grand. Ein klassischer Showdown. Einer von beiden hätte daran glauben müssen. Aber sie hatten es verschoben. Holzer war einfach davongegangen mit einem Koffer Diamanten. Seither hatten sie sich nicht mehr gesehen. Und jetzt lag es in der Luft. Greifbar. Sie würden sich wiederbegegnen. Holzer, der oberste Offizier des engeren Kreises, und Stahl, der Abtrünnige, der nicht mehr wollte und doch nicht davon loskam. Immer wieder holte es ihn ein. Hätte er Ruhe, wenn Holzer tot wäre? Wer würde an Holzers Stelle rücken? Stahl sah keinen, der dem alten Strategen das Wasser reichen konnte. Giorgio wäre der Einzige gewesen, aber Giorgio war tot. Ging es vielleicht darum? Hatte Holzer Angst, dass Giorgio ihm den Platz streitig machte? War Giorgio zu mächtig geworden? Holzer traute er zu, dass er einen seiner besten Männer eliminierte, um die eigene Position zu behaupten. Stahl hatte selbst mitbekommen, wie Holzer mit engen Freunden umgesprungen war, wenn sie an seinem Urteil zweifelten. Albin hatte er damals trocken um eine Stufe degradiert. Nur weil er eine Operation in Simbabwe kritisch hinterfragt hatte.

Die Matte erinnerte Stahl daran, dass er mal wieder trainieren musste. Er war das tägliche Training in der Boxhalle gewohnt. Schon ein Tag ohne Sprungseil – und er fühlte sich schuldig. Antrainierter Blödsinn. Aber wenn ein Ritual geimpft war, schrie es nach Ausübung. Er begnügte sich mit Sit-ups, bis die Muskeln brannten. Er entspannte sich kurz, klopfte den Bauch locker und setzte eine zweite Runde hinterher.

Marco drehte sich auf dem Sofa. Er lag nah am Rand. Noch eine kleine Bewegung, und er würde runterplumpsen. Stahl wartete. Marco tat ihm den Gefallen und knallte aufs Parkett. «*Cazzo*», fluchte er und schlief weiter.

Stahl stand auf, streckte sich und suchte das Bad. In der Haustür drehte sich ein Schlüssel. Stahl trat hinter einen Bücherschrank und wartete. Er hörte, wie sich die Tür öffnete und jemand eintrat. Vorsichtig schob er den Kopf nach vorne und lugte hinter dem Schrank hervor. Eine Frau im Putzkittel trat herein. Sie stellte einen Plastiksack ab und schloss die Tür. Stahl trat hinter dem Schrank hervor. Die Frau sah ihn und erschrak.

«Wer sind Sie?», fragte sie.

«Ein Freund von Rizzoli. Und Sie? Was machen Sie hier?»

«Ich mache sauber. Zweimal die Woche. Ganze Wohnung. Viel Arbeit. Viel Staub. Staub ist nicht gut für meine Nase. Arzt hat gesagt, es ist Allergie. Aber Geld ist wichtig. Mit Allergie verdienst du kein Geld. Mit Putzen schon.» Sie lachte.

Ihr Gesicht war jünger, als ihre Körperhaltung es vermuten liess. Es passte nicht zusammen. Hätte Stahl nicht ihr Gesicht gesehen, er hätte sie auf geschundene fünfzig geschätzt. So tippte er auf dreissig. Und hübsch war sie obendrein. Schwarzes Haar drückte sich unter dem Kopftuch hervor, die Augenbrauen zwei geschwungene Pinselstriche, die Nase leicht gebogen, und die Lippen zeichneten ein angeborenes Schmollen. Nein, das passte überhaupt nicht zum Körper. Da hatte jemand seine Hausaufgaben nicht gemacht. Stahl begriff, was da gerade vor sich ging. Zwei Schritte und ein Sprung. Dann hätte er sie überwältigt. Er setzte an. Sie griff unter ihren Kittel.

Marco kam aus dem Nebenzimmer. «Wo ist hier das Klo? Ich muss dringend pissen.» Er stakste zwischen Stahl und die falsche Putzfrau, versperrte die Schusslinie und musste dafür bezahlen. Stahl kannte das Poppgeräusch aus Schalldämpfern. Die Kugel traf Marco in die Brust und drang in Herznähe. Er riss die Augen auf. Ein Moment der Erkenntnis. Die letzten Sekunden. Was Marco dachte und erkannte, würde sein Geheimnis bleiben. Er fiel zu Boden. Die Schusslinie war wieder frei. Jetzt würde es keinen Sinn mehr machen, auf die Killerin zuzulaufen. Sie würde Stahl im Flug abknallen. Wie eine Tontaube. Er drückte sich hinter den Schrank, stemmte ihn quer in den Flur und nutzte den kurzen Moment der Deckung, um abzuhauen. Er hörte zwei Schüsse. Die Killerin versuchte, ihn durchs Holz zu treffen. Stahl hatte Glück. Keine der Kugeln drang durch die Eiche.

Am Ende des Gangs entschied er sich für die rechte Tür. Sie führte in ein Sitzungszimmer, in dem ein langer Tisch stand, an dem wohl ein Dutzend Gäste Platz nehmen konnten. Hinter sich hörte er, wie die Killerin den Schrank beiseiteschob. Er musste hier raus und Franca finden. Wenn sie denn noch am Leben war.

Er rannte durch den Raum, der einen zweiten Ausgang hatte, und drückte die Klinke. Die Tür war verschlossen. Er sass in der Falle. Er konnte zurückrennen, sich am Türrahmen verstecken und die Killerin übertölpeln. Aber sie schien kein Tölpel zu sein. Sie stand bereits in der Tür und zielte auf Stahl. Er hob die Hände.

«Wer hätte das gedacht», sagte sie und zog ihr Kopftuch ab. Die Körperhaltung der fünfzigjährigen Putzfrau hatte sie längst aufgegeben. Jetzt stimmte sie mit sich überein. Wäre Stahl ihr unter anderen Umständen begegnet, er hätte einiges versucht, um sie näher kennenzulernen. «Der grosse Roger Stahl nur ein Fingerzucken vom Tod entfernt.»

«Ich muss Sie enttäuschen. Ich war schon näher dran.»

«In Kapstadt? Als die Diamantenhändler Sie in den Klauen hatten? Oder in Bogotá, nachdem Sie Carlos zwei Kokain-Ernten ruiniert hatten?»

«Ich sehe, Sie kennen sich aus.»

«Gehört zu meinem Job. Ich töte keinen, den ich nicht kenne. Ich muss wissen, was in ihm vorgeht, wenn ich ihn sauber erwischen will.»

«Und was ging in Marco vor?»

«Nichts. Ein Fragezeichen. Ein grosses: *Why?* Das Klischee eines Soldaten, der keine Alternativen hatte. Eine Nullachtfünfzehn-Akte. Anders bei Ihnen. So einen bekommt man nicht alle Tage aufs Tablett. Ich muss gestehen, ich war nervös. Das kommt nicht oft vor. Die Putzfrau war nicht gut, habe ich recht? Sagen Sie es mir ruhig. Ich kann Kritik einstecken. Vor allem, wenn sie qualifiziert ist.»

«Die Putzfrau war lausig. Oder Sie zu eitel.»

«Wie meinen Sie das?» Sie zog den Kittel aus. Ein schwarzes, Formen betonendes Kleid kam zum Vorschein. Sie streckte sich und stellte ihre Brüste. Sie zog eine Schnute, schien nachzudenken und lächelte. «Sie haben recht. Es war Eitelkeit. Passend zum Körper hätte ich auch mein Gesicht verändern müssen. Aber ich wollte Ihnen gefallen. Können Sie das verstehen? Nein, vielleicht nicht. Das ist wohl zu viel verlangt. Aber seit ich denken kann, höre ich immer wieder Ihren Namen. Stahl hier, Stahl dort.

Mal im Guten, mal im Schlechten. Aber immer wieder: Stahl. Einer, der so viel Aufmerksamkeit zieht. Einer, über den man redet, auch wenn er Tausende Kilometer weit weg ist. Ein Star unter den Namenlosen. Und dann kommt der Auftrag: Aida, du erledigst ihn.» Sie kam einige Schritte in den Raum und dirigierte mit der Waffe. «Setzen Sie sich.»

Stahl gehorchte und setzte sich ans Ende der Tafel. Aida nahm am anderen Ende Platz.

«Sie fragen sich jetzt bestimmt, warum ich nicht einfach abdrücke.»

«Nein. Ich freue mich darüber. Je länger ich es schaffe, dass ich keine Kugel im Bauch habe, umso grösser sind meine Überlebenschancen.»

Aida lächelte mokant. «Natürlich. Die Hoffnung stirbt zuletzt.» Sie legte die Pistole auf den Tisch, lehnte sich zurück, schnellte mit dem Oberkörper nach vorne, griff die Pistole, setzte an und schoss. Die Kugel zertrümmerte Glas und Zifferblatt einer Standuhr, die dicht hinter Stahl stand und aufhörte zu ticken. Aida legte die Waffe wieder auf den Tisch und lehnte sich zurück.

Stahl drehte sich kurz nach der toten Uhr um. «19. Jahrhundert. Romantik. Ich schätze sie auf achtzigtausend Franken. Ein Verlust für Sammler», sagte er.

«Ihr Verlust steigert den Wert der anderen.»

«Sie stehen wohl nicht auf Romantik?»

«Ich bevorzuge weder Stil noch Epoche. Ich bin zeitlos pragmatisch.»

«Heisst, wenn ich Ihnen mehr biete, töten Sie nicht mich, sondern Ihren Auftraggeber?»

«So viel können Sie mir nicht bieten.»

«Wer weiss?»

«Ich weiss.»

«Woher?»

«Weil alles Geld der Welt mir nicht bieten könnte, was mein Aufraggeber bietet.»

«Und das wäre?»

«Dass ich am Leben bleibe.»

«Reicht sein Arm so weit?»

«Die Welt ist klein geworden, Stahl, das wissen wir beide. Niemand kann einfach abtauchen. Das funktioniert nicht mehr. Irgendeine Spur gibt es immer. Und was habe ich von all dem Geld, wenn ich in täglicher Angst lebe?»

«Leben Sie heute nicht in Angst?»

«Wovor sollte ich Angst haben?»

«Dass Sie mich verfehlen, Ihren Auftrag nicht erfüllen.»

«Wenn ich nicht will, verfehle ich Sie nicht. Und was wissen Sie, wie mein Auftrag lautet?»

«Sagen Sie es mir?»

«Sie spielen doch gerne, hab ich recht? Wie wäre es, wenn wir ein Spiel machen? Sie dürfen dreimal raten, und wenn Sie gewinnen, schiesse ich Ihnen direkt in den Kopf.»

«Sie sind eine Sadistin.»

«Ich bin eine Narzisstin. Das hat mir jedenfalls mein Psychiater attestiert, als mich meine Mutter mit vierzehn in Therapie geschickt hat.»

«Und? Liegt er richtig?»

«Zu hundert Prozent.» Sie lachte hart, zeigte dabei blitzblanke Zähne und strich sich mit der Hand durchs Haar.

Stahl hatte es registriert, aber gleichzeitig verpasst, es für sich zu nutzen. Wenn ihre Hand durch die Haare kämmte, hätte er einen Bruchteil mehr Zeit, um vom Todesstuhl zu springen und ihr zu entkommen. Er musste sie noch einmal dazu bringen, ihre Gefallsucht zu triggern.

«Heisst, Sie kommen aus gutem Haus?»

«Wieso? Ach so. Sie meinen, wegen des Psychiaters? Falsch. Meine Mutter vögelte mit dem Typen. Sie war seine Putzfrau. Hätte ich ihre Körperhaltung besser nachgeahmt, Sie wären schon tot.» Sie legte beide Hände auf den Tisch. «Geschockt? Nehme ich Ihnen nicht ab. Sie kennen das Elend noch besser als ich. Nein. Nicht besser. Weil besser als ich kennt es keiner.»

«Elend ist immer eine subjektive Bewertung.»

Sie pfiff anerkennend. «Aus welchem Ratgeber kommt denn dieser Spruch? Glauben Sie den etwa?»

«Er hilft, die Perspektive zu wechseln und somit den Hass auf die Welt aus dem eigenen Herzen zu jagen.»

«Hass auf die Welt. Unterstellen Sie mir das?»

«Zumindest auf Ihre Eltern.»

Sie lachte wieder hart und zeigte diesmal sogar ihre hinteren Zahnreihen. Tadellos.

«Meine Eltern. Dann mal weiter, ich bin gespannt, was Sie mir noch attestieren. Wer und was sind meine Eltern?»

«Die Mutter haben wir ja schon. Putzfrau, die es mit ihrem Arbeitgeber trieb.»

«Arbeitgebern. Der Psychiater war nicht die einzige Praxis, in der meine Mutter putzte. Insgesamt waren es fünf Arbeitgeber. Allesamt Ärzte. HNO, Kardiologe, ein Orthopäde und ein Kinderarzt. Sie schlief mit allen, bis auf den Kinderarzt. Den dachte sie mir zu.» Sie sah auf die Pistole und drehte sie wie beim Flaschendrehen. Jetzt wäre vielleicht die Chance für Stahl? Er setzte an, sein Körper spannte sich. Er verpasste den Impuls. Sein Glück. Aida hatte die drehende Pistole blitzschnell am Griff gepackt und feuerte in Richtung Stahl. Wieder sauste die Kugel an ihm vorbei. Wieder traf sie Antikes. Die Vase hinter Stahl barst in Scherben.

«Ich tippe auf 18. Jahrhundert. China. Ming-Dynastie», sagte Aida und legte die Pistole auf den Tisch zurück.

Stahl drehte sich um. «Davon haben Sie wirklich keine Ahnung. Fünfziger-Jahre-Kitsch. Hat aber mittlerweile auch seinen Markt.»

«Sie wissen so viel, Stahl, und fangen so wenig damit an. Was hemmt Sie?»

«Sind wir mit Ihnen schon fertig? Wir waren beim Kinderarzt stehen geblieben.»

«Nein. Die Kinderkrankheiten haben wir bereits hinter uns. Die Fünfziger-Jahre-Vase war unser Thema.»

«Kein Zufall?»

«Niemals. Ich hätte mich auch schon beim ersten Schuss für sie entscheiden können. Da habe ich aber die Uhr bevorzugt. Es ist nie Zufall, was man sich zum Thema wählt. Es drängt sich auf. Und wenn es sich so verdichtet hat, dass man weder drum herum noch davonlaufen kann, dann stellt man sich ihm. Es gibt dann nur noch das Thema und das eigene Überleben.»

«Und die Vase war Thema?»

«Symbolisch. Sehen Sie die Vase als Vagina. Fünfziger Jahre als Unterdrückung der Frau par excellence. Und schon haben wir das Thema. Gender hier, Gender dort. Die emanzipierte, gleichberechtigte Frau, die nicht ihre Vase polieren muss, um an den Futternapf zu kommen.»

«Bevor Sie mir einen Monolog über die Ungerechtigkeit der Welt, insbesondere die Knechtung des weiblichen Geschlechts, halten, erschiessen Sie mich lieber. Oder ich sterbe vorher vor Langeweile.»

Sie grinste. «Elender Macho. Ich sollte Ihnen die Eier wegblasen.»

«Vorher will ich aber noch wissen, wie es um Ihren Vater steht. Sie sind nicht die Tochter Ihrer Mutter, sondern Ihres Vaters. Also?»

«Aida. Er liebte Opern. Das ist alles, was ich von ihm weiss.»

«Und er war Arzt, habe ich recht?»

«Kann sein.»

«Bestimmt. Er war die grosse Liebe Ihrer Mutter und hat sie sitzen lassen, als sie mit Ihnen schwanger war. Und Ihre Mutter hat in jedem Arzt, dem sie diente, nur ihn gesehen. Das Puzzle passt. Die Uhr aus der Romantik, der Kitsch der Fünfziger und das Melodram der Oper. Aida, ich gratuliere. Meine Biografie kann nicht mithalten. Sie haben allen Grund, ein Narziss zu sein.»

Sie lachte und strich sich mit der Hand durchs Haar. Stahl hatte es geschafft. Jetzt hatte er seine Chance. Es würde wehtun. Aber er sah keine andere Möglichkeit. Er sprang auf, fasste den Stuhl an der Lehne und schleuderte ihn über den langen Tisch. Der Stuhl schlitterte wie auf einer Bowlingbahn und hätte den gewünschten Kegel umgeworfen, wäre Aida nicht so flink gewesen. Sie hatte sich einfach auf ihrem Stuhl nach hinten fallen lassen, vorher aber noch die Pistole gegriffen. Verdammt, war sie schnell. Stahl hätte gerne applaudiert, doch ihm fehlte die Zeit dazu. Gleich würde Aida auf ihn schiessen. Er nahm Anlauf, zog den Kopf ein und krachte durch die Fensterscheibe. Bei der Landung auf dem Waschbeton stach ihm etwas in den Rücken.

Er rappelte sich auf und rannte geduckt durch den Garten. Sein Atem war lauter als die Poppgeräusche aus Aidas Luger. Vielleicht schoss sie gar nicht? Stahl war es einerlei. Solange kein weiterer Schmerz im Rücken brannte, war es ihm recht. Er erreichte eine Buchengruppe und verschanzte sich hinter dem dicksten Stamm. Beim Anlehnen spürte er, dass das Teil, das ihm in den Rücken stach, noch in der Wunde sass. Er schob seine Hand unter das verschwitzte Hemd und versuchte, an die Stelle zu gelangen, wo der Stachel sass. Zwischen den Schulterblättern, auf Höhe des Brustbeins. Die schwierigste Stelle für muskelbepackte, ungedehnte Athleten. Er zwang sich, atmete lange aus und bekam das stechende Teil zwischen die Finger. Glas. Er zog es rasch heraus und stöhnte. Fünf Zentimeter. Eine Fleischwunde. Wäre die Scherbe doppelt so lang gewesen, es hätte die Organe erwischen können. Lunge oder Herz. Ob Aida ihm dann frisch aus dem Kühlschrank ein neues Herz hätte besorgen können? Für wen arbeitete sie? Donato? Oder Holzer? Oder gab es eine dritte Partei, die an Giorgios Erbe interessiert war?

Stahl drehte sich um. Wo war Aida? Warum verfolgte sie ihn nicht? Stahl checkte die Buche. Man konnte gut an ihr hinaufklettern. Er sprang an den untersten Ast und schwang sich hoch. Der Rücken schmerzte, aber er wollte auf dem Areal bleiben. Von oben bekam er vielleicht neue Einsichten. Er kletterte von Ast zu Ast bis in die Krone. Er schob die Zweige auseinander und sah auf Rizzolis Villa. Vor der Tür stand eine dunkelblaue Mercedes-Limousine. Drei standen am Wagen. Zwei verstauten einen Körper im Kofferraum. Marco? Die beiden gingen ins Haus. Der dritte blieb beim Wagen. Wo war Aida? Stahl konnte zwar auf das Haus und die Terrasse sehen, über die er geflohen war, aber die Baumkronen versperrten ihm die Sicht auf den Garten. Die beiden Männer kamen wieder aus dem Haus. Wieder trugen sie einen Körper und legten ihn über den anderen. Der dritte Mann schlug den Kofferraum zu und setzte sich hinters Steuer. Die beiden anderen stiegen in den Wagen. Die Limousine fuhr los.

Wer war die zweite Leiche? Ausser Marco und Aida war doch niemand mehr da gewesen. War Rizzoli mit Verstärkung zurückgekehrt und hatte Aida umgelegt? Nein. Das traute er dem Zwerg nicht zu. Und dass Aida sich einfach abknallen liess, konnte Stahl sich auch nicht vorstellen. Wenn es Aida war, musste sie ihren Mörder gekannt haben. Stahl wollte Gewissheit.

Er kletterte vorsichtig nach unten. Dabei übersah er einen trockenen Ast, der schon angeknackst war. Der Ast brach, Stahl verlor das Gleichgewicht und fiel. Er griff, was er zwischen die Finger bekam, und verhinderte so den tiefen Sturz. Dafür knallte er mit dem Körper gegen den Stamm und prellte sich sein rechtes Knie.

«War es notwendig?» Stahl kannte die Stimme.

«Sonst hätte ich es kaum getan.» Und er kannte auch diese. «Sie hat versagt. Sie wusste, was das bedeutete. Aida kannte die Regeln.»

«Aber sie hatte ihn ja noch nicht verloren. Sie war ihm auf den Fersen.»

«Wenn du Stahl vor der Flinte hast, musst du abdrücken. Und wenn er zwei Meter Vorsprung hat, entkommt er dir. Wir haben ihm das so beigebracht. Und er hält sich daran. Aida hat sich nicht an das gehalten, was wir ihr beigebracht hatten.»

«Trotzdem. In Zeiten wie diesen ist sie ein grosser Verlust.»

«Kann sein. Kurzfristig gedacht. Aber mittelfristig müssen wir die Regeln einhalten. Sonst reisst der Schlendrian noch mehr ein.»

«Und was machen wir jetzt? Wie kommen wir an Stahl ran?»

«Du rufst ihn einfach an und triffst dich wieder mit ihm.»

«Mit welchem Grund?»

«Dass ich ihn treffen will.»

«Willst du das wirklich? Das letzte Mal hätte er dich fast getötet.»

«Fast. Nur fast. So wie ich ihn fast getötet hätte.»

«Er wird nicht darauf eingehen.»

«Das ist mir klar. Aber ich werde nicht darauf warten, dass er mich trifft. Ich werde schon da sein.» Holzer tätschelte den Stamm der Buche. «Wie alt schätzt du diese Gruppe hier?»

«Vielleicht hundert Jahre?», sagte Lorenzo.

«Unseren Kreis gibt es noch nicht einmal die Hälfte der Zeit.

Aber mein Wunsch ist es, dass unsere Mitglieder irgendwann genauso tief verwurzelt stehen wie diese geduldigen Riesen.» Er sah nach oben.

Stahl drückte sich fest gegen den Stamm. Holzer schien ihn nicht gesehen zu haben. «Der engere Kreis steht kurz davor zu verdorren. Ohne Giorgios Erbe verlieren wir an Boden. Und bald dienen wir nur noch als Brennholz.»

«Ist es dann aber nicht besser, Stahl für unsere Sache zurückzugewinnen, anstatt ihn zu töten?»

«Stahl haben wir verloren seit der Geschichte mit Albin. Er wird nie verstehen, dass wir der Sache nicht aus Eigennutz dienen, sondern einer Mission folgen.»

«Dann bezahlen wir ihn eben. Und wir kennen seine Schwachstellen. Ziehen wir die Schrauben dort an.»

«Du meinst die Kleine?» Holzer atmete tief durch. «Das wird uns nur Zeit verschaffen. Aber er wird labil bleiben. Wenn wir ihn nur durch Druck an uns binden, kostet uns das mehr Energie, als es uns bringt. Zug. Nur durch Zug bindet man Leute an sich, das müsstest du wissen.»

«Ich dachte, den Druck als kurzfristige Strategie zu nutzen und dann mit Belohnung und Liebe den Zug zu schaffen.»

«Alter Hirnwäscher. Folter, Einsamkeit, Zuwendung. Die drei Phasen. Stahl kennt sie.»

«Ist er deswegen dagegen gefeit?»

«Wo ist das Mädchen?»

«Bei einem Inder im Kreis 4. Stahl hat sie dort untergebracht. Aber sie streunt herum, bleibt nicht gerne eingesperrt. Sie hat sogar zufällig Franca getroffen und einen Perser beklaut, den wir beide gut kennen.»

«Was? Und warum erfahre ich das alles erst jetzt?»

«Weil wir mit Aida und Stahl beschäftigt waren.»

«Wo ist Franca? Und wer ist der Perser? Etwa Amon?»

«Volltreffer.»

«Hueresiech. Jetzt mischt der Kameltreiber auch noch mit. Weiss er von Giorgios Erbe?»

«Kann ich nicht sagen.»

«Wer ist an ihnen dran?»

«Danilo.»
«Gut. Und wo sind sie?»
«Im Dolder.»
«Natürlich. Drunter macht es Amon nicht.»
«Donato ist auch dort. Willst du dorthin?»
«Nein. Ich möchte die Sache mit Stahl durchziehen. Danilo soll dich auf dem Laufenden halten. Donato läuft uns nicht davon. Wir wissen, wohin er will. Und jemand soll die Kleine vom Inder holen. Vielleicht hast du recht. Ein emotionaler Trumpf in der Hinterhand ist immer ganz gut. Kurzfristig.»
Sie verliessen die Baumgruppe.

ZWÖLF

Sie hatten bislang kein einziges Wort gewechselt. Donato hatte sie angesehen und gelächelt. Er hatte Franca frische Kleidung kommen lassen, sie hatte sich angezogen und war mit ihm gegangen. Ohne einen Mucks. Was hätte es gebracht, nach Hilfe zu schreien? Für die Hotelleute war sie kein eingecheckter Gast. Ein blinder Passagier. Und Amon war verschwunden. Stattdessen klebte nun Donato an ihrer Seite.

«Fahren wir wieder zur Villa?», fragte sie und sah aus dem Autofenster.

«Nein.»

«Zu Rizzoli?»

«Der ist schon vorgefahren.»

«Nach Vaduz?»

«Ja.»

«Was macht ihr mit mir, wenn ihr habt, was ihr wollt?»

«Einen Vorschlag.»

«Mit Alternativen?»

«Wenig.»

Sie schwiegen. Die Limousine bog auf die Autobahn.

«Was habt ihr mit Amon gemacht?»

«Ihm Geld gegeben. Er hatte wieder mal das richtige Näschen.»

«Er hat mich an euch verkauft? Aber wie konnte er wissen, dass ich etwas für euch wert bin?»

«Das ist Amons Geschäft. Er kennt den Markt. Es gibt einen weissen Markt, und es gibt einen Schattenmarkt. Der weisse Markt muss seine Zahlen und Interessen so transparent wie möglich halten. Da man damit nicht die wirklich grossen Geschäfte machen kann, gibt es einen Schattenmarkt. Und wer den kennt, bringt Leute zusammen, die sich offiziell niemals gemeinsam an einen Tisch setzen würden.»

«Und Amon ist so einer?»

«Einer der Besten.»

«Und wer ist der Beste?»

«Giorgio. Entschuldige. Giorgio war der Beste. Jetzt wird es eine Weile dauern, bis sich die Schattenhändler positioniert haben werden. Aber Amon ist auf einem guten Weg. Mein Favorit.»

«Er kannte mich also? Wusste er, dass ich ins Internetcafé gehen würde? Er war doch vor mir dort.»

«Das war Zufall. Amon hatte mit dem ganzen Deal um Giorgios Erbe nichts zu schaffen. Aber als guter Geschäftsmann hat er natürlich Wind bekommen und von Giorgios Tod erfahren. Über was für Quellen auch immer. Und er wird sich ein Foto von Giorgios einziger leiblicher Erbin besorgt haben.»

«Das heisst, hätte ich ihn nicht beklaut, hätte er mich gar nicht gesehen?»

«Kann sein. Dann hätte dich aber ein anderer gesehen. In Zürich wimmelt es nur so von Amons. Glaub mir, es gibt so eine Art Steckbrief von dir, der über eine Plattform bereits um die ganze Welt geschickt worden ist. Jeder Schattenhändler, der etwas auf sich hält, wittert seine Chance, mit dir ein Geschäft zu machen. Und einer wird sein Geschäft mit dir machen, ob du willst oder nicht. Und ich glaube, mit uns fährst du am besten.»

«Wir haben Besuch», sagte der bullige Fahrer und sah dabei in den Rückspiegel. Donato drehte sich nicht um. «Stell den Spiegel so, dass ich was sehen kann.»

Der Fahrer gehorchte. Donato studierte den Wagen, der hinter ihnen fuhr. «Fahr langsamer und lass den ersten überholen. So erkenne ich nichts.»

Der Fahrer drosselte das Tempo, ein gelber Passat aus den Achtzigern überholte und kotzte dabei eine Fehlzündung.

«Holzers Leute.» Donato atmete genervt. «Das heisst, der Chef persönlich ist auch in der Nähe. Wäre auch ein Wunder gewesen, wenn er sich um diesen fetten Braten nicht selbst kümmern würde.»

«Soll ich Gas geben?»

«Nein. Keine Verfolgungsjagd. Hier hängen überall Blitzkästen. Wäre schön, wenn wir das schafften, ohne die gesamte

Kantonspolizei an unsere Fersen zu heften. Fahr auf den nächsten Parkplatz. Mal sehen, wie unser Verfolger darauf reagiert.»

«In zweitausend Metern gibt es was.»

«Mit Klo?»

«Ja, warum?

«Ich dachte nur, auf dem Klo kann man sie leichter erledigen.»

«Es genügt, wenn wir ihr Auto erledigen.»

«Und wie willst du das tun?»

«Franca wird uns dabei helfen.»

Franca sah Donato überrascht an. «Ich? Wieso ich? Was habe ich davon?»

«Wir sind die besseren Schlechten. Wenn du bei uns bist, geht es dir gut. Bei den anderen jagen sie dir Nadeln unter die Fingernägel.» Er sah sie ernst an.

«Was soll ich tun?»

Der Wagen fuhr auf den Parkplatz und stoppte.

«Fahr ganz vor, damit sie die Chance haben, weiter hinten zu parkieren.»

Der Fahrer tat es. Donato drehte sich zu Franca.

«Es ist ganz einfach. Das, was du sowieso willst: abhauen.»

«Was?»

«Ja. Du steigst aus dem Wagen, ich gehe mit dir und begleite dich zum Pippimachen bis zum Waldrand. Dort flüchtest du, rennst dort hinten einen Bogen, damit dich unsere Verfolger sehen, und verschwindest in den Büschen.»

«Und dann?»

«Dann renne ich aufgeregt zum Wagen zurück, hole einen meiner Kollegen als Verstärkung und renne wieder in den Wald. Aber in die völlig falsche Richtung. Das sehen unsere Verfolger, reiben sich die Hände und steigen nun ihrerseits aus, um dich zu verfolgen.»

«Und wenn sie mich haben?»

«Wie gesagt, dann jagen sie dir Nadeln unter die Fingernägel. Du darfst dich eben nicht kriegen lassen.» Er genoss seine Überlegenheit und Francas Bammel. «Mike wird dich beschützen.» Er zeigte auf den Fahrer. «Sobald die Bösen hinter dir herjagen, wird er sich an sie klemmen. Dir wird nichts passieren. Du bist uns zu wertvoll.»

«Und was machst du?»

«Ich komme zurück, weil ich schnell gemerkt habe, dass ich in die falsche Richtung gerannt bin, und erledige das Auto. *Forza ragazza.*» Er stieg aus dem Wagen und öffnete Franca die Tür. Sie stieg aus. Gemeinsam gingen sie zum Waldrand. Franca verschwand hinterm Gebüsch und tat so, als ob sie pinkeln müsste, humpelte aber davon und beschrieb den Bogen über die Wiese, wie Donato es ihr gesagt hatte. Donato hielt nach ihr Ausschau und bemerkte, dass Franca verschwunden war. Er eilte ins Gebüsch, damit die Verfolger sehen konnten, dass er die falsche Richtung einschlug.

Franca sah im Augenwinkel, dass sich die Verfolger aus dem Wagen trauten. Es waren zwei. Sie gingen langsam auf das andere Waldstück zu, um ihr den Weg abzuschneiden. Franca erreichte das Waldstück und drosselte das Tempo. Sie stützte sich an einen Baum und atmete durch. Ihr Herz schlug schnell und laut. Zu laut. Sie konnte nicht hören, von wo die Verfolger kamen und wie nah sie bereits waren. Donato hatte gesagt, dass Mike auf sie aufpassen würde. Wo war Mike? Wo waren die Verfolger?

***

Nachdem Lorenzo und Holzer in Rizzolis Villa verschwunden waren, war Stahl vom Baum gestiegen und über die Mauer des Gartens geklettert. Erst war er zu Fuss durchs Niederdorf gehetzt, dann mit dem Tram zu Ashwath gefahren. Holzer durfte auf keinen Fall Lilly in die Finger bekommen.

«Ich weiss nicht, wo sie ist», sagte Ashwath. «Sie war gestern auch den ganzen Tag weg, kam dann aber am Abend wieder zurück. Sie kann nicht ruhig sitzen. Sie hat zu viel Kapha, wie du.»

«Hat sie nichts gesagt? Wohin sie wollte?»

«Nein. Ein Junge war da, hat mit ihr gesprochen, und dann ist sie los.»

Eine Kundin kam herein. Ashwath liess Stahl stehen und

widmete sich der Frau. «Ist schon fertig. Wartet sehnsüchtig auf Sie.» Ashwath reichte ihr einen Plastiksack über den Tresen und kassierte.

Stahl wartete, bis die Frau verschwand. An der Tür drehte sie sich noch einmal um und sah zu ihm. Jetzt erkannte er sie. Sie lächelte aufgesetzt. «Stahl. Eigentlich müsste ich mit dir böse sein. Das war nicht nett, wie du mich rausgeworfen hast. Aber dafür war es davor umso netter.» Sie zwinkerte kokett und warf ihre blonden Haare zurück.

«Frau Sommer?», fragte Stahl scheinheilig.

«Immer im Frühling.» Sie liess die Türklinke los und kam auf Stahl zu. «Ich mache gerade Mittagspause. Zeit genug, um sich zu versöhnen.»

«Ich glaube, Ashwaths Curry ist heiss genug.»

«Du enttäuschst mich. Ich hätte dich für spontaner gehalten.» Sie ordnete Stahls Hemdkragen.

Stahl sah durch die Fensterscheibe Lilly herankommen. Hinter ihr eine dunkelblaue Limousine. Holzers Leute.

«Bist du mit dem Auto hier?», fragte er.

«Ja. Der rote Porsche vor der Tür.»

«Gib mir den Schlüssel.»

«Was ist denn jetzt los?»

Er sah sie an. «Du hast mich an der Ehre gepackt. Den Schlüssel.»

Sie lachte, schüttelte dabei verwirrt den Kopf und reichte Stahl den Schlüssel. Lilly kam zur Tür herein.

«Komm, Lilly. Wir müssen los.» Stahl packte sie am Arm und zerrte sie aus dem Laden.

«He. Halt. Was soll das?» Angelika fuchtelte mit dem Sack in der Luft und stöckelte hinterher.

Stahl stieg in den Porsche. Lilly nahm auf dem Beifahrersitz Platz. Stahl startete den Motor und legte den Gang ein. Die Beifahrertür wurde aufgerissen, und Angelika drückte sich auf Lillys Schoss.

«So einfach lasse ich mich diesmal nicht abhängen.»

Stahl sah in den Rückspiegel. Zwei Männer stiegen aus der Limousine und rannten auf den Porsche zu. Stahl legte einen

Start hin, der alle tief in die Sitze drückte. Die offene Beifahrertür krachte gegen einen Abfalleimer und schlug zu.

Angelika kreischte. Sie hatte Angst, gleichzeitig kitzelte sie der Kick. «Stahl, auch wenn du die Karre zu Schrott fährst. Du bist mein Mann.» Sie lachte und vergass wohl, dass sie auf Lilly sass.

Stahl sah im Rückspiegel, wie die Verfolger zum Auto rannten. Er bog rechts ab. Einbahnstrasse. Von vorne kam nichts. Also Vollgas. Ein alter Mann mit Rollator tauchte aus dem Nichts auf. Vollbremsung. Angelika knallte mit dem Kopf gegen die Scheibe. Sie jaulte. Der Alte liess sich Zeit. Angelika drückte auf die Hupe. «Los. Lass die Hosen wackeln, Alter! Gib Gummi, Stahl, damit er sich in die Windeln scheisst.» Sie lachte hysterisch und rutschte aufgeregt auf Lillys Schoss herum.

Der Alte sah stoisch zum Porsche, dann zur anderen Seite, von wo mittlerweile ein Kehrichtwagen in die Strasse gefahren war. Der hupte auch. Wegen des Porsches, der falsch gefahren war. Angelika liess sich das nicht entgehen und erwiderte das Hupen. Der Kehrichtwagen antwortete. Der Alte wusste nicht, wie ihm geschah, und kam nun gar nicht mehr vom Fleck.

Stahl legte den Rückwärtsgang ein und fuhr zurück. Angelika schrie: «Yippieh! Heute ist mein Geburtstag!»

Stahl hatte es fast geschafft. Doch die Limousine hatte aufgeholt und versperrte den Ausgang. Aussteigen und rennen?

«Dort vorne, rechts, direkt hinter dem VW-Bus, kannst du in den Hof fahren.» Lilly meldete sich zu Wort.

Angelika erschrak. «Huch. Ich dachte schon, mein Auto spricht.» Sie kicherte doof. Stahl legte den Vorwärtsgang ein und folgte Lillys Anweisung.

«Was wollen wir auf dem Hof? Hier geht's doch nicht weiter», sagte Angelika.

Lilly zeigte auf den Spielplatz. Stahl verstand. Er fuhr den Holzzaun kaputt und tuckerte mit Tempo zwanzig zwischen den spielenden Kindern und verdutzten Müttern hindurch. Angelika liess das Fenster runter und winkte wie eine Königin auf Staatsbesuch. Stahl war sich sicher. Sie war dicht mit Koks bis obenhin.

Auf der anderen Seite des Spielplatzes versperrten grosse Ahornbäume die saubere Durchfahrt. Stahl nahm Mass.

«Die Spiegel wird's wohl kosten.» Er sah Angelika fragend an.

«Mach schon. Worauf wartest du? Heute ist Kindergeburtstag. Da darf man alles.» Sie drückte ihm einen nassen Kuss auf den Mund. «Wenn die Kleine nicht wär, würde mir jetzt aber noch was anderes einfallen.» Sie packte Stahl kräftig zwischen die Beine. Aus Reflex drückte sein Fuss aufs Gaspedal und jagte den Porsche zwischen den Bäumen hindurch. Links und rechts krachte es. Die Spiegel waren futsch. Angelika schrie entzückt. Lilly schwieg.

«Alles klar, Lilly?», fragte Stahl.

«Sie wird mir etwas schwer.»

«Dann wird's Zeit, dass wir Ballast abwerfen.»

Lilly verstand. Sie öffnete die Tür. Stahl gab Angelika einen Schubs. Sie fiel aus dem Wagen und landete weich zwischen den Bäumen. Stahl gab Gas und fuhr davon. Im Rückspiegel sah er, wie Angelika wütend mit den Fäusten in die Luft schlug.

***

Warum hätte sie auf Mike oder Donato warten sollen? Sie hatte den Moment genutzt, einen kleinen Pfad nach oben durch den Wald genommen und war allen entwischt. Ihr Knöchel brannte. Aber die Angst war grösser als der Schmerz. Von hier aus hatte sie einen Rundumblick. Sie sah Zürich auf der einen Seite, die Goldküste vis-à-vis und rechts am Ende des Sees Rapperswil. Direkt unter ihr lag der Parkplatz, auf den sie gefahren waren, um die Verfolger abzuschütteln. Donatos Wagen stand noch unten. Franca warf sich auf den Boden. Sie wollte nicht gesehen werden. Sie musste nachdenken und dann die richtige Entscheidung treffen. Müdigkeit überfiel sie. Das Adrenalin liess nach. Die warme Nachmittagssonne und der leichte Wind wiegten sie in Schlaf.

DREIZEHN

«Und? Wo bringst du mich jetzt hin?» Lilly hatte das Fenster runtergelassen und spuckte aus dem Auto.

«In den Boxclub.»

«Darauf wird bestimmt niemand kommen.» Sie fuhr das Fenster hoch und verzog zynisch den Mund. «Oder ist gerade das dein Plan?»

«Plan ist übertrieben. Aber dort kenne ich die Hinterausgänge. Das ist schon mal ein Vorteil.»

«Ich habe deine Freundin gesehen», sagte Lilly.

«Belinda?»

«Nein. Die andere. Franca.»

«Franca? Wann und wo?»

«Gestern Nachmittag im Internetcafé.»

«Was wolltest du dort?»

«Mir die Füsse vertreten. Ich konnte das Curry nicht mehr riechen. Ausserdem hatte ich Sehnsucht nach meinen Geschwistern.»

«Du warst dort?»

«Nein. Das heisst, ja. Aber nicht oben. Nur vor dem Haus. Sie fehlen mir.»

«Ganz schön zäh mit dem Auto hier durch die Stadt. Nur rote Ampeln und Baustellen.»

«Du magst nicht, wenn ich das sage, stimmt's?»

«Ich kann dich verstehen, aber wenig Trost geben.»

«Ist schon okay. Du willst ja nur das Beste für mich, stimmt's?»

«Was wollte Franca im Internetcafé?»

«Weiss ich nicht. Sie hat einen Typen beklaut. Ziemlicher Fettsack. Tippe auf Araber. Ich habe ihr dann geholfen, das Portemonnaie zu entsorgen, und bin gegangen. Die Sache war mir dann doch zu heiss.»

«Und der Araber hat nichts bemerkt?»

«Doch.»

«Woher weisst du das?»

«Weil ich nur kurz um die Ecke gegangen bin und dann geguckt habe, was sie macht.»

«Und? Herrgott, muss man dir alles aus der Nase ziehen?» Stahl drückte auf die Hupe. «Und der Idiot sollte Traktor fahren.»

«Bist ganz schön aufgewühlt, was? So kenne ich dich gar nicht. Immer die Emotionen unter Kontrolle und nicht prügeln, sonst kassierst du die gefährlichen Geraden, sagt mein Boxlehrer.»

Stahl sah sie an, atmete tief aus und rang sich ein Grinsen ab. «Okay. Bin schon wieder im Zen und höre.» Die letzten Silben hatte er lang gezogen, damit Lilly die Aufforderung zum Erzählen auch nicht entging.

«Der Araber kam raus und hat Franca gestellt. Sie haben lange geredet, Franca hat dann das Portemonnaie aus dem Abfalleimer, in dem ich es entsorgt hatte, gezogen und ihm zurückgegeben.»

«Und dann?»

«Dann sind sie zusammen fortgegangen.»

«Was?»

«Ja.»

«Wir sind da. Den Rest gehen wir zu Fuss.» Stahl stellte den Wagen ab und stieg aus.

Lilly folgte ihm. «Aber hier ist doch nicht der Boxclub.»

«Dort gehen wir später hin. Ich muss erst etwas wissen.» Er ging rasch. Lilly musste neben ihm laufen, um mithalten zu können. Stahl steuerte auf das Internetcafé zu.

«Was willst du da? Du hast doch ein Smartphone.»

«Hat man mir abgenommen.» Er drückte die Tür auf, liess sich einen Platz zuweisen und googelte Fotos von Typen aus dem arabischen Raum und Zentralasien, die er kannte und die auf die Beschreibung Lillys passten.

«Was ist mit dem hier? War er es?»

«Nein. Er war jünger.»

Stahl tippte einen anderen Namen. Lilly schüttelte verneinend mit dem Kopf. Stahl überlegte. Es fiel ihm nur noch einer ein, der gerne von Zürich aus operierte. Aber den wähnte Stahl tot. Hatte Holzer tatsächlich diesen Amon gemeint? Amon Fahid. Stahl tippte. Amons Bild sprang auf.

«Das ist er. Ganz sicher. Das ist der Kerl.»

Stahl faltete die Hände vor dem Gesicht und stierte auf Amons Foto. Hatte der Hund ihn gelinkt. Und Stahl hatte wegen Amon Gewissensbisse gehabt. Dieser Drecksack. Was für eine kleine Welt. Wenn Amon mit Franca abgezogen war, hatte er bestimmt sein Geschäft gewittert. Und wie Stahl den Perser kannte, hatte er es schnell abgewickelt, um sich ja nicht die Finger zu verbrennen.

Stahl warf sich in den Sessel zurück und klopfte mit beiden Fäusten auf den Tisch. Die meisten anderen Besucher des Cafés beachteten Stahls impulsiven Ausbruch nicht, weil sie unter Kopfhörern steckten. Nur eine rothaarige Frau, die Stahl um die fünfzig schätzte und die nach amerikanischen Dollars roch, hob distinguiert ihre gemalte Augenbraue. Er hatte sie beim Eintreten nicht bemerkt. Sie musste nach ihm gekommen sein. Stahl entschuldigte sich, indem er mit den Schultern zuckte. Sie lächelte verzeihend und widmete sich ihrem Bildschirm.

Wem hatte Amon Franca verkauft? Amon kannte beide Parteien. Mit Holzer hatte er zuletzt Ärger gehabt. Deswegen war er ja auch in Beirut in einem Kaffertaxi in die Luft gegangen. Jedenfalls hatte Stahl das bis jetzt geglaubt. Und Stahl hatte auch geglaubt, dass er mitverantwortlich für Amons Tod gewesen war. Amon war der letzte gewesen, den Holzer auf Stahl angesetzt hatte, um ihn wieder anzuwerben. Und Stahl war eisern geblieben. Trotz der Verlockungen, die ihm Amon serviert hatte. Fluchend war Amon abgezogen, mit der Prophezeiung, dass es Stahl noch leidtun werde. Kurz darauf war Amon in Beirut gestorben, weil er die Depesche hatte übernehmen müssen, die für Stahl vorgesehen gewesen war. Jetzt schien Amon aber zu leben. Und nach wie vor pfiffig seinen Geschäften nachzugehen. Nein. Holzer hatte er Franca nicht verkauft. Sonst wäre Holzer nicht zu Rizzoli gekommen. Wenn Franca bei ihm wäre, hätte es genügt, dass der Monsignore die Sache zu Ende brachte. Stahl tippte auf Donato. Und wenn Donato Franca hatte, wäre er mit ihr auf dem Weg nach Vaduz.

«Lilly. Du zahlst.» Er stand auf und wollte zügig aus dem Laden.

Die Amerikanerin versperrte ihm den Weg. *«We should talk.»*

«Ich habe keine Zeit zum Reden. *I am very busy.*»

«Genau darüber möchte ich mit Ihnen reden. Übers Geschäft.»

«Wer sind Sie?»

«Sarah Brendon. Interpol.»

«Soso. Und ich bin der uneheliche Sohn von Muhammad Ali.» Er wollte vorbei. Sie dachte nicht daran, zurückzuweichen. «Lady, ich stehe nicht auf Rollenspiele. Und auch wenn Sie recht attraktiv sind. Ich habe es verdammt eilig. Ausserdem wartet dort vorne meine Tochter. Und ihre Mutter ist verdammt eifersüchtig.»

«Die Mutter der Kleinen ist drogensüchtig und heute Morgen in die Notaufnahme eingeliefert worden. Sie wird sterben wie Ihre Mutter damals.» Sie liess eine Wirkungspause. «Mit Hetze werden Sie Franca nicht finden. Ich weiss, wo Franca steckt. Oder besser gesagt, wo sie zuletzt gesehen wurde.» Sie wartete wieder einen Moment und schob nach. «Und ausserdem lieben Sie Rollenspiele.» Sie lächelte doppeldeutig.

Lilly stand am Tresen und hatte längst bezahlt. Sie deutete Stahl an, dass sie draussen warten würde, und verliess den Laden.

Stahl sah sich die Amerikanerin, die eine Engländerin sein wollte, genauer an. Etwa eins fünfundsiebzig, rotes nachgefärbtes Haar, grüne Augen und sehr apart. Eine, die sich nahm, was sie wollte, dabei aber auch wählerisch wirkte. Ihre Klamotten waren feinstes Design. Nicht protzig. British Understatement. Allein vom Gehalt bei Interpol konnte man den Lifestyle kaum bezahlen.

«Für wen arbeiten Sie?»

«Interpol. Sagte ich doch.»

«Dafür tragen Sie edlen Zwirn?»

«Ich habe einen reichen Freund, der es nicht mag, wenn ich im grauen Drillich vor ihm frühstücke. Gehen wir spazieren? Hier drin redet es sich ungemütlich.»

Stahl liess ihr den Vortritt.

Draussen sah er sich nah Lilly um. Sie war nirgends zu sehen.

«Keine Sorge. Bei uns ist sie in Sicherheit», sagte Brendon.

«Wo ist sie?»

«Ich vermute, sie bekommt gerade eine riesige Portion Eis auf britische Staatskosten. Wollen wir an den See? Ich bin so selten in Zürich. Da geniesse ich jede Minute.»

Sie ging vor.

«Dafür sprechen Sie gut Deutsch.»

«Meine Mutter war Deutsche. Aus Bremen. Und ich war lange in Berlin stationiert.»

«Wo sonst.»

«Zürich ist viel aufregender. Schauen Sie sich um, wie friedlich es scheint. Und drunter gärt das Abenteuer. Berlin ist offensichtlicher Knotenpunkt von Informationen. Aber tatsächlich nur aufgeblasene Provinz. Wie will man eine Weltstadt sein ohne richtigen Flughafen? Hingegen Zürich. Was hier täglich an Ware und Information umgeschlagen wird, da kommt allenfalls London oder Mumbai mit.»

«Sie waren in Mumbai?»

«Fünf Jahre. Da lernt man das Handwerk. Vor allem, was Rollenspiele anbelangt.»

Sie waren am See angelangt. «Guisan- oder Utoquai?»

«Bellevue. Meine Leute erwarten uns dort.»

Stahl blieb stehen. «Genug geplänkelt. Franca. Wo ist sie?»

«Donato Feruggi hatte sie. Über Amon Fahid. Die Namen sagen Ihnen bestimmt was. Wir waren an Donato dran. Einer von Holzers Leuten, der ihnen gefolgt war, gehörte zu uns. Jetzt ist er tot. Donato hat ihn erledigt. Vor seinem Ableben war er aber noch in der Lage, uns über Standort und Situation zu informieren.»

«Und wozu brauchen Sie mich?»

«Wir sind hier in der Unterzahl. Und bis wir jemanden eingeflogen haben, kann es schon zu spät sein.»

«Sie wollen mich anheuern? Für Interpol?»

«Sie sind doch schon mittendrin. Und es ist nicht für uns, sondern in Ihrem eigenen Interesse.»

«Was bieten Sie? Und was muss ich tun?»

«Ich biete Eton statt Gregoriana für Lilly. Und zweihunderttausend englische Pfund nach Vaduz.»

«Von Ihrem reichen Freund?»

«Von meinem reichen Freund.»

Stahl sah über den See. Dann in den Himmel. Es regnete nicht. Aber es war auch nicht schön. Ein trüber Tag. Dieser Frühling war kein guter. Der Sommer konnte nur besser werden.

«Einverstanden. Was muss ich tun?»

«Steigen Sie erst einmal in den Wagen dort.» Sie zeigte auf einen grünen Jaguar.

«Und Sie? Kommen Sie nicht mit?»

«Ich sagte doch, ich bin viel zu selten in Zürich. Im Auto hingegen sitze ich viel zu oft. Ich komme gleich nach.» Sie ging an der Promenade weiter und zückte ihr Handy.

Stahl steuerte auf den Jaguar zu, öffnete die Rücksitztür und stieg ein.

***

Franca konnte sich nicht mehr erinnern, was sie zuletzt geträumt hatte.

Sie erwachte von Gitarrenklängen und einer kratzigen Stimme, die eine Ballade im James-Blunt-Stil jaulte.

Franca stützte sich auf den Ellbogen und rieb sich mit der freien Hand die Augen. Sie versuchte, sich zu erinnern, und merkte, dass ihr Kreislauf tief im Keller steckte, als hätte sie drei Bleiwesten übereinander angelegt. Oder einen Kasten Bier allein gesoffen. Sie versuchte aufzustehen. Der Boden zog sie an wie ein Ringmagnet eine Nähnadel.

Der Typ vor dem qualmenden Lagerfeuer setzte zur Bridge an, jaulte zwischen Brust- und Kopfstimme und sang dann wieder Refrain. Franca summte unbestimmt mit. Irgendwie kannte sie den Song. Jedenfalls das Original. Die Interpretation des Bänkelsängers war gewöhnungsbedürftig. Er schrammelte ein rhythmisch sauberes Crescendo und beendete sein Konzert mit einem entschiedenen Klaps auf den Torso seines Instruments. Er legte die Gitarre zur Seite, stand vom Lagerfeuer auf und verschwand in seinem Zweimannzelt. Er schien sich nicht für Franca zu interessieren. Gut so. Mit Mühe schaffte sie es, auf die Füsse zu kommen. Sie streckte ihre Arme gen Himmel und atmete tief ein. Dann ging sie drei Schritte nach vorn und sah auf den Parkplatz hinab. Donatos Auto stand noch immer dort unten. Auch der Wagen der Verfolger.

«Wenn du unten ankommen willst, bevor es dunkel wird, musst du dich sputen.» Es war der Balladen-Sänger, der aus seinem Zelt auftauchte. In der Hand hielt er eine geöffnete Dose mit Bohnen, die er in eine zerbeulte Alupfanne kippte. «Kannst aber auch gerne hier oben bleiben. In meinem Zelt ist Platz für zwei.» Er sagte es ohne Anzüglichkeit. Aber Franca traute keinem mehr. «Hast du Hunger? Ist scheinbar nichts Besonderes. Bohnen sind Bohnen. Das Entscheidende ist aber der Speck. Wenn der gut ist, dann ist man auf der sicheren Seite. Mit Speck fängt man Mäuse, sagt mein Onkel. Und der muss es wissen. Der ist ein alter Kater. Wenn der nichts von Mäusen weiss, dann niemand.» Er gab die Speckwürfel hinzu, die er aus einer Papiertüte fingerte. «Willst du mal riechen?» Er ging auf Franca zu und hielt ihr den Topf unter die Nase. Sie wich zurück. «Vorsicht, sonst fällst du noch runter. Wärst nicht die Erste, die hier abstürzt.» Er ging ans Feuer und setzte den Topf auf ein paar Steine, die er so drapiert hatte, dass die Bohnen von unten gut Hitze bekamen. Er rührte mit einem abgekauten Kochlöffel in der Mahlzeit und pfiff ein Lied. Franca tippte auf Bob Dylan. So genau war es nicht herauszuhören.

«Cat Stevens. Aus dem Film ‹Harold and Maude›. Kennst du den? Geiles Movie. Viele lachen über mich, weil ich so retro bin. Aber das ist mir egal. Ich liebe die Sechziger und Siebziger. Da ging es noch um was. Auch die Musik. Handgemacht. Da steckte was dahinter. Da ging es nicht darum, ob man singen konnte, sondern ob man was zu sagen hatte.»

«Und du hast was zu sagen?» Franca biss sich auf die Zunge. Warum hatte sie gefragt? War es die Neugier der Psychologin, die sie immer wieder dazu verführte, Menschen auszuhorchen und deren Schwachstellen zu finden? Jedenfalls war es unklug. Sie wollte den Kerl nicht kennenlernen. Sie wollte kein neues Drama anzetteln. Und wie der Typ geschnitzt schien, lauerte es bereits hinter dem Bohneneintopf.

«Ich heisse übrigens Woody.»

«Woody? Mochte deine Mutter Woody Allen?»

«Nein. Die steht auf Bruce Willis. Aber der schreibt keine Songs, sondern rettet die Welt vor Terroristen. Propagandascheisse, die uns einreden will, dass die Gefahr von aussen kommt. Tatsächlich kommt sie aber von innen. Frieden kann nur von innen kommen.»

«Woodrow Wilson?», fragte Franca.

«Wer ist das?»

«War ein amerikanischer Präsident.»

«Fuck off America. Kriegstreiber.»

«Wilson hat den Völkerbund vorangetrieben.»

«Was? Kenne ich nicht.»

«1917. Während des Ersten Weltkriegs. Hat zwei Jahre später dafür den Friedensnobelpreis bekommen.»

«Und? Den hat Obama auch. Und wofür?»

«Woody Woodpecker?» Franca imitierte das markige Lachen des Spechts.

«Ganz schön witzig.»

«Humor ist nicht verkehrt, wenn man die Welt verbessern will.»

Woody rührte im Bohneneintopf. «Guthrie.»

«Was?»

«Woody Guthrie.»

«Verstehe.»

«Gar nichts verstehst du. Du kommst dir ziemlich schlau vor. Scheinst viel gelesen zu haben. Von Wilson und so. Ich habe aber viel erlebt. Ich weiss, wie das Leben wirklich ist.»

«Du scheinst mir nicht älter als ich.»

«Erfahrung ist keine Frage des Alters.»

«Bildung auch nicht.» Franca konnte es nicht lassen. Sie fühlte sich durch den Mode-Hippie, der hier oben in gesicherter Wildnis, unweit der Zivilisation, seine schlechten Balladen drosch und sich in sozialkritischer Romantik lullte, provoziert. Die alte Jesuitenschule brach in ihr durch. Sie wollte diesen Stimmbruchtenor auseinandernehmen.

«Warum Guthrie?»

«Weil er der Urvater des politischen Songs ist.»

«Sehe ich anders. ‹Roll On Columbia› und ‹This Land Is Your

Land›, das sind für mich pure Patrioten-Hymnen. Vielleicht sind unter den dreitausend Songs ein paar kritische dabei, die davon reden, dass man sich nicht alles gefallen lassen soll, aber zur Revolution reicht das noch lange nicht.»

«Es sind halt Songs für den einfachen Mann. Keine philosophische Hirnwichse. Aber was für mich wichtig ist: Guthrie war sich treu. Er war nicht käuflich.»

«Soviel ich weiss, hat er Anfang der vierziger Jahre einen Staudamm-Komplex in Columbia besungen, der später auch Strom an das Manhattan-Projekt geliefert hat.»

«Wovon redest du?»

«Atombomben. Es ging dabei um die Herstellung von Atombomben.» Sie genoss die Pause und setzte nach: «Und dabei hatten seine Eltern ihn Woody getauft wegen Wilson, du erinnerst dich, der Präsident mit dem Friedensnobelpreis 1919.»

Woody sah sie mit offenem Mund an.

«Ich glaube, deine Bohnen brennen an.»

Woody stierte auf den ersten Qualm und fluchte. Er rührte hilflos im Topf, nahm ihn endlich vom Feuer und öffnete ein Dosenbier, mit dem er den Eintopf zu retten suchte. Das Bier zischte am Grund des Topfes. Franca nutzte die Gelegenheit und stahl sich davon.

Sie hatte ihren Spass gehabt. Jetzt musste sie sich wieder anderen Herausforderungen stellen. Mit schlichter Besserwisserei und dem kleinen Einmaleins der Argumentation würde sie Donato nicht bezwingen. Sie ging den ausgetretenen Pfad nach unten und achtete darauf, auf keinen Stein zu treten und an keiner Wurzel hängen zu bleiben. Ihr Knöchel schmerzte so schon genug.

Von fern hörte sie Gitarrengeklimper. Woody. Den Text verstand sie nicht. Die Akkorde waren billig. Die Stimme zum Wegwerfen. Und trotzdem. Hatte sie ein Recht, ihn zu verspotten? Er war auf der Suche. Das war legitim. Nein. War er nicht. Er glaubte, bereits alles zu wissen. Woody war bei den Guten und klopfte sich dafür auf die Schulter. Aber es gab keine Guten. Es gab nur Graue. Mal heller, mal dunkler. Und Franca selbst hatte keine Ahnung, welche Schattierung ihr anhaftete. Sie war auf der Flucht für etwas, das sie nicht getan hatte. Sie sollte ein Erbe abtreten, das sie gar nicht angetreten hatte. Von dem sie gar nicht wusste, was es überhaupt war. Warum lief sie vor Donato davon? Warum stellte sie sich nicht ihrem Erbe? Wohin sollte sie denn noch laufen? Wollte sie immer wieder Bauers oder Woodys begegnen? Amons? Nein. Sie wollte sich Donato und ihrem Erbe stellen. Sie war die Tochter ihres Vaters. So wie Woody Guthrie der Sohn seiner Mutter war und ihre Geisteskrankheit geerbt hatte. Davon hatte sie dem Schnulzenrebellen gar nichts erzählt. Er hätte es sowieso nicht begriffen. Der Speck war am Ende auch ihm wichtiger als die brutale Wahrheit.

***

Stahl kannte den Parkplatz, auf den Brendon bog. Mit Buffy waren sie dort oft zum Lauftraining hingefahren. Immer wieder den Berg hochgerannt. Manchmal sogar mit Partner auf dem Rücken. Eine Schinderei, die sich ausgezahlt hatte. Stahls Waden zehrten noch heute davon. Er hatte sich immer mit dem Ausblick belohnt, der auf dem Plateau auf ihn gewartet hatte. Nur Sekunden. Ein kurzes Durchatmen.

«Der Triumph währt immer nur einen Augenblick», hatte Buffy gesagt. «Geniess ihn. Aber Ausruhen gibt es nicht.» Und schon hatte er sie wieder nach unten gejagt. Schnell und immer mit neuen Ansagen. «Slalom. Stopps. Hocke. Rückwärts.» Rückwärts war am schlimmsten. Bergab und rückwärts. Da hatte es einige Verletzungen gegeben. Buffy hatte es nicht gestört. «Im Ring ist der Rückwärtsgang der wichtigste.» Stahl hatte es damals nicht verstanden. Seinem Temperament war das Zurückweichen zuwider. Er ging nach vorne wie eine Dampfwalze. Buffy hatte ihn gelehrt, wie einfach er dadurch auszurechnen war, und ihn ein ums andere Mal empfindliche Niederlagen leiden lassen. Vor, vor, zurück, zurück und vor. Einer der vielen möglichen Rhythmen, die ein Kampf haben konnte. Man musste die Kräfte im Ring lesen lernen. Und die eigenen danach ausrichten. Nur so konnte man gewinnen. Das galt vom schwächsten bis zum stärksten Gegner. Man konnte gegen alle gewinnen. Wenn man gut trainierte und lesen konnte. Stahl war gut trainiert. Aber las er auch richtig? Kannte er alle Kräfte?

Mit Brendon war eine neue hinzugekommen, die er nur schwer einordnen konnte. Donato und Holzer waren zwei Kräfte, die sich miteinander massen. Sie gingen beide gerade vorwärts, strebten auf das Finale zu. Der entscheidende Punch lauerte jederzeit. Beide Parteien kannten ihre Gegner. Beide wollten Stahl für sich gewinnen. Wobei es Donato wohl nur um dieses einmalige Geschäft ging. Holzer hingegen hätte Stahl immer noch gerne bei sich. Und Brendon arbeitete für Interpol. Jedenfalls behauptete das ihr Dienstausweis, der auch eine gute Fälschung sein konnte. Sie konnte ebenso gut zu einer dritten Partei gehören, die sich ein fettes Pfund Fleisch aus dem Organhandel herausschneiden wollte. Amon hätte sie und ihre Leute informieren können und wieder einmal an allen Seiten verdient. An Amon hätte Buffy seine Freude gehabt. Äusserlich unterschätzt, blitzschnell im Rückzug, den Schlägen geschickt ausweichend und jederzeit gewillt, zu gewinnen. Amon brauchte keinen K. o.-Punch für sein Ego. Ihm reichte ein unauffälliger Sieg nach Punkten. Er kassierte keine Schläge, sondern Kohle.

«Das Auto direkt vor uns gehört Holzers Leuten. Das hinter den Abfalleimern Donato», sagte Brendon und zündete sich eine Zigarette an. Lilly verzog das Gesicht. Brendon sah es und lachte. «Tut mir leid, Kleine. Aber ich nehme keine Rücksicht. Nicht, wenn's ums Rauchen geht.» Sie lehnte sich nach hinten. «Und weisst du, warum?» Sie inhalierte tief, behielt den Rauch in der Lunge und sagte: «Weil die Männer jegliche Rücksicht ausnutzen.» Sie sah zu Stahl und pustete ihm den Rauch ins Gesicht.

«Haben Sie auch eine für mich?», fragte er.

Lilly sah ihn überrascht an. «Du rauchst. Das wusste ich nicht.»

«Du weisst vieles nicht von dem Kerl, der jetzt den Sportsmann und Sozialarbeiter mimt», sagte Brendon, die aus einem zerknautschten Päckchen eine Zigarette fingerte und sie Stahl reichte. «Dein selbst erwählter Götti kann eine richtige Wildsau sein. Stimmt's?» Sie gab ihm Feuer. Stahl inhalierte und schwieg. «Weisst du, wie viele Kinder in deinem Alter ihre

Eltern verloren haben, weil dein Freund Stahl gewisse Verträge und Gelder von einem Ort zum anderen gebracht hat? Er wird sich jetzt natürlich damit entschuldigen, dass er nicht ahnen konnte, was in den Koffern war, und dass es seine Aufgabe war, die Depeschen zu liefern. Als Kurier des Papstes hat man zu gehorchen. Man ist Soldat. Und ein Soldat fragt nicht. Habe ich recht, Stahl?»

«Und Sie? Fragen Sie? Wenn Sie von Interpol sind, sind Sie auch Soldatin», sagte Lilly.

«Sieh an. Ein Talent. Deswegen hat er einen Narren an dir gefressen. Verstehe. Zigarette?»

Lilly winkte ab. Brendon lachte.

«Du willst sie rekrutieren. Deswegen die Gregoriana. Du bist also doch noch bei Holzer. Der Ausstieg war nur eine Finte.»

Stahl rauchte.

«Keine Antwort ist auch eine Antwort.»

«Kannst du das Fenster öffnen? Ich habe hier keinen Aschenbecher.»

Brendon gab Strom auf die Fenster. Stahl öffnete seines und kippte die Asche raus.

«Warum kommst du nicht zu uns?»

«Wer seid ihr?»

«Interpol.» Lilly mischte sich ein. «Hat sie doch gesagt.»

Stahl und Brendon sahen sich fordernd an.

«Oder nicht? Scheisse, was ist das für ein Spiel? Keiner weiss, wer wer ist.» Lilly liess ihr Fenster ebenfalls herunter und streckte den Kopf hinaus.

«Mit Interpol fährst du am besten. Glaube es einfach. Wichtig ist nur, dass du uns nicht dazwischenfunkst, wenn es zur Sache geht.»

«Wo wird es sein? In Vaduz oder hier?»

«In Vaduz passiert nie etwas. Das müsstest du doch wissen.» Sie grinste.

«Also hier.» Er zog an der Zigarette. «Können wir sie vorher in Sicherheit bringen?»

«Zu spät. Ausserdem ist sie alt genug, um ihr erstes Gefecht mitzuerleben. Und ihre Biografie ist ja nicht so behütet verlaufen, dass es ein grosser Schock ist, wenn sie sieht, wie sich Leute gegenseitig umbringen. Wie ich gehört habe, hat sie selbst schon ein Leben auf dem Kerbholz.»

«Das war Notwehr.»

«Ist es das nicht immer?» Sie drückte ihre Zigarette im Aschenbecher aus. «Komm schon, Stahl. Machen wir nicht auf sensibel. Das können wir gerne heute Abend an der Hotelbar bei einem Whiskey tun. Jetzt tun wir das, was wir am besten können.»

Stahl warf seine Zigarette aus dem Fenster. «Kriege ich eine Waffe?»

«Tom», sagte Brendon, und der Mann, der bislang schweigend neben Brendon auf dem Beifahrersitz gesessen hatte, reichte Stahl eine Waffe samt Ersatzmagazin nach hinten. Eine Sig mit Schalldämpfer. Stahl kontrollierte das Magazin, prüfte den Schlitten und steckte das Ersatzmagazin ein.

Lilly hatte ihren Kopf wieder im Auto und sah ängstlich auf die Pistole. Stahl schob sie sich am Rücken in den Hosenbund. «Worauf warten wir?»

«Auf einen unserer Leute. Wir haben ihn oben auf dem Plateau platziert. Er mimt einen Camper. Wirst dich freuen, wenn du ihn siehst.»

Sie zündete sich die nächste Zigarette an und streckte das Etui nach hinten.

«Danke», sagte Stahl. «Ich rauche nur zum Genuss.»

Brendon lachte. «*Piss off*, Stahl. Zum Genuss machst du schon lange nichts mehr. Selbst die Frauen legst du nur noch flach aus Jagdinstinkt und Bestätigungsgier.» Sie legte das Etui auf die Konsole und steckte sich die Zigarette an. «Dort vorne kommt er.»

«Der Hippie?»

«Genau der.»

Der Hippie kam näher und machte auf Schnorrer, der einen Lift in die nächste Stadt suchte. Er beugte sich an Brendons Fenster und grinste Stahl an. «Schön, dich an Bord zu haben, alter Freund.»

Jetzt wusste Stahl, wer die dritte Kraft war. Interpol jedenfalls nicht. So viel stand fest. Es sei denn, sie hätten diesen Wahnsinnigen begnadigt und liessen ihn nun für sich die Drecksarbeit machen. Vier Mal waren sie sich bis jetzt über den Weg gelaufen. Zwei Mal hatte Stahl gegen Hunt gewonnen, zwei Mal bitter verloren. Drei Wochen Spital nach einem Autounfall in Kapstadt, vier Wochen Reha nach einem Oberschenkeldurchschuss in Aleppo. Die letzte Runde hatte allerdings Stahl für sich entscheiden können. Hunt war in Rio aus dem siebten Stock gefallen. Wie er das überleben konnte, war sein Geheimnis. Stahl würde ihn nicht danach fragen. Es genügte, dass Hunt am Leben war. Schlimmer konnte es nicht kommen. Der Kerl war ein Psychopath. Er zertrat Menschenleben wie andere Kakerlaken. Am liebsten mit Knackgeräusch. Hunt mochte das Geräusch von knackenden Gelenken. Deswegen zog er sich auch stets die Finger lang oder renkte sich selbst die Halswirbel ein. Vielleicht ein Tick. Ganz gewiss aber eine Vorwarnung für das, was kommen sollte.

«Seit wann seid ihr an der Sache dran?», fragte Stahl.

«Spontane Entscheidung. Amon gab uns den Tipp. Und wir leben davon, schnell zu reagieren.»

«Arbeitet ihr auch noch mit Blackwater zusammen?»

«Nein. Da ist der Sex draussen. Die sind jetzt seriös.» Er grinste breit.

«Neue Zähne?», fragte Stahl. Er wusste, wer Hunt die obere Zahnreihe ausgeschlagen hatte.

«Einzementiert. Die kriegt selbst deine Gerade nicht aus der Leiste. Da fällt mir eher der Kopf ab.» Er nutzte das Stichwort, um sich die Halswirbelsäule zu richten. Es knackte. «Man sieht sich.» Er schlurfte weiter zum nächsten Auto. Zu einer Kleinfamilie, die auf Campingstühlen vor ihrem Wohnmobil das Nachtessen einnahm. Vater, Mutter, Kind. Alle drei mit verfilzten Rastalocken. Reggae und der süsse Duft eines Joints wehten herüber. Hunt gesellte sich dazu und wurde freundlich empfangen. Der Mann verschwand kurz im Wohnmobil und erschien wieder mit einem weiteren Klappstuhl. Hunt nahm ihn entgegen und setzte sich dazu.

«Wie lautet das Skript?», fragte Stahl.

«Wir warten, bis Donato mit seinen Leuten auftaucht. Wenn

wir Glück haben, ist Franca dabei. Hunt sagte, sie wäre oben auf dem Plateau gewesen und ist dann nach unten gegangen.»

«Was? Hunt war schon an Franca dran? Warum hat er sie laufen lassen? Das ist doch sonst nicht seine Art.»

«Stahl, bist du so naiv? Oder plötzlich human?»

«Habe verstanden.»

«Wirklich?»

«Ja.» Er befühlte die Sig, die ihm Brendon gegeben hatte. Jetzt hatte sie den zweiten Fehler gemacht. Sie hätte ihm Hunt niemals zeigen dürfen. Und ihre zynische Antwort war ein weiterer Fehler. Sie war sich sehr sicher. Stahl war klar, dass sie ihm keine echten Patronen gegeben hatten. Sie wollten ihn als Ablenkungsmanöver. Ein dummes Bauernopfer. Stahl als Schiessbudenfigur. Darüber würde sich Hunt köstlich amüsieren. Sässe Lilly jetzt nicht neben ihm, er hätte dem stummen Tom auf dem Beifahrersitz den Hals umgedreht und Brendon mit dessen Waffe erschossen. So war er gehemmt. Lilly sollte ihn nicht als Killer sehen. Hatte Brendon am Ende recht? War er naiv und human? Was sprach dagegen? Was blieb einem noch, wenn nicht das Recht auf Naivität und Menschlichkeit? Was wärmte? Geld und Erfolg fröstelten, wenn die Werte fehlten, die ihnen Sinn gaben.

Brendon streckte sich und zeigte mit dem Finger auf drei Gestalten, die aus dem Wald über die Wiese kamen. Tom zog ein Nachtglas und sah hindurch. «Donato.»

«Ist sie dabei?»

«Nein. Nur zwei seiner Leute.» Er nahm das Nachtglas runter. «Sollen wir sie erledigen?»

«Nein. Noch nicht. Wenn wir zu viel Lärm machen, verscheuchen wir Franca. Ausserdem will ich warten, bis die andere Partei eintrudelt. Wäre doch schön, wenn die sich erst gegenseitig auslöschten.» Sie nahm Tom das Nachtglas weg und sah hindurch. «Der gute alte Donato. Ist fett geworden. Geht ihm wohl gut bei den Rebellen.» Sie gab das Nachtglas zurück. «Funk Hunt an, damit er weiss, was läuft.» Tom schickte eine leere SMS. Hunt wusste Bescheid. Brendon nahm ihr Handy und wählte eine Nummer. Am anderen Ende nahm sofort jemand ab. «Wie läuft es?», fragte sie. «Gut.» Sie legte auf und drehte sich nach hinten. «Gleich kommen deine alten Meister. Deine Chance, dich endlich von ihnen zu befreien.»

***

Franca hatte sich verlaufen. Statt nach links war sie einmal nach rechts abgebogen. Nur weil der Pfad ausgetrampelter war. Sie hatte es erst gemerkt, als sie aus dem Wald gekommen war und am Ende der Wiese Lichter eines Dorfes gesehen hatte. Kurz hatte sie überlegt, dorthin zu gehen. Aber was sollte sie dort? Sich einen Bauern nehmen, heiraten und Kinder bekommen? Alles vergessen, was sie seit Giorgios Tod erlebt hatte? Warum nicht? Weil es Blödsinn war und nicht funktionierte. Weder für sie noch für die anderen. Und selbst der blödeste Bauer würde irgendwann Fragen stellen. Nirgendwo war man mehr ausserhalb der Welt. Überall auffindbar. Ausserdem wollte Franca die Sache zu Ende bringen. Also kehrte sie um und suchte die Gabelung, an der sie falsch abgebogen war. Von vorne kam knatternd ein Licht auf sie zu, das sie blendete. Sie hob zum Schutz die Hand vor die Augen und trat einen Schritt zur Seite. Das knatternde Licht hielt neben ihr an. Auf dem Mofa sass eine Jugendliche, im Mundwinkel einen Joint. Ihr mittellanges blondes Haar hatte sie sich wie ein Vogelnest nach oben gedreht und mit einem Stöckchen zusammengehalten.

«Kann ich dich irgendwohin mitnehmen?», fragte sie.

«Danke. Aber ich muss in die Richtung, aus der du kommst.»

«Kein Problem. Ich habe Zeit. Will sowieso nicht heim. Dort nerven alle nur. Steig auf.» Sie drehte das Mofa in die andere Fahrtrichtung. Franca stieg hinten auf.

«Willst du auch?» Das Mädchen streckte ihr den Joint entgegen. Franca nahm ihn und inhalierte. Sie hustete. Das Mädchen lachte. «Gutes Zeug, was? Eigengewächs. Ich habe sechs Pflanzen unter der Lampe. Frisst einen Heidenstrom. Aber den muss ich ja nicht zahlen.» Sie nahm den Joint und steckte ihn sich wieder in den Mund. «Eigentlich könnte ich ein Riesengeschäft damit machen. So sauberen Stoff kriegst du nirgendwo. Alles, was du von den Dealern kriegst, ist gestreckter Shit. Und vergiss es, mit Tabak zu rauchen. Nichts geht über einen puren Joint.» Sie fuhr an. Franca hielt sich fest.

Das Mofa holperte über den Feldweg und ächzte. Franca war froh, ihren Knöchel schonen zu können, und kümmerte sich nicht um den Lärm, den die Schleuder kotzte.

Das Mädchen hielt an und drehte sich zu Franca. «In den Wald oder zur Autobahn?»

«Zur Autobahn.»

«Schaffst du etwa an?»

«Was?»

«Am Parkplatz. Dort standen früher die Nutten. Jetzt ist er seit einiger Zeit sauber. Könnte ja sein, dass ihr wieder dort seid.»

«Sehe ich aus wie eine Nutte?»

«Wer sieht schon aus wie eine Nutte? Sehe ich aus wie eine Nutte? Und ich hab's auch schon für Geld gemacht. Zweihundert Stutz habe ich gekriegt. Und weisst du, mit wem? Das glaubst du nicht. Rate mal.»

«Will's nicht wissen.»

«Wieso nicht? Ist doch nichts dabei. Irgendwie ist doch jede Frau eine Nutte. Meine Mutter schaut auch nur aufs Geld. Ich wette, sie hätte meinen Vater nicht gegen ihren jetzigen Mann eingetauscht, wenn der nicht so viel Kohle hätte. Mein Vater hat aber nichts. Nur seine Kunst. Dafür wollte meine Mutter mit ihm nicht mehr ficken. Für das Einfamilienhaus mit Garten und Swimmingpool macht sie es jede Woche fast dreimal mit ihrem Neuen. Ist das keine Prostitution?»

«Wenn du so rechnest, sind alle Nutten. Frauen wie Männer.»

«Sag ich doch. Also hab dich nicht so, wenn ich es für zweihundert mit dem Gerichtsvollzieher mache.» Sie lachte. «Findest du's nicht lustig? Mit dem Gerichtsvollzieher. Na komm, lach schon. Mir zuliebe. Sei eine Hure. Eine Lachhure. Ich bringe dich zur Autobahn, und du lachst mit mir über mein verficktes Leben.»

Franca bemühte sich. Das Lachen verrutschte ihr.

«Nicht übel. Danke. Du hast Manieren. Du wirst noch mehr lachen, wenn ich dir erzähle, dass der Gerichtsvollzieher der neue Mann meiner Mutter ist.» Sie lachte und inhalierte. «Und die zweihundert Stutz waren die überhöhte Stromrechnung für meine Pflanzen.» Sie streckte Franca den Joint hin. Franca nahm einen kräftigen Zug, schaffte es, diesmal nicht zu husten, und lachte befreit. Das Dope wirkte.

«Siehst du. Geht doch. Kannst ihn behalten. Fall mir aber nicht vom Bock.» Sie fuhr an, lupfte dabei etwas das Vorderrad, dass Franca fast hinten runterfiel, und fegte über Staub und Steine.

VIERZEHN

Donato stand mit seinen beiden Leuten vor der Wand des Toilettenhäuschens und beriet sich. Hunt hockte noch immer vor dem Wohnmobil. Mittlerweile hatte er seine Gitarre ausgepackt und schrammelte Lieder, in die das junge Rasta-Pärchen einfiel und den Rhythmus klatschte. Sie tranken Dosenbier und rauchten. Stahl sass ungeduldig auf dem Rücksitz des Jaguars. Lilly war eingeschlafen und lag mit dem Kopf an Stahls Schulter. Brendon und ihr Gorilla sahen aufmerksam aus den Fenstern. Es begann zu tröpfeln.

«Fast englisches Wetter hier», sagte Brendon.

«Dann habt ihr ja Heimspiel.»

«Wir haben überall Heimspiel, Stahl. Die Kolonien existieren noch immer. Nur Narren lassen sich von offiziellen Grenzen blenden.»

«Ich muss mal aufs Klo.»

«Hältst du mich für blöde? Donato steht dort. Willst du ihn etwa fragen, ob er dir den Arsch abwischt? Ich wette, er würde ihn dir liebend gerne aufreissen.»

«Nur zwei Schritte. An den Container. Da hast du mich im Blick.»

Sie mimte die Grosszügige. «Na gut. Weil du es bist. Obwohl es sicher eine hübsche Anekdote wäre, wenn ich erzählen könnte, dass sich der grosse Stahl in die Hosen gepisst hat.»

Stahl rückte Lilly zur Seite und legte sie mit dem Kopf gegen die Tür. Sie schlief ruhig weiter. Er öffnete die andere Tür und stieg aus.

«Du wirst es zwar wissen, aber ich sage es dir trotzdem. Tom knipst dich aus, wenn du versuchst, Dummheiten zu machen.» Brendon war billig. Es war wirklich überflüssig, es zu sagen. Zu viele Worte. Überall.

Es waren etwa vier Schritte bis zum Container. Stahl stellte sich so, dass er hinter dem Container alles im Blick hatte. Donato, Hunt, Brendons Gorilla und die Parkplatzauffahrt. Hier war der optimale Platz, falls es losging. Er tat so, als ob er pinkelte, und sah zum Toilettenhäuschen. Er rechnete damit, dass Donato hersah. Stahls Auftritt war die grösste Bewegung, die sich gerade auf dem Areal abspielte. Donato würde sie wahrnehmen und einordnen. Gefahr oder nicht? Aber Donato hatte keine Zeit, sich mit dem pinkelnden Schatten zu beschäftigen. Ein Mofa knatterte über die Wiese und steuerte auf das Toilettenhäuschen zu. Der Scheinwerfer flackerte wild übers Gelände und warf sein Licht zufällig überall hin, wohin der Fahrer gerade den Lenker riss. Jetzt traf er Donato. Sein Bart glänzte für einen Moment, seine dunklen Augen kniffen zu. Er hob die Hand. Der Scheinwerfer liess von ihm ab, fegte übers Feld und setzte Stahl in den Spot. Stahl handelte zu spät, ehe er abtauchte. Donato hatte ihn erkannt. Eine Kugel, die ins Blech des Containers schoss, bestätigte Stahls Befürchtung.

Das Mofa blieb mitten auf der Wiese stehen. Es reagierte wohl auf den Schuss. Brendon und ihr Kollege sprangen aus dem Wagen und ballerten ebenfalls. «Stahl, Franca sitzt auf dem Mofa», rief sie. «Lauf, wir geben dir Feuerschutz.»

Schüsse krachten, Stahl rannte geduckt auf das Mofa zu, in blinder Hoffnung, keines der Geschosse abzukriegen. Das Mofa stand wie ein geblendetes Reh auf der Lichtung.

«Franca, fahr in den Wald», schrie Stahl gegen die Knallerei an. Hörte sie ihn nicht? Oder war sie bereits getroffen? Er kam näher ran, erkannte, dass nicht nur Franca auf dem Mofa sass, sondern ein Mädchen es lenkte. «Franca, wirf dich ins Gras.» Franca rührte sich nicht. Jetzt sah Stahl, was passiert war. Eine Kugel hatte die Lenkerin des Mofas getroffen. Sie hatte Franca als Schild gedient. Franca klammerte sich an dem Mädchen fest und schluchzte. Noch immer krachten Schüsse. Stahl hetzte auf Franca zu und riss sie samt dem toten Mädchen und Mofa um. Franca schnappte nach Luft und japste. Sie hechelte wie ein Hund, der sechs Stunden in der Sonne angekettet war. Sie stand unter Schock. Stahl brauchte Kraft, um Francas Hände vom Körper des Mädchens zu lösen. Ihre Rechte war verschmiert vom Blut der Toten. Sie starrte ihre Hand an, wollte schreien, die Stimme versagte. Auch die Schüsse waren verstummt. Nur der Wind, der durch die Gräser strich, sang unverständlich.

Stahl rührte sich nicht. Er drückte Francas Kopf an sich und behielt seinen unten. Jemand würde schon reagieren. Nur Geduld. Der Sieger würde sich gleich melden. Aber es meldete sich keiner. Weder Brendon noch Donato rührten sich. Hörte Stahl Schritte im Gras? Näherte sich jemand? Vielleicht war es doch besser, aufzustehen und mit Franca in den Wald zu flüchten? Zu spät. Er war schon da. Stahl wunderte sich noch immer, wie jemand so leise treten konnte. Breitbeinig stand er über ihnen.

«Franca. Steh auf», sagte er und hielt die Sig auf Stahl gerichtet. «Das letzte Mal standen wir uns auch so gegenüber. Erinnerst du dich? Du hättest mich kaltmachen müssen. Jetzt werde ich dich umlegen.»

«Was ist mit den anderen?»

«Donato und seine Affen? Tot.»

«Brendon?»

«Tot.»

«Lilly?»

«Schläft. Der Monsignore ist bei ihr, falls sie aufwacht.»

«Lasst ihr sie leben?»

«Wenn sie begabt ist, wird sie eine gute Schülerin. Das war doch dein Wunsch, oder? Einen anderen kann ich dir leider nicht mehr erfüllen. Oder steigst du wieder bei uns ein?» Er lächelte, wollte keine Antwort. «Selbst wenn du jetzt Ja sagen würdest. Was wäre dein Ja wert? Nein, mein Freund, das Vertrauen in dich ist durch. Wir brauchen dich nicht mehr. Wir haben jetzt Franca und ihr Erbe. Das katapultiert uns in Regionen, in denen wir uns Söldner wie dich im Dutzend leisten können. Sprich dein Gebet. Auch wenn du nicht mehr glaubst. Tu es mir zuliebe. Das ist mein letzter Wunsch.»

Stahl rührte sich nicht.

«Knie und bete. Tu es für die Kleine.»

Stahl gehorchte und kniete sich ins Gras. Franca schüttelte stumm und hektisch mit dem Kopf.

Holzer setzte die Waffe an Stahls Kopf an. Stahl murmelte ein Vaterunser. Er hatte noch nicht «Amen» gesagt, da krachte der Schuss. Aber nicht Holzer hatte abgedrückt, sondern jemand anderes. Stahl sah zu Holzer hinauf. Er hatte seine Augen aufgerissen, Blut quoll aus seinem Mund. Er sackte röchelnd auf die Knie. Und fiel rücklings ins Gras. Tot.

Stahl zog die Pistole mit den Platzpatronen und feuerte zwei Schüsse ins Gras. Er versetzte Franca einen Kinnhaken, dass sie k. o. nach hinten kippte, und beschmierte erst ihre, dann seine Stirn mit dem Blut, das noch von dem toten Mädchen an Francas Hand klebte. Er robbte sich neben Holzer, tauschte die Pistolen aus und mimte den Toten.

Wieder kam jemand durchs Gras. Aber nicht halb so leise wie Holzer.

Was hatte sich Holzer eigentlich gedacht? Dass er immer und ewig dessen Befehle entgegennehmen würde? Er, der viel mehr Verstand und Weitsicht hatte als alle anderen? Wie viele Begabungen hatte er schon ausgebildet? Und wie viel hatte er von diesen Begabungen immer wieder selbst gelernt? Und vor allem das Netzwerk, dass er sich dadurch über die Jahrzehnte aufgebaut hatte, war so riesig geworden, dass er manchmal den Überblick darüber verlor. Amon war ein Schüler von ihm gewesen. Und Hunt ebenfalls. Sie waren ihm etwas schuldig gewesen. Und sie hatten es nun eingelöst. Amon hatte Hunt ins Spiel gebracht und Brendons Gier benutzt, um einen würdigen Antagonisten zu Donatos Rebellen zu spielen. Holzer war auf die Finte reingefallen. Es war ihm ein Spass gewesen, auf der Toilette zu warten und Donato von hinten umzunieten. Und Hunt hatte erst die deutschen Touristen, dann Brendon und ihren Affen erledigt. Die Kleine hatten sie am Leben gelassen. Als Trumpf, falls Stahl doch besser war als Holzer. Aber dem war wohl nicht so. Den Schüssen nach zu urteilen, hatte Holzer noch im Umfallen versucht, Stahl zu erledigen. Noch ein paar Schritte, und Lorenzo konnte sehen, wie es wirklich war. Vier Tote lagen vor ihnen. Ein unbekanntes Mädchen, Holzer, Franca und Stahl.

«Ich dachte, ich hätte Holzer besser getroffen», sagte Hunt. «Wie einer bei einem solchen Treffer noch zwei Leute umnieten kann, ist ein Wunder.»

«Ruf Elena an und sag ihr, dass wir jetzt kommen. Es ist erledigt.»

Hunt wählte eine Nummer, wartete und tat, was ihm Lorenzo aufgetragen hatte. «Es ist erledigt. Wir kommen.»

Stahl schlug die Augen auf. «Noch nicht ganz», sagte er und jagte Hunt eine Kugel ins Hirn. Hunt fiel rückwärts ins Gras.

Lorenzo starrte Stahl an und reagierte sofort. «Oh, was für ein Glück. Danke, Gott, dass er dich als Retter geschickt hat.» Lorenzo fiel auf die Knie und reckte die Hände zum Gebet über den Kopf. «Zum Glück ist dieses Schwein tot. Er soll in der Hölle schmoren. Und Holzer auch. Wie haben sie mich gequält und gepeinigt all die Jahre lang. Du bist ein Engel, Stahl. Ich wusste es schon immer. Aber was ist mit Franca? Ist sie etwa tot?» Er robbte zu ihr.

«Nein. Sie ist ohnmächtig. Ist wohl alles etwas zu viel für sie.»

«Für wen nicht. Wie ich dieses Leben hasse. Ich wollte einfach nur ein guter Lehrer sein. Ein guter Diener Gottes. Und Holzer und der engere Kreis haben mir keine Wahl gelassen. Jetzt bin ich frei. Durch dich. Danke.» Er sah zu dem toten Mädchen. «Wer ist sie?»

«Ich kenne sie nicht. Ist wohl zufällig reingeraten.»

«Es sind immer die Unschuldigen, die am meisten leiden. Wann wird dieser Unsinn endlich aufhören?»

«Wo ist Lilly?»

«Sie schläft noch immer. Hat von der ganzen Knallerei nichts mitgekriegt. Zum Glück.» Er hob Franca auf und trug sie fort. Stahl erhob sich ebenfalls. Die Toten liess er zurück. Um die sollten sich andere kümmern. Er war nie hier gewesen.

***

Stahl ging die einzelnen Plätze ab. Donato und seine beiden Helfer lagen erschossen am Toilettenhäuschen. Das Rasta-Pärchen hockte mit zwei sauberen Schüssen in seinen Campingstühlen. Brendon und ihr Scherge lagen mit mehreren Kugeln im Leib neben dem Wagen. Verrückt, dass Lilly davon nichts mitbekommen hatte. Sie schlief tatsächlich noch. Hatten sie Lilly etwa betäubt?

Der Monsignore verfrachtete Franca auf den Rücksitz neben

Lilly und setzte sich auf den Beifahrersitz. Stahl drückte sich hinters Steuer und zündete den Wagen.

«Wohin fahren wir?», fragte Lorenzo und sah Stahl lauernd an.

Stahl blickte auf die Rückbank. Wie unschuldig Lilly im Schlaf wirkte. Und für Stahl war sie das auch noch. Er war nicht so blöd, um auf Lorenzos Jesuitentheater reinzufallen. Er wusste, dass Lorenzo das Spiel besser beherrschte als alle anderen zusammen. Deswegen hatte er ihm Lilly in Obhut geben wollen. Damit sie von seinem Wissen profitierte und nicht mehr nur Opfer des Spiels war, sondern es lesen und darauf reagieren konnte. Stahl hatte nun die Wahl. Entweder er nietete Lorenzo jetzt um und warf ihn zu den anderen Leichen auf den Parkplatz, oder er spielte das Spiel mit und profitierte von Lorenzos Netzwerk. Es ging ihm dabei nicht um sich selbst. Er hatte der Macht längst abgeschworen. Wenn aber die Kehrseite der Macht Ohnmacht war, war das eine schlechte Alternative. Er war bereits verseucht. Da konnte er noch so viele Boxclubs eröffnen. Sozialromantik ohne Perspektive. Ohne Mittel machte er sich nur zum Narren. Typen wie Andy glaubten, ihm die Welt erklären zu müssen. Und er lächelte dann mit Provinzpolitikern in die Kamera, damit er Fördergelder für Alibi-Projekte erhielt. Da konnte er gleich ohne Deckung in den Ring steigen.

«Erst zu Elena. Sie wartet doch.» Er sah Lorenzo scharf an.

«Elena? Kenne ich nicht.» Lorenzo spielte gut.

«Was hast du Lilly gegeben? Kein Mensch schläft so tief, wenn um ihn herum die Welt explodiert.»

«Die Welt explodiert ständig um uns herum. Und die meisten schlafen.»

«Oder tun so.»

«Oder tun so.»

«Oder tun so.» Lilly meldete sich.

Stahl drehte sich nach ihr um. «Du hast alles mitgekriegt?»

«Nein. Ich habe alles nur geträumt, weil ich geschlafen habe.» Sie sah ihn ernst an und wollte daran glauben.

Stahl fuhr von dem Schlachtfeld. Er spürte, wie ihn Lorenzo unruhig von der Seite musterte.

«Keine Sorge, Monsignore, wir fahren nicht zu Elena. Elena erzählt uns am Ende noch die Wahrheit. Und wer will die schon wissen.»

«Und wohin fahren wir dann?»

«Nach Vaduz.» Es war Franca, die wach geworden war. «Ich trete mein Erbe an. Es ist Geld. Und Geld ist wie ein Messer. Man kann damit Menschen töten oder Brot schneiden. Wir schneiden Brot.»

«Und die Liste?», fragte Lorenzo.

«Die werden wir verkaufen und aus dem Geschäft aussteigen.»

«Und an wen?»

«Meistbietend. Sie kennen doch sicher einige Interessenten, Monsignore?»

Stahl fuhr wieder auf die Autobahn. In einer Stunde würden sie in Vaduz sein.

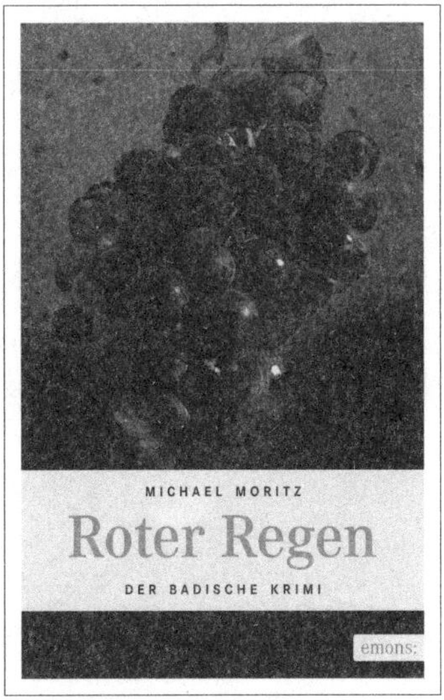

Michael Moritz
ROTER REGEN
Broschur, 224 Seiten
ISBN 978-3-89705-758-6

«Plot und Figuren merkt man an, dass der Freiburger Autor im Kaiserstuhl aufgewachsen ist. Das soll ein Kompliment sein, denn Michael Moritz spielt gekonnt mit Klischees und Dialekten in einer spannenden Geschichte voller gut gezeichneter Figuren.»
Chilli – das Freiburger Stadtmagazin

«Ein facettenreicher, spannend und flott erzählter Kriminalfall.»
Badische Zeitung

www.emons-verlag.de

Michael Moritz
WEINSELIG
Broschur, 256 Seiten
ISBN 978-3-89705-817-0

«Wieder ermitteln Belledin und Killian gemeinsam. Und sie bewegen sich an vielen vertrauten Orten so sympathisch menschlich – besser gesagt badisch-typisch, dass es dem Leser unweigerlich warm werden muss ums Herz. Trotz Mord und Totschlag!»
Badische Zeitung

«Atmosphärisch dicht, ungemein bildhaft und von badischem Humor durchdrungen.» REGIO Magazin

www.emons-verlag.de

Michael Moritz
UM DIE WURST
Broschur, 272 Seiten
ISBN 978-3-95451-092-4

Erik Schwarz, kämpferischer Breisacher Tierschützer, liegt tot im Löwenzahn – und in unmittelbarer Nähe des Schlachthofes. Kommissar Belledin nimmt die Ermittlungen auf. Dabei hat er nicht nur mit einer neuen Kollegin zu kämpfen, die ein dunkles Geheimnis vor ihm verbirgt, sondern auch mit Kriegsfotograf Killian, der sich im Schlachthof eingeschleust hat, um dort heimlich Fotos für die Tierschützer zu schiessen. Belledin, passionierter Fleischliebhaber, bleibt nichts, als in die Tiefen eines blutigen Geschäfts hinabzusteigen …

Michael Moritz
TOD IM THEATERHAUS
Broschur, 304 Seiten
ISBN 978-3-95451-016-0

Der Kommunikationstrainer Hans Bluhm wird in der Sporthalle des Stuttgarter Theaterhauses von einem Degen durchbohrt. Das bringt Polizeichef Böhnisch in Not: Schirmer, sein fähigster Hauptkommissar, ist ausgebrannt, die junge Kollegin Kälble überfordert. Er holt Hilfe aus Baden – ausgerechnet Kommissar Belledin. Widerwillig gehorcht der badische Brummbär und rauft sich mit der schwäbischen Beisszange Kälble zusammen, um den Fall zu lösen.

www.emons-verlag.de

Michael Moritz
BADISCH BLUES
Broschur, 288 Seiten
ISBN 978-3-95451-445-8

«Belledins 6. Fall wartet mit einem verwickelten Plot, exzentrischen Figuren und einem furiosen Finale auf. Ein schräger Regionalkrimi, der Lokalkolorit mit brisanten und aktuellen Themen mischt.» ekz

«Kaltes Kalkül, heißer Sex und Spannung pur. Der neue Moritz: explosiv, rasant und kaum zu bremsen!» Kultur Artour

www.emons-verlag.de

Michael Moritz
LOST PLACE VIENNA
Broschur, 320 Seiten
ISBN 978-3-89705-902-3

Drei abgesägte Köpfe schöner Frauen bringen die Wiener Kriminalkommissarin Valentina Fleischhacker in Bedrängnis. Als sie auch noch unter Verdacht gerät, ihren Kollegen Zirner getötet zu haben, ist sie gezwungen, abzutauchen. In Zirners Wohnung findet sie einen gepackten Rucksack samt GPS – und eine aussergewöhnliche Schnitzeljagd beginnt. Am Fundort des letzten Frauenschädels stösst sie auf die Koordinaten, die sie zum nächsten Cache führen sollen. Doch je näher sie dem Mörder kommt, umso mehr begreift sie, dass er sie kennen muss. Denn er legt ihr Rätsel aus, die nur sie lösen kann …

Michael Moritz
ZÜRCHER VERSCHWÖRUNG
Broschur, 272 Seiten
ISBN 978-3-89705-972-6

«Ein temporeiches Buch mit packenden Thrillerelementen um einen zunächst sehr undurchsichtigen Fall, in den unzählige verdächtige Personen verwickelt sind, es Leichen zuhauf gibt und Stahl niemandem trauen kann. Das sich dramatisch zuspitzende Finale führt schließlich die losen Fäden gekonnt zusammen.» ekz

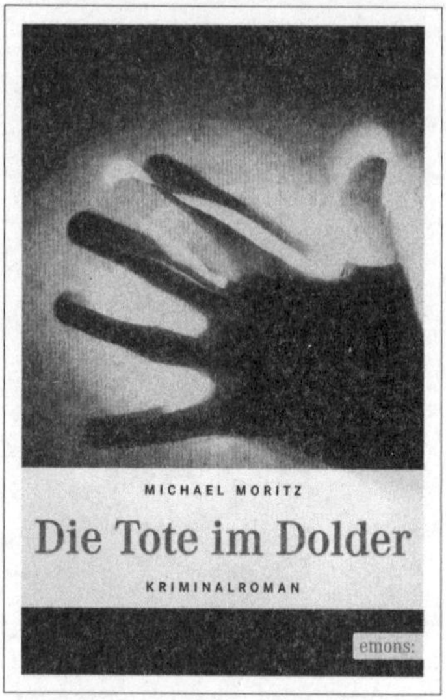

Michael Moritz
DIE TOTE IM DOLDER
Broschur, 320 Seiten
ISBN 978-3-95451-174-7

«Ein komplexer, wendungsreicher, teilweise überdrehter Fall, der Stahl an seine Grenzen führt. Empfehlenswert für Liebhaber harter Krimikost.» ekz